HARLAN COBEN

Was im Dunkeln liegt

HARLAN COBEN

Was im Dunkeln liegt

Thriller

Aus dem Amerikanischen
von Gunnar Kwisinski

GOLDMANN

Die Originalausgabe erschien 2022
unter dem Titel »The Match« bei Grand Central Publishing,
New York/Boston.

Sollte diese Publikation Links auf Webseiten Dritter enthalten,
so übernehmen wir für deren Inhalte keine Haftung,
da wir uns diese nicht zu eigen machen, sondern lediglich auf
deren Stand zum Zeitpunkt der Erstveröffentlichung verweisen.

Penguin Random House Verlagsgruppe FSC® N001967

1. Auflage
Deutsche Erstveröffentlichung August 2022
Copyright © der Originalausgabe 2022 by Harlan Coben
Copyright © der deutschsprachigen Ausgabe 2022
by Wilhelm Goldmann Verlag, München,
in der Verlagsgruppe Random House GmbH,
Neumarkter Str. 28, 81673 München
Redaktion: Waltraud Horbas
Umschlaggestaltung: UNO Werbeagentur, München
Umschlagmotiv: Magdalena Russocka / Trevillion Images
TH · Herstellung: ik
Satz: Uhl+Massopust, Aalen
Druck und Bindung: GGP Media GmbH, Pößneck
Printed in Germany
ISBN: 978-3-442-20631-5

www.goldmann-verlag.de

*In liebendem Gedenken
an Penny Hubbard
1966–2021*

EINS

Im Alter von etwa vierzig bis zweiundvierzig Jahren – er wusste nicht genau, wie alt er war – fand Wilde endlich seinen Vater.
Wilde hatte seinen Vater nie kennengelernt. Oder seine Mutter. Oder sonst einen Verwandten. Er kannte ihre Namen nicht, wusste nicht, wann und wo er geboren wurde, und wie er als sehr kleines Kind allein im Wald der Ramapo Mountains gelandet war und sich selbst versorgt hatte. Jetzt, etwa drei Jahrzehnte, nachdem er als kleiner Junge »gerettet« wurde – »*AUSGESETZT UND VERWILDERT!*« lautete eine Schlagzeile, »*EIN MODERNER MOGLI!*«, schrie eine andere –, war Wilde keine zwanzig Meter von einem Blutsverwandten und vielen noch unbekannten Antworten auf seine mysteriöse Herkunft entfernt.
Erst vor Kurzem hatte er erfahren, dass sein Vater Daniel Carter hieß. Carter war einundsechzig Jahre alt und mit einer Frau namens Sofia verheiratet. Sie hatten drei erwachsene Töchter, Cheri, Alena und Rosa – Wildes Halbschwestern, wie er annahm. Carter lebte an der Sundew Avenue in Henderson, Nevada, in einem Ranch-Haus mit vier Schlafzimmern. Er leitete seine eigene kleine Baufirma, Dream House Construction.
Als der junge Wilde vor fünfunddreißig Jahren allein im Wald aufgefunden wurde, schätzten die Ärzte sein Alter auf fünf bis sieben Jahre. Er konnte sich weder an Eltern noch an

sonstige Bezugspersonen erinnern, und auch nicht daran, je ein anderes Leben geführt zu haben, als sich irgendwie allein in diesen Bergen durchzuschlagen. Der kleine Junge hatte überlebt, indem er in leer stehende Hütten und Sommerhäuser eingebrochen war und dort Kühlschränke und Vorratskammern plünderte. Manchmal hatte er in leer stehenden Häusern oder in Zelten geschlafen, die er aus Garagen gestohlen hatte. Wenn das Wetter mitspielte, schlief der junge Wilde allerdings draußen unter dem Sternenhimmel.

Das tat er immer noch.

Nachdem man ihn entdeckt und aus diesem wilden Dasein »errettet« hatte, brachte das Jugendamt den kleinen Jungen vorübergehend bei einer Pflegefamilie unter. Angesichts des großen Medienechos rechneten fast alle damit, dass sich die Eltern bald melden und den »kleinen Tarzan« für sich beanspruchen würden. Doch aus Tagen wurden Wochen. Dann Monate. Dann Jahre. Dann Jahrzehnte.

Drei Jahrzehnte.

Niemand hatte sich gemeldet.

Natürlich gab es Gerüchte. Manche glaubten, dass Wilde einem mysteriösen und verschwiegenen Bergvolk entstammte und der kleine Junge weggelaufen war, weil man ihn dort womöglich vernachlässigt hatte. Vielleicht hatten die Angehörigen dieses Stamms Angst zuzugeben, dass er zu ihnen gehörte. Andere spekulierten, dass die Erinnerungen des kleinen Jungen unzutreffend wären, da er nicht jahrelang allein im gefährlichen Wald hätte überleben können, und er außerdem zu sprachgewandt und intelligent war, als dass er ohne Eltern aufgewachsen sein könnte. Diese Leute gingen davon aus, dass dem kleinen Wilde etwas Schreckliches zugestoßen war – etwas Traumatisches, das er nur bewältigen konnte, indem er jede Erinnerung an den Vorfall verdrängte.

Wilde wusste, dass das nicht stimmte, aber es spielte auch keine Rolle.

Die einzigen Erinnerungen an seine frühe Kindheit blitzten als unverständliche Visionen oder in Träumen auf: ein rotes Geländer, ein dunkel eingerichtetes Haus, das Porträt eines Mannes mit Schnurrbart, und manchmal meinte er eine Frau schreien zu hören.

Wilde – sein Ziehvater hatte sich diesen passenden Namen ausgedacht – wurde zu so etwas wie einer modernen Mythengestalt. Er war das lokale Schreckgespenst, das allein in den Bergen lebte. Wenn Eltern in der Umgebung von Mahwah sichergehen wollten, dass ihre Kinder vor Sonnenuntergang nach Hause kamen oder keine Streifzüge durch die ausgedehnten, dichten Waldgebiete unternahmen, griffen sie oft auf die Geschichte vom Jungen aus dem Wald zurück. Bei Einbruch der Dunkelheit würde er aus seinem Versteck kommen – wild, ungestüm und blutdürstig.

Drei Jahrzehnte waren inzwischen vergangen, und noch immer hatte niemand eine Vorstellung davon, woher er stammte. Auch Wilde selbst hatte sie nicht gehabt.

Bis jetzt.

Aus seinem geparkten Mietwagen beobachtete Wilde, wie Daniel Carter auf der gegenüberliegenden Straßenseite die Haustür öffnete und auf seinen Pick-up zuging. Mit der iPhone-Kamera zoomte er das Gesicht seines Vaters heran und schoss ein paar Fotos. Er wusste, dass Daniel Carter derzeit an einem neuen Bauprojekt arbeitete – zwölf Wohneinheiten mit jeweils drei Schlafzimmern, zwei Badezimmern, einer Gästetoilette und, wie es auf der Website hieß, einer Küche mit »anthrazitfarbenen Schrankfronten«. Wenn man auf der Website auf »Über uns« klickte, erschien: »Dream House Construction plant, errichtet und verkauft seit mehr als fünfundzwanzig Jahren qualitativ hochwertige Häuser, die ganz auf Ihre Bedürfnisse und Träume zugeschnitten sind.«

Wilde mailte drei Fotos von der Website an Hester Crimstein, eine renommierte Anwältin aus New York City, die für ihn so etwas wie eine Ersatzmutter geworden war. Er fragte sie auch, ob sie eine Ähnlichkeit zwischen ihm und dem Mann sah, der womöglich sein leiblicher Vater war.

Fünf Sekunden, nachdem er auf Senden gedrückt hatte, rief Hester an.

Wilde ging ran und fragte: »Und?«

»Holla.«

»Holla, der sieht ja aus wie ich?«

»Wenn er dir noch ähnlicher sehen würde, Wilde, hätte ich angenommen, dass du eine Alterungssoftware benutzt hast.«

»Du glaubst also…«

»Das ist dein Vater, Wilde.«

Er saß nur ganz ruhig mit dem Handy am Ohr da.

»Alles okay mit dir?«, fragte Hester.

»Ja.«

»Wie lange beobachtest du ihn schon?«

»Seit vier Tagen.«

»Und was hast du jetzt vor?«

Wilde überlegte. »Ich könnte die ganze Sache einfach auf sich beruhen lassen.«

»Quatsch.«

Er sagte nichts.

»Wilde?«

»Was ist?«

»Du bist ein Opfer«, sagte Hester.

»Opfer.«

»Das Wort hab ich von meinem Enkel. Es bedeutet Feigling.«

»Ja, das war schon klar.«

»Geh schon und rede mit ihm. Frag ihn, warum er einen kleinen Jungen allein im Wald zurückgelassen hat. Ach, und dann ruf mich sofort an, ich bin nämlich wahnsinnig neugierig.«

Hester legte auf.

Daniel Carter hatte weiße Haare, sonnengebräunte Haut und muskulöse Unterarme, wahrscheinlich weil er schon sein Leben lang körperlich arbeitete. Die Familie schien sich, wie Wilde beobachtet hatte, ziemlich nahe zu stehen. Gerade stand seine Frau Sofia lächelnd in der Tür und winkte zum Abschied, als er in seinen Pick-up stieg.

Letzten Sonntag hatten Daniel und Sofia in ihrem Garten ein Grillfest für die ganze Familie veranstaltet. Ihre Töchter Cheri und Alena waren mit ihren Familien da gewesen. Daniel hatte am Grill gestanden, mit Kochmütze und einer Schürze, auf der »Göttergatte« stand. Sofia hatte Sangria und Kartoffelsalat vorbereitet. Zum Sonnenuntergang machte Daniel ein Feuer in der Feuerstelle, und tatsächlich röstete die ganze Familie Marshmallows und spielte Brettspiele, wie in einem Gemälde von Norman Rockwell. Bei diesem Anblick und dem Gedanken an das, was ihm entgangen war, erwartete Wilde eigentlich, einen stechenden Schmerz zu verspüren, in Wahrheit fühlte er jedoch sehr wenig.

Dieses Leben war nicht besser als seines. Es war nur anders.

Er kämpfte mit dem Wunsch, zum Flughafen zu fahren und nach Hause zu fliegen. Die letzten sechs Monate hatte er damit verbracht, in Costa Rica mit einer Mutter und ihrer Tochter so etwas wie ein normales Familienleben zu führen, aber es wurde Zeit, in seine abgelegene Ecocapsule tief im

Herzen der Ramapo Mountains zurückzukehren. Da gehörte er hin, da fühlte er sich am ehesten zu Hause.

Allein. Im Wald.

Hester Crimstein und der Rest der Welt mochten »wahnsinnig neugierig« sein und mehr über die Herkunft des »Jungen aus dem Wald« wissen wollen, der Junge selbst war es nicht. Er war es auch nie gewesen. Seine Eltern waren entweder tot, oder sie hatten ihn im Stich gelassen. Welche Rolle spielte es da, wer sie waren, oder aus welchem Grund sie das getan hatten? Es änderte nichts, zumindest nicht zum Besseren.

Wilde ging es gut, besten Dank auch. Warum sollte er ohne jede Not Unruhe in sein Leben bringen?

Daniel Carter startete den Motor seines Pick-ups. Er fuhr die Sundew Avenue hinauf und bog links ab in die Sandhill Sage Street. Wilde folgte ihm. Vor ein paar Monaten war Wilde der Versuchung erlegen und hatte seine DNA widerstrebend an eine dieser Ahnenforschungs-Websites geschickt, die gerade so angesagt waren. Das hatte noch nichts zu bedeuten, dachte er. Falls es eine Übereinstimmung geben sollte, könnte er sie immer noch ignorieren. Es war nicht mehr als ein unverbindlicher erster Schritt.

Die Ergebnisse brachten keine weltbewegenden Neuigkeiten. Die größte Übereinstimmung bestand mit einem Mann mit den Initialen PB, der laut der Ahnenforschungs-Website ein Cousin zweiten Grades war. Na super. PB meldete sich über die Website. Als Wilde gerade antworten wollte, machte das Leben ihm einen dicken Strich durch die Rechnung. Zu seiner eigenen Überraschung verließ er nach all den Jahren den Wald, den er immer als sein Zuhause bezeichnet hatte, um sich in Costa Rica in einem etwas unkonventionellen Familienleben zu versuchen.

Es war nicht wie geplant verlaufen.

Vor zwei Wochen, er packte gerade für die Rückreise aus Costa Rica, hatte ihm die Ahnenforschungs-Website eine E-Mail mit dem Betreff »WICHTIGES UPDATE!« geschickt. Sie hatten einen Treffer für »einen Verwandten, der erheblich mehr DNA mit Ihnen gemeinsam hat« als »alle bisherigen Treffer«. Zu diesem Account waren die Initialen DC angegeben. Am Ende der E-Mail blinkte ein Link: »MEHR ERFAHREN!« Entgegen seiner Instinkte hatte Wilde darauf geklickt.

Alter, Geschlecht und die hohe Übereinstimmung zeigten, dass DC Wildes Vater war.

Wilde hatte nur auf den Bildschirm gestarrt.

Was jetzt? Die Tür zu seiner Vergangenheit war direkt vor ihm. Er brauchte sie nur noch zu öffnen. Doch er zögerte. Funktionierte diese irre, aufdringliche Website nicht in beide Richtungen? Wenn Wilde eine Benachrichtigung bekommen hatte, dass sein Vater in der Datenbank war, war dann nicht umgekehrt davon auszugehen, dass auch sein Vater eine Benachrichtigung erhalten hatte?

Warum hatte DC sich nicht bei ihm gemeldet?

Zwei Tage lang ließ Wilde die Sache auf sich beruhen. Zwischenzeitlich hätte er beinahe sein gesamtes Profil gelöscht. Bei der Sache konnte nichts Gutes rauskommen, davon war er überzeugt. Er hatte sich im Laufe der Jahre alle erdenklichen Intrigen durch den Kopf gehen lassen, die erklären würden, wie ein kleiner Junge allein in den Wald geraten und dort – wenn man ehrlich war – zum Sterben zurückgelassen worden war.

Als er Hester anrief und ihr von dem väterlichen Treffer und seinem Widerwillen, dem nachzugehen, erzählte, sagte sie: »Willst du hören, wie ich darüber denke?«

»Klar.«
»Du bist ein Schmock.«
»Das hilft mir echt weiter.«
»Hör mir gut zu, Wilde.«
»Okay.«
»Ich bin erheblich älter als du.«
»Das ist wahr.«
»Sei still. Damit du mich hörst. Ich kick Knowledge.«
»Ich kick Knowledge? Im Ernst? Ist das aus Hamilton, dem Musical?«
»Ja, ist es.«
Er rieb sich die Augen. »Sprich weiter.«
»Die hässlichste Wahrheit ist besser als die schönste Lüge.«
Wilde runzelte die Stirn. »Und das stammt jetzt womöglich aus einem Glückskeks?«
»Schluss mit den klugen Sprüchen. Du kannst nicht davor weglaufen, das weißt du ganz genau. Du musst die Wahrheit erfahren.«

Natürlich hatte Hester recht. Selbst wenn er die Tür nicht öffnen wollte, konnte er doch nicht den Rest seines Lebens davorstehen und sie anstarren. Also loggte er sich wieder auf der Ahnenforschungs-Website ein und schrieb eine Nachricht an DC. Er schrieb knapp und schlicht:

Ich bin vielleicht Ihr Sohn. Können wir uns unterhalten?

Als er auf Senden tippte, bekam er sofort eine automatische Antwort. Laut der Website war DC nicht mehr in der Datenbank. Das war sowohl seltsam als auch unerklärlich – sein Vater hatte beschlossen, seinen Account zu löschen –, doch genau dieser Schritt erhöhte plötzlich Wildes Drang, an eine

Antwort zu kommen. Scheiß aufs Türöffnen – es wurde Zeit, sie einzutreten. Er rief Hester noch einmal an.

Falls Ihnen Hesters Name bekannt vorkommt, liegt es wahrscheinlich daran, dass es sich um die legendäre Fernsehanwältin Hester Crimstein handelt, die Moderatorin von *Crimstein on Crime*. Sie tätigte ein paar Telefonate, ließ ihre Kontakte spielen. Wilde nutzte ein paar andere Quellen aus den Jahren, in denen er in der gelegentlich etwas dubiosen »Security«-Branche gearbeitet hatte. Es dauerte zwar zehn Tage, aber dann hatten sie einen Namen:

Daniel Carter, 61, aus Henderson, Nevada.

Vor vier Tagen war Wilde direkt von Liberia, Costa Rica, nach Las Vegas, Nevada, geflogen. Jetzt saß er in einem gemieteten blauen Nissan Altima und folgte Daniel Carters Dodge Ram Pick-up zu einer Baustelle. Er hatte lange genug gezögert. Als Daniel Carter vor der halbfertigen Siedlung hielt, parkte Wilde auf der Straße und stieg aus. Der Baulärm war ohrenbetäubend. Wilde wollte sich gerade auf den Weg machen, als zwei Arbeiter auf Carter zukamen. Wilde wartete. Ein Mann reichte Carter einen Bauhelm. Der andere gab ihm ein Paar Ohrstöpsel. Carter setzte den Helm auf, steckte sich die Stöpsel in die Ohren und ging so auf die Baustelle. Die beiden Männer folgten ihm. Die Sicherheitsschuhe der drei wirbelten so viel Wüstenstaub auf, dass man sie kaum noch sah. Wilde blieb stehen und beobachtete sie. Ein mit Holzbalken aufgestelltes Schild verkündete in einer übertrieben verschnörkelten Schrift, dass hier die »VISTA MEWS« entstanden – konnte man sich einen noch gewöhnlicheren Namen vorstellen? »Luxuriöse Stadthäuser mit drei Schlafzimmern«, die man ab 299 000 Dollar erwerben konnte. Ein schräg darauf geklebter roter Schriftzug besagte: Demnächst!

Daniel Carter mochte Vorarbeiter oder Generalunternehmer sein oder wie auch immer man den Chef nannte. Offensichtlich machte es ihm aber nichts aus, sich die Hände schmutzig zu machen. Wilde beobachtete, wie er seinen Arbeitern mit gutem Beispiel voranging. Er passte einen Balken ein. Er setzte sich eine Schutzbrille auf und bohrte. Er prüfte die Arbeit, nickte seinen Mitarbeitern zu, wenn er zufrieden war, und wies sie auf Mängel hin, wenn ihm etwas nicht gefiel. Die Arbeiter respektierten ihn, das erkannte Wilde. Oder vielleicht wollte er es einfach so sehen. Schwer zu sagen.

Zweimal war Daniel Carter allein. Als Wilde zu ihm gehen wollte, kam ihm aber immer jemand zuvor. Auf der Baustelle herrschte reger Betrieb, alles war in Bewegung, und es war laut. Wilde hasste Lärm. Das hatte er schon immer. Er beschloss, noch etwas zu warten und seinen Vater auf dem Heimweg abzufangen.

Um fünf Uhr nachmittags leerte sich die Baustelle. Daniel Carter ging als einer der Letzten. Er winkte zum Abschied und stieg wieder in seinen Pick-up. Wilde folgte ihm zurück zu seiner Ranch in der Sundew Avenue.

Als Daniel Carter den Motor ausmachte und aus dem Pick-up stieg, hielt Wilde vor seinem Haus. Als Carter Wilde entdeckte, blieb er stehen. Die Haustür der Ranch öffnete sich. Seine Frau Sofia begrüßte ihn mit einem fast schon engelsgleichen Lächeln.

Wilde stieg aus seinem Nissan und sagte: »Mr Carter?«

Sein Vater blieb an der offenen Wagentür stehen, fast so, als überlege er, ob er wieder einsteigen und wegfahren sollte. Er ließ sich Zeit und musterte den Eindringling misstrauisch. Wilde wusste nicht recht, was er sagen sollte, also entschied er sich für das Einfachste:

»Kann ich Sie kurz sprechen?«

Daniel Carter sah seine Frau Sofia an. Die beiden verständigten sich irgendwie ohne Worte, was Ehepartner, die seit dreißig Jahren verheiratet waren, anscheinend konnten. Sofia ging ins Haus zurück und schloss die Tür.

»Wer sind Sie?«, fragte Carter.

»Mein Name ist Wilde.« Er ging ein paar Schritte auf Carter zu, um nicht schreien zu müssen. »Ich glaube, Sie sind mein Vater.«

ZWEI

Daniel Carter sagte nicht viel. Er hörte schweigend zu, als Wilde von seiner Vergangenheit erzählte, von der Ahnenforschungs-Website und dem Ergebnis, dass sie höchstwahrscheinlich Vater und Sohn seien. Seine Miene blieb neutral, aber er nickte von Zeit zu Zeit, rang gelegentlich die Hände oder wurde etwas blasser. Carters Gleichmut beeindruckte Wilde und erinnerte ihn merkwürdigerweise an sich selbst.

Sie standen immer noch im Vorgarten. Carter warf immer wieder verstohlene Blicke zu seinem Haus. Schließlich sagte er: »Lassen Sie uns eine Runde drehen.«

Sie stiegen in den Pick-up und fuhren schweigend los. Beiden war nicht nach Reden zumute. Wilde ging davon aus, dass Carter verblüfft war von seiner Erzählung und die Fahrt zur Erholung nutzte wie ein angeschlagener Boxer, der angezählt wurde. Aber vielleicht täuschte er sich. Es war schwer, Menschen einzuschätzen. Carter mochte verblüfft sein. Er konnte aber auch durchtrieben sein.

Zehn Minuten später saßen sie an einem Tisch im *Mustang Sally's*, einem Diner im Stil der 60er-Jahre, das sich in einer Ford-Verkaufsniederlassung befand. Die Sitze waren mit rotem Vinyl bezogen, und auch die sonstige Einrichtung versuchte, Nostalgie zu erwecken, aber wenn man aus New Jersey kam, brachten es solche Fake-Diner einfach nicht.

»Wollen Sie Geld?«, fragte Carter.

»Nein.«

»Hatte ich auch nicht erwartet.« Er atmete lang aus.

»Wahrscheinlich könnte ich Ihre Behauptungen erst einmal anzweifeln.«

»Das könnten Sie«, stimmte Wilde zu.

»Wir könnten einen Vaterschaftstest machen.«

»Könnten wir.«

»Aber eigentlich sehe ich die Notwendigkeit nicht. Wir sehen uns ähnlich.«

Wilde sagte nichts.

Carter fuhr mit der Hand durch seine weiße Mähne. »Mann, das ist echt schräg. Ich habe drei Töchter. Wussten Sie das?«

Wilde nickte.

»Die Mädchen sind mein Ein und Alles.« Er schüttelte den Kopf. »Sie müssen mir ein paar Minuten Zeit geben, okay?«

»Okay.«

»Ich weiß, dass Sie eine Menge Fragen haben. Die hab ich auch.«

Eine junge Kellnerin kam zu ihnen und sagte: »Hey, Mr C.«

Daniel Carter lächelte ihr freundlich zu. »Hallo, Nancy.«

»Wie geht's Rosa?«

»Ihr geht's prima.«

»Grüßen Sie sie von mir.«

»Mach ich.«

»Was kann ich Ihnen beiden bringen?«

Daniel Carter bestellte ein Club-Sandwich mit Pommes. Er deutete auf Wilde, der das Gleiche nahm. Nancy fragte, ob sie etwas trinken wollten. Beide Männer schüttelten gleichzeitig den Kopf. Nancy ergriff die Speisekarten und ging.

»Nancy Urban ist mit meiner Jüngsten auf die Highschool gegangen«, sagte Carter, als sie außer Hörweite war. »Tolles Mädchen.«

»Mhm.«

»Sie haben auch im selben Volleyballteam gespielt.«

»Mhm«, sagte Wilde noch einmal.

Carter beugte sich leicht vor. »Ich versteh das wirklich nicht.«

»Da sind wir schon zu zweit.«

»Ich finde das, was Sie mir erzählt haben, einfach unglaublich. Sind Sie wirklich der kleine Junge, den man vor all den Jahren im Wald gefunden hat?«

»Der bin ich«, sagte Wilde.

»Ich erinnere mich noch an die Berichte in den Nachrichten. Da wurden Sie der kleine Tarzan genannt oder so ähnlich. Irgendwelche Wanderer haben Sie entdeckt, stimmt's?«

»Ja.«

»In den Appalachen?«

Wilde nickte. »In den Ramapo Mountains.«

»Wo sind die?«

»In New Jersey.«

»Ehrlich? Die Appalachen reichen bis nach New Jersey hinein?«

»Das tun sie.«

»Hab ich gar nicht gewusst.« Wieder schüttelte Carter den Kopf. »Ich war noch nie in New Jersey.«

Jetzt war es raus. Sein leiblicher Vater war nie in dem Staat gewesen, den Wilde schon sein ganzes Leben lang sein Zuhause nannte. Wilde wusste nicht recht, was er davon halten oder wie er damit umgehen sollte.

»Man erwartet von New Jersey nicht, dass da Berge sind«, sagte Carter, der noch dabei war, seine Gedanken zu ordnen. »Ich denke dabei eher an Überbevölkerung, Umweltverschmutzung, Bruce Springsteen und die *Sopranos*.«

»Es ist ein komplizierter Staat«, sagte Wilde.

»Das ist Nevada auch. Sie glauben nicht, was für Veränderungen ich hier miterlebt habe.«

»Seit wann leben Sie in Nevada?«, versuchte Wilde das Gespräch sanft zu lenken.

»Ich wurde hier in der Nähe geboren, in einer Stadt namens Searchlight. Schon mal davon gehört?«

»Nein.«

»Rund eine Dreiviertelstunde Fahrt von hier nach Süden.« Er deutete mit dem Finger in die angegebene Richtung, als würde das etwas bringen, dann sah er seinen Finger an, schüttelte den Kopf und legte die Hand auf den Tisch. »Ich fange schon grundlos an, Small Talk zu betreiben. Tut mir leid.«

»Schon okay«, sagte Wilde.

»Es ist bloß – ein Sohn.« Möglicherweise traten ihm Tränen in die Augen. »Ich krieg das einfach nicht in den Kopf.«

Wilde schwieg.

»Eins will ich gleich zu Anfang klarstellen, okay? Ich bin mir nämlich sicher, dass Sie sich das fragen.« Er senkte die Stimme. »Ich habe nichts von Ihnen gewusst. Ich habe nicht gewusst, dass ich einen Sohn habe.«

»Wenn Sie sagen ›ich habe das nicht gewusst…‹«

»Ich meine, nie. Bis zu diesem Augenblick. Das ist ein totaler Schock für mich.«

Kalte Schauer strömten durch Wildes Körper. Er hatte sein Leben lang auf Antworten wie diese gewartet. Er hatte dieses Bedürfnis verdrängt, so getan, als würde es keine Rolle spielen, und in vielerlei Hinsicht tat es das auch nicht, aber natürlich war die Neugierde allgegenwärtig. Irgendwann hatte er beschlossen, sich nicht vom Unbekannten leiten zu lassen. Man hatte ihn zum Sterben im Wald zurückgelassen, und irgendwie hatte er das überlebt. Natürlich veränderte das einen Menschen, formte ihn, war Teil von allem, was er tat.

»Wie schon gesagt, habe ich drei Töchter. Aber jetzt, nach all den Jahren zu erfahren, dass ich einen Sohn hatte, bevor eine von ihnen überhaupt geboren wurde ...« Er schüttelte den Kopf und blinzelte. »Oh Mann, daran muss ich mich erst mal gewöhnen. Geben Sie mir etwas Zeit, um zu Atem zu kommen.«

»Natürlich.«

»Sie haben gesagt, dass Sie Wilde genannt werden?«

»Das ist richtig.«

»Wer hat Sie so genannt?«

»Mein Ziehvater.«

»Passt ja«, sagte Carter und fuhr fort: »War er gut zu Ihnen? Ihr Pflegevater?«

Wilde gefiel es nicht, immer reagieren zu müssen statt selbst Fragen zu stellen, antwortete aber »Ja« und beließ es dabei.

Carter trug immer noch sein Arbeitshemd. Es war mit einer Staubschicht bedeckt. Er zog einen Stift und eine Lesebrille aus der Brusttasche. »Sagen Sie mir noch einmal, wann Sie gefunden wurden.«

»Im April 1986.«

Carter notierte das auf dem Platzset aus Papier. »Und wie alt hat man Sie geschätzt?«

»Auf etwa sechs oder sieben.«

Auch das schrieb er auf. »Das heißt also, dass Sie um 1980 herum geboren wurden. Plus/minus ein Jahr.«

»Richtig«, sagte Wilde.

Daniel Carter nickte und blickte auf seine Notizen. »Ich nehme an, Wilde, dass Sie irgendwann im Sommer 1980 gezeugt und neun Monate später geboren wurden, das wäre dann zwischen März und Mai 1981.«

Die Tischplatte vibrierte leicht. Carter griff nach seinem Handy und sah aufs Display. »Sofia«, sagte er. »Meine Frau. Ich geh lieber ran.«

Wilde nickte knapp.

»Hey, Schatz – Ja, ich bin im Mustang Sally's.« Während Carter zuhörte, schweifte sein Blick zu Wilde. »Ein Lieferant. Er macht ein Angebot für die PVC-Rohre. Ja, natürlich, ich erzähl dir später mehr.« Nach einer weiteren Pause beendete er das Gespräch mit einem aufrichtigen: »Bis nachher. Ich liebe dich.«

Er legte das Handy wieder auf den Tisch. Dann starrte er es lange an.

»Diese Frau ist das Beste, was mir je passiert ist«, sagte er. Immer noch auf das Telefon starrend fügte er hinzu: »Es muss schwer für Sie gewesen sein, Wilde. Nichts über Ihre Vergangenheit zu wissen. Es tut mir leid.«

Wilde sagte nichts.

»Kann ich Ihnen vertrauen?«, fragte Carter. Bevor Wilde eine Antwort geben konnte, winkte Daniel Carter ab. »Blöde Frage. Sogar ziemlich beleidigend. Ich habe kein Recht, etwas von Ihnen zu verlangen. Und entweder, man hält sein Wort, oder man tut es nicht. Es ändert nichts, wenn man denjenigen vorher fragt. Die größten Lügner, denen ich je begegnet bin, konnten auch die schönsten Versprechen geben und einem dabei direkt in die Augen sehen.«

Carter legte die Hände zusammen. »Ich nehme an, dass Sie hier sind, weil Sie Antworten suchen.«

Wilde wusste nicht, ob er einen Ton herausbekommen würde, also nickte er nur.

»Ich werde Ihnen erzählen, so viel ich kann, okay? Ich überlege nur, wo ich anfangen soll. Ich denke ...« Er sah nach oben, blinzelte und fing an. »Also, Sofia und ich haben im letzten Jahr der Highschool angefangen, miteinander auszugehen. Wir haben uns ziemlich schnell ineinander verliebt. Aber wir waren fast noch Kinder. Sie wissen ja, wie das ist. Jedenfalls ist Sofia viel klüger als ich. Nachdem wir den Abschluss gemacht hatten, ist sie aufs College gegangen. Nicht in Nevada. In Utah. Sie war die Erste in ihrer Familie, die aufs College gegangen ist. Ich bin zur Air Force. Waren Sie beim Militär?«

»Ja.«

»Welche Truppe?«

»Bei der Army.«

»Waren Sie im Kriegseinsatz?«, fragte er.

Wilde sprach nicht gerne darüber. »Ja.«

»Ich nicht. Lag an meinem Alter. Ich hatte Glück. Nachdem wir aus Vietnam raus waren, das war ja schon in den Siebzigern, und bis Reagan 1986 Libyen bombardiert hat, dachte ich, dass wir nie wieder in den Krieg ziehen würden. Klingt ziemlich seltsam heutzutage, aber so war das damals. Das hat der Vietnamkrieg unserer Psyche angetan. Das ganze Land litt an einer posttraumatischen Belastungsstörung, was vielleicht auch ganz gut war. Die meiste Zeit war ich in der Nellis Air Force Base stationiert, die nur rund eine halbe Stunde von hier entfernt ist, aber ich war auch für ein paar kurze Einsätze im Ausland. In Ramstein in Deutschland und in Mildenhall in England. Ich war kein Pilot oder so etwas. Ich habe im Hoch- und Tiefbau gearbeitet und im Wesentlichen Stützpunkte instand gehalten und erweitert. Da habe ich dann viel über das Bauwesen gelernt.«

Nancy, die Kellnerin, unterbrach ihn. »Die Pommes frites waren schon fertig, also habe ich sie schon mal rausgebracht. Die schmecken einfach besser, wenn sie heiß sind.«

Carter setzte sein breites, charmantes Lächeln auf. »Das ist sehr aufmerksam von dir. Danke, Nancy.«

Nancy Urban stellte den großen Korb mit Pommes frites zwischen die beiden Männer, und einen kleinen Teller vor jeden von ihnen. Ketchup stand schon auf dem Tisch, Nancy rückte die Flasche jedoch in die Mitte, als wolle sie sie daran erinnern, dass sie da war. Als sie ging, nahm Carter eine einzelne Pommes.

»Sofia und ich haben uns verlobt, kurz bevor ich zu meinem Sommereinsatz in Ramstein aufgebrochen bin. Wir waren noch sehr jung, und ich hatte Angst, sie zu verlieren. Schließlich hat sie an der Uni all diese coolen Typen kennengelernt. Die anderen Paare aus der Highschool, die ich kannte, hatten sich schon wieder getrennt – oder sie *mussten* heiraten, weil die Frau schwanger geworden war. Jedenfalls habe ich ausgerechnet in einem Pfandhaus einen Verlobungsring gekauft.« Er kniff die Augen zusammen. »Haben Sie ein Problem mit Alkohol, Wilde?«

»Nein.«

»Drogen? Sonst irgendeine Sucht?«

Wilde rutschte auf der Bank herum. »Nein.«

Carter lächelte. »Freut mich, das zu hören. Ich hatte eine Alkohol-Phase, bin aber inzwischen seit achtundzwanzig Jahren trocken. Aber darauf kann ich nicht die Schuld schieben. Nicht so richtig. Lange Rede, kurzer Sinn. Ich hatte einen verrückten Sommer in Europa. Ich hielt es für meine letzte Chance als alleinstehender Mann, und idiotischerweise dachte ich, ich müsste mir die Hörner abstoßen, oder was auch immer für Begriffe wir Männer uns ausdenken, um so etwas zu beschönigen und unser Verhalten zu rechtfertigen. Außer damals, in diesem Sommer, habe ich Sofia nie betrogen, und manchmal, selbst nach all den Jahren, sehe ich sie an, wenn sie schläft, und fühle mich schuldig. Aber ich habe es getan. One-Night-Stands, so nannten wir das früher. Verdammt, ich glaube, man nennt es heute immer noch One-Night-Stands, oder?«

Er sah Wilde an, als erwarte er eine Antwort von ihm.

»Ich denke schon«, sagte Wilde, um das Gespräch in Gang zu halten.

»Richtig. Sind Sie verheiratet, Wilde?«

»Nein.«

»Geht mich aber auch nichts an. Entschuldigung.«

»Ist schon okay.«

»Jedenfalls habe ich im Sommer 1980 mit acht Frauen geschlafen. Ja, ich kenne die genaue Zahl. Erbärmlich, oder? Abgesehen von Sofia sind das die einzigen Frauen, mit denen ich in meinem Leben je Sex hatte. Die logische Schlussfolgerung lautet also, dass eine dieser acht Frauen Ihre Mutter ist.«

Bei einem One-Night-Stand gezeugt, dachte Wilde. Hatte das etwas zu bedeuten? Wilde hätte nicht sagen können, was. Vielleicht lag eine gewisse Ironie darin, dass Wilde sich in sehr kurzfristigen Beziehungen am wohlsten fühlte – oder, um es konkret zu sagen, bei One-Night-Stands. Er hatte ein paar Freundinnen gehabt, Frauen, mit denen er versucht hatte, eine Beziehung einzugehen, aber irgendwie hatte es nie recht funktioniert.

»Diese acht Frauen«, sagte Wilde.

»Was ist mit ihnen?«

»Haben Sie ihre Namen oder Adressen?«

»Nein.« Carter rieb sich das Kinn und sah nach oben. »Ich erinnere mich nur noch an ein paar Vornamen, tut mir leid.«

»Hat sich je eine bei Ihnen gemeldet?«

»Hinterher, meinen Sie? Nein. Ich habe nie wieder etwas

von ihnen gehört. Sie müssen bedenken, dass das 1980 war. Handys oder E-Mails gab es nicht. Ich kannte ihre Nachnamen nicht, sie kannten meinen nicht. Kennen Sie die Songs von *Bob Seger & The Silver Bullet Band*?«
»Eigentlich nicht.«
Ein wehmütiges Lächeln huschte über sein Gesicht. »Oh Mann, da verpassen Sie was. Aber *Night Moves* oder *Turn the Page* haben Sie bestimmt schon mal gehört. In *Night Moves* singt Bob Seger jedenfalls: ›I used her, she used me, neither one cared.‹ So war es für mich in jenem Sommer.«
»Dann waren das alles One-Night-Stands?«
»Na ja, mit einem Mädchen war es eher eine Wochenendaffäre. In Barcelona. Das waren wahrscheinlich drei Nächte.«
»Und die kannte Sie nur als Daniel«, sagte Wilde.
»Meistens nenne ich mich Danny, aber im Prinzip ja.«
»Keine Nachnamen. Keine Adressen.«
»So ist es.«
»Haben Sie ihnen erzählt, dass Sie Soldat sind, oder wo Sie stationiert waren?«
Er überlegte. »Schon möglich.«
»Aber selbst wenn Sie das getan haben«, fuhr Wilde fort, »Ramstein ist riesig. Da sind mehr als 50 000 Amerikaner.«
»Waren Sie da?«
Wilde nickte. Er hatte dort drei Wochen lang für eine geheime Mission im Nordirak trainiert. »Wenn also eine junge Frau schwanger geworden ist und auf der Suche nach dem Vater auf dem Stützpunkt nach einem Danny oder Daniel gefragt hat...«
»Moment mal«, unterbrach Carter. »Glauben Sie, Ihre Mutter hat mich gesucht?«
»Keine Ahnung. Es war 1980. Sie war schwanger. Viel-

leicht. Aber vielleicht auch nicht. Vielleicht stand sie auch auf One-Night-Stands. Vielleicht hatte sie damals mit einem Haufen Typen One-Night-Stands und wusste nicht, wer der Vater ist. Wer weiß.«

»Aber Sie haben recht«, sagte Carter, und die Farbe schien aus seinem Gesicht zu weichen. »Selbst wenn sie mich gesucht hätte, hätte sie keine Chance gehabt. Ich war ja auch nur zwei Monate da. Vielleicht war ich sogar schon wieder in den Staaten, als sie mitgekriegt hat, dass sie schwanger ist.«

Nancy brachte die Sandwiches. Sie stellte einen Teller vor Carter und einen vor Wilde. Ihr Blick wanderte hastig zwischen den beiden hin und her. Sie spürte, dass die Stimmung angespannt war, und verschwand wieder.

»Acht Frauen«, sagte Wilde. »Wie viele von ihnen waren Amerikanerinnen?«

»Ist das nicht egal?« Doch dann: »Ach so, verstehe. Sie wurden in New Jersey im Wald ausgesetzt. Daher ist anzunehmen, dass Ihre Mutter Amerikanerin ist.«

Wilde wartete.

»Nur eine. Die meisten Mädchen habe ich in Spanien kennengelernt. Das war damals für die Europäer wie hier der Spring Break in Florida.«

Wilde bemühte sich, ruhig zu atmen. »Was wissen Sie noch über sie?«

Wieder ergriff Carter ein einzelnes Pommes-Stäbchen mit Daumen und Zeigefinger und starrte darauf hinunter, als läge darin die Antwort. »Ich glaube, sie hieß Susan.«

»Okay«, sagte Wilde. »Und wo haben Sie Susan kennengelernt?«

»In einer Diskothek in Fuengirola. Das ist eine Stadt an der Costa del Sol. Ich erinnere mich, dass ich sie angesprochen habe, und als sie antwortete, war ich von ihrem Akzent überrascht, weil damals nur sehr wenige Amerikaner da unten Urlaub gemacht haben.«

»Sie sind also in der Disco«, fuhr Wilde fort. »Versuchen Sie, sich zu erinnern. Mit wem waren Sie da?«

»Wahrscheinlich mit ein paar Jungs aus meinem Regiment. Aber genau weiß ich das nicht mehr. Tut mir leid. Es kann sein, dass sie dabei waren. Wir sind von einer Disco zur nächsten gezogen.«

»Hat Susan Ihnen erzählt, woher sie kam?«

Carter schüttelte den Kopf. »Ich bin nicht mal mehr sicher, ob sie wirklich Amerikanerin war. Man ist da unten, wie schon gesagt, nur selten jungen Amerikanerinnen begegnet. Die waren damals, also 1980, einfach nicht in der Gegend unterwegs. Aber sie hatte eindeutig einen amerikanischen Akzent, also nehme ich an, dass sie von hier war. Ich war auch schon ziemlich betrunken. Ich weiß noch, dass ich mit ihr getanzt habe. So machte man das damals. Man hat heftig getanzt, bis beide verschwitzt waren, dann ist man gegangen.«

»Wohin sind Sie mit ihr gegangen?«

»Wir hatten mit ein paar Leuten das Geld für ein Hotelzimmer zusammengeschmissen.«

»Wissen Sie noch, wie das Hotel hieß?«

»Nein, aber es war ganz in der Nähe der Disco. Ein Hochhaus. Ich erinnere mich noch, dass es rund war.«

»Rund?«

»Ja. Es war ein rundes Hochhaus. Unverwechselbar. Unser Zimmer hatte einen Balkon. Fragen Sie mich nicht, woher ich das weiß, aber ich weiß es. Wenn ich mir im Internet Bilder von Hotels in Fuengirola angucke, würde ich es wahrscheinlich wiedererkennen. Falls es noch steht.«

Als ob das irgendetwas ändern würde, dachte Wilde. Als ob

er nach Spanien fliegen und in einem großen Hotel fragen könnte, ob eine junge Amerikanerin namens Susan 1980 dort einen One-Night-Stand hatte.

»Wissen Sie noch, wann genau das war?«

»Meinen Sie das Datum?«

»Ja. Oder sonst irgendwas.«

»Ich glaube, das mit ihr war gegen Ende meines Aufenthalts. Sie muss ungefähr das sechste oder siebte Mädchen gewesen sein, also war es wahrscheinlich im August. Aber das ist nur eine Schätzung.«

»Hat sie auch in diesem runden Hochhaus gewohnt?«

Carter verzog das Gesicht. »Ich weiß es nicht, kann es mir aber nicht vorstellen.«

»Mit wem war sie unterwegs?«

»Keine Ahnung.«

»Als Sie sie angesprochen haben, war da jemand bei ihr?«

Carter schüttelte langsam den Kopf. »Sorry, Wilde. Ich kann mich nicht mehr daran erinnern.«

»Wie sah sie aus?«

»Braune Haare. Hübsch. Aber ...« Er zuckte die Achseln und entschuldigte sich noch einmal.

Sie gingen andere Möglichkeiten durch. Eine Ingrid aus Amsterdam. Rachel oder Racquel aus Manchester. Anna aus Berlin. Eine Stunde verging. Dann eine weitere. Schließlich aßen sie ihre Sandwiches und die inzwischen kalten Pommes frites. Zwischendurch vibrierte Daniel Carters Handy mehrmals. Er ignorierte es. Sie unterhielten sich, wobei Carter den Großteil des Gesprächs bestritt. Wilde war nicht der Typ, der sich öffnete.

Als das Handy erneut vibrierte, winkte Daniel Carter Nancy, dass sie ihm die Rechnung bringen sollte. Wilde wollte sie bezahlen, aber Carter winkte ab. »Ich würde sagen, das ist das Mindeste, was ich tun kann, aber das wäre eine Beleidigung.«

Sie stiegen wieder in den Pick-up und fuhren zurück zum Haus in der Sundew Avenue. Beide Männer versanken in ein dichtes, fast schon greifbares Schweigen. Wilde blickte durch die Windschutzscheibe in den Nachthimmel. Er sah schon sein Leben lang zu den Sternen hinauf, aber einen solchen Himmel wie den im amerikanischen Südwesten kurz nach der Abenddämmerung – diesen vollen Türkiston – gab es nur hier.

»Wo schlafen Sie heute Nacht?«, fragte sein Vater.

»Im Holiday Inn Express.«

»Schick.«

»Ja.«

»Ich muss Sie um einen Gefallen bitten, Wilde.«

Wilde sah das Profil seines Vaters an. Die Ähnlichkeit zu seinem eigenen war nicht zu übersehen. Carter starrte nach vorne auf die Straße, seine knorrigen Hände umklammerten das Lenkrad in einer perfekten Zehn-vor-zwei-Stellung.

»Und das wäre?«, sagte Wilde.

»Ich habe eine wirklich tolle Familie«, sagte er. »Eine liebevolle Frau, wunderbare, bezaubernde Töchter und sogar Enkelkinder.«

Wilde sagte nichts.

»Wir sind ziemlich einfache Menschen. Wir arbeiten hart. Wir versuchen, das Richtige zu tun. Ich besitze schon seit Langem eine eigene Firma. Ich habe nie jemanden betrogen und biete meinen Kunden einen anständigen Service. Zweimal im Jahr fahren Sofia und ich mit einem Airstream-Wohnmobil in einen Nationalpark, den wir noch nicht kennen, und machen dort Urlaub. Früher sind die Mädchen mitgekommen, aber inzwischen haben sie natürlich ihre eigenen Familien.«

Carter setzte den Blinker und griff beim Abbiegen um. Dann sah er Wilde an.

»Ich möchte nicht so eine Bombe platzen lassen und ihr Leben derart durcheinanderwirbeln«, erklärte er. »Das werden Sie doch verstehen, oder?«

Wilde nickte. »Das tue ich«, sagte er.

»Als ich in jenem Sommer nach Hause gekommen bin, hat Sofia mich auf der Air Base besucht. Sie hat gefragt, was ich da drüben gemacht habe. Ich habe ihr direkt in die Augen gesehen und gelogen. Es scheint so lange her zu sein – und das ist es auch, verstehen Sie mich nicht falsch – aber wenn Sofia jetzt erfährt, dass unsere Ehe auf dieser Lüge basiert ...«

»Schon klar«, sagte Wilde.

»Ich – können Sie mir einfach etwas Zeit geben? Um darüber nachzudenken?«

»Worüber nachzudenken?«

»Darüber, was ich ihnen sage. Ob ich es ihnen sage. Wie ich es ihnen sage.«

Wilde überlegte. Er wusste gar nicht genau, ob er das überhaupt wollte. Wollte er drei neue Schwestern? Nein. Wollte oder brauchte er einen Vater? Nein. Er war ein Einzelgänger. Er hatte sich entschieden, allein im Wald zu leben. Beziehungen waren nichts für ihn. Die einzige Person, für die er sich wirklich verantwortlich fühlte, war sein Patenkind Matthew, der inzwischen seinen Abschluss auf der Highschool gemacht haben musste und jetzt auf die Uni ging – und auch das lag nur daran, weil Matthews Vater David, Wildes einziger Freund, aufgrund von Wildes Unachtsamkeit gestorben war. Er schuldete dem Jungen etwas. Und das würde auch immer so bleiben.

Es gab noch mehr Menschen in seinem Leben. Niemand, nicht einmal Wilde, war eine Insel.

Aber brauchte er dies in seinem Leben?

Als sie in die Sundew Avenue einbogen, sah Wilde, wie sein Vater erstarrte. Sofia und seine Tochter Alena standen auf der Eingangstreppe.

»Wie wär's damit?«, fing Daniel Carter an. »Wir treffen uns morgen zum Frühstück. Um acht im Holiday Inn Express. Dann besprechen wir alles und machen einen Plan.«

Wilde nickte, als Carter in die Einfahrt bog. Beide Männer sprangen heraus. Sofia eilte zu ihrem Mann. Der erzählte wieder die Geschichte vom PVC-Rohr-Lieferanten. So wie Sofia ihn ansah, hatte Wilde aber nicht das Gefühl, dass sie ihm das abnahm. Sie ließ Wilde keine Sekunde aus den Augen.

Als es nicht mehr unhöflich erschien, sich zu verabschieden, sah Wilde auf die Uhr, sagte, dass er gehen müsse und machte sich sofort auf den Weg zu seinem Mietwagen. Er drehte sich nicht um, spürte aber ihre Blicke in seinem Rücken. Ohne einen einzigen Blick zurückzuwerfen, stieg er ein und gab Gas. Als er am Holiday Inn Express angelangt war, packte Wilde seine Sachen. Es war nicht viel. Er checkte aus, fuhr zum Flughafen und gab den Wagen bei der Autovermietung ab. Er bekam noch den letzten Flug von Las Vegas zurück nach New Jersey.

Wilde setzte sich auf seinen Fensterplatz und ließ sich das Gespräch noch einmal durch den Kopf gehen. Er wollte keine Bombe platzen lassen und ihr Leben durcheinanderwirbeln. Und er wollte auch keine Bombe auf sein eigenes Leben werfen.

Das war's, dachte er.

Doch da täuschte er sich.

DREI

Chris Taylor, früher bekannt als Der Fremde, sagte: »Giraffe ist dran.«

Giraffe räusperte sich. »Ich will nicht melodramatisch klingen.«

»Du klingst doch immer melodramatisch.« Das war Panther. Alle glucksten.

»Na gut. Aber dieses Mal... Ich meine, der Typ verdient eine Welt voller Schmerz.«

»Einen Hurrikan der Kategorie 5«, stimmte Alpaka zu.

»Eine Plage wie die Pest«, ergänzte Kätzchen.

»Wenn jemand das Schlimmste verdient hat«, sagte Panther, »dann dieser Typ.«

Chris Taylor lehnte sich zurück und betrachtete die Gesichter auf seinem riesigen Wandmonitor. Für den Laien sah das aus wie ein gedoptes Zoom-Meeting, aber dieses Meeting hielten sie über ein sicheres Videokonferenzprogramm ab, das Chris selbst entwickelt hatte. Auf dem Monitor waren sechs Teilnehmer zu sehen, drei oben, drei unten. Ihre eigentlichen Bilder wurden durch digitale Ganzkörper-Animoji ersetzt, und zwar von – was auch sonst – einer Giraffe, einem Panther, einem Alpaka, einem Kätzchen, einem Eisbären und dem Animoji des Fremden als Anführer der Gruppe, einem Löwen. Chris, der sich jetzt in aller Öffentlichkeit in einem edlen Loft in der Franklin Street in Manhattan mit Blick auf den

Tribeca Grill versteckt hatte, wollte eigentlich nicht als Löwe erscheinen. In seinen Augen war der Löwe ein zu offensichtliches Symbol für einen Anführer und erzeugte so eine zu starke Distanz, erhob ihn also gewissermaßen zu sehr über – wenn man so wollte – die Meute.

»Lasst uns nicht vorgreifen«, sagte Chris. »Stell den Fall bitte vor, Giraffe.«

»Der Antrag wurde von einer alleinerziehenden Mutter namens Francine Courter eingereicht«, begann Giraffe. Das Giraffen-Animoji erinnerte Chris immer an den Spielzeugladen seiner Kindheit – Geoffrey die Giraffe war das Maskottchen der Spielwarenkette *Toys 'R' Us* gewesen. Chris erinnerte sich, dass seine Eltern ihn nur zu besonderen Anlässen dorthin mitgenommen hatten, und dass er das Geschäft immer voller Ehrfurcht betreten und über die schiere Magie dieser Wunderwelt gestaunt hatte. Es waren glückliche Erinnerungen, und er fragte sich oft, ob Giraffe, wer auch immer sie sein mochte, sich aus diesem Grund für dieses Animoji entschieden hatte.

»Francines einziges Kind – ihr Sohn Corey – wurde bei der Schießerei an der Schule in Northbridge im letzten April ermordet. Corey war fünfzehn Jahre alt und ging in die zehnte Klasse. Er hat Theater gespielt und Musik gemacht. Bei einer Probe für das Frühjahrskonzert platzte der Schütze herein und schoss ihm in den Kopf. Bei diesem Gewaltakt wurden achtzehn Kinder verletzt, von denen, wie ihr euch sicher erinnert, zwölf starben.« Giraffe stoppte und atmete tief durch. »Löwe?«

»Ja?«

»Muss ich noch weitere Einzelheiten über diesen Gewaltakt erzählen?«

»Ich glaube nicht, Giraffe«, sagte Chris/Löwe. »Wir

alle erinnern uns an die Nachrichtenberichte. Sofern niemand etwas dagegen hat.«

Das hatte keiner.

»Okay, dann fahre ich fort«, sagte Giraffe. Trotz der Stimmveränderungs-Software hörte Chris das Zittern in Giraffes Tonfall. Sie verwendeten alle irgendeine Art von Stimmveränderungs-Technologie. Das war Teil ihrer Sicherheitsvorkehrungen zum Schutz der Anonymität. Aus diesem Grund verdeckten die Animoji auch nicht nur ihre Gesichter – sie ersetzten ihr gesamtes Aussehen.

»Nachdem Francine ihren einzigen Sohn beerdigt hatte, wurde sie von ihrer Trauer überwältigt. Das kann man sich ja vorstellen. Sie versuchte da herauszukommen, indem sie dieses Gefühl kanalisierte und sich dafür einsetzte, dass andere Eltern dieses Leid nicht durchmachen müssen. Sie wurde zu einer lautstarken Verfechterin von Gesetzen zur Waffenkontrolle.«

»Giraffe?«

Es war Eisbär.

»Ja, Bär?«

»Vielleicht sollte ich das Thema nicht aufbringen, aber ich unterstütze den zweiten Verfassungszusatz. Wenn jemand mit der Position dieser Frau nicht einverstanden ist, selbst wenn sie eine trauernde Mutter ist...«

Giraffe unterbrach ihn barsch. »Darum geht es nicht.«

»Okay, ich will nur nicht, dass wir hier politisch werden.«

Chris meldete sich zu Wort. »In dem Punkt waren wir uns doch einig. Bei unserer Mission geht es einzig und allein um die Bestrafung von Grausamkeit und Missbrauch oder Misshandlung, nicht um Politik.«

»Es geht in diesem Fall nicht um Politik«, beharrte Giraffe. »Francine Courter wird von jemandem attackiert, der wirklich böse ist.«

»Sprich weiter«, sagte Chris zu Giraffe.

»Wo war ich – ach richtig, sie setzt sich für Waffenkontrolle ein. Und, wie Eisbär schon anmerkte, natürlich waren viele Leute mit ihrer Position nicht einverstanden. Das hatte sie erwartet. Was dann aber als Gedankenaustausch begann, verwandelte sich im Nu zu einer allumfassenden und gezielten Terrorkampagne gegen sie. Francine erhielt Morddrohungen. Im Internet wurde sie ständig von Bots verfolgt und belästigt. Ihre Adresse wurde veröffentlicht, sodass sie zu ihrem Bruder und seiner Familie ziehen musste. Aber trotz allem war sie nicht auf das vorbereitet, was die Sache dann erst richtig ins Rollen brachte.«

»Und das war?«

»Ein Verschwörungsfanatiker veröffentlichte ein Video im Netz, in dem er behauptete, die Schießerei hätte gar nicht stattgefunden.«

»Ehrlich?«, sagte Kätzchen.

»Dann waren die Überwachungsvideos, auf denen man sah, wie Kinder abgeschlachtet wurden, für diese Psychos wohl nicht Beweis genug«, ergänzte Panther.

»Ein Fake«, sagte Giraffe, »das wurde im Verschwörungsvideo behauptet. Es wäre alles nur von Befürwortern der Waffenkontrollgesetze inszeniert, damit sie euch die Waffen wegnehmen können. Francine Courter sei eine ›Katastrophendarstellerin‹, was auch immer das sein mag, außerdem wird in dem Video behauptet – und das ist jetzt das Widerlichste an der Geschichte –, dass ihr Sohn Corey nie existiert hätte.«

»Mein Gott. Wie sind...«

»Das meiste haben sie einfach erfunden. Oder sie haben die Tatsachen so sehr entstellt, bis sie unglaubwürdig wirkten. Sie haben zum Beispiel eine andere Francine Courter ausfindig gemacht, die in Kanada lebt und von sich selbst sagt, dass sie kinderlos ist, also haben sie eine Tonaufnahme gemacht, in der der Berichterstatter sie anruft und ›Francine Courter‹ erzählt, dass sie nie einen Sohn namens Corey hatte und deshalb natürlich auch kein Kind von ihr erschossen oder anderweitig getötet wurde. Ergo muss das alles Schwindel sein.«

»Ich kann mit diesen Leuten nicht«, sagte Alpaka.

»Schlimm genug, ein Kind zu verlieren«, fügte Kätzchen an, die einen englischen Akzent hatte, der allerdings auch auf ihre Stimmveränderungs-Software zurückzuführen sein könnte, »aber dann auch noch so von diesen Irren traktiert zu werden.«

»Wer ist denn so dumm und glaubt so etwas?«, fragte Eisbär.

»Du würdest dich wundern«, sagte Giraffe. »Oder vielleicht auch nicht.«

»Was wurde in dem Verschwörungsvideo denn noch gezeigt?«, fragte Chris.

»Nichts, das irgendwelchen Sinn ergibt. Es wurden noch eigenartige Suggestivfragen gestellt, wie ›Warum sind einige Überwachungsvideos aus der Schule in Schwarzweiß, andere aber in Farbe?‹, als ob das ein Beweis dafür wäre, dass das alles Fake ist. Dann fälschen oder erfinden sie vermeintliche Beweisfotos. Zum Beispiel – und das ist einfach nur abscheulich – hat ein Bot ein Foto eines Jungen, der Corey ein wenig ähnelt, bei einem Mets-Spiel gepostet, das *nach* dem Gewaltakt stattfand. Der Text dazu lautete: ›Hier sieht man den

Schauspieler, der bei der Northbridge-High-Inszenierung den Corey Courter gespielt hat, letzte Woche bei einem Baseball-Spiel!‹, worauf andere dann Kommentare schreiben wie: ›Wow, das ist der Beweis, dass das alles nur Fake war, der sieht doch vollkommen fit aus, das ist alles nur Betrug, ihr Schlafschafe, hört endlich auf, das zu glauben, was die Mainstream-Medien euch erzählen, recherchiert selbst, Francine Courter ist ein Lügenmaul‹, und so weiter.«

»So schrecklich das auch klingt«, sagte Eisbär, »aber es scheint, als würden wir über zu viele Personen sprechen, um sinnvolle Maßnahmen zu ergreifen.«

»Das war auch meine Sorge«, sagte Giraffe, »bis ich mir das zweite Video näher angesehen habe.«

»Das zweite Video?«

»Das erste Video, das auf YouTube war und in dem behauptet wird, die Schießerei sei ein Fake gewesen, wurde von einem Account namens *Bitter Truth* gepostet. Das Video wurde dann zwar irgendwann gelöscht, aber wie immer in solchen Fällen war es viel zu spät. Bis dahin war es schon über drei Millionen Mal aufgerufen worden. Es war längst kopiert und weiterverbreitet worden. Das kennt ihr ja. Aber dann kam ein zweites Video unter dem Namen *Truth de Bitter* heraus.«

»Nicht gerade ein tolles Pseudonym«, sagte Chris.

»Nein, absolut nicht. Er will uns wissen lassen, dass es aus der gleichen Quelle stammt.«

»Du sagst ›er‹«, merkte Panther an.

»Ja.«

»Dann ist es ein Mann?«

»Ja.«

Das überraschte keinen von ihnen. Ja, auch Frauen

trollten. Aber nicht wie Männer. Das war kein Sexismus. Es waren Fakten.

»Sein zweites Video...« Giraffe stoppte, um sich zu sammeln.

Schweigen.

Schließlich fragte Panther leise: »Bist du okay, Giraffe?«

»Lass dir Zeit«, sagte Chris.

»Ja, gebt mir ein paar Sekunden. Es war einfach schwer, das anzusehen. Der Link ist in meinem Bericht, aber kurz gesagt geht der Typ zu Coreys Grab. Er stellt sich an den Grabstein eines fünfzehnjährigen Jungen. Der Typ ist ganz schwarz gekleidet wie ein Ninja und trägt eine Maske, damit man ihn nicht erkennt. Außerdem hat er dieses Gerät dabei. Es sieht aus wie so ein Metalldetektor, mit denen man manchmal Leute am Strand herumlaufen sieht. Verdammt, wahrscheinlich war es das auch. Er behauptet, es wäre ein ›BCD‹ – ein Buried Corpse Detector, mit dem man begrabene Leichen orten kann. Dann demonstriert er an anderen Gräbern, dass der Detektor anschlägt, wenn er ihn knapp über den Boden hält. Es klingt wie statisches Rauschen. Er behauptet, dass das Gerät auf diese Weise anzeigt, dass in dem Grab tatsächlich eine Leiche liegt. Dann schwenkt er das Gerät über Coreys Grab. Ratet mal, was dann passiert?«

»Oh mein Gott«, sagte Alpaka.

»Genau. Er behauptet, das fehlende Rauschen zeige, dass dort keine Leiche liegt.«

»Und die Leute glauben das?«

»Wenn es in ihr Weltbild passt«, sagte Chris, »nehmen einem die Menschen alles ab. Das wisst ihr ebenso gut wie ich.«

»Leider bin ich noch nicht fertig.« Giraffe atmete tief durch. »Am Ende des Videos uriniert der Typ auf Coreys Grab.«

Stille.

»Dann postet er das Video, in dem er das tut, auf jeder Seite, die mit Francine Courter zu tun hat.«

Schweigen.

Chris sagte als Erster etwas. »Wie heißt er?«, stieß er zwischen zusammengebissenen Zähnen hervor.

»Kenton Frauling. Es hat eine Weile gedauert, aber ich konnte mindestens zehn der beteiligten Bots zu demselben Account wie Bitter Truth und Truth de Bitter zurückverfolgen.«

»Wie hast du ihn aufgespürt?«

»Ich habe ihm eine E-Mail geschickt, in der ich behauptet habe, für die Medien zu arbeiten und seine Geschichte zu glauben. Er hat auf den Link geklickt, und tja, den Rest kennt ihr.«

»Also hat dieser Frauling nicht nur die schrecklichen Videos gedreht...«

»Nein, er hat auch die meisten Kommentare dazu geschrieben. Er hat die ganze Zeit nur Selbstgespräche geführt. Er hat diesen Angriff orchestriert. Darüber hinaus hat er einer Bot-Farm im Ausland den Auftrag erteilt, ihn bei seinem unaufhörlichen Trommelfeuer auf Francine zu unterstützen. Neben tonnenweisen Posts und Nachrichten auf Twitter und Facebook und so weiter, ruft er Francine rund um die Uhr auf ihrem Handy an. Er schickt ihr Briefe mit Bildern von Corey und klebt sogar Flugblätter an ihr Auto.«

»Und wer ist dieser Frauling?«

»Er ist ein sechsunddreißigjähriger Verkaufsleiter

einer großen Versicherungsgesellschaft. Verdient sechsstellig.«

Chris spürte, wie sich seine Hände zu Fäusten ballten. Diese Information, die Tatsache, dass Kenton Frauling Erfolg im Leben hatte, hätte ihn eigentlich schockieren müssen, tat es aber nicht. Die meisten Menschen nahmen an, dass die große Mehrheit der bösartigen Internet-Trolle, die andere Menschen belästigten, arbeitslose Loser waren, die wütend in Mamas Keller saßen und ihre Hass-Posts in die Welt schickten. Die meisten waren jedoch gebildet, berufstätig und finanziell gut situiert. Sie alle einte allerdings das Gefühl, auf irgendeine Weise gekränkt zu werden, sie bildeten sich ein, überall auf Ablehnung zu stoßen, und sahen sich daher ohne triftigen Grund in einer Opferrolle.

»Frauling hat zwei Kinder. Er ist seit Kurzem geschieden. Das ist die Zusammenfassung des Falls. Ich habe jedem von euch eine Datei mit den erwähnten Videos und Posts geschickt.«

Chris sagte: »Im Namen sämtlicher Boomerangs möchte ich Giraffe für die unermüdliche Arbeit an diesem Fall danken.«

Die anderen murmelten zustimmend.

»Lasst uns abstimmen«, sagte Chris. »Sind alle dafür, dass wir den Fall Kenton Frauling weiterverfolgen?«

Alle stimmten mit »Aye«. Dies war der sechste und letzte Fall, der den Boomerangs heute vorgelegt wurde. Die Regel lautete: Wenn zwei Mitglieder oder mehr mit »Nay« stimmten, wurde der Troll in Ruhe gelassen. Von den sechs heute vorgelegten Fällen waren fünf angenommen worden. Bei dem einen abgelehnten Fall ging es um einen durchgestylten Reality-TV-Star, der im Internet belästigt wurde. Panther hatte den Fall vorgestellt, aber der Fernseh-Schönling war ein ziemlich unsympathisches Opfer, sodass sie beschlossen, ihre Energie lieber für Fälle aufzusparen, die es mehr verdient hatten. Das Motto der Boomerangs war schnell erklärt: Karma ist wie ein Bumerang – was du von dir gibst, fällt auf dich selbst zurück. Die Gruppe hatte ein gründliches Präsentations- und Prüfverfahren für die Auswahl ihrer Zielpersonen aufgebaut. In seiner früheren Rolle als »Der Fremde« hatte Chris auf die harte Tour gelernt, dass man nur nach Gerechtigkeit streben durfte, wenn es keinerlei irgendwie begründeten Zweifel daran gab, dass die Zielperson die Strafe verdient hatte. Um ganz sicher zu gehen, würde Chris jetzt die gesamte Akte durchgehen und nachprüfen, ob die Einzelheiten Giraffes Präsentation entsprachen. Er rechnete allerdings nicht mit irgendwelchen Problemen. Giraffe war von allen Boomerangs am gründlichsten und penibelsten.

»Okay«, sagte Chris, »lasst uns über die Härte der Reaktion sprechen. Giraffe, welche Hurrikan-Kategorie schlägst du vor?«

Giraffe antwortete, ohne zu zögern. »Wenn es jemals ein Monster gab, das nach einem Hurrikan der Kategorie 5 geschrien hat...«

»Aye«, pflichtete Panther bei. »Kategorie 5.«

Die anderen stimmten sofort zu.

Boomerang entschied sich nicht oft für einen Hurrikan der Kategorie 5. Die meisten Internet-Trolle stuften sie eher in Kategorie 2 oder 3, sodass ihre Strafe darin bestand, dass ihre Kreditwürdigkeit in Mitleidenschaft gezogen oder ein Bankkonto ausgeräumt wurde, oder man sie vielleicht erpresste – irgendetwas, womit sie dem

Troll eine Lektion erteilten, ohne ihn jedoch zu vernichten.

Kategorie 5 hingegen war verheerend. Bei Kategorie 5 ging es nicht darum, jemandem zu schaden, sondern um die totale Zerstörung.

Gott mochte Gnade walten lassen, aber von den Boomerangs durfte Kenton Frauling keine erwarten.

VIER

Vier Monate später

Hester Crimstein, prominente Strafverteidigerin der Extraklasse, beobachtete ihren Konterpart Staatsanwalt Paul Hickory, der gerade seine Krawatte zurechtrückte, um zu seinem Schlussplädoyer anzusetzen.

»Meine Damen und Herren Geschworenen, dies ist nicht nur der klarste und eindeutigste Mordfall, den ich je vor Gericht gebracht habe – es ist der unverkennbarste und eindeutigste Mord, der sämtlichen Mitarbeitern in meinem Büro je untergekommen ist.«

Hester widerstand dem Drang, die Augen zu verdrehen. Es war noch nicht so weit.

Gönn ihm seinen Moment.

Hickory ergriff die Fernbedienung, richtete sie auf den Fernseher und drückte mit dem Daumen die Einschalttaste. Der Bildschirm wurde hell. Er hätte den Fernseher mit dem Bild darauf schon vorher einschalten können, aber Paul Hickory arbeitete gerne mit ein paar kleinen Showeffekten. Hester setzte eine gelangweilte Miene auf, damit die Geschworenen, die zu ihr herüberblickten, sofort sahen, dass sie vollkommen unbeeindruckt war.

Neben Hester saß ihr Mandant, Richard Levine, der Angeklagte in diesem Mordprozess. Sie hatte mit Richard ausführlich besprochen, wie er sich verhalten sollte, wie er auftreten und wie er vor der Jury reagieren sollte – oder, was noch wichtiger war, nicht reagieren sollte. Im Moment hatte ihr Mandant, der, wenn Hickory seinen Willen bekam, den Rest seines Lebens hinter Gittern verbringen würde, die Hände ordentlich auf dem Tisch zusammengelegt und blickte mit festem Blick in den Saal.

Brav.

Auf dem Bildschirm sah man etwa ein Dutzend Menschen, die sich in der Nähe des berühmten Triumphbogens im avantgardistischen Washington Square Park versammelt hatten. Paul Hickory drückte mit dramatischer Geste die PLAY-Taste. Als das Video startete, achtete Hester darauf, ganz ruhig weiterzuatmen.

Nichts anmerken lassen, ermahnte sie sich.

Paul Hickory hatte dieses Video natürlich schon vorher gezeigt. Mehrfach. Aber er war klug genug gewesen, es nicht zu übertreiben und hatte es nicht bis zum Erbrechen wiederholt, sodass die Geschworenen sich an die Brutalität, die darin zu sehen war, hätten gewöhnen können.

Es sollte ihnen noch immer durch Mark und Bein gehen. Es sollte ihnen das Herz zerreißen.

Auf dem Video trug Richard Levine, Hesters Mandant, einen zeitlosen blauen Anzug und schwarze *Cole-Haan*-Slipper. Er ging auf einen Mann namens Lars Corbett zu, hob die Hand, in der er eine Schusswaffe hielt, und jagte Corbett ohne jedes Zögern zwei Kugeln in den Kopf.

Schreie.

Lars Corbett sackte zusammen und war schon tot, als sein Körper auf dem Boden aufschlug.

Paul Hickory drückte PAUSE und hob die Arme.

»Muss ich wirklich noch einmal zusammenfassen, was da passiert ist?«

Er ließ der rhetorischen Frage Zeit, im Gerichtssaal zu verhallen, während er von einem Ende der Geschworenenbank zum anderen schlenderte und jedem, der in seine Richtung blickte, in die Augen sah.

»Das, meine Damen und Herren Geschworenen, war eine Hinrichtung. Es handelt sich um einen kaltblütigen Mord auf den Straßen unserer Stadt – im Herzen eines unserer beliebtesten Parks. Das ist passiert. Niemand bestreitet den Tathergang. Genau hier sehen wir das Opfer, Lars Corbett.« Er deutete auf den gefallenen Mann auf dem Bildschirm, der in seinem eigenen Blut lag. »Und hier sehen wir unseren Angeklagten, Richard Levine, der die Glock 19 abgefeuert hat. Laut dem ballistischen Gutachten handelt es sich um die Mordwaffe – eine Handfeuerwaffe, die Levine nur zwei Wochen vor dem Mord bei einem Waffenhändler in Paramus, New Jersey, gekauft hatte. Wir haben vierzehn Zeugen in den Zeugenstand gerufen, die den Mord mit eigenen Augen gesehen und Mr Levine als Täter identifiziert haben. Wir haben zwei weitere Videos aus zwei unabhängigen Quellen vorgelegt, die diesen Mord aus anderen Blickwinkeln zeigen.«

Hickory schüttelte den Kopf. »Also, mein Gott, braucht irgendwer wirklich noch mehr Beweise?«

Er seufzte – nach Hesters Ansicht vielleicht etwas zu melodramatisch. Paul Hickory war jung, Mitte dreißig. Hester hatte mit seinem Vater Jura studiert, einem recht extravaganten Strafverteidiger namens Flair (ja, er hieß wirklich Flair Hickory), der inzwischen einer ihrer härtesten Konkurrenten war. Der Sohn war gut, er würde auch noch besser werden – der Apfel fällt nicht weit vom Stamm –, aber er war noch nicht so gut wie sein Vater.

»Niemand, nicht einmal Ms Crimstein oder jemand anders von der Verteidigung, hat auch nur ein einziges dieser Schlüsselereignisse bestritten. Niemand ist vorgetreten und hat gesagt, dass dies...«, er deutete auf das pausierende Video, »...nicht Richard Levine sei. Niemand hat sich gemeldet, um Mr Levine ein Alibi zu geben oder in irgendeiner Weise zu behaupten, dass er Mr Corbett nicht auf brutale Weise ermordet hat.« Er hielt inne und trat näher an die Geschworenenbank heran.

»Alles. Andere. Spielt. Keine. Rolle.«

Er sagte es so. Jedes Wort war ein eigener Satz. Hester konnte nicht widerstehen. Sie nahm Blickkontakt zu einem Mitglied der Jury auf – einer Frau namens Marti Vandevoort, die Hester für unsicher hielt – und verdrehte kurz konspirativ die Augen.

Als wüsste er, was Hester gerade tat, drehte Paul Hickory sich um und sah sie an. »Jetzt wird Ms Crimstein alles tun, um diese an sich so einfache und klare Geschichte zu verkomplizieren. Aber ich bitte Sie, wir sind doch alle zu intelligent, um auf diesen Blödsinn hereinzufallen. Die Beweislage ist überwältigend. Ich kann mir keinen Fall vorstellen, der klarer liegt. Richard Levine hat sich eine Waffe gekauft. Er ist damit verbotenerweise am 18. März zum Washington Square gegangen. Aus Zeugenaussagen und den von seinem Computer sichergestellten Dateien wissen wir, dass Mr Levine von Mr Corbett besessen war und ihn vernichten wollte. Er hat die Tat geplant, sein Opfer verfolgt und Mr Corbett dann auf offener Straße getötet. Das entspricht der Lehrbuchdefinition eines vorsätzlichen Mordes, meine Damen und Herren. Und – unglaublich, dass ich das überhaupt erwähnen muss – Mord ist Unrecht. Er verstößt gegen das Gesetz. Bringen Sie diesen Mörder hinter Gitter. Das ist

Ihre Pflicht und Schuldigkeit als Bürger dieses Staates. Ich danke Ihnen.«

Paul Hickory sank auf seinen Stuhl.

Der Richter, ihr alter Freund David Greiner, räusperte sich und sah Hester an. »Ms Crimstein?«

»Eine Sekunde, Euer Ehren.« Hester fächelte sich mit der Hand Luft zu. »Ich bin immer noch atemlos von diesem exaltierten, wenn auch vollkommen irrelevanten Schlussplädoyer des Staatsanwalts.«

Paul Hickory sprang auf. »Einspruch, Euer Ehren...«

»Ms Crimstein«, ermahnte der Richter sie halbherzig.

Hester winkte ab, entschuldigte sich und stand auf.

»Meine Damen und Herren Geschworenen, es gibt einen Grund für meine Aussage, dass Mr Hickorys Plädoyer exaltiert und vollkommen irrelevant ist. Denn diese Aussage...« Dann unterbrach Hester ihren Redefluss: »Zunächst einmal aber möchte ich Ihnen allen danken, dass Sie hier sind.« Auch dies gehörte zu Hesters Technik für ihr Schlussplädoyer. Sie würde die Mitglieder der Jury etwas reizen, sodass sie sich irgendwann fragten, worauf sie hinauswollte, und ihnen dann einen Moment Zeit geben, sich mit dieser Frage auseinanderzusetzen. »Ihre Aufgabe als Geschworene ist ebenso ehrenhaft wie wichtig, und wir vom Team der Verteidigung danken Ihnen, dass Sie hier sind, dass Sie sich bereit erklärt haben, dass Sie sich einem Mann gegenüber aufmerksam und aufgeschlossen zeigen, der so offensichtlich hereingelegt wurde. Das ist ja weiß Gott nicht mein erster Fall...«, Hester lächelte, wollte sehen, wer das Lächeln erwiderte, was dann auch drei Geschworene taten, unter anderem Marti Vandevoort, »...aber ich glaube nicht, dass ich jemals vor einer Jury gestanden habe, die einen Fall mit so großer Aufmerksamkeit und Scharfsinnigkeit verfolgt hat.«

Das war natürlich Blödsinn. Jurys sahen eigentlich immer ziemlich gleich aus. Sie langweilten sich in den gleichen Momenten. Und sie lauschten auch in den gleichen Momenten gebannt. Ihre Jury-Expertin Samantha Reiter, die drei Reihen hinter ihr saß, war der Meinung, dass diese Jury beeinflussbarer war als die meisten anderen, aber Hesters Verteidigungsstrategie war auch verrückter als die meisten anderen. Die Beweise waren, wie Paul Hickory bereits dargelegt hatte, in der Tat erdrückend. Zum Start des Rennens hatten die Verteidiger einen meilenweiten Rückstand gehabt. Das war ihr klar.

»Augenblick, wo war ich?«, fragte Hester.

Dies war eine kleine Erinnerung daran, dass Hester keine junge Frau mehr war. Sie hatte kein Problem damit, die Lieblingstante oder auch die Großmutter zu spielen, wenn sie das weiterbrachte. Klug, gerecht, streng, etwas vergesslich, liebenswert. Die meisten Geschworenen kannten Hester aus ihrer Fernsehsendung *Crimstein on Crime*. Früher hatte die Staatsanwaltschaft immer versucht, Kandidaten auszuwählen, die sie nicht kannten, aber selbst wenn der oder die eine behauptet hatte, sich die Sendung nicht anzugucken – und so groß war ihr Stammpublikum tatsächlich nicht –, hatten sie sie doch fast alle irgendwann einmal als Rechtsexpertin in der einen oder anderen Talkshow oder Nachrichtensendung gesehen. Wenn ein potenzieller Geschworener daher sagte, er wisse nicht, wer Hester sei, war das oft eine Lüge, was in Hester dann den Wunsch weckte, ihn dabeihaben zu wollen. Denn schließlich bedeutete es irgendwie, dass er in ihrer Jury sitzen *wollte* und wahrscheinlich auf ihrer Seite stünde. Die Staatsanwaltschaft hatte das im Lauf der Jahre gemerkt und aufgehört, die Kandidaten danach zu fragen.

»Oh ja, richtig. Ich habe Mr Hickorys Schlussplädoyer

als ›exaltiert, wenn auch vollkommen irrelevant‹ bezeichnet. Wahrscheinlich wollen Sie wissen, warum.«

Sie sprach leise. Sie bemühte sich immer, ihr Plädoyer so zu beginnen, damit die Geschworenen sich etwas vorbeugten. Außerdem hatte sie dadurch die Möglichkeit, sich auch stimmlich zu steigern und die Geschichte so auszuschmücken.

»Mr Hickory hat die ganze Zeit Dinge erzählt, die wir bereits wussten, nicht wahr? Was die Beweise angeht, meine ich. Wir bestreiten ja nicht, dass die Waffe meinem Mandanten gehörte, oder sonst irgendetwas, warum also vergeudet er unsere Zeit damit?«

Sie zuckte die Achseln, gab Hickory allerdings keine Gelegenheit, darauf zu antworten.

»Aber alles andere, was Mr Hickory behauptet hat – tja, ich will es nicht als unverfrorene Lügen bezeichnen, denn das wäre unhöflich. Aber das Amt des Staatsanwalts ist ein politisches, und wie die schlechtesten Politiker – haben wir im Moment nicht viel zu viele davon? – hat sich Mr Hickory seine Geschichte so zurechtgebogen, dass Sie nur seine parteiische und verzerrte Darstellung zu Ohren bekommen haben. Mann, was habe ich das satt. Sie nicht auch? Ich habe es satt, wenn Politiker so etwas tun. Ich habe es satt, wenn es in den Medien passiert. Und ich habe es satt, wenn es in den sozialen Medien passiert – nicht dass ich dort aktiv wäre, aber mein Enkel Matthew schon. Manchmal zeigt er mir, was dort so los ist, und ich sage Ihnen, es ist des Wahnsinns fette Beute, habe ich recht? Bleibt mir bloß weg damit.«

Kurzes Lachen.

Das war alles ein bisschen Show, um ein gutes Verhältnis aufzubauen. Die Leute mochten Politiker und die Medien ebenso wenig wie Anwälte, was Hesters Einleitung einen selbstironischen Zug verlieh, und so auch eine gewisse Verbindung herstellte. Außerdem wurde dadurch eine interessante Polarisierung deutlich. Wenn man die Leute fragte, was sie von Anwälten hielten, zogen sie über sie her. Wenn man sie fragte, was sie von *ihren* Anwälten hielten, lobten sie sie in den höchsten Tönen.

»Wie Sie bereits wissen, passt das meiste von dem, was Mr Hickory erzählt hat, nicht zusammen. Das liegt daran, dass das Leben nicht so schwarz-weiß abläuft, wie Mr Hickory es gerne hätte. Das wissen wir alle, nicht wahr? Es ist Teil des menschlichen Daseins. Wir alle halten uns für einzigartig komplex und glauben, dass niemand unsere Gedanken lesen kann, glauben aber auch, dass wir die unserer Mitbürger lesen können. Gibt es Schwarz und Weiß in der Welt? Sicher. Darauf werde ich gleich noch zurückkommen. Aber meistens – und das wissen wir alle – spielt sich das Leben in Grautönen ab.«

Ohne sich zum Fernseher umzudrehen, drückte Hester auf die Fernbedienung, und ein Foto erschien auf dem Bildschirm, den die Verteidigung mitgebracht hatte. Sie hatte ganz bewusst einen Fernseher gewählt, der größer war als das Gerät der Staatsanwaltschaft – zweiundsiebzig Zoll, während der von Hickory nur fünfzig Zoll groß war. Das vermittelte den Geschworenen unterschwellig die Botschaft, dass sie nichts zu verbergen hatte.

»Aus irgendeinem Grund hat Mr Hickory es vorgezogen, Ihnen das nicht zu zeigen.«

Die Augen der Geschworenen wurden natürlich von dem Bild hinter ihr angezogen. Hester drehte sich nicht um, um es anzusehen. Sie wollte zeigen, dass sie wusste, was dort zu sehen war. Stattdessen konzentrierte sie sich auf ihre Gesichter.

»Ich kommentiere ungern das Offensichtliche, aber dies ist die Nahaufnahme von einer Hand. Genauer gesagt, von Mr Lars Corbetts rechter Hand.«

Das Bild war unscharf. Das lag zum Teil an der Technik – der Ausschnitt war sehr stark vergrößert –, zum Teil war es Absicht. Wenn es ihr geholfen hätte, die Pixel oder das Licht auf dem Bild zu verbessern, dann hätte sie es getan. Bei einem Prozess geht es um zwei miteinander konkurrierende Geschichten. Wenn es sie nicht weiterbrachte, mehr zu tun, als den Ausschnitt so zu vergrößern, dann war ihr die Qualität herzlich egal.

»Sehen Sie, was er in seiner Hand hält?«

Einige der Geschworenen blinzelten.

»Ich weiß, dass es etwas schwer zu erkennen ist«, fuhr Hester fort. »Aber man sieht, dass es schwarz ist. Und aus Metall. Jetzt passen Sie auf.«

Hester drückte auf Play. Die Hand wurde gehoben. Da die Aufnahme extrem vergrößert war, schien sich die Hand schnell zu bewegen. Auch das war bewusst gewählt. Hester ging zum Tisch mit den Beweisstücken hinüber und ergriff eine kleine Pistole. »Das ist eine Remington RM 380 Taschenpistole. Sie ist schwarz. Sie ist aus Metall. Wissen Sie, warum man sich eine Pistole dieser Größe kauft?«

Sie wartete einen Moment, als ob ein Mitglied der Jury darauf antworten würde. Das tat natürlich niemand.

»Es ist doch offensichtlich, oder? Der Name der Waffe besagt es ja schon. Wegen des handlichen Taschenformats. Damit man sie dabeihaben kann. Damit man sie versteckt tragen und bei Bedarf nutzen kann. Und was wissen wir noch? Wir wissen, dass Lars Corbett mindestens eine Remington RM 380 besitzt.«

Hester deutete auf das verschwommene Bild.

»Ist das die Waffe in Lars Corbetts Hand?«
Wieder machte sie eine Pause, dieses Mal kürzer.
»Richtig, so ist es. Jetzt haben wir also einen begründeten Zweifel, nicht wahr? Das reicht schon, um die ganze Sache zu beenden. Ich könnte mich jetzt hinsetzen und kein weiteres Wort sagen, und Ihr Votum gegen eine Verurteilung wegen Mordes wäre unumgänglich. Aber lassen Sie uns fortfahren, ja? Denn ich habe noch mehr. Viel mehr.«
Hester gestikulierte abschätzig in Richtung des Tischs mit den Beweisstücken. »Wir haben eine Zeugenaussage gehört, laut der Lars Corbetts Remington RM380 in seinem Keller ›gefunden‹ wurde ...«, Hester malte sarkastische Anführungszeichen in die Luft, als sie das Wort aussprach. »Aber jetzt mal ehrlich? Können wir das wirklich mit Sicherheit sagen? Corbett besaß eine Menge Waffen. Sie haben sie im Laufe dieses Prozesses gesehen. Für ihn waren Schusswaffen Fetische – große, furchterregende Sturmgewehre, Maschinenpistolen, Revolver und Gott-weiß-was. Hier, ich zeige es Ihnen.«
Sie klickte auf den Bildschirm. Die Staatsanwaltschaft hatte versucht, dieses auf Corbetts Facebook-Seite gefundene Foto aus dem Fall herauszuhalten. Es spiele keine Rolle, hatte Paul Hickory immer wieder beharrlich argumentiert, wie ein Opfer aussah, was es trug oder wie es seine Wohnung eingerichtet hatte. Im Zuge der Vorvernehmung hatte Hickory Richter Greiner gefragt: »Wenn es um eine Vergewaltigung ginge, würden Sie Ms Crimstein erlauben, den Geschworenen ein Foto der jungen Frau in aufreizender Kleidung zu zeigen? Ich dachte, über so etwas wären wir hinweg.« Aber Hester argumentierte, dass das Foto durchaus einen Beweiswert hätte, weil ein Mann, der seine umfangreiche Waffensammlung öffentlich präsentiert hatte, mit deutlich höherer

Wahrscheinlichkeit eine Waffe ziehen würde – oder zumindest wäre es eine bessere Erklärung für Richard Levines »Gemütsverfassung« – sein Glaube, dass von Corbett echte Gefahr für ihn ausginge.

Aber es gab noch einen weiteren, wichtigeren Grund, weshalb Hester wollte, dass die Geschworenen dieses Foto sahen.

»Glauben Sie wirklich, dass dieser Mann…«, sie zeigte auf Corbett, »…nur legal Waffen gekauft hat? Halten wir es wirklich für ausgeschlossen, dass er diverse kleine Handfeuerwaffen haben könnte, und dass das, was wir in seiner Hand sehen…«, sie vergrößerte die verschwommene schwarze Masse in Corbetts Hand noch mehr, »…nicht eine davon ist?«

Die Geschworenen hörten aufmerksam zu.

Hester wollte nicht, dass sie die schwarze Masse zu lange betrachteten, also klickte sie mit der Fernbedienung wieder zurück auf das Foto von Corbett mit dem Sturmgewehr. Dann ging sie langsam zu ihrem Tisch zurück, damit die Geschworenen das Foto noch etwas länger ansehen konnten. Lars Corbett trug einen Bürstenschnitt und grinste breit. Das Entscheidende war jedoch der Hintergrund.

Hinter Corbett befand sich eine rote Flagge mit einem Hakenkreuz in der Mitte.

Die Reichsflagge von Nazi-Deutschland.

Aber Hester sagte noch nichts dazu. Sie versuchte, ruhig zu sprechen, emotionslos, distanziert, vernünftig.

»Allerdings hat Mr Hickory behauptet, wofür er jedoch nur sehr wenige Beweise anführen konnte, dass es sich bei dem Gegenstand in Lars Corbetts Hand nicht um eine Waffe handelt, sondern um ein iPhone.« In Wahrheit hatte Paul Hickory sehr handfeste Beweise dafür vorgebracht, dass es sich um ein iPhone handelte. Er hatte die vorgebrachte *»Ich habe eine Waffe in seiner Hand gesehen«*-Theorie im Laufe des

Prozesses ziemlich überzeugend widerlegt. Er hatte weitere Fotos und mehrere Videos präsentiert, auf denen die Hand zu sehen war, und seine Behauptung mit Aussagen von Augenzeugen untermauert, dass es sich tatsächlich um ein iPhone handelte, und dass Lars Corbett es hochhielt, um das Zusammentreffen zu filmen. Seiner Darstellung nach hatten alle sehen können, wie das Handy auf das Pflaster fiel, nachdem die Kugel Corbetts Kopf durchschlagen hatte.

Hickory hatte es überzeugend dargelegt, also ging Hester nicht weiter darauf ein. Stattdessen versuchte sie, der Sache einen anderen Dreh zu geben.

»Vielleicht hat Mr Hickory recht«, räumte Hester in ihrem besten »Ich bin doch so fair«-Tonfall ein. »Vielleicht ist es ein iPhone. Aber ich kann es nicht mit Sicherheit sagen. Und Sie können es auch nicht mit Sicherheit sagen. Denken Sie an das Bild von der Hand, das ich Ihnen gezeigt habe. Jetzt stellen Sie sich vor, Sie hätten nur einen Sekundenbruchteil Zeit. Das Blut rauscht durch Ihre Adern. Sie fürchten um Ihr Leben. Sie stehen vor diesem Mann...«, sie deutete auf das Foto des grinsenden Lars Corbett vor der Nazifahne, »...der Sie und Ihre gesamte Familie umbringen will.«

Sie wandte sich wieder an die Geschworenen. »Würden Sie Ihr Leben darauf verwetten, dass es ein iPhone ist? Nein? Ich auch nicht.«

Hester drehte sich langsam im Kreis, sodass sie hinter ihrem Mandanten stand, und legte ihre Hände auf Richard Levines Schultern. Herzlich. Mütterlich.

»Ich möchte Ihnen meinen Freund Richard vorstellen«, sagte sie mit ihrem freundlichsten Lächeln. Sie blickte auf ihn hinunter. »Richard ist ein dreiundsechzigjähriger Großvater. Er ist nicht vorbestraft. Er wurde noch nie festgenommen. Nicht ein einziges Mal. Er wurde auch nie mit Alkohol am Steuer angehalten. Nichts. Er hat in seinem ganzen Leben nur einen Strafzettel für zu schnelles Fahren bekommen. Das ist alles. Er ist – und ich bin kein Fan dieses Begriffs, aber hier muss ich ihn verwenden – ein Vorzeigebürger. Er ist Vater von drei Kindern, zwei Söhnen, Ruben und Max, und einer Tochter, Julie. Er hat zwei Enkelkinder, die Zwillinge Laura und Debra. Seine Frau Rebecca ist letztes Jahr nach einem mehrjährigen Kampf an Brustkrebs gestorben. Mr Levine hatte sich eine lange Auszeit von seiner Arbeit genommen, um sich um seine im Sterben liegende Frau zu kümmern. In den letzten achtundzwanzig Jahren arbeitete er in der Unternehmenszentrale einer bekannten Drogeriekette und war den Großteil dieser Zeit der Leiter der Buchhaltung. Richard wurde dreimal in den Stadtrat seiner Heimatstadt Livingston, New Jersey, gewählt. Er ist Mitglied der Freiwilligen Feuerwehr und spendet sowohl Geld als auch viel seiner Zeit für eine Vielzahl wohltätiger Zwecke. Dies, meine Damen und Herren, ist ein guter Mensch. Niemand ist vorgetreten und hat etwas anderes behauptet. Alle verehren Richard Levine.«

Wieder lächelte Hester, klopfte Levine beruhigend auf die Schultern und ging zurück zum Foto von Lars Corbett. »Lars Corbetts Exfrau Delilah hat sich von ihm scheiden lassen, weil er sie körperlich misshandelt hat. Er hat sie ständig geschlagen. Sie wurde innerhalb eines Jahres dreimal ins Krankenhaus eingeliefert. Gott sei Dank bekam Delilah das Sorgerecht für ihre gemeinsame dreijährige Tochter, außerdem wurde Lars Corbett mit einem Kontaktverbot belegt. Er wurde diverse Male wegen Körperverletzung und ungebührlichem Verhalten, und – und das müssen wir betonen – illegalem Besitz von Handfeuerwaffen festgenommen und verurteilt. Sehen Sie sich dieses Foto an, meine Damen und Herren. Was sehen Sie da? Lassen Sie uns kein Blatt vor den Mund nehmen. Sie sehen Abschaum.«

Paul Hickorys Gesicht lief rot an. Er wollte aufstehen, aber Hester hob die Hand.

»Sie sehen vielleicht keinen Abschaum, Mr Hickory, ich weiß es nicht. Das spielt auch keine Rolle. Wahrscheinlich hat Richard Levine auch keinen Abschaum gesehen. Er hat etwas viel Schlimmeres gesehen. Richards Großvater war ein Holocaust-Überlebender. Die Amerikaner haben ihn in Auschwitz gerettet. Halb verhungert. Dem Tode nahe. Aber seine Familie konnten sie nicht mehr retten. Seine Mutter, sein Vater, sogar seine kleine Schwester – sie alle waren in Auschwitz gestorben. Sie wurden ermordet. Vergast. Ich möchte Sie bitten, sich das einmal durch den Kopf gehen zu lassen.«

Hester ging zum Fernseher, auf dem Lars Corbett zu sehen war.

»Jetzt möchte ich Sie bitten, einen Moment Ihre Fantasie zu bemühen. Stellen Sie sich vor, ein Mann bricht in Ihr Haus ein und tötet Ihre Familie. Die ganze Familie. Er kündigt vorher an, dass er das tun wird, und dann tut er es. Er bringt alle um, die Ihnen lieb und teuer sind, und verspricht, dass er zurückkommen und auch Sie umbringen wird. Er macht Ihnen klar, dass Ihr Tod sein Endziel ist. Ein paar Jahre vergehen. Sie gründen eine neue Familie. Und jetzt ist dieser Mann wieder in Ihrem Haus. Er kommt die Treppe hinauf. Er hat etwas in der Hand, das wie eine Pistole aussieht.«

Hester wartete, bis es im Saal vollkommen still war, bevor sie fortfuhr: »Geben Sie diesem Monster einen Vertrauensbonus?«

»Mr Hickory...«, ihre Stimme klang jetzt zornig, anklagend, »...sagt immer wieder, dass es keine Notwehr war, dass

Lars Corbett nicht gedroht hat, ihm etwas anzutun. Soll das ein Witz sein? Ist Mr Hickory unredlich oder, tja, dumm? Lars Corbett war der Anführer einer Nazi-Miliz in diesem Land. Seine Hassbotschaft hatte Tausende Follower in den sozialen Medien. Nazis sind nicht subtil, meine Damen und Herren. Sie haben ihr Ziel klar benannt: Töten. Abschlachten. Bestimmte Menschengruppen ausrotten, zu denen auch mein Freund Richard gehört. Ist irgendjemand so naiv, etwas anderes zu glauben? Deshalb ist Lars Corbett an jenem Tag marschiert – um seine Truppen zu sammeln und gute Menschen wie Richard, seine drei Kinder und seine Zwillingsenkel zu ermorden und zu vergasen.«

Hester sprach jetzt lauter. Sie zitterte.

»Mr Hickory wird dazu sagen, dass Lars Corbett das ›Recht‹ hatte…«, wieder die Anführungszeichen in der Luft, »…davon zu sprechen, Sie in die Gaskammer zu werfen und Ihre gesamte Familie abzuschlachten, so wie es Corbetts Nazi-Vorfahren mit der meines Mandanten getan haben. Aber versetzen Sie sich in Richards Lage und fragen Sie sich – was würden Sie tun? Bleiben Sie auf Ihrer Couch sitzen und warten ab, dass die Nazis wiederauferstehen und weiter morden? Müssen Sie warten, bis man Sie in eine Gaskammer stößt, bevor Sie sich wehren? Wir wissen, welches Ziel Corbett verfolgte. Er und sein Abschaum sagen es ganz klar und deutlich. Also gehen Sie als besorgter Bürger, als mitfühlender Mensch, als liebender Vater und vernarrter Großvater, der ein vorbildliches Leben führt, zum Washington Square Park und hören dort, wie diese Mörder ihren Hass verbreiten. Natürlich sind Sie verängstigt. Natürlich rast Ihr Herz. Und dann hebt dieser verwerfliche Mensch, dieser Mann, der geschworen hat, Sie umzubringen, dieser Mann, von dem jeder weiß, dass er Hunderte Pistolen und Gewehre besitzt, die Hand, in der er etwas Schwarzes, Metallisches hält, und...«

Hesters Stimme versagte, sie sank mit einem halb verschluckten Schluchzen zusammen, ihre Augen tränten. Sie senkte den Kopf und schloss die Augen.

»Natürlich war das Notwehr.«

Hester lief eine Träne über die Wange.

»Es ist der eindeutigste Fall von Notwehr, den man sich nur vorstellen kann. Die Begründung dafür liegt nicht nur im Augenblick, die Wurzeln dieser Notwehr haben siebzig Jahre und eine Reise über einen Ozean überstanden. Die Notwehr ist in Mr Levines DNA eingeschrieben. Sie befindet sich in Ihrer DNA und auch in meiner DNA. Dieser...«, wieder deutete Hester auf das Foto von Lars Corbett vor der Hakenkreuzfahne, »dieser *Mann*«, sie spie das Wort förmlich aus, »will Sie und Ihre Angehörigen töten. Er hält etwas Schwarzes in der Hand. Er hebt diese Hand in Ihre Richtung, und all das – die aktuelle Situation und die schreckliche Vergangenheit, die Konzentrationslager, die Gaskammern, all die Grausamkeiten, das Blut und der Tod, die Corbett wiederauferstehen lassen wollte – steigt aus dem Grab empor und bedroht Sie und Ihre Familie mit dem Tod.«

Hester ging zurück zu ihrem Tisch, stellte sich wieder hinter ihren Mandanten und legte ihm die Hände auf die Schultern. »Ich frage mich nicht, warum Richard Levine abgedrückt hat.«

Hester schloss die Augen und ließ noch eine Träne entweichen – dann öffnete sie sie wieder und starrte die Geschworenen an.

»Ich frage mich: Wer hätte es nicht getan?«

* * *

Als der Richter seine letzten Anweisungen gab, entdeckte Hester ihren Enkel Matthew, der allein an der hinteren Wand lehnte. Hesters Herz begann zu rasen. Das verhieß nichts Gutes. Beim letzten Mal, als Matthew sie bei der Arbeit überrascht hatte, war eine Klassenkameradin von ihm verschwunden, und er hatte sie um Hilfe gebeten.

Was wollte er dieses Mal hier?

Matthew studierte an der University of Michigan. Das hatte er zumindest. Wenn er jetzt wieder hier war, hatte er sein erstes Uni-Jahr vermutlich hinter sich. Es war Mai. Waren jetzt Semesterferien? Sie wusste es nicht. Sie hatte auch nicht gewusst, dass er wieder zurück war. Das gefiel ihr nicht. Weder Matthew selbst noch seine Mutter Laila hatten ihr mitgeteilt, dass ihr Enkel wieder da war. Laila war Hesters Schwiegertochter. Oder sagte man *ehemalige* Schwiegertochter?

Wie sollte sie die Witwe ihres verstorbenen, jüngsten Sohns bezeichnen?

»Bitte erheben Sie sich.«

Hester und Richard Levine standen auf, als die Geschworenen sich zur Beratung zurückzogen. Richard Levine blickte weiter nach vorn. »Danke«, flüsterte er ihr zu.

Hester nickte, als die Wachen Levine wieder in Gewahrsam nahmen. Während bedeutsamer Prozesse genießen es die meisten Anwälte in dieser Phase, die Experten zu spielen, die Stärken und Schwächen des Falles aufzuschlüsseln, die Körpersprache der Geschworenen zu deuten und eine Prognose abzugeben, wie ihr Urteil lauten würde. Genau das machte Hester im Fernsehen und verdiente damit ihren Lebensunterhalt – oder zumindest einen Teil davon. Sie konnte das sehr gut. Es machte ihr auch Spaß – sie betrachtete es als geistige Übung, die keinerlei Auswirkungen auf die Realität hat, aber bei ihren eigenen Fällen – Fällen wie diesen, in die sie so viel Herzblut investierte – sparte sie es sich. Jurys waren notorisch unberechenbar, wie auch sonst fast alles im Leben, wenn man es recht bedachte. Man musste nur an die »genialen« Experten in den Nachrichtensendungen denken. Wann schätzten die jemals etwas richtig ein? Wer hatte vorhergesagt, dass sich in Tunesien ein Mann selbst anzünden und einen Aufstand in Arabien auslösen würde? Wer hatte vorhergesagt, dass wir unser halbes Leben lang auf Smartphones starren würden? Wer hatte Trump oder Biden oder COVID oder irgendetwas von alledem vorhergesagt?

Oder, wie das alte jiddische Sprichwort besagt: *Der mentsch tracht un got lacht.*

Hester hatte ihr Bestes gegeben. Die Entscheidung der Geschworenen lag nicht in ihrer Hand. Das war ein weiterer wichtiger Punkt, den sie gelernt hatte, als sie älter wurde: Kümmere dich um die Dinge, die du steuern kannst. Wenn du etwas nicht steuern kannst, dann lass es gut sein.

Das war ihr *Gelassenheitsgebet*, wenn auch ohne die Gelassenheit.

Hester eilte auf ihren Enkel zu. Es fiel ihr nie leicht, die Ähnlichkeit dieses gut aussehenden, zum Mann gereiften Jungen mit ihrem verstorbenen Sohn David zu ertragen. Matthew war achtzehn Jahre alt, größer als ihr David je gewesen war, und hatte eine dunklere Hautfarbe, da Laila schwarz war. Aber seine Eigenarten – wie er sich gegen die Wand lehnte, wie er den Blick durch den Saal schweifen ließ und die ganze Situation in sich aufnahm, wie er ging, das kurze Zögern, bevor er etwas sagte, der Blick nach links, wenn er über eine Antwort nachdachte –, das alles war David. Einerseits genoss Hester es, andererseits drohte sie unter der Last zu ersticken.

Als sie bei Matthew war, fragte Hester: »Was ist denn los?«

»Nichts.«

Hester runzelte in Großmutter-Manier die Stirn. »Deine Mutter...?«

»Der geht's gut, Nana. Allen geht es gut.«

Das hatte er beim letzten Mal auch gesagt, als er sie auf diese Weise überrascht hatte. Wie sich herausstellte, hatte es nicht der Wahrheit entsprochen.

»Wann bist du aus Ann Arbor zurückgekommen?«, fragte sie.

»Vor einer Woche.«

Sie versuchte, nicht verletzt zu klingen. »Und da hast du nicht angerufen?«

»Wir wissen doch, dass du gerade einen wichtigen Prozess am Laufen hast«, sagte Matthew.

Hester wusste nicht recht, was sie darauf entgegnen sollte, also überging sie den Vorwurf, schlang ihre Arme um ihren Enkel und zog ihn an sich. Matthew, der schon immer ein emotionaler Junge gewesen war, erwiderte die Umarmung. Hester schloss ihre Augen und versuchte, die Zeit anzuhalten. Für ein oder zwei Sekunden gelang es ihr.

Den Kopf an seine Brust gepresst und immer noch mit geschlossenen Augen, wiederholte Hester ihre anfängliche Frage: »Was ist denn los?«

»Ich mach mir Sorgen um Wilde.«

FÜNF

»Ich hab lange nichts von Wilde gehört«, sagte Matthew. Sie saßen auf dem Rücksitz von Hesters Cadillac Escalade. Tim, Hesters langjähriger Fahrer und Quasi-Bodyguard, lenkte das Fahrzeug auf die untere Fahrbahn der George Washington Bridge. Sie waren auf dem Weg nach New Jersey, genauer gesagt nach Westville, einem Vorort in den Bergen, in dem Hester und ihr verstorbener Mann Ira vor vielen Jahren ihre drei Jungs großgezogen hatten: Jeffrey, jetzt Zahnarzt in Los Angeles, Eric, inzwischen irgendeine Art Finanzanalyst in North Carolina, und Matthews Vater David, der jüngste, der bei einem Autounfall ums Leben kam, als Matthew sieben Jahre alt war.

»Wann hast du das letzte Mal mit ihm gesprochen?«, fragte Hester.

»Er hat mich vom Flughafen angerufen und gesagt, dass er eine Weile weg ist.«

Hester nickte. Das musste bei Wildes Abreise nach Costa Rica gewesen sein. »Also vor fast einem Jahr.«

»Genau.«

»Du weißt doch, wie Wilde ist, Matthew.«

»Klar.«

»Natürlich ist er dein Patenonkel.« Wilde war Davids bester Freund gewesen – und David war damals wahrscheinlich Wildes einziger Freund gewesen. »Und eigentlich sollte er mehr für dich da sein...«

»Darum geht's nicht«, warf Matthew ein. »Ich bin achtzehn.«
»Na und?«
»Also bin ich jetzt erwachsen.«
»Noch mal: Na und?«
»Wilde war immer für mich da, als ich klein war.« Dann ergänzte Matthew: »Abgesehen von Mom war er mehr für mich da als jeder andere.«
Hester rückte ein Stück von ihm ab. »Abgesehen von Mom«, wiederholte sie. »Wow.«
»Ich wollte nicht...«
»Abgesehen von Mom.« Hester schüttelte den Kopf. »Das ist ein Tiefschlag, Matthew.«
Er senkte den Kopf.
»Komm deiner alten Oma nicht mit diesem passiv-aggressiven Blödsinn. Das zieht bei mir nicht, okay?«
»Tut mir leid.«
»Ich lebe und arbeite in Manhattan«, fuhr sie fort. »Deine Mutter und du, ihr lebt in Westville. Ich komme so oft her, wie ich kann.«
»Ich weiß.«
»Ein Tiefschlag«, wiederholte sie.
»Ich weiß. Tut mir leid. Es ist nur...« Matthew sah sie an, und seine Augen waren Davids so ähnlich, dass sie fast zurückgeschreckt wäre. »Ich will nicht, dass du ihm Vorwürfe machst, okay?«
Hester blickte aus dem Fenster. »In Ordnung.«
»Ich mache mir nur Sorgen um ihn, weiter nichts. Er ist in einem fremden Land, und...«
»Wilde ist schon seit Monaten zurück«, sagte Hester.
»Woher weißt du das?«
»Er hat sich gemeldet. Ich habe jemanden beauftragt, sich

um dieses Aluminium-Ei zu kümmern, in dem er lebt, während er weg war.«

»Moment mal. Dann ist er wieder im Wald?«

»Ich gehe davon aus.«

»Du hast aber nicht mit ihm gesprochen?«

»Nein, nicht seit er zurück ist. Aber vor dem letzten Jahr hatte ich sechs Jahre lang nicht mehr mit Wilde gesprochen. So läuft das einfach zwischen uns beiden.«

Matthew nickte. »Jetzt mach ich mir wirklich Sorgen.«

»Warum?«

»Na ja, vor einem halben Jahr bin ich nicht hier gewesen. Jetzt aber schon. Ich bin seit einer Woche wieder zu Hause.«

Hester begriff, worauf er hinauswollte. Als Wilde in dem Bergwald hinter ihrem Haus lebte, hatte er Matthew und Laila im Auge behalten – meist aus einem Versteck zwischen den Bäumen, manchmal hatte er sich im Dunkeln allein in den Garten gesetzt, und manchmal – zumindest für eine kurze Phase – von Lailas Bett aus.

»Wenn er wieder in der Gegend ist und es ihm gut geht«, fuhr Matthew fort, »hätte er sich gemeldet.«

»Das kann man nie mit Sicherheit sagen.«

»Nein, nicht mit Sicherheit«, stimmte Matthew zu.

»Außerdem hat er eine schwere Zeit durchgemacht.«

»Inwiefern?«

Hester überlegte, wie viel sie ihm erzählen sollte, dachte sich dann aber, dass es eigentlich keinen Schaden anrichten konnte. »Er hat seinen leiblichen Vater gefunden.«

Matthews Augen weiteten sich. »Holla.«

»So ist es.«

»Wo war er? Was ist passiert?«

»Ich weiß es nicht genau, und wenn ich es wüsste, wäre es nicht an mir, es dir zu erzählen. Aber ich glaube, es ist nicht gut gelaufen. Wilde ist nach Hause gekommen, hat das Wegwerfhandy entsorgt, auf dem ich ihn normalerweise kontaktiert habe, und seitdem habe ich nichts mehr von ihm gehört.«

Tim bog auf die Route 17 Richtung Norden ab. Dreißig Jahre lang war Hester diese Strecke von und nach Manhattan gependelt. Ira und sie waren hier glücklich gewesen. Sie hatten die Doppelbelastung Beruf und Familie besser bewältigt als jedes andere Paar in ihrem Freundeskreis. Als die Jungs ausgezogen waren, hatten Hester und Ira das Haus in Westville veräußert und sich eine Wohnung in Manhattan gekauft. Das war Hesters und Iras langfristige Lebensplanung gewesen: Hart arbeiten, alles für die Kinder tun und dann das »Altenteil« mit dem Ehepartner zusammen in der Stadt verbringen. Doch es war anders gekommen. Auch wenn Hester die Redewendung *Der mentsch tracht un got lacht* mochte, die leicht abgewandelte Übersetzung *Wenn du Gott zum Lachen bringen willst, erzähl ihm von deinen Plänen* schien in diesem Fall besser zu passen.

»Nana?«

»Ja?«

»Wie bist du beim letzten Mal mit Wilde in Kontakt getreten?«

»Du meinst, als du mich gebeten hast, Naomi zu suchen?«

Matthew nickte.

Hester atmete tief durch und überlegte, was sie tun konnte. »Ist deine Mutter zu Hause?«

Matthew checkte auf seinem Handy die Uhrzeit. »Wahrscheinlich. Wieso?«

»Ich setz dich jetzt zu Hause ab. Wenn sie nichts dagegen hat, bin ich in einer Stunde zurück.«

»Warum sollte sie etwas dagegen haben?«

»Vielleicht hat sie etwas vor«, sagte Hester. »Du kennst mich doch. Ich schnüffle anderen nicht hinterher.«

Matthew prustete vor Lachen los.

»Niemand mag Klugscheißer, Matthew.«

»Du bist doch selbst eine Klugscheißerin«, konterte er.

»Da hast du's.«

Matthew lächelte. Das Lächeln drohte Hesters Herz zu zerreißen. »Und wohin fährst du, nachdem du mich abgesetzt hast?«

»Ich versuche, Wilde zu finden.«

»Warum kann ich nicht mitkommen?«

»Lass es mich erst einmal auf meine Art probieren.«

Die Antwort löste bei Matthew keine Begeisterung aus, der Tonfall seiner Großmutter verriet ihm allerdings, dass Widerstand zwecklos war. In der Nähe einiger Autohäuser bogen sie vom typischen New Jersey Highway ab, und kaum zwei Minuten später schienen sie in einer anderen Welt zu sein. Tim bog rechts ab, dann links, dann noch zweimal rechts. Hester kannte die Strecke nur zu gut. Das wunderschöne, etwas groß geratene Blockhaus war perfekt eingebettet in die Ausläufer der Ramapo Mountains, einem Teil der Appalachen.

In der Einfahrt stand ein Mercedes SL 550. »Hat Mom ein neues Auto?«, fragte Hester.

»Nein, das ist Darryls.«

»Wer ist Darryl?«

Matthew sah sie nur an. Hester versuchte, diesen tiefen, stechenden Schmerz in ihrer Brust auszublenden.

»Aha«, sagte sie.

Tim hielt hinter Darryls Mercedes.

»Sagst du Bescheid, wenn du ihn gefunden hast?«, fragte Matthew.

»Ich ruf dich an.«

»Ruf nicht an«, sagte Matthew. »Wenn's geht, komm einfach wieder her. Ich weiß, dass Mom möchte, dass du ihn kennenlernst.«

Hester nickte etwas zu langsam. »Magst du Darryl?«

Matthews Antwort bestand darin, seiner Großmutter einen Wangenkuss zu geben und auszusteigen.

Hester sah ihrem Enkel nach, der mit demselben Gang wie sein Vater zur Haustür schlenderte. Ira und sie hatten dieses Haus vor dreiundvierzig Jahren gebaut. Das Klischee passte – es fühlte sich an, als sei es ewig her und doch erst gestern gewesen. Sie hatten das Haus an David und Laila verkauft. Anfangs war Hester etwas unschlüssig gewesen, ob ihr das gefiel. Es kam ihr seltsam vor, dass ihr Sohn seine Familie in demselben Haus großziehen wollte, in dem er selbst aufgewachsen war. Doch es gab viele Gründe, die dafürsprachen. David und Laila liebten das Haus. Sie bauten es innen komplett um und machten es sich so zu eigen. Ira freute sich auch, dass das Haus in der Familie blieb, und er kam zum Wandern, Angeln und all den anderen Outdoor-Aktivitäten her, für die Hester so ganz und gar kein Verständnis aufbrachte.

Doch andererseits: Selbst wenn man nicht an den Schmetterlingseffekt glaubte, was wäre passiert, wenn sie darauf bestanden hätte, dass David und Laila sich ein anderes Haus kauften? Solche Gedanken konnten einen in den Wahnsinn treiben, auch wenn ihr Verstand ihr sagte, dass das alles nicht ihre Schuld war. Aber *wenn* sie es getan hätte, hätte sich das Zeitgefüge der Welt in dieser Gegend doch etwas verschoben, oder? Und David wäre nicht auf dieser Bergstraße unterwegs gewesen, als es dort so rutschig war. Sein Wagen wäre nicht von der Straße abgekommen. Ira wäre nicht kurz darauf an einem Herzinfarkt gestorben – ihrer Ansicht nach an gebrochenem Herzen.

So viel zum Thema *es gut sein lassen, wenn man etwas nicht steuern kann*, dachte sie.

»Offensichtlich hat Laila einen Freund«, sagte sie zu ihrem Fahrer Tim.

»Laila ist eine schöne Frau.«

»Ich weiß.«

»Und es ist viel Zeit vergangen.«

»Ich weiß.«

»Außerdem ist Matthew auf dem College. Sie ist jetzt ganz allein. Da ist das doch schön für sie, oder?«

Hester verzog das Gesicht. »Ich habe dich nicht eingestellt, damit du einfühlsame Einschätzungen über die Entwicklung und die Dynamik meiner familiären Situation abgibst.«

»Ich werde das nicht extra berechnen«, sagte Tim. »Wohin jetzt?«

»Du weißt schon.«

Tim nickte, fuhr durch die Wendeschleife und wieder aus der Sackgasse hinaus. Die Suche dauerte länger, als sie erwartet hatte. Wilde hatte immer dafür gesorgt, dass die Fahrspur an der Halifax Road gut versteckt und schwer zu finden war, aber jetzt war sie so zugewuchert, dass Tim mit dem Escalade nicht mehr hineinfahren konnte. Er hielt auf dem Seitenstreifen.

»Ich glaube nicht, dass Wilde diesen Weg noch nutzt.«

Wenn das stimmte, hatte Hester keine Idee, wie sie Kontakt zu Wilde aufnehmen konnte. Sie könnte Oren bitten, die Parkranger den Wald nach Wilde durchkämmen zu lassen, aber wenn er nicht gefunden werden wollte, hatten sie keine Chance – und wenn ihm etwas zugestoßen sein sollte, dann war es, nüchtern betrachtet, vermutlich zu spät.

»Ich werde den Weg zu Fuß gehen«, sagte Hester.

»Aber nicht allein, das kommt nicht in Frage«, erwiderte Tim und warf sich mit einer Geschwindigkeit auf der Fahrerseite aus dem Wagen, die man ihm bei seiner Körpermasse nicht zugetraut hätte. Tim war ein großer, korpulenter Mann in einem schlecht sitzenden Anzug mit einer militärischen Kurzhaarfrisur. Er knöpfte sich die Anzugjacke zu – er bestand darauf, zur Arbeit einen Anzug zu tragen – und machte ihr die Hintertür auf.

»Bleib hier«, sagte Hester.

Tim blinzelte und ließ den Blick durch die Büsche schweifen. »Es könnte gefährlich sein.«

»Du hast doch deine Pistole, oder?«

Er klopfte auf seine rechte Körperseite. »Natürlich.«

»Wunderbar, dann behalt mich von hier aus im Auge. Wenn jemand versucht, mich zu entführen, erschieß ihn. Moment, es sei denn, es ist ein stattlicher Bursche, dann wünsch mir einfach Lebewohl.«

»Ist Wilde nicht ein stattlicher Bursche?«

»Ein stattlicher Bursche im passenden Alter, Tim. Oh, und danke, dass du mich beim Wort nimmst.«

»Aber sagt man in Amerika überhaupt noch ›stattlicher Bursche‹?«

»Ich schon.«

Hester stapfte auf eine Lücke im Dickicht zu. Bei ihrem letzten Besuch hatte das Auto noch hindurchgepasst. Tim war hineingefahren und hatte so die von Wilde installierten Sensoren ausgelöst. Nachdem sie etwas gewartet hatten, war er aufgetaucht. So lief es meistens mit Wilde. Er hatte sein Leben unter dem Radar zu einer Kunstform erhoben. Das diente zum Teil seiner persönlichen Sicherheit. Im Zuge seiner Geheimtätigkeiten beim Militär und später für den privaten Sicherheitsdienst seiner Pflegeschwester Rola hatte er sich viele Feinde gemacht. Einige würden ihn gerne ausfindig machen und tot sehen. Dafür bräuchten sie aber schon sehr viel Glück.

Das meiste davon ging aber, wie Hester wusste, auf Wildes Kindheitstrauma zurück. Aus irgendeinem unerfindlichen Grund hatte Wilde schon als kleiner Junge – solange er sich überhaupt zurückerinnern konnte – hier im Wald gelebt und sich alleine durchgeschlagen. Das musste man sich mal vorstellen. Laut seiner eigenen Aussage war die einzige Person, mit der er in all den Jahren gesprochen hatte, ein gleichaltriger Junge gewesen, den Wilde beim Spielen im Garten seines Elternhauses kennengelernt hatte. Die beiden hatten eine seltsame, heimliche Freundschaft geschlossen. Als die Mutter dieses Freundes ihren Sohn einmal laut sprechen hörte, hatte er behauptet, dass es sein ausgedachter Freund gewesen wäre, und die in vielerlei Hinsicht naive Mutter hatte ihm geglaubt. Die Wahrheit war erst ans Licht gekommen, als Wilde entdeckt wurde.

Der kleine Junge – Achtung, Spoileralarm – war Hesters jüngster Sohn David gewesen.

Die Zufahrt war in der Tat zugewuchert und verwildert, aber die Lichtung dahinter – die Stelle, an der Tim beim letzten Mal den Wagen geparkt hatte – war noch da. Hester wusste nicht recht, was sie tun sollte. Sie sah sich um, suchte Bewegungsmelder oder Kameras, aber natürlich war Wilde so gut, dass nichts zu sehen war. Sie überlegte, ob sie ihn rufen sollte, aber eigentlich sollte das nicht nötig sein. Entweder ging es ihm gut, und er tauchte bald auf, oder er steckte in Schwierigkeiten. So oder so, sie würde es bald wissen.

Nach etwa einer Viertelstunde kämpfte Tim sich bis auf die Lichtung vor und stellte sich neben sie. Hester checkte die Nachrichten auf ihrem Handy. Die Levine-Jury hatte ihre Beratungen für heute beendet. Ohne Urteilsspruch, was keine Überraschung war. Sie würden morgen fortfahren.

Matthew hatte ihr zwei SMS geschrieben, in denen er wissen wollte, was los war, und ihr noch einmal versicherte, dass es gut wäre, wenn sie vorbeikäme.

Eine weitere Viertelstunde verging.

Hester schwankte zwischen Sorge (angenommen, Wilde ging es nicht gut?) und Wut (wenn es ihm gut ging, warum hatte er dann sein Patenkind im Stich gelassen?). Einerseits verstand sie, was mit ihm los war. Es lief auf die klassische Lehrbuch-Diagnose hinaus: Wilde war nie darüber hinweggekommen, dass er als Kind verlassen worden war, und konnte daher noch immer keine echten Bindungen eingehen. Sie fand das nachvollziehbar, wusste aber auch, dass Wilde jederzeit sein Leben für Matthew oder Laila geben würde. Diejenigen, um die er sich sorgte, liebte Wilde inständig und tat alles dafür, um sie zu schützen – trotzdem konnte er nicht mit ihnen gemeinsam leben oder dauerhaft mit ihnen zusammen sein. Es war ein Paradoxon, ein Widerspruch, aber wenn man in Ruhe darüber nachdachte, ging es uns doch eigentlich allen so. Wir wollen, dass die Menschen berechenbar, schlüssig und nachvollziehbar handeln. Aber das tun sie nie.

Hester blickte zu Tim hinüber. Tim zuckte die Achseln und sagte: »Reicht es?«

»Ja, ich denke schon.«

Sie gingen durch das Dickicht zurück. Als sie sich dem Auto zuwandten, lehnte ein bärtiger, langhaariger Mann mit verschränkten Armen lässig an der Motorhaube.

»Also, was ist los?«, fragte Wilde.

* * *

Hester und Wilde starrten sich ein paar Sekunden lang an, dann brach Tim das Schweigen.

»Ich warte im Wagen«, sagte er.

Als sie Wilde nach so langer Zeit wieder vor sich sah, öffneten sich die Schleusentore, und die Erinnerungen strömten auf Hester ein. Eine Welle nach der anderen stürzte auf sie herab und drohte sie mitzureißen wie am Strand, wo man immer wieder unter Wasser gezogen wird, bevor man sich berappeln und aufstehen kann. Sie sah Wilde als den kleinen Jungen vor sich, der im Wald gefunden worden war, als Teenager mit David bei ihr in der Küche, als Sportstar der Highschool, als Kadetten aus West Point, als Trauzeugen bei Davids und Lailas Hochzeit, der in seinem Smoking so deplatziert aussah (eigentlich wäre Wilde wohl Brautführer gewesen, aber Hester hatte darauf gedrängt, dass Davids Brüder diese Funktion übernahmen), als Patenonkel, der das Baby Matthew im Arm hielt, als den Mann mit gesenktem Blick, der ihr sagte, dass er die Schuld an Davids Tod trage.

»Du trägst jetzt Bart?«, sagte Hester.

»Gefällt er dir?«

»Nein.«

Wilde war natürlich trotzdem ein sehr attraktiver Mann. Als man ihn im Wald entdeckte, hatten die Medien ihn als modernen Tarzan bezeichnet, und körperlich schien er perfekt in diese Rolle hineingewachsen zu sein. Wilde bestand nur aus harten, fast kantig wirkenden Muskeln. Er hatte hellbraune Haare, Augen mit goldenen Flecken auf der Iris und sonnengebräunte Haut. Er stand ganz still, wie ein Panther, als wäre er schon genetisch bedingt jederzeit sprungbereit, was in gewisser Hinsicht wohl durchaus zutraf.

»Ist mal wieder jemand verschwunden?«, fragte Wilde.

So war es beim letzten Mal gewesen, als sie auf diese Weise mit ihm in Kontakt getreten war.

»Ja«, sagte Hester. »Du.«

Wilde antwortete nicht.

»Rate mal, wer die Vermisstenmeldung aufgegeben hat«, fuhr sie fort. »Rate mal, wer so besorgt um dich war, dass er mich gebeten hat, dich zu suchen.«

Wilde nickte bedächtig. »Matthew.«

»Was soll der Mist, Wilde?«

Er antwortete nicht.

»Warum ignorierst du dein Patenkind?«

»Ich ignoriere Matthew nicht.«

»Er liebt dich. Du bist die Person, die ihm am nächsten steht...« Hester ließ die Worte einfach verklingen. Dann wechselte sie für einen Moment das Thema. »Ich hab doch alles gemacht, worum du mich gebeten hast, oder?«

»Ja«, sagte Wilde. »Danke.«

»Und was ist passiert, als du deinen Vater gefunden hattest?«

»Sackgasse.«

»Das tut mir leid. Was hast du als Nächstes vor?«

»Nichts. Es ist vorbei.«

»Du gibst also auf?«

»Wir haben doch schon so oft darüber gesprochen. Es ist nicht wichtig, ob ich herausbekomme, wie ich im Wald gelandet bin.«

»Was ist mit Matthew?«

»Was soll mit ihm sein?«

»Ist er wichtig? Ich weiß, dass wir alle deine Verschrobenheiten mit den Worten ›Ach, du weißt doch, wie Wilde ist‹ abtun sollen, aber das entschuldigt nicht, dass du Matthew ignorierst.«

Wilde überlegte kurz. Dann nickte er und sagte: »Stimmt.«
»Also, wo liegt das Problem?«
»Matthew ist auf der Uni.«
»Jetzt ist er für die Semesterferien zu Hause.«
»Ich weiß.«
»Du achtest also immer noch auf sie.«
Wilde antwortete nicht.
»Also warum...?«, Hester schüttelte den Kopf. »Ist auch egal. Steig ein. Wir fahren zusammen rüber.«
»Nein.«
»Ist das dein Ernst?«
»Ich melde mich noch im Laufe des Tages bei ihm. Sag das Matthew.«

Er drehte sich um und ging Richtung Wald.
»Wilde?«
Er blieb stehen.

Hester versuchte, ganz ruhig zu sprechen. Sie hatte nicht geplant, auf dieses Thema zu kommen, jedenfalls noch nicht. Sie hatte gehofft, Wilde ab jetzt wieder häufiger zu sehen, und wollte die Sache locker angehen, aber das war weder ihre noch seine Art, und sie fürchtete ein bisschen, dass er sich noch tiefer in den Wald zurückziehen könnte, wenn sie ihn nicht direkt auf das tragische Ereignis ansprach, das sie für immer verband. »Gleich nachdem du das Land verlassen hattest...«, sie hörte, wie ihre Stimme brach, und versuchte, sie wieder unter Kontrolle zu bekommen, »... habe ich Oren überredet, mich zu der fraglichen Stelle auf der Mountain Road zu bringen. Da habe ich mir dann die Böschung angesehen.«

Wilde rührte sich nicht, wandte ihr weiter den Rücken zu und sah sie auch nicht an.

»Da oben am Straßenrand steht immer noch ein kleines provisorisches Kreuz. Nach all den Jahren. Es ist zwar ziemlich verblasst und verwittert, zeigt aber die Stelle, an der Davids Auto von der Straße abgekommen ist. Wahrscheinlich weißt du das. Dass das Kreuz noch da ist, meine ich. Ich wette, dass du gelegentlich hingehst.«

Wilde sah sie immer noch nicht an.

»Ich hab da die Böschung hinuntergeblickt. An der Stelle, wo das Auto von der Straße abgekommen ist. Ich hab mir die ganze Sache vor Augen geführt. Die vereiste Straße. Die Dunkelheit.«

»Hester.«

»Würdest du mir erzählen, was in jener Nacht wirklich passiert ist?«

»Das habe ich.«

Ihr traten Tränen in die Augen. »Du hast immer gesagt, es wäre deine Schuld gewesen.«

»Das war es auch.«

»Ich glaube das nicht mehr.«

Wilde rührte sich nicht.

»Na ja, so ganz habe ich es wohl nie geglaubt. Ich stand sehr lange unter Schock. Und ich hielt es einfach nicht für nötig, die Wahrheit zu erfahren. Genau wie du jetzt. Was deine Vergangenheit betrifft, meine ich. Es spielt doch keine Rolle, hast du immer wieder gesagt – du wirst immer der Junge sein, der im Wald zurückgelassen wurde. Es spielt doch keine Rolle, habe ich mir gesagt – mein Sohn wird davon nicht wieder lebendig werden.«

»Bitte.« Wilde drehte sich langsam wieder zu ihr um. Ihre Blicke trafen sich. »Es tut mir leid.«

»Das hast du schon einmal gesagt. Ich habe dir aber nie die Schuld gegeben. Und ich will nicht, dass du dich entschuldigst.«

Er stand einfach nur da und wirkte sehr hilflos.

»Wilde?«

»Sag Matthew, dass ich mich melde«, wiederholte Wilde und verschwand im Dickicht.

SECHS

Wilde war klar, dass Hester in Bezug auf Matthew recht hatte. Er hätte sich nicht so lange von ihm fernhalten dürfen.

Die Situation hatte sich geändert. Das war seine Rechtfertigung gewesen. Matthew war jetzt erwachsen und ging aufs College. Und was noch wichtiger war: Laila hatte jetzt einen Liebhaber. Er war der erste Mann, den sie seit Davids Tod vor elf Jahren länger in ihrer Nähe geduldet hatte. Wilde konnte hier keine Ansprüche geltend machen. Er hatte keine Position. Er wollte nichts damit zu tun haben. Früher hatte seine Anwesenheit, wie er hoffte, ihr Trost und Geborgenheit gegeben. Er hatte eine Funktion gehabt. Jetzt hatte ein anderer diese Funktion übernommen. Er würde allenfalls Unruhe stiften.

Also hielt er sich fern.

Natürlich hatte Wilde Laila und Matthew weiterhin heimlich vom Wald aus im Auge behalten – daher wusste er, dass Matthew zurück war –, seine Wachen wurden jedoch immer seltener. Es war nur ein schmaler Grat zwischen angemessenem Schutz und gruseligem Stalking.

Doch Laila war eine Sache, Matthew eine andere. Suchte er womöglich nur nach Ausreden? War er einfach egoistisch gewesen? Im vorangegangenen Jahr hatte er sich zu sehr in riskante persönliche Angelegenheiten verstrickt. Das sollte ihm nicht wieder passieren.

Außerdem hatte Hester ihn überrascht, indem sie auf den Autounfall zu sprechen kam. Warum hatte sie das getan? Und warum gerade jetzt?

Wilde ging zu einem bestimmten Baum und grub eine seiner Edelstahlkassetten aus. Er hatte sechs solcher wasserdichten Behälter im Wald verteilt, die alle falsche Ausweise, Bargeld, Pässe, Waffen und Wegwerf-Smartphones enthielten.

Wilde klemmte sich die Box unter den Arm und eilte zurück zu seinem Quartier – einer hochmodernen, autarken Unterkunft namens Ecocapsule. Das innovative und mobile Tiny House war winzig, es hatte nur gut sechs Quadratmeter Wohnfläche. Aber es bot Wilde alles, was er brauchte – ein Klappbett, einen Tisch, Schränke, eine Kochnische, eine Dusche, eine Verbrennungstoilette, die alles in Asche verwandelte. Die Ecocapsule konnte sowohl Solar- als auch Windenergie gewinnen. Das pillenförmige Äußere minimierte nicht nur den Wärmeverlust, sondern erleichterte auch das Sammeln von Regenwasser in Wassertanks, wo es für den sofortigen Gebrauch gefiltert werden konnte. Da die Ecocapsule sowohl mobil als auch mit einem Tarnanstrich versehen war – ganz zu schweigen von den High-Tech-Sicherheitsvorkehrungen, die er eingebaut hatte –, war Wildes Unterkunft nahezu unauffindbar.

Er öffnete die Kassette und nahm ein Wegwerfhandy in Militärqualität heraus. Die Sicherheitselemente machten es so gut wie unmöglich, es zu orten, die entscheidenden Worte waren allerdings »so gut wie«. Ganz egal, was man Ihnen erzählt, jede Technologie hat irgendwelche Hintertürchen, die jemandem die Möglichkeit geben, die betreffenden Geräte ausfindig zu machen oder zu verfolgen. Und irgendwo sitzt immer ein Mensch, der sehen kann, was Sie tun, wenn Sie nicht vorsichtig sind. Wilde hatte versucht, diese Möglichkeiten durch diverse VPNs und Internet-Tarntechnologien zu minimieren.

Nachdem er die VPNs eingerichtet hatte, schaltete Wilde das Handy ein und checkte seine E-Mails und SMS. Einen Moment lang hatte Wilde sich gefragt, ob sein Vater, besser bekannt als Daniel Carter, sich gemeldet hatte, aber das war unmöglich. Wilde hatte ihm keine Kontaktinformationen gegeben. Als seine Sensoren vorhin ausgelöst hatten – als Hester den zugewachsenen Weg entlanggegangen war –, hatte er kurz mit dem Gedanken gespielt, dass es tatsächlich Daniel Carter sein könnte, dass sein Vater, nachdem Wilde unvermittelt und ohne Abschied verschwunden war, Nachforschungen angestellt und entweder herausgefunden hatte, wo Wilde sein könnte, oder zu Hester gegangen war, damit sie ihm bei der Suche half, oder...

Es spielte keine Rolle.

Wilde checkte zum ersten Mal seit Monaten seine Nachrichten. Er fand ein paar von Matthew, die immer kurz waren und im Wesentlichen fragten, wo er war. Er hatte auch zwei von Rola, seiner Pflegeschwester. In der ersten fragte sie, wo er war, die zweite lautete:

Seufz. Jetzt fang nicht wieder damit an, Wilde.

Rola musste er auch anrufen.

Nichts von Ava. Nichts von Naomi. Nichts von Laila.

Dann entdeckte er eine Nachricht, die ihn überraschte.

Sie war von PB und über den Message-Service von DNAYourStory verschickt worden. Die E-Mail war vom 10. September, also acht Monate alt. Wilde klickte auf den Link. Dadurch öffnete sich der komplette Verlauf der Mails zwischen ihm und PB in chronologischer Reihenfolge.

Die erste Mitteilung von PB an Wilde war rund ein Jahr alt, er hatte sie noch vor seiner Abreise nach Costa Rica bekommen.

An: WW
Von: PB
Hallo. Entschuldigen Sie, dass ich meinen Namen nicht nenne, aber ich fühle mich aus verschiedenen Gründen nicht wohl dabei, den Leuten meine wahre Identität mitzuteilen. In meinem Background gibt es zu viele Löcher und eine Menge Turbulenzen. Sie sind der nächste Verwandte, den ich auf dieser Website gefunden habe, und ich frage mich, ob Ihr Lebenslauf auch Löcher und Turbulenzen hat. Falls ja, habe ich vielleicht ein paar Antworten für Sie.

Wilde hatte erst Monate später geantwortet, als er in Liberia am Flughafen saß und auf seinen Flug nach Las Vegas wartete, wo er seinen Vater konfrontieren wollte.

An: PB
Von: WW
Entschuldigung, dass ich nicht früher geantwortet habe. Ich habe meinen Vater hier gefunden. Ich werde einen Link zu seinem Profil anhängen. Könnten Sie mir mitteilen, ob er auch als einer Ihrer Verwandten erscheint? Falls ja, wissen wir, ob wir mütterlicherseits oder väterlicherseits verwandt sind. Vielen Dank.

Doch nach seinem Besuch in Las Vegas hatte Wilde beschlossen, die Angelegenheit nicht weiter zu verfolgen und seine E-Mails nicht mehr zu checken. Was sollte es bringen? Er merkte jetzt, dass es sich anhörte, als würde er sich in seinem

Selbstmitleid suhlen, aber das traf die Sache nicht. Er gierte nach Abgeschiedenheit. So war er nun einmal. Die Seelenklempner genossen es aus vollen Zügen, wenn sie erklären durften, dass seine frühkindlichen Erfahrungen ihn zu dem gemacht hätten, was er jetzt war, dass die ersten fünf Lebensjahre extrem wichtig seien und er irreparable Schäden davongetragen habe, weil er in dieser Zeit keine Beziehungen hatte eingehen können, weder körperliche noch emotionale Kontakte hatte und nie mit anderen Menschen allein war.

Gut möglich, dachte Wilde.

Er wusste es nicht, wusste nicht einmal so recht, ob es ihn interessierte. Er hatte eigentlich nie nach seinem wahren Ich gesucht, weil er keinen Sinn darin sah. An seinen ersten fünf Lebensjahren änderte es nichts, und obgleich er wusste, dass er »nicht normal« war, war er doch nicht unglücklich. Oder er war es vielleicht und machte sich etwas vor. Nur weil man im Wald lebte, war man nicht weniger anfällig für die üblichen Selbsttäuschungen, denen sich auch die anderen Menschen hingaben.

War das heute ein bisschen viel Selbstreflexion? Es hatte natürlich mit Matthew zu tun. Und mit Laila.

Besonders mit Laila.

In leuchtend roter Schrift stand NEUE MESSAGE – HIER KLICKEN! Wilde klickte auf den Link, und die Nachricht erschien.

An: WW
Von: PB
Das Profil Ihres Vaters zeigt keine Übereinstimmungen zu meinem, also sind wir vermutlich mütterlicherseits verwandt. Ich hoffe, Sie treffen Ihren Vater. Schreiben Sie mir, wie es gelaufen ist.

Seit meiner letzten Nachricht an Sie hat mein Leben eine Wendung zum Schlechteren genommen. Wenn Sie erfahren, wer ich bin, werden Sie mich wahrscheinlich ebenso hassen wie alle anderen auch. Man hat mich gewarnt, dass das passieren würde. Nach dem Höhenflug folgt der Absturz. So heißt es doch. Je höher man hinaufsteigt, desto härter wird die Landung. Tja, ich war ganz oben und hatte absolut keine Sorgen, also können Sie sich vorstellen, wie hart die Landung war.

Entschuldigen Sie, wenn das alles etwas durcheinander klingt. Ich weiß einfach nicht, wo ich anfangen soll. Über mich sind so viele Lügen im Umlauf. Bitte glauben Sie sie nicht.

Ich bin am Ende meiner Kräfte. Ich weiß nicht, wie ich das überleben soll. Dann habe ich Ihre Nachricht bekommen, und das war, als hätte mir jemand einen Rettungsring zugeworfen, als ich gerade am Ertrinken war. Glauben Sie an das Schicksal? Ich habe das nie getan. Ich habe keine Familie, der ich mich anvertrauen kann. Alles, was ich über mich und meine Erziehung zu wissen glaubte, hat sich als Lüge herausgestellt. Sie sind mein Cousin. Ich weiß, dass das eigentlich nichts zu bedeuten hat, aber vielleicht hat es das doch. Vielleicht ist es das Einzige, was zählt. Vielleicht sollte es genau so sein, dass Sie mir gerade jetzt antworten.

Ich habe mich noch nie so einsam und verloren gefühlt. Der Raum wird immer kleiner. Ich kann ihm nicht entkommen. Ich will nur noch schlafen. Ich will nur meinen Frieden. Ich will, dass das alles verschwindet. Sie halten mich wahrscheinlich für verrückt, weil ich Ihnen, einem Fremden, so etwas schreibe. Vielleicht bin ich das auch. Zuerst haben sie mich belogen. Jetzt verbreiten sie Lügen über mich. Sie sind unerbittlich. Ich kann dem nicht mehr Paroli bieten. Ich versuche es, aber das macht alles nur noch schlimmer.

Könnten Sie mich anrufen? Bitte. Meine private Handynummer ist unten angegeben. Bitte geben Sie sie nicht weiter. Bitte. Wenn wir miteinander reden, werden Sie es verstehen.

Wilde blickte zwischen den Ästen hindurch in den Himmel. Die Nachricht war vor fast vier Monaten abgeschickt worden. Die wie auch immer geartete Krise, mit der sich PB herumgeschlagen hatte, war wahrscheinlich vorbei. Und selbst wenn nicht, sah Wilde keine Möglichkeit, ihm zu helfen. Es klang, als bräuchte PB vor allem eine Schulter zum Ausweinen. Das war nicht Wildes Stärke.

Hester müsste inzwischen bei Matthew sein. Es wäre nicht okay, sie unnötig warten zu lassen.

Andererseits, was hatte er schon zu verlieren? Es war nur ein Anruf.

Natürlich war Wilde nicht wohl bei der Sache. Er würde sich erklären müssen, PB erzählen, dass er der anonyme WW war, und sich entschuldigen, weil er nicht früher geantwortet hatte. Und was dann? In welche Richtung würde sich das Gespräch entwickeln?

Wilde machte sich auf den Weg die andere Seite des Bergs hinunter zu Davids Haus. In Gedanken bezeichnete er es immer noch so, obwohl David schon seit elf Jahren tot war. Nach etwa zweihundert Metern blieb Wilde stehen, zog sein Handy heraus und wählte die von PB angegebene Nummer. Er hielt das Telefon an sein Ohr und spürte seinen Herzschlag in der Brust, als er dem Klingeln lauschte. Irgendwie wusste er, dass diese Entscheidung – die Entscheidung, mit dem offensichtlich gepeinigten PB in Kontakt zu treten – alles verändern würde. Er glaubte nicht an übernatürliche Eingebungen oder so etwas, aber wenn man mit den Tieren im Wald lebte, fing man an, gewissen körperlichen Reaktionen zu vertrauen. Der Gefahreninstinkt ist real. Sie haben ihn auch. Wenn Ihre Familie so lange überlebt hat, liegt es daran, dass dieser primitive Instinkt Teil Ihrer DNA ist, selbst wenn Sie nichts davon wissen.

Und wo wir gerade von der DNA reden ...

PBs Handy klingelte sechs Mal, bevor eine Computerstimme verkündete, dass der Besitzer dieses Anschlusses seine Mailbox nicht eingerichtet hatte. Interessant.

Wilde legte auf. Und was jetzt?

Er überlegte, ob er eine anonyme Message schicken sollte, wusste aber nicht recht, was genau er darin schreiben sollte. Wollte er preisgeben, dass die Nachricht von WW stammte?

Oder sollte er es einfach gut sein lassen?

Das war eigentlich keine Option. Diesmal nicht. Selbst wenn man die Möglichkeit außer Acht ließ, dass es ihn zu seiner Mutter führen konnte, wenn er diese Sache weiterverfolgte – PB hatte Wilde in seiner Message um Hilfe gebeten. PB war verzweifelt und hatte niemanden, an den er sich wenden konnte. Und Wilde hatte diesen Hilferuf vier Monate lang ignoriert.

Er schickte eine kurze SMS:

Hier ist WW. Entschuldigen Sie die Verzögerung, PB.
Schreiben Sie mir eine SMS oder rufen Sie mich zurück, wenn Sie können.

Er steckte das Handy ein und ging weiter den Berg hinunter.

SIEBEN

Eine Viertelstunde später stand Wilde am Waldrand, der die Grenze zwischen den Ramapo Mountains und dem Garten der Crimsteins bildete. Hinter dem rechten Fenster des ersten Stocks – Lailas Schlafzimmer – bewegte sich etwas. Es war ein seltsamer Gedanke, aber tatsächlich die reine Wahrheit: Wilde hatte dort die schönsten Nächte seines Lebens verbracht.

Wilde hatte das Bild vor Augen, das er sah, als er das erste Mal zwischen diesen Bäumen gestanden hatte, auch wenn die Erinnerung inzwischen etwas verblasst war. Der sechsjährige David hatte mit seinen beiden großen Brüdern im Garten gespielt. In diesem Garten stand ein ziemlich ausgefeiltes Zedernholz-Klettergerüst mit Schaukeln, Rutschen und sogar einer kleinen Hütte. Wilde war damals sechs Jahre alt gewesen, wie er vor Kurzem von seinem gerade erst entdeckten Vater erfahren hatte. Bis zu jenem Tag hatte er noch nie mit einem anderen Menschen gesprochen.

Zumindest erinnerte er sich nicht daran.

Aber der junge Wilde konnte sprechen. Den größten Teil des Winters hatte er in einer Hütte an einem See nahe der Grenze zwischen New York und New Jersey verbracht. Die meisten Leute nutzten diese Häuser nur im Sommer. Wilde erinnerte sich noch daran, wie er von Haus zu Haus gegangen war und versucht hatte, Türen oder Fenster zu öffnen, nur um frustriert festzustellen, dass sie alle verschlossen waren. Schließlich hatte er ein kleines Kellerfenster eingetreten und eine Öffnung geschaffen, die gerade groß genug war, dass er hineinschlüpfen konnte. Glücklicherweise war die Hütte isoliert und heizbar, was zwar bedeutete, dass die Gefahr bestand, dass jederzeit jemand kommen könnte, andererseits hatte der kleine Wilde fließend Wasser und Strom. Die Familie, die dort die Sommer verbrachte, hatte entweder Kinder oder Enkelkinder. Es gab Spielzeug und, was noch wichtiger war, Videokassetten mit Kindersendungen wie der *Sesamstraße*, *Reading Rainbow* und Ähnlichem. Wilde sah sie sich stundenlang an und sprach auch vieles laut nach oder mit. Trotz aller Vergleiche mit Tarzan und Mogli hatte Wilde sich selbst also genug beigebracht, um zu verstehen, dass es da draußen eine Welt gab, die größer war als er und der Wald.

Davids große Brüder sollten auf ihren jüngsten Bruder aufpassen, aber sie konzentrierten sich auf ein Spiel, in dem es darum ging, die kleine Hütte zu erobern. Wilde beobachtete sie. Es war nicht das erste Mal, dass er sich an den Waldrand wagte und seine Mitmenschen beobachtete. Er war auch schon ein paar Mal von Wanderern, Campern und sogar Hausbesitzern gesehen worden, dann aber einfach weggerannt. Wahrscheinlich hatten ihn auch ein paar Leute bei der Polizei gemeldet, aber was konnten die schon sagen? »Ich habe im Wald einen kleinen Jungen gesehen.« Na, und wenn schon? Schließlich lief er ja nicht in einem Lendenschurz herum – er hatte in den Häusern, in die er eingebrochen war, Kleidung gestohlen –, also konnte eigentlich niemand mehr sagen, als dass ein Kind allein im Wald herumlief.

Es gab ein paar Geschichten über einen »verwilderten Jungen«, aber die meisten Leute taten sie als ein Produkt von Sonne, Erschöpfung, Drogen, Dehydrierung, Alkohol oder was auch immer ab. Die größeren Crimstein-Jungs tobten jetzt auf dem Rasen herum, rangelten und wälzten sich lachend. Wilde sah ihnen wie gebannt zu. Die Hintertür wurde geöffnet, und ihre Mutter rief: »In einer Viertelstunde gibt's Abendessen. Und dies ist die letzte Warnung.«

Es war das erste Mal, dass Wilde Hester Crimsteins Stimme hörte.

Wilde sah noch immer zu, wie die Brüder auf dem Boden rangelten, als eine Stimme neben ihm sagte: »Hallo.«

Es war ein Junge, ungefähr in seinem Alter.

Wilde wollte schon wegrennen. Selbst wenn er es versuchte, würde dieser Junge im dichten Wald keinesfalls mit ihm Schritt halten können. Aber derselbe Instinkt, der ihm normalerweise zur Flucht riet, sagte ihm jetzt, dass er stehen bleiben sollte. So einfach war das.

»Hallo«, erwiderte er.

»Ich bin David. Wie heißt du?«

»Ich habe keinen Namen«, sagte Wilde.

Das war der Beginn ihrer Freundschaft.

David war inzwischen tot. Seine Witwe und sein Sohn lebten in diesem Haus.

Die Hintertür wurde geöffnet. Matthew trat in den Garten und sagte: »Hey, Wilde.«

Die beiden Männer – ja, Wilde musste sich widerstrebend eingestehen, dass Matthew jetzt eher ein Mann als ein Junge war – gingen aufeinander zu und trafen sich in der Mitte des Gartens. Als Matthew seine Arme um ihn schlang, fragte Wilde sich, wie lange es her war, dass er Körperkontakt mit einem anderen Menschen gehabt hatte. Hatte er jemanden berührt, seit er in Vegas war?

»Tut mir leid«, sagte Wilde.

»Ist schon okay.«

»Nein, ist es nicht.«

»Du hast recht, das ist es nicht. Ich habe mir Sorgen um dich gemacht, Wilde.«

Matthew ähnelte seinem Vater so sehr, dass es schmerzte. Wilde beschloss, das Gespräch auf ein anderes Thema zu lenken. »Wie läuft's an der Uni?«

Matthews Gesicht leuchtete auf. »Mehr als fantastisch.«

Wieder wurde die Hintertür geöffnet. Es war Laila. Als ihr Blick auf Wildes Augen traf, machte Wildes Herz einen Satz. Laila trug ihre weiße Bluse am Hals offen und dazu einen schwarzen Bleistiftrock. Wahrscheinlich war sie gerade aus ihrer Anwaltskanzlei nach Hause gekommen, hatte die Kostümjacke abgelegt und war aus den Pumps in Turnschuhe geschlüpft. Er starrte sie ein oder zwei Sekunden lang an, starrte sie einfach an, und es war ihm ganz egal, ob es jemandem auffiel.

Laila schien die Treppe hinunter und in den Garten zu schweben. Sie gab Wilde einen Kuss auf die Wange.

»Schön, dich zu sehen«, sagte sie.

»Geht mir auch so«, sagte Wilde.

Sie nahm seine Hand. Wilde spürte, dass er rot wurde. Er war einfach abgehauen. Kein Anruf, keine E-Mail, keine SMS.

Ein paar Sekunden später erschien Hester in der Tür und rief: »Pizza! Matthew, hilf mir beim Tischdecken.«

Matthew klopfte Wilde auf den Rücken und trabte zurück zum Haus. Als er weg war, wandte sich Laila wieder an Wilde.

»Du bist mir keine Erklärung schuldig«, sagte Laila. »Du kannst mich ignorieren, so viel du willst.«

»Ich habe dich nicht...«

»Lass mich ausreden. Mir bist du nichts schuldig – deinem Patenkind aber schon.«

Wilde nickte. »Ich weiß. Tut mir leid.«

Sie blinzelte und wandte sich ab. »Wie lange bist du schon zurück?«

»Ein paar Monate.«

»Dann weißt du vermutlich von Darryl.«

»Du bist mir keine Erklärung schuldig«, sagte Wilde.

»Das ist verdammt richtig.«

Sie gingen ins Haus. Alle vier – Wilde, Laila, Matthew und Hester – setzten sich an den Küchentisch. Es gab zwei Pizzen von *Calabria's*. Eine teilten sich die drei älteren Erwachsenen – die andere war fast nur für Matthew bestimmt. Zwischen den Bissen löcherte Hester Wilde mit Fragen über seinen Aufenthalt in Costa Rica. Wilde gab meist ausweichende Antworten. Laila schwieg.

Matthew gab Wilde einen Stups. »Die Brooklyn Nets spielen gerade gegen die New York Knicks.«

»Ist dieses Jahr überhaupt eins der beiden Teams gut?«

»Mann, du bist echt nicht auf dem Laufenden.«

Alle beschlossen, ins Wohnzimmer zum Großbildfernseher zu gehen. Matthew und Wilde nahmen sich noch ein Stück Pizza und gingen vor. Sie verfolgten das Spiel in behaglichem Schweigen. Wilde war nie ein großer Sportfan gewesen. Er trieb gern selbst Sport, aber das Zuschauen machte ihm nicht besonders viel Spaß. In der Hinsicht war Matthews Vater anders gewesen. Er hatte Fanartikel und Autogrammkarten gesammelt, war mit seinen großen Brüdern zu den Heimspielen gegangen, hatte Spielerstatistiken geführt und sich bis spät in die Nacht Spiele wie dieses im Fernsehen angeguckt.

Laila und Hester leisteten ihnen Gesellschaft, blickten aber mehr auf ihre Handys als auf den Fernseher, in dem das Spiel lief. In der Halbzeitpause stand Hester auf und sagte: »Ich mach mich mal wieder auf den Weg in die Stadt.«

»Dann bleibst du nicht hier draußen bei Oren?«, fragte Laila.

Oren Carmichael war der pensionierte ehemalige Polizeichef von Westville. Auch er hatte seine Familie hier draußen großgezogen, war ein Freund von Hester und Ira gewesen und hatte sogar zwei von Hesters Söhnen trainiert, darunter auch David. Jetzt war Hester Witwe und Oren geschieden, und so hatten sie angefangen, sich zu verabreden.

»Heute nicht. Die Levine-Jury könnte morgen früh schon entschieden haben.«

»Ich bring dich zum Wagen«, sagte Wilde.

Hester runzelte die Stirn. Als Wilde und Hester auf den Bürgersteig traten und außer Hörweite waren, fragte Hester: »Was willst du?«

»Nichts.«

»Du bringst mich sonst nie zum Wagen.«

»Das stimmt«, sagte Wilde.

»Also?«

»Also, wie schwer war es, die Adresse meines Vaters von DNAYourStory zu bekommen?«

»Sehr schwer. Warum?«

»Ich brauche ein paar Informationen über ein anderes Profil von dieser Seite.«

»Noch ein Verwandter?«

»Ja. Ein Cousin zweiten Grades.«

»Kannst du ihm nicht einfach antworten, damit ihr euch ganz normal trefft?«

»Es ist komplizierter«, sagte Wilde.

Hester seufzte. »Ist es bei dir immer.«

Wilde schwieg.

»Gut, schick mir die Daten.«

»Du bist die Beste.«

»Ja, ja, ich bin der Oberhammer«, sagte Hester. Sie wandte sich wieder dem Haus zu. »Wie kommst du damit klar?«

»Soll heißen?«

»Es soll heißen, dass ich mitkriege, wie du Laila ansiehst. Und auch, wie sie dich ansieht.«

»Es ist nichts.«

»Sie hat einen Liebhaber.«

»Ich weiß.«

»Das dachte ich mir.«

»Ich werde mich da raushalten.«

Tim hielt Hester die Autotür auf. Sie umarmte Wilde und flüsterte: »Verschwinde nicht wieder, okay? Du kannst im Wald leben oder wo du willst, aber du musst dich ab und zu melden.« Sie drückte sich von ihm weg und blickte ihm ins Gesicht. »Ist das klar?«

Er nickte, und Hester setzte sich auf den Rücksitz. Wilde sah dem Wagen nach, als er langsam aus der Sackgasse herausfuhr. Er griff nach seinem Handy und wählte die Nummer seiner Pflegeschwester. Als sie sich meldete, hörte er im Hintergrund die übliche Familienkakophonie. Rola Naser hatte fünf Kinder.

»Hallo?«

Er wusste, dass sein Name nicht im Display stand, weil er von einem Wegwerfhandy aus anrief. »Können wir den Teil überspringen, in dem du mir vorwirfst, dass ich mich weder melde noch erreichbar bin?«

»Auf keinen Fall«, sagte sie.

»Rola…«

»Was soll die Sch… und ich spreche das nur nicht aus, weil Kinder im Raum sind, aber ich würde wirklich gern das ganze Wort sagen – was soll die Sch…, Wilde? Warte. Du brauchst nicht zu antworten. Wer wüsste das besser als ich?«

»Niemand.«

»Eben. Niemand. Und letztes Mal hast du mir versprochen, dass du das nicht wieder machst.«

»Ich weiß.«

»Das ist wie Lucy, die mit Charlie Brown den Football kickt.«

»Lucy kickt den Football nicht.«

»Was?«

»Lucy hält den Football und zieht ihn immer weg, wenn Charlie Brown ihn kicken will.«

»Willst du mich ver... Jetzt muss ich schon wieder abbrechen? Willst du die Sache so angehen, Wilde?«

»Du lächelst, Rola. Ich höre es an deiner Stimme.«

»Ich bin wütend.«

»Du bist zwar wütend, lächelst aber.«

»Es ist über ein Jahr her.«

»Ich weiß. Bist du wieder schwanger?«

»Nein.«

»Habe ich etwas Wichtiges verpasst?«

»Im letzten Jahr?« Rola seufzte. »Was willst du, Wilde?«

»Kannst du eine Handynummer zurückverfolgen?«

»Lies sie vor.«

»Jetzt?«

»Nein, warte noch ein Jahr und mach es dann.«

Wilde las die Nummer vor, die PB ihm gegeben hatte. Zehn Sekunden später sagte Rola: »Interessant.«

»Was?«

»Die Rechnungen gehen an eine Briefkastenfirma namens PB&J.«

»Hast du die Eigentümer? Oder eine Adresse?«

»Keine Eigentümer. Und die angegebene Adresse ist auf den Cayman Islands. Wessen Nummer ist das?«

»Wahrscheinlich die meines Cousins.«

»Wie bitte?«

Nachdem der junge Wilde im Wald gefunden worden war, wurde er von der freundlichen und großzügigen Familie Brewer als Pflegekind aufgenommen. Die Brewers hatten im Lauf der Jahre mehr als dreißig Pflegekinder betreut, und alle waren durch diese Erfahrung zu besseren Menschen geworden. Die meisten waren nur wenige Monate bei ihnen. Ein paar, wie Wilde und Rola, waren jahrelang geblieben.

»Ist eine lange Geschichte«, sagte er.

»Du suchst deine leiblichen Eltern?«

»Nein. Na ja, ich habe sie gesucht.«

»Aber du hast deine DNA auf einer dieser Ahnenforschungs-Websites eingegeben?«

»Ja.«

»Warum?«

»Welchen Teil von ›lange Geschichte‹ hast du nicht verstanden?«

»Du hast noch nie eine lange Geschichte erzählt, Wilde. Ich glaube auch nicht, dass du das könntest. Gib mir einfach einen kurzen Abriss.«

Er erzählte ihr von seiner Kommunikation mit PB. Von seinem Vater erzählte er nichts.

»Lies mir seine Nachricht vor«, sagte Rola, als er fertig war.

Wilde tat es.

»Demnach ist dieser PB-Typ berühmt?«

»Oder er hält sich dafür«, sagte Wilde.

»Ich hoffe, er drückt sich nur melodramatisch aus.«

»Soll heißen?«

»Das soll heißen, dass es fast wie ein Abschiedsbrief klingt«, sagte Rola.

Wilde hatte die Verzweiflung und die Hoffnungslosigkeit der Nachricht durchaus erkannt. »Kannst du versuchen, irgendwelche Informationen über diese Briefkastenfirma zu finden?«

»Kommst du vorbei und besuchst mich und die Kinder?«

»Ja.«

»Das ist keine Gegenleistung. Ich besorg dir die Informationen sowieso.«

»Schon klar«, sagte Wilde. »Ich liebe dich, Rola.«

»Ja, ich weiß. Bist du zurück aus Costa Rica?«

»Ja.«

»Allein?«

»Ja.«

»Mist. Tut mir leid, das zu hören. Lebst du wieder im Wald?«

»Ja.«

»Verdammt.«

»Es ist alles okay.«

»Ich weiß«, sagte Rola. »Das ist ja das Problem. Ich guck mal, was ich über PB&J herausbekomme, glaube aber nicht, dass das viel bringt.«

Er legte auf und ging wieder ins Haus. Laila war nicht mehr im Zimmer. Matthew sah sich mit einem Auge die zweite Halbzeit des Basketballspiels an, mit dem anderen surfte er oder machte sonst irgendetwas an seinem Laptop. Wilde sank neben ihn auf die Couch.

»Wo ist deine Mutter?«, fragte er.

»Sie ist nach oben gegangen und arbeitet. Weißt du, dass sie einen Freund hat?«

Wilde beschloss, die Frage mit einer Gegenfrage zu beantworten. »Kommst du damit klar?«

»Warum sollte ich nicht damit klarkommen?«

»Ich frag ja nur.«
»Ist nicht meine Entscheidung.«
»Das stimmt«, sagte Wilde.
Die Werbepause war zu Ende. Matthew verschränkte die Arme und konzentrierte sich auf den Fernseher. »Darryl ist mir ein bisschen zu geschliffen.«
Wilde stieß ein unverbindliches »Aha« aus.
»Er spricht immer ganz korrekt, zieht zum Beispiel nie Worte zusammen. Er sagt immer ›wie geht es dir‹, nie ›wie geht's dir‹. Oder ›hast du‹ statt ›haste‹. Das nervt unendlich.«
Wilde schwieg.
»Die Teile seines Seidenpyjamas passen immer zusammen. Ganz in Schwarz. Sieht aus wie ein Anzug. Sogar seine Sportklamotten passen zusammen.«
Wilde schwieg weiter.
»Keine Anmerkungen?«
»Klingt nach einem echten Monster«, sagte Wilde.
»Eben, siehste?«
»Nichts eben. Deine Mutter soll tun, was sie glücklich macht.«
»Wenn du meinst.«
Wieder breitete sich ein behagliches Schweigen aus, fast so wie es früher oft gewesen war, wenn Wilde mit Matthews Vater zusammen war.
Ein paar Minuten später sagte Matthew: »Mir ist etwas aufgefallen.«
»Und das wäre?«
»Du bist ziemlich fahrig, Wilde. Ist irgendwas? Oder wenn ich Darryl wäre, würde ich fragen: ›Ist irgendetwas?‹«
Wilde konnte sich ein Lächeln nicht verkneifen. »Ich kann mir schon vorstellen, dass das nervt.«
»Und?«

»Ich habe meinen leiblichen Vater kennengelernt.«

»Halt, stopp. Was?«

Wilde nickte. Matthew richtete sich auf und wandte sich komplett Wilde zu. Sein Vater hatte das auch immer gemacht – er war einer der Menschen, die einem das Gefühl geben konnten, der wichtigste Mensch auf der Welt zu sein. Es gehörte gewiss nicht zu Wildes Stärken, sein Herz auszuschütten, aber vielleicht war er das Matthew schuldig, nachdem er einfach so von der Bildfläche verschwunden war.

»Er wohnt in Las Vegas.«

»Cool. In einem Kasino?«

»Nein. Er ist im Baugewerbe.«

»Wie hast du ihn gefunden?«

»Auf einer dieser Ahnenforschungs-Websites.«

»Wow. Und daraufhin bist du nach Vegas gefahren?«

»Ja.«

Matthew breitete die Arme aus. »Und?«

»Und er hat weder gewusst, dass es mich gibt, noch wer meine Mutter ist.«

Matthew hörte schweigend zu, während Wilde weiter berichtete. Als er geendet hatte, runzelte Matthew die Stirn und sagte: »Komisch.«

»Was?«

»Er erinnert sich nicht an ihren Namen.«

»Was ist daran komisch?«

Wieder runzelte Matthew die Stirn. »Okay, na ja, du gehst mit vielen Frauen ins Bett, also erinnerst du dich vielleicht auch nicht an alle Namen. Ich verstehe das. Das ist abstoßend, Wilde. Aber ich verstehe es.«

»Danke.«

»Aber dein Vater? Dieser Daniel Carter? Er hat vorher nur mit einer Frau geschlafen. Er hat hinterher nur mit einer Frau geschlafen – mit derselben Frau. Man sollte denken, dass er sich an die Namen der Frauen dazwischen erinnern kann.«

»Du meinst, er hat mich belogen?«

Matthew zuckte die Achseln. »Ich find es nur merkwürdig, weiter nichts.«

»Du bist jung.«

»Das war dein Vater auch, als er dich gezeugt hat.«

Wilde nickte. »Guter Einwand.«

»Du solltest ihn anrufen und noch mal nachhaken.«

Wilde sagte nichts.

»Gib nicht so einfach auf, Wilde.«

»Das habe ich nicht vor. Eher im Gegenteil.«

»Wie meinst du das?«

»Deshalb habe ich dir das erzählt. Es gibt noch was, und ich will wissen, was du davon hältst.«

Ein Lächeln breitete sich auf Matthews Gesicht aus. »Klar.«

»Auf der Website ist noch ein weiterer Verwandter aufgetaucht. Er nennt sich PB.«

Wilde zeigte Matthew PBs neueste Nachricht. Matthew las sie zweimal und fragte: »Moment, wann wurde diese Nachricht abgeschickt?«

»Vor vier Monaten.«

»Hast du das exakte Datum?«

»Es steht da. Wieso?«

Matthew starrte die Nachricht weiter an. »Warum hast du nicht eher geantwortet?«

»Ich hab sie nicht gesehen.«

Matthew starrte noch länger auf den Bildschirm. »Das ist es also?«

»Was meinst du?«

»Der Grund dafür, dass du so fahrig bist.«

»Ich kann dir nicht folgen.«

»Du fühlst dich schuldig.« Matthew blickte weiter aufs Display. »Dieser Blutsverwandte schickt dir einen Hilfeschrei. Und du warst nicht einmal bereit, diesen Schrei zu hören.«

Wilde sah ihn an. »Das ist hart.«

»Aber?«

»Aber fair. Er brüstet sich ein bisschen damit, berühmt zu sein, findest du nicht?«

»Könnte eine Übertreibung sein«, sagte Matthew.

»Könnte sein«, stimmte Wilde zu.

»Das ist halt die Sache mit den sozialen Medien. Ein Kommilitone hat einen Song herausgebracht und auf seinem YouTube-Kanal fünfzigtausend Aufrufe bekommen. Jetzt hält er sich für Drake oder so was.«

Wilde wusste nicht, wer Drake war, also sagte er nichts.

»Aber irgendwas daran…«, sagte Matthew.

»Was ist?«

»Vielleicht weiß Sutton was.«

»Sutton, das Mädchen, in das du seit der achten Klasse verknallt bist?«

Ein Lächeln umspielte Matthews Lippen. »Eigentlich eher seit der siebten.«

»Die, die mit Crash Maynard zusammen ist?«

»Zusammen *war*.« Matthew griente inzwischen übers ganze Gesicht. »Du warst ziemlich lange weg, Wilde.«

»War ich das?«

»Ich bin seit fast einem Jahr mit Sutton zusammen.«

Wilde lächelte ebenfalls. »Gut.«

»Ja.« Matthew errötete. »Ja, es ist ziemlich toll.«

»Äh, aber dieses gewisse Gespräch müssen wir jetzt nicht führen, oder?«

Matthew gluckste. »Ich weiß Bescheid.«
»Bist du sicher?«
»Ja, das ist erledigt, Wilde.«
»Entschuldige.«
»Das hat Mom übernommen. Alles in Ordnung.«
Als das Spiel in die Werbepause ging, sagte Matthew: »Wo wir gerade darüber reden.«
»Was ist?«
»Ich geh mal duschen«, sagte Matthew und stand auf. »Ich verschwinde nicht gern direkt nach dem Essen, aber ich verbring die Nacht bei Sutton.«
»Oh«, sagte Wilde. Dann fragte er: »Ist das okay für deine Mutter?«
Matthew verzog das Gesicht. »Echt jetzt?«
»Du hast recht. Geht mich nichts an.« Wilde stand auf. »Dann geh ich auch lieber.«
Matthew lief die Treppe hinauf, immer zwei Stufen auf einmal, und verschwand in seinem Schlafzimmer. Wilde wollte gerade nach oben gehen und sich von Laila verabschieden, als sein Handy klingelte. Es war Rola.
»Was gibt's?«
»Volltreffer«, sagte Rola.
»Erzähl.«
»Ich habe eine Adresse für PB&J. Verstehen tu ich das allerdings nicht.«

ACHT

Die Postanschrift von PB&J war eine Luxus-Eigentumswohnung im achtundsiebzigsten Stock eines glänzenden Wolkenkratzers am Central Park South in der Nähe des Plaza Hotels, der einfach *Sky* hieß. Das Hochhaus war vierhundertzwanzig Meter hoch und damit das zweithöchste Wohngebäude in New York City.

»Nicht nur reich«, sagte Rola. »Übelst reich.«

»Übelst?«

»Das Wort habe ich aus Urban Slang.«

Wilde wollte es gar nicht wissen. »Gehört PB&J die Wohnung?«

»Das weiß ich nicht. Im Moment habe ich nur das als Postanschrift.«

»Du kriegst nicht raus, wem sie gehört?«

»Weder Verkäufe noch Preise werden veröffentlicht, andererseits fangen die Appartements in diesem Gebäude bei zehn Millionen an.«

»Dollar?«

»Nein, Peseten«, konterte Rola. »Natürlich Dollar. Die eine Hälfte vom Penthouse ist für fünfundsiebzig Millionen auf dem Markt.«

Wilde rieb sich übers Gesicht und sah auf die Uhr. »Ich müsste in einer Stunde dort sein können.«

»Laut Navi in sechsundvierzig Minuten, wenn du jetzt losfährst«, sagte Rola.

»Ich frag Laila mal, ob ich mir ihren Wagen leihen kann.«
»Ooooooh.« Rola dehnte den Laut zu einer Art Singsang.
»Du bist bei Laila?«
»Und Matthew«, sagte Wilde. »Hester war auch hier.«
»Fang nicht an, dich zu rechtfertigen.«
»Mach ich nicht.«
»Ich mag Laila«, sagte Rola. »Ich mag sie sogar sehr.«
»Sie hat einen Freund.«
»Ja, aber weißt du, was du womöglich hast?«
»Was?«
»Einen superreichen Verwandten, der im *Sky* wohnt. Ruf mich an, wenn du mehr weißt.«

Wilde ging zur Treppe und rief nach oben, dass er heraufkäme. In diesem Moment stürmte Matthew die Treppe hinunter, klatschte Wilde ohne abzubremsen ab und ging weiter zur Tür. »Bis später!«, rief er noch, bevor er die Tür hinter sich zuknallte.

Wilde stand einen Moment wie angewurzelt da. Vom oberen Treppenabsatz sagte Laila: »Er ist erwachsen geworden.«
»Ja.«
»Echt nervig.«
»Ja.«
»Er verbringt die Nacht bei seiner Freundin.«
»Hat er mir erzählt.«
»Ich hatte mir geschworen, nicht eine von *diesen* Müttern zu werden, aber ...«
»Versteh schon.« Wilde drehte sich zu ihr um. »Kann ich mir dein Auto leihen?«
»Natürlich.«
»Ich bring es heute Nacht noch zurück.«
»Nicht nötig. Ich brauch's erst morgen Mittag.«
»Okay.«

»Du weißt, wo der Schlüssel ist.«
Wilde nickte. »Danke.«
»Gute Nacht, Wilde.«
»Gute Nacht, Laila.«
Sie drehte sich um und ging wieder in ihr Arbeitszimmer. Wilde nahm den Schlüssel aus dem Korb neben der Tür. Laila hatte ihren BMW gegen einen schwarzen Mercedes Benz SL 550 getauscht – der gleiche Autotyp, den auch Darryl fuhr. Er runzelte deshalb kurz die Stirn, stellte einen Classic-Rock-Sender im Radio ein und fuhr in Richtung Manhattan. Auf der Washington Bridge war erschreckend wenig Verkehr. Wilde nahm die obere Ebene und fuhr auf der rechten Fahrspur etwas langsamer. Selbst von hier aus, mehr als hundert Blocks von Central Park South entfernt, sah er den *Sky* in die Wolken aufragen.

Er parkte in der Tiefgarage unter dem Park Lane Hotel. Der *Sky* war ein klarer, ausdrucksloser Glasturm. Die Lobby strahlte in Chrom und Kristall. Auf der Fahrt hatte Wilde überlegt, wie er die Sache angehen sollte, und was er durch seine Anwesenheit zu erreichen hoffte. Er ging hinein.

Ein Security-Mann sah Wilde an wie Auswurf, den ein Obdachloser ausgehustet hatte. »Lieferdienste durch den Hintereingang.«

Wilde hob seine leeren Hände. »Sehen Sie irgendetwas, das ich liefern könnte?«

Eine elegant gekleidete Frau kam hinter dem Rezeptionstresen hervor und sagte: »Kann ich Ihnen helfen?«

Wer nicht wagt, der nicht gewinnt. »Appartement achtundsiebzig, bitte.«

Die Rezeptionistin und der Security-Mann tauschten einen wissenden Blick aus.

»Ihr Name?«

»WW.«

»Wie bitte?«

»Sagen Sie, dass WW hier ist.«

Sie warf dem Security-Mann einen weiteren Blick zu. Wilde versuchte, ihren Gesichtsausdruck zu deuten. Natürlich war ihm klar gewesen, dass ein Gebäude wie dieses streng bewacht wurde. Selbst wenn er irgendwie an diesem Security-Mann vorbeikam, an den Fahrstühlen standen zwei weitere, außerdem musste man dort eine Schlüsselkarte durch einen Schlitz ziehen. Aus ihren Mienen und ihrem Auftreten sprach allerdings eher Überdruss und Resignation als Alarmbereitschaft oder Besorgnis. Es war, als würden sie das alles kennen, als hätten sie das Ganze schon häufiger erlebt und würden nur noch einmal pflichtbewusst ihre Rollen spielen.

Die Rezeptionistin ging zu ihrem Schreibtisch zurück und nahm den Telefonhörer ab. Sie hielt ihn sich etwa eine Minute lang ans Ohr, ohne etwas zu sagen. Dann kam sie zurück und sagte: »Es ist niemand da.«

»Das ist ja komisch. PB hat mir gesagt, dass ich vorbeikommen soll.«

Weder der Security-Mann noch die Rezeptionistin sagten etwas.

»PB ist mein Cousin«, legte Wilde nach.

»Mhm«, sagte der Wachmann, als hätte er das schon hundertmal gehört. »Sind Sie nicht ein bisschen alt dafür?«

»Wofür?«

Die Rezeptionistin sagte: »Frank.«

Security-Mann Frank schüttelte den Kopf. »Vielleicht wäre es jetzt an der Zeit, dass Sie gehen, äh...«, leichtes Augenverdrehen, »...WW.«

»Kann ich ihm eine Nachricht hinterlassen?«, fragte Wilde.

»Wem?«
»PB.«
Beide starrten ihn an.
»Ihnen ist doch bekannt«, sagte die Rezeptionistin, »dass wir weder bestätigen noch dementieren dürfen, wer in diesem Gebäude wohnt.«
Wieder versuchte er, ihren Gesichtsausdruck zu lesen. Irgendetwas war hier seltsam.
»Kann ich jetzt eine Nachricht hinterlassen oder nicht?«
Die Rezeptionistin holte einen Stift und Papier. Wilde wusste nicht recht, was er schreiben sollte. Die einfachste Lösung wäre gewesen, kurz zu erklären, dass er der WW von der Ahnenforschungs-Website war, und eine seiner nicht rückverfolgbaren Handynummern anzugeben. Aber wollte er das? Wollte er sich so ins Rampenlicht stellen? Wenn er jetzt darüber nachdachte, was machte er hier eigentlich? Er kannte PB nicht. Er war nicht für ihn verantwortlich. Wilde war sein Leben lang wunderbar damit zurechtgekommen, nicht alle Antworten auf die Frage zu kennen, wer er war.
Was also suchte er hier?
»Natürlich«, sagte die Rezeptionistin. »Kann ich dann bitte einen Ausweis sehen?«
Er hatte einen unter dem Decknamen Jonathan Carlson, aber das würde nur Fragen über die Initialen WW und seinen Cousin nach sich ziehen, und was sollte es schon bringen? Wollte er dafür einen seiner guten Decknamen preisgeben?
Das wollte er nicht.
»Ich versuch es einfach später bei ihm auf dem Handy«, sagte Wilde.
»Ja«, sagte Frank, »tun Sie das.«
Wilde ging die Central Park South entlang Richtung Westen. Man hätte meinen können, dass der sogenannte Junge aus

dem Wald sich auf den Straßen Manhattans unwohl fühlte, aber das Gegenteil war der Fall. Er liebte New York City. Er liebte die Straßen, die Geräusche, die Lichter, das Leben. War das ein Widerspruch? Vielleicht. Vielleicht wusste er es aber auch zu schätzen, weil es anders war. Ähnlich wie es kein Oben ohne ein Unten gab, keine Dunkelheit ohne Licht, so konnte man das Land nicht ohne die Stadt wertschätzen. Vielleicht lag es daran, dass diese Stadt, so überlaufen und gewaltig sie auch sein mochte, einen in Ruhe ließ und einem erlaubte, sich inmitten der Menschenmassen einsam treiben zu lassen und die Umgebung zu beobachten.

Vielleicht sollte Wilde aber auch aufhören zu philosophieren und sich im *Maison Kayser* am Columbus Circle eine Tasse Kaffee und ein Schokocroissant holen.

Auf dem Weg dorthin stoppte er an einem Geldautomaten und zog sich sein Tagesmaximum von achthundert Dollar. Er hatte eine Art groben Plan gemacht: Warte, bis einer der Angestellten, also der Security-Mann oder die Rezeptionistin, Feierabend hat, fang ihn oder sie ab und bestich sie, damit sie dir Informationen über den Bewohner des Appartements geben. Ging er davon aus, dass das funktionierte? Das tat er nicht. Der Security-Mann wirkte, als könnte er empfänglicher für eine Bestechung sein als die Rezeptionistin, aber vielleicht war diese Einschätzung auch sexistisch.

Er überquerte die Straße und stellte sich so vor die Begrenzungsmauer des Parks, dass er es sah, wenn einer der Angestellten das Gebäude verließ. Er trank einen Schluck Kaffee. Der war fantastisch. Er biss in das Schokocroissant und fragte sich, warum er nicht öfter aus dem Wald in die Stadt kam. Er überlegte, was PB gewollt hatte, was ihn in eine solche Verzweiflung gestürzt hatte, was einen Mann, der in diesem glänzenden Turm lebte, dazu gebracht haben konnte, einen vollkommen Fremden um Hilfe zu bitten, selbst wenn er mit diesem Fremden ein paar Gene teilte.

Wilde stand schon über eine Stunde dort, als sein Handy klingelte.

Laila.

Er ging ran. »Hey.«

»Hey.«

Beide schwiegen.

»Matthew ist über Nacht weg«, sagte sie.

»Ich weiß.«

»Wilde?«

»Ja, Laila?«

»Wenn du mit dem fertig bist, was du gerade tust, komm vorbei.«

Das ließ er sich nicht zweimal sagen.

* * *

Als sie fertig waren, fiel Wilde in einen sehr tiefen Schlaf. Kurz vor sechs wachte er auf. Laila schlief neben ihm. Er sah sie kurz an, dann legte er sich auf den Rücken, verschränkte die Hände hinter dem Kopf und starrte die Decke an. Laila mochte luxuriöse weiße Bettwäsche mit einer ungeheuren Fadendichte. Die Wäsche kam Wilde obszön teuer vor, es gab aber Momente – wie diesen –, in denen er Laila verstand.

Laila drehte sich um und legte ihm die Hand auf die Brust. Beide waren nackt.

»Hey«, sagte sie.

»Hey.«

Laila schob sich näher an ihn heran. Er zog sie fest an sich.

»Und?«, sagte sie. »Costa Rica?«

»Was ist damit?«

»Hat nicht funktioniert?«

»Es hat funktioniert«, sagte Wilde. »Es hat nur nicht gehalten.«

Wilde liebte sie. Laila liebte ihn. In der ersten Zeit hatten sie versucht, sich etwas häuslicher einzurichten. Es hatte nicht funktioniert. Das lag an ihm. Manche schoben es auf Davids Geist, der anfangs natürlich noch hier war, oder auf Bindungsängste. Aber daran lag es nicht. Eigentlich nicht. Wilde war nicht für das geschaffen, was die meisten Menschen als eine normale Beziehung ansahen. Und Laila brauchte einfach mehr als das, was er ihr bieten konnte. Das hatte folgenden Zyklus nach sich gezogen: Laila fing eine neue Beziehung an. Wilde ließ sie in Ruhe und hoffte das Beste für sie und die Beziehung. Er wollte, dass Laila glücklich war. Aber irgendwann ging die Beziehung in die Brüche, nicht etwa, weil Laila noch in Wilde verliebt war, sondern weil sie noch immer nicht über den Tod ihrer großen Liebe David hinweggekommen war. Alle anderen Beziehungen waren zum Scheitern verurteilt. Also machte Laila mit dem Mann Schluss, dann fühlte sie sich einsam, und draußen im Wald wartete die sichere, bequeme Variante, der bindungsunfähige Wilde.

Und irgendwann ging alles wieder von vorne los.

In Costa Rica hatte Wilde mit einer anderen Frau und deren Tochter den letzten Versuch einer »normalen Beziehung« gestartet. Dieses Familienleben war erstaunlich gut gelaufen, bis es dann plötzlich vorbei war. Alle Beziehungen gingen irgendwann zu Ende, dachte er sich. Bei seinen ging es eben schneller, das war alles.

»Wie spät ist es?«, fragte Laila.

»Fast sechs.«

»Ich bezweifle, dass Matthew vor Mittag zu Hause sein wird.«

»Ich sollte mich trotzdem langsam auf den Weg machen.«
»Ja.«
Etwas in ihm wollte nach Darryl fragen, aber er ließ es dann doch lieber. Er schlüpfte aus den luxuriösen Seidenlaken und spürte ihren Blick auf sich, als er zur Dusche ging. Das Leben als Ökofreak war schön und gut, es gab allerdings nur wenige Annehmlichkeiten, die er so sehr genoss wie den starken Wasserdruck und das scheinbar endlos vorhandene heiße Wasser aus Lailas Dusche. Er hoffte, dass sie ihm Gesellschaft leisten würde, das tat sie aber nicht. Als er herauskam, saß Laila in einem Bademantel auf der Bettkante.
»Alles in Ordnung?«, fragte er.
»Ja.« Und dann: »Ich liebe dich, Wilde.«
»Ich liebe dich auch, Laila.«
»War ich einer der Gründe, warum du nach Costa Rica gegangen bist?«
Er hatte sie nie belogen. »Zum Teil, ja.«
»Mir zuliebe? Oder dir zuliebe?«
»Genau.«
Laila lächelte. »Du bist lange bei ihr geblieben.«
»Bei *ihnen*«, korrigierte Wilde. »Ja.«
»Wäre gut, wenn das alles etwas einfacher wäre, oder?«
Wilde zog sich an. Er setzte sich neben sie auf das Bett und schnürte seine Turnschuhe. Die Stille war angenehm. Es gab noch mehr zu sagen, aber das hatte Zeit. Er stand auf. Sie stand auf. Sie umarmten sich lange, hielten sich fest. In diesem Raum gab es viel Geschichte. David war auch da. Er war immer da gewesen. Beide wussten das, aber es machte ihnen nichts mehr aus. Wenn sie miteinander schliefen, kam es ihnen schon seit Jahren nicht mehr so vor, als würden sie ihn betrügen.
Wilde sagte nicht, dass er anrufen würde. Er forderte sie

auch nicht auf, das zu tun. Beide kannten die Situation. Sie musste den nächsten Schritt machen.

Wilde ging allein die Treppe hinunter und durchquerte das Wohnzimmer. Als er die Küchentür aufstieß, blieb er überrascht stehen. Matthew saß am Küchentisch vor einer Schale Frühstücksflocken.

Matthew starrte Wilde an. »Liegt wohl in der Familie.«

»Was?«

»Rumvögeln, fremdgehen, was auch immer.«

Wilde antwortete nicht. Seine Mutter würde es ihm erklären oder eben auch nicht, ganz wie sie es für richtig hielt. Das war nicht seine Sache. Er ging weiter in Richtung Hintertür.

»Man sieht sich.«

»Willst du nicht wissen, was ich mit ›liegt wohl in der Familie‹ meine?«

»Wenn du es mir erzählen willst.«

»Ist ganz einfach«, sagte Matthew. »Ich weiß, wer PB ist.«

NEUN

Wilde setzte sich neben ihn. Matthew starrte weiter auf die Frühstücksflocken vor sich.

»Ich dachte, das mit dir und Mom ist vorbei.«

Wilde sagte nichts.

»Ich weiß, dass du früher oft über Nacht bei ihr geblieben bist. Glaubst du, ich hätte nicht gehört, wie du dich davongeschlichen hast?«

»Darüber rede ich nicht mit dir«, sagte Wilde.

»Dann will ich ja vielleicht nicht mit dir über PB reden.«

Wilde blieb stumm. Er zog die Schachtel mit den Frühstücksflocken zu sich und schüttete etwas davon auf seine Handfläche. Er aß ein paar, während er darauf wartete, dass Matthew aufhörte, ihn verdrießlich anzusehen.

»Sie ist zurzeit mit jemandem zusammen«, sagte Matthew.

»Das habe ich dir doch erzählt.«

»Darüber rede ich nicht mit dir.«

»Wieso denn nicht, verdammt noch mal? Ich bin doch kein Kind mehr.«

»Du benimmst dich wie eins.«

»Hey, immerhin schleich ich mich nicht um sechs Uhr morgens aus dem Haus.«

Wütend stopfte Matthew sich einen Löffel Frühstücksflocken in den Mund.

Wilde fragte: »Was meintest du mit dem Satz, dass es wohl in der Familie liegt?«

»Du und PB.«
»Was ist mit uns?«
»Guckst du je Reality-TV?«
Wilde sah Matthew ausdruckslos an.
»Schon klar«, sagte Matthew. »Blöde Frage. Aber du hast doch schon davon gehört, oder? Von Sendungen wie dem *Bachelor* oder *Survivor*?«
Wilde sah ihn weiter mit leerer Miene an.
»PB heißt eigentlich Peter Bennett. Er hat eine große Reality-Show gewonnen.«
»Gewonnen?«
»Ja.«
»So wie eine Spielshow?«
»Nicht ganz. Ich meine, es ist kein Quiz wie *Jeopardy* oder *Wer wird Millionär*. Hast du schon mal von *Love Is A Battlefield* gehört?«
»Klar«, sagte Wilde. »Pat Benatar.«
»Wer?«
»Sie hat den Song gesungen.«
»Welchen Song? *Love Is A Battlefield* ist eine Reality-Show.«
»Man gewinnt eine Reality-Show?«
»Ja, klar. Mann ey, Wilde, wo lebst du denn? Es ist eine Art Wettbewerb. Zu Anfang der Show sind es drei Frauen und einundzwanzig Männer, die alle ihre wahre Liebe suchen. Aber es ist ein harter Weg, um da hinzukommen. Gnadenlos, sagen die Moderatoren immer. Liebe ist wie Krieg. Rate mal, wo sie ihn austragen?«
»Auf einem Schlachtfeld?«, witzelte Wilde.
»Genau.«
»Ist das dein Ernst?«
Matthew nickte. »Am Ende bleibt eine Frau über, die

sich dann für einen Mann entscheidet. Die beiden sind füreinander bestimmt. Sie sind die Einzigen, die es geschafft haben. Sie heiraten gleich an Ort und Stelle. Im Finale.«

»Auf einem Schlachtfeld?«

»Ja. Bei der letzten Staffel war es Gettysburg.«

»Und dieser Verwandte von mir, PB ...«

»Peter Bennett.«

»Richtig. Er hat gewonnen?«

»Er und Jenn Cassidy, seine wahre Liebe«, bestätigte Matthew.

»Jenn?«

»Genau.«

»Bitte sag mir, dass das ein Witz ist.«

»Was?«

»Peter Bennett und Jenn«, sagte Wilde. »Steht PB&J dafür?«

»Clever, oder?«

Wilde schüttelte den Kopf. »Vielleicht will ich ihn doch lieber nicht kennenlernen.«

Matthew lachte. »Die beiden sind ziemlich berühmt. Oder sie waren es zumindest. Das war vor zwei Jahren oder so.«

»Als er diese Show gewonnen hat?«

»Ja.«

»Ich nehme an, dass PB&J nicht mehr zusammen sind«, sagte Wilde.

»Warum nimmst du das an?«

»Erstens weil ich davon ausgehe – aber das kann auch ein Vorurteil sein –, dass das nicht der beste Weg ist, die wahre Liebe seines Lebens kennenzulernen. Im Fernsehen, im Rahmen eines Gewinnspiels.«

»Ausgerechnet du bist jetzt also ein Experte für Beziehungen?«

»Fair«, sagte Wilde wieder. »Hart, aber fair.«
»Und was ist zweitens?«
»Zweitens warst du wütend auf mich und hast gesagt, dass es wohl in der Familie läge. Also nehme ich an, dass PB – Peanut Butter oder wie auch immer – diese Jenn betrogen hat.«
»Du bist gut«, sagte Matthew.
»Wie bist du darauf gekommen?«, fragte Wilde.
»Ich hab auch ein oder zwei Folgen der Show gesehen, aber Sutton guckt das regelmäßig mit ihren Kommilitoninnen aus der Studentinnenverbindung. Die essen vor jeder Folge was zusammen, gucken sich das an und lachen sich kaputt.«
»Und wo ist er jetzt?«
»Peter Bennett?«
»Ja.«
»Das ist genau der Punkt. Niemand weiß es. Er ist verschwunden.«
Die Küchentür wurde geöffnet. Laila kam in ihrem Frotteebademantel mit gerunzelter Stirn herein.
»Mist«, sagte Laila. »Ich dachte mir doch, dass ich Stimmen gehört habe.«
Beide Männer sahen sie an. Schließlich brach Matthew das Schweigen. »Könntest du mir vielleicht erklären, was hier los ist?«
Laila sah ihn an. »Bin ich dir jetzt Rechenschaft schuldig?«
»Wäre vielleicht gut.«
»Nein, ich bleibe weiter die Mutter, und du bist der Sohn.«
»Hast du mit Darryl Schluss gemacht?«
Lailas Blick wanderte kurz zu Wilde, dann sah sie Matthew wieder an. »Was machst du überhaupt zu Hause? Ich dachte, du bleibst über Nacht bei Sutton.«

»Schönes Ablenkungsmanöver, Mom.«

»Ich muss hier von gar nichts ablenken. Ich bin deine Mutter.«

»Tja, ich hatte geplant, bei Sutton zu bleiben, aber ich musste Wilde etwas erzählen. Also bin ich nach Hause gekommen, um den Autoschlüssel zu holen, und habe von oben Geräusche gehört.«

Schweigen.

Lailas Blick sagte Wilde, was er zu tun hatte.

Er stand auf und ging zur Tür. »Ich lass euch beide mal allein.«

Ohne sich noch einmal umzudrehen, ging Wilde zur Hintertür hinaus, schloss die Augen und holte tief Luft. Einen Moment lang dachte er über die Folgen der letzten Nacht nach. Er überlegte, was Laila gewollt hatte, warum sie ihn angerufen hatte und was sie jetzt plante. Vielleicht wäre es besser, wieder zu verschwinden, um ihr Leben nicht zu verkomplizieren, aber der Gedanke war eine Beleidigung für Laila. Sie war eine erfolgreiche und selbstbewusste Frau und keine Prinzessin auf der Erbse. Sie konnte selbst entscheiden, was sie wollte oder brauchte, ohne dass er den Retter spielte.

Als Wilde den Waldrand erreichte, rief er Rola an. Es war zwar noch sehr früh, er ging aber davon aus, dass sie entweder schon auf war oder ihr Handy stumm geschaltet hatte. Sie meldete sich beim ersten Klingeln. Er hörte die Kakophonie des morgendlichen Frühstücks mit fünf Kindern im Hintergrund.

»Was gibt's?«, fragte Rola.

Er berichtete, was Matthew ihm über Peter Bennett erzählt hatte.

»Was meinst du, wenn du sagst, dass er vermisst wird?«, hakte sie nach.

»Das weiß ich selbst nicht genau. Ich muss auch erst ein paar Nachforschungen anstellen.«

»Na ja, wir kennen jetzt seinen Namen. Ich checke die Kreditkarten und die Telefonrechnungen. Das Übliche. So schwer wird es nicht sein, ihn ausfindig zu machen.«

»Okay.«

»Wir haben hier bei CRAW auch einen neuen Mann, Tony, der sich gut mit Genen und Stammbäumen auskennt.«

»Wozu braucht eine Security-Firma jemanden, der sich mit Stammbäumen auskennt?«

»Glaubst du, du bist der Einzige, der einen leiblichen Elternteil sucht?«

»Kinder aus alten Inkognito-Adoptionen, bei denen die Daten nicht mehr vorliegen?«

»Das werden immer weniger. Heute ist es so, dass viele Leute sich einfach aus Spaß bei einer dieser Ahnenforschungs-Websites anmelden. Um etwas über ihre Abstammung oder was auch immer zu erfahren. Im Endeffekt erfahren sie oft, dass ihr Vater – meistens ist es der Vater, gelegentlich aber auch die Mutter oder beide Elternteile – nicht ihr leiblicher Vater ist. Das führt dann oft dazu, dass Familien auseinandergerissen werden.«

»Kann ich mir vorstellen.«

»Und häufig weiß der Vater nicht einmal etwas davon. Er hat das Kind für seins gehalten, es großgezogen, und jetzt, wo es erwachsen ist, vielleicht zwanzig, dreißig, vierzig Jahre alt, stellt er fest, dass seine Frau mit einem anderen Mann geschlafen hat und sein ganzes Leben eine Lüge ist.«

»Muss eine unangenehme Situation sein.«

»Du machst dir keine Vorstellung. Na, jedenfalls werde ich Tony bitten, Peter Bennetts Herkunft genealogisch aufzuschlüsseln. Vielleicht gibt es ja eine Verbindung zu dir.«

»Danke.«

»Ich ruf an, wenn ich etwas habe«, sagte sie, bevor sie auflegte. Wilde holte seinen geladenen Laptop aus der Ecocapsule und suchte sich in drei Kilometern Entfernung einen Ort, an dem er sich ins Internet einwählen konnte, ohne dass die Gefahr bestand, geortet zu werden. Er googelte Peter Bennett und PB&J. Die schiere Menge an Treffern überwältigte ihn. *Love Is A Battlefield* hatte Tausende, wenn nicht Millionen Fanseiten, Social-Media-Threads, Podcasts, Reddit-Boards und was sonst noch alles hervorgebracht.

Peter Bennett.

Wilde starrte auf einige der unglaublich vielen Bilder im Internet, die das Gesicht seines Cousins zeigten. Sah er eine gewisse Ähnlichkeit zwischen seinem und Bennetts Gesicht? Das tat er. Oder er glaubte zumindest, sie zu sehen. Es konnte auch eine Projektion sein oder auf einer Wunschvorstellung beruhen, aber der etwas dunklere Hautton, die Schlupflider, die Form des Mundes – irgendetwas war da. Peter Bennett hatte 2,8 Millionen Follower auf Instagram. Wilde nahm an, dass das viel war. Er hatte über dreitausend Posts eingestellt. Wilde sah sie sich flüchtig an. Die meisten zeigten den lächelnden Peter Bennett mit einer strahlenden Jenn Cassidy. Die Bildkomposition signalisierte, dass die beiden verliebt und reich waren, und viele überschritten auch den schmalen Grat zwischen ehrgeizig und neiderweckend. Wilde klickte auf den Link zu Jenn Cassidys Account und sah, dass sie 6,3 Millionen Follower hatte.

Interessant. Hatten weibliche Reality-Stars einfach mehr Fans als männliche?

Er ging zurück auf Peter Bennetts Instagram-Seite, um sie sich näher anzusehen. Sein Profilbild zeigte ihn ohne

Hemd. Seine Brust war perfekt haarlos gewachst. Sein Bauch zeigte einen deutlich definierten Sixpack, wie er typisch war für Show-Muskulatur (im Gegensatz zu echter Kraft). Peter Bennett hatte jahrelang täglich mindestens ein Foto gepostet – Urlaub mit Jenn auf den Malediven, bei Eröffnungen, bei Premieren, beim Anprobieren von Designerkleidung, beim Kochen extravaganter Mahlzeiten, beim Workout, beim Essen in angesagten Restaurants, beim Tanzen in Clubs. Seit etwa einem Jahr hatte die Anzahl der Posts jedoch stetig abgenommen, bis vor vier Monaten der letzte das Foto einer hohen Klippe zeigte, von der ein Wasserfall herabstürzte. Die Ortsangabe lautete: Adiona-Klippen in Französisch-Polynesien. Unter dem Bild stand:

Ich will nur meinen Frieden.

Das waren genau dieselben Worte wie in PBs verzweifelter SMS. Jetzt bestanden eigentlich keine Zweifel mehr – Peter Bennett war PB.
Wilde klickte auf dieses letzte Posting und las die Kommentare:

Spring schon!
Und tschüss.
Kann nicht erwarten, dass du stirbst.
Ich hoffe, du landest auf einem harten Felsen und überlebst mit quälenden Schmerzen, dann kommt ein Tier dazu und fängt an, deine Haut zu fressen, und dann krabbeln dir Feuerameisen in den Hintern, und...

Wilde lehnte sich zurück. *Was zum...?*
Er scrollte zurück. Auf den Fotos aus den letzten Monaten

davor war er allein. Keine Jenn. Wilde scrollte noch weiter in die Vergangenheit. Das letzte Foto mit dem Hashtag #PB&J, auf dem die beiden zu sehen waren, stammte vom 18. Mai. Das #DreamCouple, wie ein gängiger Hashtag sie beschrieb, saß in zusammenpassenden Liegestühlen am Strand in Cancun, beide mit einer Frozen Margarita in der einen Hand und einer Flasche einer bekannten Tequila-Marke in der anderen. Sponsoring, stellte Wilde fest. Das waren praktisch alles bezahlte Werbefotos.

Nach diesem letzten Bild des schönen Paares gab es drei Wochen lang keinen neuen Post auf Peter Bennetts Seite – in dieser Social-Media-Welt war das eine gefühlte Ewigkeit. Dann folgte eine schlichte Grafik mit einem Zitat darin:

> Glaub nicht sofort,
> was du hörst,
> denn Lügen verbreiten sich schneller
> als die Wahrheit.

Die Anzahl der Likes für sein letztes Bild mit Jenn in Cancun? 187454.

Die Likes für dieses Zitat? 743.

Die nächsten zwei Stunden verbrachte Wilde damit, mehr im Internet über seinen möglichen Cousin herauszufinden. Wilde las Foren, soziale Medien und die schlimmste Kloake von allen: die Kommentare. Danach wollte er eigentlich nur noch duschen und sich noch tiefer in den Wald zurückziehen.

Ohne gleich zu Beginn allzu sehr auf Details einzugehen, zeichnete sich folgendes Bild ab:

Peter Bennett war ein Kandidat in einer Reality-Show namens *Love Is A Battlefield* gewesen. Attraktiv, charmant, nett, höflich und bescheiden, war Bennett schnell zum beliebtesten männlichen Kandidaten der Staffel geworden. Die Einschaltquoten des Staffelfinales – als Jenn Cassidy sich in der letzten Schlacht für Peter Bennett entschied und nicht für den Unsympathen Bob »Big Bobbo« Rykes – waren die höchsten, die der Sender in den letzten zehn Jahren erreicht hatte.

Seitdem waren drei Jahre vergangen.

Anders als die meisten Paare, die in solchen Sendungen ihr »Glück« fanden, waren Peter und Jenn – ja, PB&J – allen Widrigkeiten zum Trotz zusammengeblieben. Ihre Hochzeit – nicht zu vergessen die Verlobungsfeier, der Junggesellenabschied, der Junggesellinnenabschied, der Polterabend, das Mittagessen für die Brautjungfern, der Zigarrenabend für die Trauzeugen, die Willkommensparty, der *Stag and Doe* (was auch immer das genau war), die Diner-Probe, der Brunch nach der Hochzeitsnacht und die Flitterwochen – waren Großereignisse im Fernsehen und in den sozialen Medien. Es hatte den Anschein, als wäre ihr ganzes Leben nur für den Zuschauer bestimmt und jede Episode völlig kommerzialisiert, was das glückliche Paar jedoch nicht im Geringsten zu stören schien.

Das Leben war wunderbar. Anscheinend war das Einzige, was noch fehlte, ein PB&J-Baby. In den Foren wurde spekuliert, wann Jenn schwanger werden würde. Es gab Umfragen und sogar Wetten, ob sie zuerst einen Jungen oder ein Mädchen gebären würde. Als sich jedoch auch im nächsten Jahr keine Schwangerschaft abzeichnete, verkündeten Peter und Jenn gemeinsam, in einem weitaus ernsteren Tonfall als dem, den Wilde aus den sozialen Medien bis dahin von ihnen kannte, dass das glückliche Paar Fruchtbarkeitsprobleme hätte und damit genauso umgehen würde, wie es bisher mit allem im Leben umgegangen wäre: mit Liebe und Einigkeit.

Und Publicity.

Peter und Jenn begannen, die medizinischen Prozeduren zu dokumentieren, die sie über sich ergehen lassen mussten – die Spritzen, die Behandlungen, die Operationen, die Eizell-Entnahme und sogar die Spermagewinnung –, aber die ersten drei künstlichen Befruchtungen schlugen fehl. Jenn wurde nicht schwanger.

Und dann überschlugen sich die Ereignisse.

Es geschah im Video-Podcast von *Reality Ralph*, und zwar auf die grausamste Art und Weise, die man sich vorstellen kann. Ralph hatte Jenn in seine Show eingeladen, angeblich um über ihren Kampf mit der Unfruchtbarkeit zu reden und anderen, die das gleiche Problem hatten, Hoffnung und Unterstützung zu geben.

RALPH: Und wie kommt Peter mit dem Stress klar?
JENN: Er ist unglaublich. Ich bin die glücklichste Frau der Welt.
RALPH: Wirklich, Jenn?
JENN: Natürlich.
RALPH: Bist du sicher?
JENN: (lacht nervös) Was willst du damit sagen?
RALPH: Ich will damit sagen, dass Peter Bennett vielleicht nicht der ist, für den wir alle ihn gehalten haben. Ich will damit sagen, dass du dir die vielleicht mal anschauen solltest...

Ralph zeigte der schockierten Jenn Textnachrichten, Screenshots und Penisfotos – die, wie Ralph versicherte, alle von Peter Bennett verschickt worden waren. Jenn griff mit zitternder Hand nach der Wasserflasche.

RALPH: Tut mir leid, dass ich dir das zeigen –
JENN: Weißt du, wie leicht es ist, so etwas zu fälschen?

RALPH: *Wir haben das von Kriminaltechnikern prüfen lassen. Es tut mir leid, dir das zu sagen, aber sie stammen von Peters Handy und Peters Computer. Die, äh, ziemlich intimen Fotos – Willst du uns sagen, dass das nicht dein Mann ist?*

Stille.

RALPH: *Es wird noch schlimmer, Leute. Wir haben eine Betroffene hier bei uns.*

Jenn nahm ihr Mikrofon ab und stand wütend auf.

JENN: *Ich werde nicht einfach hier sitzen und …*
RALPH: *Liebe Betroffene, erzähl bitte.*
BETROFFENE/MARNIE: *Jenn?*

Jenn erstarrte.

BETROFFENE/MARNIE: *Jenn? (Schluchzt) Es tut mir so leid …*

Jenn war perplex. Es stellte sich heraus, dass Marnie Jenn Cassidys jüngere Schwester war. Unter Zuhilfenahme einiger der Textnachrichten und Screenshots erzählte Marnie, dass Peter ihr lange nachgestellt hätte, bis sie sich in einer schrecklichen Nacht in Peters Anwesenheit betrunken hätte, schwer betrunken. Oder vielleicht – sie konnte es nicht mit Sicherheit sagen – hatte auch jemand K.-o.-Tropfen in ihren Drink getan.

BETROFFENE/MARNIE: *Als ich wieder aufgewacht bin … (schluchzt) … war ich nackt und hatte Schmerzen.*

Die Reaktion erfolgte schnell und erwartbar. Der Hashtag #CancelPeterBennett stand fast eine Woche lang in den Top Ten auf Twitter. Diverse ehemalige *Love Is A Battlefield*-Kandidaten meldeten sich über die unterschiedlichsten Kanäle, in Podcasts, Streams und den sozialen Medien zu Wort, um die unermüdlichen Fans wissen zu lassen, dass sie schon immer den Verdacht gehabt hätten, mit Peter Bennett stimme etwas nicht. Ein paar anonyme Hinweisgeber »bestätigten«, Peter Bennett hätte den Produzenten der Show vorgegaukelt, dass er ein netter Kerl wäre, andere behaupteten, die Produzenten selbst hätten diesen netten Peter Bennett »erschaffen«, weil sie wussten, dass Peter ein Soziopath war, der jede beliebige Rolle spielen konnte.

Peter Bennett beteuerte unterdessen seine Unschuld, aber diese Äußerungen fanden bei der wachsenden Schar seiner Gegner keinen Widerhall. Jenn Cassidy hingegen lehnte es ab, sich zu äußern, und zog sich stattdessen aus der Öffentlichkeit zurück, obwohl »Quellen aus ihrem engen Umfeld« verrieten, dass Jenn »am Boden zerstört« sei und »die Scheidung« anstrebe. Jenn gab eine Erklärung ab, in der sie darum bat, ihre »Privatsphäre in dieser sehr persönlichen und schmerzhaften Zeit« zu achten, aber wenn man zuvor die ganze Zeit in die Welt hinausposaunte, wie glücklich man war, konnte man bei einer persönlichen Tragödie nicht plötzlich Privatsphäre einfordern.

Wildes Handy vibrierte. Es war Rola.

»Schlechte Neuigkeiten«, sagte sie.

»Was ist denn?«

»Ich glaube, Peter Bennett ist tot.«

ZEHN

»Bist du dazu gekommen, deinen Cousin zu googeln?«, fragte Rola.
»Ja.«
»Dann kennst du also die ganze schäbige PB&J-Story?«
»Zumindest genug davon«, sagte er.
»Scheibenkleister, was?«
»Absolut.«
»Die meisten glauben, dass er von der Selbstmordklippe gesprungen ist.«
»Und du stimmst ihnen zu?«
»Das tu ich, ja.«
»Warum?«
»Weil Peter Bennett entweder tot ist oder sich sehr gut verstecken kann – und die meisten Menschen können sich nicht besonders gut verstecken. Ich bin noch dabei, seine Daten zu durchkämmen, aber bis jetzt gibt es keinerlei Aktivitäten, nichts auf seinen Kreditkarten, keine Geldabhebungen, keine Rechnungen, und sein Handy ist auch tot. Wenn man das zugrunde legt, diesen Social-Media-Post dazunimmt, dann noch die kryptische Nachricht an dich, das Mobbing, ganz egal, ob er es verdient hat oder nicht, den Schmerz, dass sich alle von ihm abwenden und, wenn wir ehrlich sind, die ganze Welt ihn hasst, und das alles dann in einen Mixer steckt und püriert, kommt wahrscheinlich was ziemlich Übles raus.«

Wilde überlegte. »Weißt du schon etwas über seine Herkunft?«, fragte er.

»Peter Bennetts Vater ist vor vier Jahren gestorben. Seine Mutter Shirley lebt in einem Seniorenzentrum in Albuquerque.«

»Er oder sie ist mit mir blutsverwandt.«

»Genau. Darüber hinaus hat er drei ältere Geschwister. Deine beste Chance? Wahrscheinlich bei Peters Schwester Vicky Chiba. Vicky ist auch seine Managerin oder Agentin oder so etwas. Sie wohnt zusammen mit ihrem Mann Jason Chiba in West Orange.«

»Alles klar.«

»Wilde, weißt du, dass West Orange hier ganz in der Nähe ist?«

»Ja, das weiß ich.«

»Ich maile dir gerade Vicky Chibas Adresse. Vielleicht kannst du ja, nachdem du bei ihr warst ...«

Rola sah keine Notwendigkeit, den Satz zu beenden. Bei niedrigem Verkehrsaufkommen war West Orange nur eine halbe Stunde entfernt. Wilde mietete sich bei Hertz an der Route 17 ein Auto und erreichte das Haus der Chibas noch vor der Mittagszeit. Er drückte den Klingelknopf. Vicky Chiba öffnete vorsichtig die Haustür, ließ die Fliegengittertür aber zu.

»Kann ich Ihnen helfen?«, fragte Vicky.

Vicky Chibas Haare waren weiß. Rein und strahlend weiß. Weiß wie ein Schneesturm. Ein Weiß, das vermutlich nicht vom Alter, sondern eher aus einer Tube kam. Ihr Pony war so geschnitten, dass der Rand gerade über der Augenlinie verlief. An ihren Armen klimperten Armbänder. Ihre Ohrringe bestanden aus langen Federn.

»Ich suche Ihren Bruder Peter.«

Vicky Chiba wirkte nicht überrascht. »Und Sie sind?«

»Mein Name ist Wilde.«

Sie seufzte. »Sind Sie ein Fan?«

»Nein, ich bin Ihr Cousin.«

Vicky Chiba ließ die Fliegengittertür verschlossen, verschränkte die Arme und musterte ihn von oben bis unten, wie etwas, dessen Kauf man in Erwägung zog.

Wilde sagte: »Ihr Bruder Peter…«

»Was ist mit ihm?«

»Er hat sich bei einer Ahnenforschungs-Website angemeldet.«

Ihre Augen blitzten kurz auf.

»Zwischen uns gab es Übereinstimmungen«, fuhr Wilde fort. »Als Cousins zweiten Grades.«

»Moment mal. Warum kommen Sie mir bekannt vor?«

Wilde sagte nichts. Das passierte ihm nicht zum ersten Mal. Drei Jahrzehnte waren vergangen, seit die Story des Jungen aus dem Wald Schlagzeilen gemacht hatte. Vicky war damals wahrscheinlich gerade einmal ein Teenager gewesen, allerdings brachte ungefähr einmal im Jahr irgendein Kabelsender, der verzweifelt nach Material suchte, eine *Was macht er heute*-Sendung über ihn, obwohl Wilde sich immer geweigert hatte, daran mitzuwirken.

»Das bedeutet«, sagte Wilde, der hoffte, das einfach übergehen zu können, »dass wir beide auch Cousine und Cousin sind.«

»Verstehe«, sagte sie ausdruckslos. »Was wollen Sie also von meinem Bruder? Geld?«

»Sie sagten, ich käme Ihnen bekannt vor.«

»Das stimmt.«

»Erinnern Sie sich an die Geschichte von dem Jungen aus dem Wald?«

Vicky schnippte mit den Fingern und zeigte auf ihn. »Daher kenne ich Sie.«

Wilde wartete.

»Sie haben nie erfahren, wie Sie in den Wald gekommen sind, stimmt's?«

»Stimmt.«

»Moment...«, ihr Mund formte sich zu einem »O«, als sie begriff, »wir sind also verwandt?«

»Sieht so aus, ja.«

Hastig entriegelte Vicky die Fliegengittertür. »Komm rein.«

Die Einrichtung des Hauses konnte man, wie auch ihr Outfit, am besten mit dem Begriff *Bohème* beschreiben. Verworrene Muster, unstrukturierte Texturen, chaotische Schichten und verschlungene Farben – alles schien irgendwie in Bewegung oder im Fluss zu sein, obwohl sich nichts bewegte oder floss. Auf dem Tisch lag etwas, das wie eine Kristallkugel aussah, neben Tarotkarten und Büchern über Numerologie. Auf einer Seite hing ein riesiger Wandteppich, der die Silhouette einer Person im Lotossitz zeigte, die die sieben Chakra-Edelsteine vom Scheitel bis runter zur Basis trug. Oder war es andersherum? Wilde wusste es nicht mehr.

»Du guckst ziemlich skeptisch«, sagte Vicky.

Wilde hatte kein Interesse, diese Diskussion anzufangen, also sagte er: »Keineswegs.«

»Es hat mir in meinem Leben sehr geholfen.«

»Davon bin ich überzeugt.«

»Dass du hergekommen bist... das ist doch kein Zufall.«

»Nein.«

»Ich muss aber zugeben, es überrascht mich, dass mein Bruder sich bei einer Ahnenforschungs-Website angemeldet hat. Hat er das wirklich getan?«

»Ja.«

Vicky schüttelte den Kopf, sodass die Federn ihrer Ohrringe auf ihre Wangen schlugen. »Das passt eigentlich gar nicht zu ihm. Und er hat da seinen Namen angegeben?«

»Nein, nur seine Initialen.«

»Seinen Namen hat er dir nicht gesagt?«

»Genau.«

»Wie hast du dann herausbekommen, wer er ist?«

Darüber wollte Wilde nicht sprechen, also fragte er: »Ich habe gehört, dass dein Bruder vermisst wird?«

»Peter wird nicht vermisst«, sagte Vicky. »Peter ist tot.«

ELF

Da Vicky zuerst Wildes Geschichte hören wollte, erzählte er sie.

»Wow«, sagte Vicky, als Wilde fertig war. »Aber noch mal, um zu klären, ob ich auch alles richtig verstanden habe: Eine weibliche Verwandte von uns war 1980 in Europa unterwegs. Dort hat sie einen Soldaten auf Urlaub kennengelernt, der sie geschwängert hat. So weit alles richtig?«

Wilde nickte.

»Irgendwann wurde dieses Kind – also du – im Wald ausgesetzt, und zwar, als du noch so jung warst, dass du dich nicht mehr an eine Zeit erinnern kannst, in der du nicht auf dich allein gestellt warst. Du wurdest dann schließlich gerettet und aufgezogen, aber jetzt, etwa fünfunddreißig Jahre später, weißt du noch immer nicht, wie du da im Wald gelandet bist.« Vicky sah ihn an. »Ist das so richtig zusammengefasst?«

»Ja.«

Vicky sah gedankenversunken zur Decke. »Man sollte meinen, dass ich etwas davon gehört haben müsste, wenn sie eine Verwandte war.«

»Vielleicht hat sie die Schwangerschaft geheim gehalten«, sagte Wilde.

»Möglich«, stimmte Vicky zu. »Nach deiner Erzählung war deine Mutter wohl mindestens achtzehn und höchstens, na ja, fünfundzwanzig Jahre alt, als sie deinem leiblichen Vater begegnet ist?«

»Das müsste so hinkommen«, sagte Wilde.

Sie ließ sich das kurz durch den Kopf gehen. »Also, mein Vater ist tot, und meine Mutter, na ja, sie ist ziemlich verwirrt, oft auch geistig abwesend und hat nur wenige klare Momente, wenn du verstehst, was ich meine. Ich kann aber versuchen, einen Familienstammbaum zu besorgen. Ein paar Verwandte väterlicherseits beschäftigen sich mit Ahnenforschung. Die können dir wahrscheinlich helfen.«

»Würde mich freuen«, sagte Wilde. Dann schaltete er einen Gang höher. »Warum gehst du davon aus, dass dein Bruder tot ist?«

»Mal ganz ehrlich: Guckst du es?«

»Was gucke ich?«

»*Love Is A Battlefield* oder solche Sendungen. Interessierst du dich auch dafür?«

»Nein«, sagte Wilde. »Ich hatte bis gestern noch nie von der Show gehört.«

»Aber du bist über diese Ahnenforschungs-Website mit Peter in Kontakt getreten?«

»Ich wusste nicht, wer er ist. Er hatte nur seine Initialen angegeben.« Dann ergänzte Wilde: »Peter hat mir zuerst geschrieben.«

»Wirklich?« Vicky deutete auf Wildes Handy. »Zeigst du mir, was er geschrieben hat?«

Wilde öffnete die Messages auf der Ahnenforschungs-Website und gab ihr das Handy. Als Vicky die Nachricht ihres Bruders las, traten ihr Tränen in die Augen. »Wow«, sagte sie leise. »Nicht leicht, das jetzt zu lesen.«

Wilde sagte nichts.

»So voller Leid, so viel Schmerz.« Sie schüttelte den Kopf. »Hast du dir inzwischen mal die sozialen Medien angesehen, in denen mein Bruder aktiv war?«

»Ja.«

»Also weißt du, wie es ihm ergangen ist?«

»Zum Teil«, sagte Wilde. »Glaubst du, dass er nach seinem letzten Post von der Klippe gesprungen ist?«

»Ja, klar. Du nicht?«

Wilde antwortete nicht. »Hat Peter einen Abschiedsbrief hinterlassen?«

»Nein.«

»Hat er dir in irgendeiner Form eine Nachricht geschickt?«

»Nein.«

»Hat er jemand anders einen Abschiedsbrief geschickt? Vielleicht deiner Mutter oder Jenn Cassidy?«

»Nicht, dass ich wüsste.«

»Und seine Leiche wurde nicht gefunden.«

»Wenn jemand von den Adiona-Klippen springt, wird so gut wie nie eine Leiche gefunden. Das macht auch ein bisschen den Reiz des Ganzen aus. Man springt vom Rand der Welt.«

»Ich stelle all diese Fragen«, sagte Wilde, »weil ich wissen will, warum du dir so sicher bist, dass er tot ist.«

Vicky überlegte einen Moment lang. »Aus mehreren Gründen. Einer, na ja, der wird dir nicht gefallen, weil du es einfach nicht verstehen wirst.«

Wilde sagte nichts.

»Im Universum gibt es eine Lebensenergie. Ich werde nicht näher darauf eingehen, besonders einem Skeptiker gegenüber nicht, dessen Chakren blockiert sind. Das bringt nichts. Aber ich weiß, dass mein Bruder tot ist. Ich habe richtiggehend gespürt, wie er diese Welt verlassen hat.«

Wilde unterdrückte einen Seufzer. Er wartete einen Moment, und als der vorbei war, fragte er trocken: »Du hast von mehreren Gründen gesprochen.«

»Ja.«

»Zum einen *spürst* du, dass Peter tot ist. Und was sind die anderen?«

Vicky breitete die Arme aus. »Wo soll er sonst sein?«

»Das weiß ich nicht«, sagte Wilde.

»Wenn Peter am Leben wäre«, fuhr sie fort, »also wo ist er dann? Oder weißt du vielleicht mehr über die Situation als ich?«

»Nein. Aber ich würde ihn trotzdem gern suchen, wenn du nichts dagegen hast.«

»Warum?« Dann begriff Vicky Chiba. »Oh warte, ich versteh schon.« Sie hob Wildes Handy kurz an, bevor sie es ihm zurückgab. »Du fühlst dich ihm verpflichtet. Peter hat dir diesen Hilferuf geschickt, und du hast nicht darauf reagiert.«

Vicky Chiba sagte es nicht anklagend, aber ihr Tonfall entließ ihn auch nicht aus der Verantwortung.

»Ich fühle mich auch schuldig, falls dir das irgendwie hilft. Also – sieh dir mal Peters Gesicht an.« Vicky nahm ein gerahmtes Foto aus dem Regal, auf dem vier Personen zu sehen waren – Peter, Vicky und zwei weitere, von denen Wilde annahm, dass es die beiden anderen Geschwister waren.

»Sind das deine Schwester und dein anderer Bruder?«

Vicky nickte. »Die vier Bennett-Kinder. Ich bin die Älteste. Das ist meine Schwester Kelly. Wir beide waren wie Pech und Schwefel. Dann kam der kleine Silas. Kelly und ich haben ihn sehr verhätschelt, bis, na ja, bis Peter kam. Guck dir das Gesicht an. Guck es dir einfach an.«

Wilde tat, was sie verlangte.

»Man spürt es doch, oder?«

Wilde sagte nichts.

»Peters Unschuld, seine Naivität, seine Zerbrechlichkeit.

Wir anderen – also ich würde sagen, dass wir schon halbwegs attraktiv sind. Aber Peter? Er hatte dieses gewisse Etwas. Diese Reality-Shows – natürlich ist da alles gescriptet und Fake, aber die Zuschauer durchblicken das Ganze trotzdem irgendwie und sehen den wahren Menschen hinter der Fassade. Und der wahre Peter war einfach ein guter Mensch. Kennst du den Ausdruck ›Zu gut für diese Welt‹?«

Wilde nickte. Er überlegte, ob er fragen sollte, warum jemand, der »zu gut« war, seiner Schwägerin K.-o.-Tropfen in den Drink getan haben sollte, ging aber davon aus, dass Vicky Chiba den Vorfall entweder abstreiten oder die Unterhaltung ganz abbrechen würde, und beides wäre im Moment nicht zielführend. Stattdessen fragte er: »Du sagtest, dass du dich schuldig fühlst wegen Peters Tod.«

»Ja.«

»Verrätst du mir, warum?«

»Weil ich ihn da reingebracht habe«, sagte Vicky. »Mir war klar, dass er ein Star werden würde, und dann habe ich ihm die Tarotkarten gelegt, was mich ermutigt hat, zu agieren statt nur zu reagieren – es hieß immer wieder: ›Agiere statt zu reagieren.‹ Ich hatte mein Leben lang fast immer nur reagiert. Also habe ich das Bewerbungsformular für die Show in Peters Namen ausgefüllt. Ich hatte nicht erwartet, dass etwas dabei herauskommen würde. Oder vielleicht wusste ich auch, dass es klappt. Das weiß ich nicht mehr. Aber jedenfalls habe ich die langfristigen Auswirkungen auf Peters Psyche nicht richtig eingeschätzt.«

»Inwiefern?«, fragte Wilde.

»Ruhm verändert Menschen. Jeden Menschen. Ich weiß, das klingt wie ein Klischee, aber niemand kommt unbeschadet davon. Wenn man plötzlich im Rampenlicht steht, ist das ein angenehmes und beruhigendes Gefühl, nach dem man süchtig wird, weil es die schlimmste Droge der Welt ist. Alle Prominenten leugnen es – sie geben vor, nicht nach Ruhm zu gieren –, aber für Reality-Stars ist es noch viel schlimmer.«

»Wieso?«

»Reality-Stars sind Stars auf Zeit. Sie bleiben keine Stars, sie haben ein Verfallsdatum. Ich habe eine Zeit lang in Hollywood gearbeitet. Dort hieß es immer: ›Je größer der Star, desto netter ist er.‹ Und soll ich dir was sagen? Es stimmt – die großen Stars sind oft wirklich nett. Aber weißt du auch, warum?«

Wilde schüttelte den Kopf.

»Weil sie es sich leisten können. Diese großen Superstars sind sich sicher, dass sie sich für immer in ihrem Ruhm aalen können. Aber Reality-Stars? Da ist es genau das Gegenteil. Reality-Stars wissen, dass das Rampenlicht genau dann am hellsten strahlt, wenn sie zum ersten Mal darin stehen. Dann fängt es sofort an, schwächer zu werden.«

Wilde deutete auf das Familienfoto in ihrer Hand. »Und so ist es deinem Bruder ergangen?«

»Ich hatte den Eindruck, dass Peter so gut damit zurechtkommt, wie das eben möglich ist. Ich dachte, er hätte sich mit Jenn zusammen ein Leben aufgebaut, ein glückliches Leben, aber als dann alles zusammengebrochen...« Sie verstummte. Ihre Augen wurden feucht. »Glaubst du wirklich, dass Peter noch am Leben ist?«

»Ich weiß es nicht.«

»Das wäre unlogisch«, sagte sie und versuchte, resolut zu klingen. »Wenn Peter am Leben wäre, hätte er sich bei mir gemeldet.«

Wilde wartete. Vicky Chiba würde ihren Denkfehler früh genug bemerken.

»Andererseits, wenn Peter beschlossen hätte, dieser Welt

den Rücken zu kehren …«, Vicky Chiba stockte, blinzelte, um die Tränen aufzuhalten, sammelte sich, »…ich denke, dann hätte er sich auch bei mir gemeldet. Damit ich Bescheid weiß. Um sich zu verabschieden.«

Beide standen einen Moment lang unbewegt da. Dann sagte Wilde: »Versuch, dich zu erinnern. Wann hast du Peter das letzte Mal gesehen?«

»Er hat bei mir gewohnt.«

»Hier?«

»Ja.«

»Bis wann?«

»Hast du dir Peters Social-Media-Seiten angeguckt?«

»Ein paar«, sagte Wilde.

»Drei Tage vor seinem letzten Instagram-Post ist er gegangen.«

»Der Post mit der Klippe?«

»Ja.«

»Wie ist das passiert?«

»Was?«

»Du hast gerade gesagt, dass er bei dir gewohnt hat.«

»Ja.«

»Was hat ihn dazu gebracht zu gehen? Was hat er gesagt?«

Wieder bekam sie feuchte Augen. »Rein äußerlich schien es Peter besser zu gehen. Er hat diesen Sinnspruch gepostet, dass man nicht alles, was man hört, sofort glauben soll. Hast du den gesehen?«

Wilde nickte.

»Daher dachte ich, dass er vielleicht die Kurve kriegt, aber im Nachhinein ist mir klar, dass das alles irgendwie aufgesetzt war. Als würde er sich auf eine Schlacht vorbereiten, von der er gewusst hat, dass er sie nicht gewinnen kann.« Sie ging zum Schreibtisch in der Zimmerecke, auf dem ihr Compu-

ter stand. »Hast du die Kommentare unter seinen Posts gelesen?«
»Hab ich«, sagte Wilde.
»Widerlich, oder?«
»Ja.«
»In den letzten Tagen hier hat Peter sie alle gelesen. Jeden einzelnen. Ich weiß nicht, warum. Ich hab ihm gesagt, dass er aufhören soll. Sie haben ihn aus der Bahn geworfen. Und am letzten Tag, den er hier war, hat er das wieder gemacht. Erst hat er die Kommentare gelesen, dann ist er noch Hunderte DMs durchgegangen.«
»DMs?«
»Direct Messages. Das ist ähnlich wie der Messenger-Service auf deiner Ahnenforschungs-Website. Wenn man jemandem auf Instagram folgt, kann man ihm direkt schreiben. Die meisten dieser Messages werden nie gelesen. Auf dem Höhepunkt von Peters Popularität habe ich versucht, sie zu beantworten – er wollte nett zu seinen Fans sein –, aber das ging nicht, weil es einfach viel zu viele waren. Jedenfalls war eine dieser Messages besonders schrecklich. Und die, na ja, die scheint das Fass endgültig zum Überlaufen gebracht zu haben.«
»Wann hat er diese Message bekommen?«
»Ein oder zwei Tage vor seiner Abreise. Irgendein ekliger Widerling hatte ihn getrollt, aber bei dieser Message – das war das erste Mal, dass ich so etwas wie Zorn bei ihm gespürt habe. Meistens wurde Peter nicht wütend, er war einfach nur verwirrt und perplex. Es war, als hätte die Welt ihm ins Gesicht geschlagen, und er versuchte nur, sich wieder zu sammeln und herauszubekommen, warum sie das getan hatte. Aber nach dieser Message wollte er dem Typen an den Kragen.«

»Dem Typen, der die eklige Message geschickt hatte?«
»Ja.«
»Und was stand da drin?«
»Das weiß ich nicht. Peter wollte sie mir nicht zeigen. Ein paar Tage später hat er seine Sachen gepackt und ist gegangen.«
»Hat er dir vorher gesagt, dass er geht oder wohin er geht?« Vicky schüttelte den Kopf. »Er war einfach nicht mehr da, als ich von der Arbeit nach Hause kam.«
»Ich nehme an, du hast versucht, ihn zu erreichen?«
»Hab ich. Aber er hat nicht geantwortet. Ich habe Jenn angerufen. Sie sagte, sie hätten seit Wochen nicht mehr miteinander gesprochen. Ich hab auch noch ein paar andere Freunde angerufen. Nichts. Nach drei Tagen bin ich dann zur Polizei gegangen.«
»Und was haben die gesagt?«
»Was sollten die schon sagen?«, erwiderte Vicky mit einem Achselzucken. »Peter war ein erwachsener Mann. Sie haben meine Aussage aufgenommen und mich wieder nach Hause geschickt.«
»Kannst du mir die Message zeigen?«, fragte Wilde. »Die, die ihn so aufgeregt hat.«
»Warum?« Vicky schüttelte den Kopf. »Da draußen gibt es so viel Hass. Nach einer Weile wird das einfach unerträglich.«
»Ich würde sie mir trotzdem gern angucken, wenn du nichts dagegen hast.«
Vicky zögerte kurz, doch dann öffnete sie Instagram und loggte sich ins Profil ihres Bruders ein. Wieder erschien das Bild von der Klippe mit der Bildunterschrift:

Ich will nur meinen Frieden.

Sie bewegte den Cursor, woraufhin der vorherige Post erschien. Wieder las Wilde die Worte auf dem Foto:

        Glaub nicht sofort,
        was du hörst,
        denn Lügen verbreiten sich schneller
        als die Wahrheit.

»Dieser eine Widerling mit dem Profilnamen DogLufegnev hat viele Kommentare geschrieben«, sagte Vicky. »Das war dann immer so etwas Schreckliches wie ›Du wirst dafür bezahlen‹, ›Ich kenne die Wahrheit über dich‹, ›Ich habe Beweise‹, ›Du musst sterben‹ oder so etwas. Aber hier ist das, was er unter diesen Post geschrieben hat.«
    Sie scrollte herunter zu einem Kommentar von DogLufegnev. DogLufegnevs Profilbild war ein großer roter Knopf mit der Aufschrift SCHULDIG. Sein Kommentar lautete:

Check deine DMs.

Vicky sagte: »Vielleicht ist DogLufegnev ein Hundeliebhaber oder so.«
»Nein«, sagte Wilde.
»Nein?«
»Wenn man DogLufegnev rückwärts liest«, sagte Wilde, »heißt es ›Vengeful God‹. Rachegott.«
    Sie schüttelte den Kopf. »Ein Irrer. Ein gottverdammter Irrer.«
    »Können wir uns seine Message an deinen Bruder ansehen?«
    Vicky zögerte. »Darf ich ehrlich sein?«
Wilde wartete.

»Es gefällt mir nicht. Dir die Message zu zeigen, meine ich.«

»Warum?«

»Es gibt einen gewissen Fluss im Universum, und es kommt mir vor, als wäre das eine unangemessene kosmische Störung.«

Wilde unterdrückte einen weiteren Seufzer. »Ich will den kosmischen Fluss auch nicht stören, aber was ist störender als unbeantwortete Fragen? Rauben einem solche Zweifel nicht Lebenskraft oder so?«

Vicky überlegte.

»Ich würde nicht fragen, wenn ich es nicht für wichtig hielte«, ergänzte Wilde.

Sie nickte und begann zu tippen. Ein paar Sekunden später runzelte Vicky die Stirn, hielt inne, murmelte etwas und tippte weiter. »Das ist seltsam.«

»Was?«

»Ich komm nicht in Peters Instagram-Account.« Sie sah Wilde an. »Ich krieg nur die Meldung ›falsches Passwort‹.«

Wilde trat einen Schritt auf sie zu. »Wann hast du dich das letzte Mal angemeldet?«

»Das weiß ich nicht mehr. Normalerweise bleiben wir einfach eingeloggt, oder so. Ich kenn mich mit dem technischen Kram auch nicht so gut aus.«

»Hat Peter seine sozialen Medien selbst verwaltet?«

»Ja, in letzter Zeit schon. Vorher, als er und Jenn im Monat sechsstellige Beträge verdient haben, hatten sie eine Firma, die sich um die Werbung und die Anzeigen gekümmert hat.«

»Sechsstellige Beträge im Monat?«

»Locker. In dem Jahr, in dem Peter die Show gewonnen hat, da war es eher siebenstellig.«

Wilde ging das nicht recht in den Kopf. »Pro Monat?«

»Natürlich.« Vicky versuchte noch einmal, sich anzumelden, schüttelte dann aber wieder den Kopf. »Vielleicht hat er das Passwort geändert. Vielleicht wollte er nicht, dass wir diese Messages sehen.« Sie blinzelte und wandte sich Wilde zu. »Ich weiß, dass du es gut meinst, aber vielleicht sollten wir es bleiben lassen.«

Vicky machte dicht. Wilde hatte eine Idee.

»Okay, vergessen wir das fürs Erste«, sagte er. »Hast du Zugriff auf seine E-Mails?«

»Ja.«

»Hast du sie gecheckt?«

»In letzter Zeit nicht. Warum sollte ich?«

»Vielleicht ist da noch etwas, das uns weiterhilft. Wenn wir zum Beispiel sehen, dass er in den letzten Wochen eine E-Mail geschickt hat …«

»Er hat nur selten gemailt. Er hat eher mal eine SMS geschrieben.«

»Aber nachgucken können wir ja trotzdem, meinst du nicht? Vielleicht hat er sich bei irgendjemandem gemeldet. Oder jemand hat sich bei ihm gemeldet.«

Vicky öffnete den Browser wieder und klickte auf das Gmail-Icon. Ihre eigene E-Mail-Adresse erschien, also überschrieb sie sie mit einer, die mit PBennett447 begann, und gab sein Passwort ein. Dann überflog sie den Posteingang.

»Fällt dir irgendwas ins Auge?«, fragte Wilde.

Sie schüttelte den Kopf. »Die neuen sind alle von Mailinglisten oder geschäftlich. Und es wurde auch keine mehr geöffnet, seit Peter verschwunden ist.«

Wilde fiel auf, dass sie diesmal »verschwunden« sagte statt »tot«.

»Guck mal unter ›Gesendet‹«, sagte Wilde, obwohl das nicht der eigentliche Grund war, warum er sie gebeten hatte, sich in den E-Mail-Account ihres Bruders einzuloggen. Das war jetzt nur ein Ablenkungsmanöver – Vicky Chiba hatte bereits getan, was Wilde von ihr wollte. »Guck mal, ob er was geschickt hat.«
Sie klickte auf den Reiter. »Nichts Neues oder Interessantes.«
»Weißt du, ob er mit jemandem gesprochen oder sonst irgendwie kommuniziert hat, nachdem er verschwunden ist?«
»Ich hab seine Handyverbindungen gecheckt. Er hat es nicht benutzt.«
»Was ist mit euren Geschwistern?«
Sie schüttelte den Kopf. »Kelly lebt mit ihrem Mann und ihren drei Kindern unten in Florida. Sie hat gesagt, dass sie seit Monaten nicht mehr mit Peter gesprochen hat. Und Silas, na ja, das waren die beiden Kleinen, aber Silas war immer eifersüchtig auf Peter. Du weißt ja, wie das ist. Peter war hübscher, beliebter und der bessere Sportler. Ich glaube, dass Peter und Silas das letzte Mal miteinander gesprochen haben, als wir alle zusammen in der Show aufgetreten sind.«
»Ihr wart alle zusammen in *Love Is A Battlefield*?«
Vicky nickte. »Gegen Ende gibt es eine Folge namens *Heimatfront*. In der wurde Jenn den Familien der beiden übrig gebliebenen Finalisten vorgestellt, also uns und der Familie von Big Bobbo.«
»Big Bobbo?«
»Der andere Finalist. Bob Jenkins. Er nannte sich Big Bobbo. Jedenfalls wollten die Produzenten die gesamte Familie in der Show haben, und außerdem sollte es natürlich ein Spektakel werden. Wir sollten Jenn gegenüber skeptisch

sein, sie richtiggehend verhören und auch sonst möglichst viel Unruhe stiften. Auf Druck der Produzenten waren dann alle drei Geschwister dabei. Silas war ganz und gar nicht begeistert.«

»Er ist aber trotzdem hingegangen?«

»Ja. Er wurde gut bezahlt, und die haben uns einen Aufenthalt in diesem coolen Resort in Utah spendiert, also dachte er wohl, warum nicht? Aber als er da war, hat Silas die ganze Zeit geschmollt. Ich glaube, er hat keine zwei Worte gesagt. Er ist ein ziemlich beliebtes Meme geworden.«

»Ein Meme?«

»So nennt man das. Die Leute haben Bilder von Silas gepostet und ihn den ›Schweigenden Silas‹ oder den ›Schmollenden Silas‹ genannt, und dann irgendeinen Kommentar über seine Miesepetrigkeit hinzugefügt, wie ›Ich vor dem Morgenkaffee‹. Silas hat das sehr geärgert. Er wollte sogar die Show verklagen.«

»Wo ist Silas jetzt?«

»Das weiß ich nicht genau. Er ist Trucker, also meistens unterwegs. Soll ich dir seine Handynummer geben?«

»Das wäre toll.«

»Ich glaub aber nicht, dass Silas dir eine große Hilfe sein wird.«

»Und was ist mit Jenn?«

»Was soll mit ihr sein?«

»Stand Peter noch in Kontakt mit ihr?«

Vicky schüttelte den Kopf. »Gegen Ende nicht mehr, nein.«

»Sprichst du oft mit Jenn?«

»Früher haben wir das. Ich meine, vor dieser Geschichte standen wir uns alle sehr nahe. Sie war am Boden zerstört wegen dem Treuebruch.«

»Dann glaubst du also, dass Peter das getan hat?«
Vicky zögerte. »Er hat gesagt, er hat es nicht getan.«
Wilde wartete.
»Spielt das jetzt noch eine Rolle?«
»Ich urteile nicht«, sagte Wilde. »Ich will bloß...«
»Was willst du bloß?«, unterbrach Vicky in etwas schärferem Tonfall. »Es geht dich nichts an. Ich hab gesagt, dass ich dir den Familienstammbaum besorge. Deshalb bist du doch hier, oder? Um festzustellen, warum du im Wald ausgesetzt wurdest?«
Plötzlich dämmerte es Wilde, dass er zum zweiten Mal in seinem Leben – seit er sich bewusst daran erinnern konnte – mit einer Person sprach, mit der er blutsverwandt war. Das erste Mal war erst vor ein paar Monaten gewesen, als er seinen Vater getroffen hatte. Er hatte erwartet, dass es ihm nichts bedeuten würde. Sein Leben lang war er davon überzeugt gewesen, dass die Antworten ihm sowieso nicht ermöglichen würden, einen Schlussstrich zu ziehen, und auch keine wichtigen Veränderungen für sein Leben nach sich ziehen würden – ein Eindruck, der durch die Begegnung mit seinem Vater noch einmal verstärkt worden war, der offensichtlich nichts mit ihm zu tun haben wollte. Und dennoch fühlte er sich jetzt eindeutig zu dieser Person, mit der er biologisch verwandt war, hingezogen.
»Vicky?«
»Was?«
»Du sprichst von Chakren, Gefühlen und so weiter.«
»Mach dich nicht über mich lustig.«
»Mach ich nicht. Aber irgendetwas an der Geschichte stimmt einfach nicht.«
»Ich wüsste trotzdem nicht, was dich das angeht.«
»Tut es vielleicht nicht. Aber ich werde der Sache auf den

Grund gehen, ganz egal ob mit oder ohne deinen Segen. Im besten Fall bekommst du ein paar Antworten. Im schlechtesten hab ich ein bisschen von deiner Zeit vergeudet.«

»Du vergeudest meine Zeit nicht«, sagte Vicky Chiba. Dann ergänzte sie: »Du bist unser Cousin. Und du hast meinen Segen.«

ZWÖLF

Rola sagte: »Peter Bennett ist höchstwahrscheinlich tot.«
»Ich weiß.«
»Ich versteh nicht, warum du ihn suchst.«
Rola Naser, Wildes Pflegeschwester, und ihre Familie lebten in einem klassischen Split-Level-Haus aus den 1970er-Jahren mit einem überdimensionierten Anbau auf der Rückseite. Ein wirres Durcheinander von Kinderspielgeräten – Fahrräder, Dreiräder, Pogo-Sticks, leuchtend orangefarbene Plastik-Baseballschläger, ein Lacrosse-Tor, Puppen, Lastwagen – lag im Vorgarten verstreut, als hätte sie jemand aus großer Höhe fallen lassen.
Sie saßen am Küchentisch. Eines von Rolas Kindern saß auf Wildes Knie. Ein anderes aß einen Donut mit Marmelade, von der es sich einen Großteil ins Gesicht geschmiert hatte. Die beiden ältesten übten in der Ecke einen TikTok-Tanz zu einem Song, der immer wieder musikalisch die Frage stellte: »Why are you so obsessed with me?«
Wilde bewegte das rechte Bein, auf dem der Junge saß, immer wieder auf und ab, damit er nicht zu weinen anfing.
»Jahrelang hast du mich immer wieder gedrängt, endlich festzustellen, wer meine leiblichen Eltern sind.«
»Das ist richtig.«
»Bis zum Abwinken hast du mich damit genervt.«
»Stimmt.«
»Also?«

»Also noch mal. Peter Bennetts Schwester, wie hieß sie noch mal?«

»Vicky Chiba.«

»Richtig. Sie hat gesagt, dass sie dir einen Familienstammbaum besorgt, richtig?«

»Ja.«

Rola drehte ihre Handflächen zum Himmel. »Sie ist älter als ihr Bruder und weiß wahrscheinlich mehr über die Familie als er selbst. Mehr brauchst du doch nicht, oder? Ich hab im Internet einiges über Peter Bennett gelesen, und er klingt wie ein Vollidiot der Spitzenklasse. Warum müssen wir ihm helfen?«

Es würde zu lange dauern, das zu erklären, außerdem verstand er es im Grunde selbst noch nicht so ganz. »Können wir meine Beweggründe einen Moment lang ausklammern?«

»Wenn du willst. Kann ich dir was zu essen machen? Und mit ›Essen machen‹ meine ich, soll ich noch ein bisschen mehr Pizza bestellen?«

»Nicht nötig, danke.«

»Ist auch egal. Ich habe schon eine extra bestellt. Wie kann ich dir helfen?«

Wilde wies mit dem Kinn auf den Laptop. »Was dagegen, wenn ich den benutze?«

Rola drückte ein paar Tasten und drehte ihn zu ihm hin. Wilde legte seine Hand um die Taille des kleinen Charlie, damit er gleichzeitig tippen und das Kind festhalten konnte. Er öffnete Gmail.

»Was hast du vor?«

»Ich habe Vicky Chiba dabei beobachtet, wie sie Peters E-Mail-Adresse und sein Passwort eingetippt hat.«

»Lass mich raten. Du hast dir das Passwort gemerkt.«

Er nickte.

»Ohne dass sie das mitgekriegt hat?«

Wieder nickte er.

»Wie lautet das Passwort?«

»LoveJenn447.«

Er gab es ins Passwortfeld ein, drückte Enter, und Bingo, er war drin. Wilde begann, die E-Mails durchzusehen. Es war genau so, wie Vicky gesagt hatte – nichts Persönliches und nichts, was ihn weiterbrachte. Wilde checkte die kürzlich gelöschten Dateien. Wieder nichts. Er würde sich das später noch genauer ansehen.

»Irgendeine Ahnung, wofür die 447 steht?«, fragte Rola.

»Nein.«

»Traust du der Schwester nicht? Oder soll ich sagen, deiner Cousine?«

»Darum geht's nicht«, sagte Wilde.

Er erzählte ihr, dass Vicky wegen des Eingriffs in die Privatsphäre etwas mulmig geworden war, als sie bemerkt hatte, dass ihr Bruder sein Instagram-Passwort geändert hatte. Dann versuchte Wilde, sich mit dem Passwort LoveJenn447 in Peters Instagram-Account einzuloggen.

Nein. Falsches Passwort.

Das hatte Wilde erwartet. Unter der Nachricht stand der übliche Link, in dem er gefragt wurde, ob er sein Passwort vergessen hätte und es zurücksetzen wollte. Er klickte darauf. Daraufhin schickte Instagram, wie so ziemlich jede Website nach einer Aufforderung zum Zurücksetzen des Passworts, einen Link an die dort gespeicherte E-Mail-Adresse.

Bei dieser dort gespeicherten E-Mail-Adresse handelte es sich, Trommelwirbel, um den Gmail-Account, dessen Zugangsdaten Wilde erhalten hatte, als er Vicky Chiba bei der Anmeldung beobachtete.

»Clever«, sagte Rola, als er es ihr erklärte. »Primitiv. Aber clever.«

»Mein Motto«, sagte Wilde. Er wartete auf die E-Mail von Instagram. Als sie eintraf, änderte er das Passwort in etwas Harmloses. Dann meldete er sich mit dem neuen Passwort bei Instagram an. Er klickte auf das Message-Icon. Die Kategorie *Alle anzeigen* enthielt Tausende Messages, aber Wilde klickte auf die Kategorie »Primary«.

Die Nachrichten von DogLufegnev erschienen ganz oben. Rola las über seine Schulter mit, als Wilde auf den Chat klickte.

DogLufegnev: Wenn du ein Comeback versuchst, werde ich dich vernichten, Peter. Ich weiß, was du getan hast. Ich habe Beweise.
Peter: Wer sind Sie?
DogLufegnev: Das weißt du doch.
Peter: Weiß ich nicht.

Dann schickte DogLufegnev ein Foto – ein noch expliziteres Foto als die, die Marnie in dem Podcast präsentiert hatte. Unter dem Bild stand eine weitere Nachricht.

DogLufegnev: DU WEISST ES.

Es gab keine Zeitangaben, daher war schwer zu sagen, wie schnell Peter Bennett geantwortet hatte.

Peter: Ich möchte mich mit Ihnen treffen. Hier ist meine Handynummer. Bitte.

Rola hielt dem kleinen Charlie die Augen zu. »Wow.«

»Ja.«

»Das Dick Pic ist auch wunderbar ausgeleuchtet«, sagte sie.

»Soll ich es dir ausdrucken?«

»Schick mir einfach einen Screenshot. Das war's also? Und DogWieauchimmer hat nicht auf Peters Angebot, sich zu treffen, geantwortet?«

»Hier nicht. Aber Peter hat ihm seine Handynummer gegeben. Vielleicht haben sie telefoniert oder sich SMS geschickt. Können wir DogLufegnev irgendwie ausfindig machen?«

Rola öffnete den Kühlschrank, schnappte sich einen Apfel und warf ihn ihrem Sohn Elijah zu. »Unsere größte Hoffnung ist, dass dieser Typ – oder diese Frau, das wissen wir nicht, oder? –, dass DogWieauchimmer Peter Bennett auf dem Handy angerufen oder ihm eine SMS geschickt hat.«

»Und wenn Dog das nicht getan hat?«

Rola zuckte die Achseln. »Wir können versuchen, ihn über den Instagram-Account aufzuspüren, das ist aber schwieriger. Wir machen das heutzutage ziemlich häufig, meist auf Unternehmensebene. Es werden so viele Fake-Accounts erstellt, um Leute oder Firmen zu verleumden oder bloßzustellen. Du brauchst dir ja nur den Account deines Cousins anzugucken. Die Leute machen Morddrohungen. Das ist doch Irrsinn. Warum interessieren sich diese Trolle für Leute, die sie nicht einmal kennen? Jedenfalls kriegen wir ständig solche Aufträge, wenn auch meist aus handfesteren Gründen.«

»Aber kriegt ihr die echten Identitäten trotzdem raus?«

»Manchmal. Es gibt immer einen digitalen Fußabdruck. Oft können wir Metadaten zurückverfolgen, Links analysieren oder mit hochentwickelten Suchwerkzeugen arbeiten, und so etwas. Wenn es um einen ernsten Fall geht, wie zum

Beispiel bei einer echten Morddrohung, können wir einen Gerichtsbeschluss erwirken und versuchen, die IP-Adresse des Täters zu ermitteln. Ich gehe davon aus, dass du diesen DogWasauchimmer-Typen finden willst.«

»So ist es.«

»Dann setze ich meine besten Leute darauf an.«

»Danke.«

»Aber eins noch, Wilde?«

Er wartete.

»Du bist Peter Bennett nichts schuldig.«

DREIZEHN

Wilde checkte seine Nachrichten. Nichts von Laila. Er würde abwarten und sehen, wie sich das Ganze entwickelte. Er gab den Mietwagen ab und ging durch die Ramapo Mountains zurück zu seiner Ecocapsule. Der Wald stand für Ruhe und Einsamkeit, ganz still war er aber nie. Er war voller Leben, das, wenn auch häufig leicht gedämpft, immer etwas Majestätisches und Wunderbares ausstrahlte. Wilde spürte, wie sich seine Rücken- und Schultermuskulatur lockerte, als er zwischen den Bäumen hindurchwanderte. Er atmete tiefer und schlenderte entspannter, und damit gelang es ihm, Peter Bennett in einem etwas anderen Licht zu betrachten.

Rola hatte gesagt, dass er Peter Bennett nichts schuldig sei. Möglich. Aber was änderte das? Muss man jemandem etwas schuldig sein, um ihm zu helfen?

Er zog sein Handy aus der Tasche und rief Vickys Bruder – und Wildes Cousin – Silas an, dessen Nummer Vicky ihm gegeben hatte. Nach dem dritten Klingeln meldete sich jemand.

»Wer ist da?«, fragte eine Stimme.

Wilde hörte das dumpfe Dröhnen des Verkehrs und vermutete, dass Silas in seinem Truck saß.

»Ich heiße Wilde«, sagte er. »Ihre Schwester Vicky hat mir Ihre Nummer gegeben.«

»Was wollen Sie?«

»Ich bin dein Cousin.«

Wilde erzählte von dem DNA-Test, von Peters Messages, und dass er ihn suchte.

»Heilige Scheiße«, sagte Silas, als Wilde fertig war. »Was für ein Chaos. Dann sind wir also irgendwie über deine Mutter verwandt?«

»Sieht so aus.«

»Und sie hat deinem Vater nie etwas von dir gesagt und dich einfach im Wald ausgesetzt?«

Das stimmte nicht ganz, Wilde sah aber keinen Grund, ihn zu korrigieren. »So in etwa.«

»Warum rufst du mich an, Wilde?«

»Ich suche Peter.«

»Warum? Bist du ein Cop?«

»Nein.«

»Ein Battler?«

»Ein was?«

»So nennt man die *Love Is A Battlefield*-Groupies. Battler. Bist du einer?«

»Nein.«

»Weil die Battler ein Meme aus mir gemacht haben. Diese blöde Show, meine ich. Fast jeden Tag kommt irgendein Arschloch auf mich zu und sagt: ›Hey, du bist doch dieser Schmoll-Typ!‹. Immer noch! Das nervt total.«

»Kann ich mir vorstellen.«

»Ach so, und außerdem glauben alle, dass Peter tot ist.«

»Du auch?«

»Ich weiß es nicht, Vetter.« Silas schnaubte. »Vetter. Klingt komisch, oder?«

»Etwas.«

»Also, ich hab schon eine ganze Weile nicht mehr mit Peter gesprochen. Ehrlich gesagt standen wir uns nicht sehr nahe. Aber das hat Vicky dir bestimmt schon erzählt. Du hast gesagt, dass du auf einer Ahnenforschungs-Website Übereinstimmungen mit Peter gefunden hast?«

»Genau.«

»Verrätst du mir, welche das war?«

»Welche Website? DNAYourStory.«

»Ach, das erklärt's«, sagte Silas.

»Was erklärt das?«

»Warum es zwischen uns beiden keine Übereinstimmung gab. Ich habe meine Genprobe an eine Seite namens MeetYourFamily geschickt.«

»Hattest du einen Treffer?«

»Ja, einen mit dreiundzwanzig Prozent Übereinstimmung.«

»Was für ein Verwandtschaftsgrad ist das?«

»Kann alles Mögliche sein. Am wahrscheinlichsten ist eine Halbschwester oder ein Halbbruder. Mein alter Herr war ein Aufreißer. Sag Vicky nichts davon. Sie hält den alten Phil immer noch für einen tollen Vater. Würde ihr nur das Herz brechen.«

»Und du glaubst nicht, dass sie es wissen wollen würde, wenn sie womöglich noch eine Halbschwester oder einen Halbbruder hat?«

»Keine Ahnung. Vielleicht hast du recht. Vielleicht sollte ich es ihr sagen. Ich wüsste aber nicht so recht, was das bringen soll.«

»Hast du Kontakt zu diesem Verwandten aufgenommen?«

»Ich hab's versucht. Ich hab über die MeetYourFamily-App eine Message geschickt, aber nie eine Antwort bekommen.«

»Kannst du mir die Daten mailen?«

»Welche Daten? Ach so, die von dem Treffer? Ich weiß

gar nicht, was ich dir da schicken soll. Der Account wurde gelöscht.«

Komisch, dachte Wilde. Genau wie der von Daniel Carter.

»Hast du einen Namen oder Initialen oder sonst irgendwas?«

»Nein, MeetYourFamily gibt erst dann irgendwelche Daten raus, wenn beide Seiten zugestimmt haben, also weiß ich nichts über ihn. Oder sie. Oder wen auch immer. Nur, dass zwischen uns eine Übereinstimmung von dreiundzwanzig Prozent besteht.«

»Muss ein eigenartiges Gefühl sein«, sagte Wilde.

»Was?«, fragte Silas.

»Du hast vielleicht eine Halbschwester oder einen Halbbruder da draußen, und keiner von euch weiß etwas davon.«

»Ja, schon möglich. Wie's aussieht, finden ja viele Leute auf diesen Seiten ziemlich seltsame Dinge raus. Ein Freund von mir hat so erfahren, dass sein Vater nicht sein echter Vater ist. Hat ihn ziemlich umgehauen. Das hat er dann nicht mal seiner Mutter erzählt, weil er nicht wollte, dass die Eltern sich scheiden lassen.«

»Hattest du noch weitere Treffer?«

»Nichts wirklich Interessantes. Ich schick dir eine Nachricht, wenn ich wieder zu Hause an meinem Rechner bin. Ach, wo wohnst du eigentlich, Vetter?«

»In New Jersey.«

»Bei Vicky in der Nähe?«

»Weit ist es nicht«, sagte Wilde. »Und du?«

»Ich habe ein Haus in Wyoming, da bin ich aber eigentlich nie. Im Moment fahr ich in Kentucky eine Ladung für *Yellow Freight*.« Er räusperte sich. »Aber ich komme öfter mal durch New Jersey. Wie eng sind wir verwandt?«

»Wir haben einen gemeinsamen Urgroßvater oder eine Urgroßmutter.«

»Besonders eng ist das nicht«, sagte Silas. »Aber besser als nichts.«

»Viel besser als nichts.«

»Für dich wohl besonders. Na ja, nichts für ungut, aber du hast doch niemanden außer uns. Könnte ganz nett sein, mal Hallo zu sagen oder so. Vielleicht einen Kaffee trinken.«

»Wann kommst du wieder durch New Jersey?«

»Demnächst. Normalerweise schlafe ich dann bei Vicky.«

»Ruf mich doch an, wenn du das nächste Mal hier bist«, sagte Wilde.

»Mach ich, Vetter. Und ich kann auch versuchen, über die Familie nachzudenken, vielleicht fällt mir ja noch was ein.«

»Das wär nett.«

»Suchst du trotzdem weiter nach Peter?«

»Ja.«

»Dann wünsch ich dir dafür auch noch mal viel Glück. Ich will niemandem einen Vorwurf machen, aber Vicky hat ihn in diese Scheiß-Reality-Show reingezogen. Sie hat es gut gemeint, aber Peter ist einfach nicht für die Welt gemacht. Wenn ich dir irgendwie bei der Suche helfen kann…«

»Dann melde ich mich.«

Silas legte auf. Wilde steckte das Telefon in seine Gesäßtasche und wanderte weiter durch den Wald. Er atmete tief ein, sog die frische Bergluft in seine Lunge. Dann legte er den Kopf in den Nacken, genoss die Sonnenstrahlen im Gesicht und ließ die Gedanken schweifen. Wie so oft, wenn er ihnen freien Lauf ließ, erschien schon bald ein vertrautes, tröstliches, schönes Gesicht vor seinem inneren Auge.

Lailas.

Das Vibrieren seines Handys riss ihn aus dieser Stimmung.

Hester.

»Hey«, sagte Wilde, der versuchte, noch etwas in dieser Stimmung zu verharren.
»Alles okay bei dir?«
»Ja.«
»Du klingst, als hättest du was eingeworfen.«
»Ich bin nur high vom Leben. Was gibt's?«
»Ich habe deine Nachricht bekommen«, sagte Hester.
»Also hast du deinen Verwandten auf der Ahnenforschungs-Website gefunden?«
»Seine Identität schon. Ihn nicht.«
»Erzähl.«
»Hast du je die Reality-TV-Show *Love Is A Battlefield* gesehen?«
»Jede Folge«, sagte Hester.
»Ehrlich?«
»Nein, natürlich nicht. Ich begreif nicht mal das Konzept. Reality-TV? Ich sehe fern, um der Realität zu *entfliehen*. Was ist damit?«

Wilde hatte Zeit, während er weiter durch den Wald spazierte, also erzählte er Hester von Peter Bennett und der Saga um seinen Skandal und sein Verschwinden. Als er fertig war, sagte Hester: »Was für ein Schlamassel.«

»Eben.«

»Du hast deine Familie gefunden – und sie ist genauso kaputt wie alle anderen.«

»Ich wurde als kleiner Junge im Wald ausgesetzt«, sagte Wilde. »Keiner hat eine heile Familie erwartet.«

»Da ist was dran. Dann machst du dich also auf die Suche nach deinem vermissten Cousin?«

»Ja.«

»Möglicherweise kannst du am Ende nur bestätigen, dass er Selbstmord begangen hat«, fuhr Hester fort.

»Möglicherweise.«
»Und wenn das so ist?«
»Dann ist es eben so.«
»Und dann lässt du das Ganze einfach auf sich beruhen?«
»Was soll ich sonst tun?«
»Also steht jetzt Folgendes an«, kam Hester zur Sache. »Die Person, die am ehesten Informationen über ihn haben könnte, scheint seine Frau oder Exfrau oder was auch immer zu sein, diese Jenn Dingens.«
»Cassidy.«
»Wie David? Verdammt, was war ich früher verknallt in den.«
»In wen?«
»David Cassidy. Aus *Die Partridge Familie*.«
»Alles klar.«
»Die Mädels haben damals von seinen Haaren und seinem Lächeln geschwärmt, aber er hatte auch einen tollen Hintern.«
»Gut zu wissen«, sagte Wilde. Dann: »Wie nehmen wir Kontakt zu ihr auf?«
»Ich kenne eine Menge Hollywood-Agenten«, sagte Hester. »Ich kann ja mal nachfragen, ob sie mit einem von uns reden will.«
»Gut.«
»Ich gehe davon aus, dass du Rola gebeten hast, die wahre Identität dieses Dog-Trolls festzustellen?«
»So ist es.«
»Übrigens«, begann Hester in einem Tonfall, der lässig klingen sollte, dieses Ziel aber meilenweit verfehlte, »hast du Laila gestern Abend *geschtuppt*?«
»Hester.«
»Hast du?«

»Hast du Oren *geschtuppt*?«, erwiderte er.

»Das mache ich bei jeder sich bietenden Gelegenheit. Orens Hintern ist noch knackiger als der von David Cassidy.« Dann: »Sollte mich diese Gegenfrage davon abhalten, weitere Erkundigungen über dich und meine ehemalige Schwiegertochter einzuholen?«

Wilde stapfte weiter den Berg hinauf. »Wo bist du?«

»Ich bin im Büro und warte auf das Urteil im Fall Levine.«

»Irgendeine Idee, wann es so weit ist?«

»Nein.« Dann: »Sollte mich deine Gegenfrage jetzt davon abhalten, weitere Erkundigungen über dich und meine ehemalige Schwiegertochter einzuholen?«

Wilde sagte nichts.

»Ach richtig, das geht mich nichts an. Ich mach also ein paar Anrufe, mal sehen, was dabei rauskommt. Bis später.«

Wilde checkte seine Ecocapsule. Seit seiner Rückkehr aus Costa Rica hatte es kaum geregnet, also nahm er den Wassertank heraus und füllte ihn im Bach auf. Die Ecocapsule hatte Räder, sodass Wilde sie alle paar Wochen versetzen konnte, um sicherzugehen, dass ihn niemand fand. Er blieb aber immer in der Nähe eines Wasserlaufs, um für solche Trockenperioden gerüstet zu sein.

Danach ging er hinauf zum Aussichtspunkt, von dem aus man Lailas Haus am Ende der Sackgasse von oben sehen konnte. Keine Autos. Nichts rührte sich.

Wieder vibrierte sein Handy. Rola.

»Wir hatten Glück. Gewissermaßen.«

»Erzähl.«

»Wir konnten den Provider von DogLufegnev ausfindig machen. Offenbar betreibt er eine umfangreiche Bot-Farm, von der aus er deinen Cousin getrollt und dabei vorgegeben hat, dass die Messages von vielen verschiedenen Personen stammen. Er hat also nicht nur die niederträchtigen Posts über Peter Bennett verfasst, sondern die dann noch untermauert, indem er so tat, als ob eine Menge anderer Leute ihnen zustimmen würden.«

»Das ist nicht ungewöhnlich«, sagte Wilde.

»Aber trotzdem furchtbar. Was stimmt nur nicht mit den Leuten?«

»Hast du einen Namen oder eine Adresse von DogLufegnev?«

»Mehr oder weniger. Weißt du, wie das mit den Providern abläuft?«

»Im Großen und Ganzen schon.«

»Ich hab die Rechnungsadresse des Providers. Es kann also jeder aus diesem Haushalt sein.«

»Okay.«

»Die Rechnungen gehen an Henry und Donna McAndrews, 972 Wake Robin Lane in Harwinton, Connecticut. Das ist zwei Autostunden von dir entfernt.«

»Ich mach mich sofort auf den Weg.«

Dieses Mal nahm Wilde keinen Mietwagen. Er hatte die Möglichkeit, sich ein Auto mit einem Nummernschild »auszuleihen«, das niemandem zugeordnet und auch nicht zurückverfolgt werden konnte – die Fahrzeugversion seines Wegwerfhandys. In dem Fall hielt er es für das Beste. Außerdem nahm er für alle Fälle dunkle Kleidung, eine Maske, Handschuhe und eine angemessene, aber unauffällige Verkleidung mit. Wilde war sich bewusst, dass zwischen Vorsicht und Paranoia nur eine dünne Trennlinie bestand. Obwohl er sich womöglich ein klein wenig auf der Paranoia-Seite dieser Linie befinden mochte, hielt er sein Verhalten doch eher für umsichtig.

Er fuhr die Route 287 in Richtung Osten und überquerte

den Hudson River an der Stelle, an der sich einst die *Tappan Zee Bridge* befunden hatte, die allerdings inzwischen abgerissen und durch die neue *Governor Mario M. Cuomo Bridge* ersetzt worden war. Obwohl Wilde kein Problem mit Mario Cuomo hatte, fragte er sich dennoch, warum man einen perfekten Namen – Tappan für die lokalen Ureinwohner, Zee als holländisches Wort für Meer – änderte, um einen Politiker zu ehren.

Die Umgebung wurde mit jedem Kilometer ländlicher. In Litchfield County gab es viele herrliche Waldgebiete. Vor fünf Jahren, als Wilde den Ramapo Mountains entfliehen musste, aber an der Ostküste bleiben wollte, hatte er hier zwei Monate lang gelebt.

Es dämmerte schon, als Wilde die Wake Robin Lane erreichte. Die Straße war sehr ruhig. Er fuhr langsamer. Jedes Haus stand auf einem mindestens ein Hektar großen Grundstück. Die Lichter der Häuser funkelten durch das dichte Laub.

Im Haus an der Wake Robin Lane 972 brannte allerdings kein Licht.

Wieder verspürte Wilde dieses Kribbeln, der primitive Überlebensinstinkt meldete sich, der den meisten von uns im Zuge des »Fortschritts« – dem Wohnen in stabilen Häusern mit verschließbaren Türen, die von vertrauenswürdigen Autoritätspersonen gesichert werden – abhandengekommen ist. Er fuhr weiter bis ans Straßenende und bog rechts ab in die Laurel Road. Hinter dem Wilson Pond am Kalmia Sanctuary, das einem Schild nach von einer örtlichen Audubon-Gesellschaft eingerichtet worden war, fand er einen abgelegenen Parkplatz. Wilde hatte bereits schwarze Kleidung an. Jetzt streifte er seine Handschuhe über, setzte sich eine schwarze Baseballkappe auf und steckte eine leichte schwarze Sturmhaube ein. Inzwischen war es stockdunkel, aber das störte Wilde nicht. Er kannte sich gut genug mit dem Himmel und den Sternen aus, um die anderthalb Kilometer durch die bewaldeten Gärten zurückzufinden. Sicherheitshalber hatte er auch eine Taschenlampe dabei – auch als »Survivalist« konnte man nicht im Dunkeln sehen –, aber der Himmel war heute Nacht klar genug.

Eine Viertelstunde später stand Wilde im Garten der McAndrews. Bevor er sich auf den Weg gemacht hatte, hatte er sich das Haus auf der Immobilien-Website *Zillow* angesehen. Die McAndrews hatten es im Januar 2018 für 345 000 Dollar gekauft. Es hatte eine Wohnfläche von 230 Quadratmetern, drei Schlafzimmer und drei Bäder, war relativ neu und stand auf einem zwei Hektar großen, recht abgelegenen Grundstück.

Wie heißt es so schön: Es war ruhig. Zu ruhig.

Hinten brannte auch kein Licht.

Entweder lagen die McAndrews alle im Bett – es war aber erst neun Uhr abends – oder es war niemand zu Hause. Letzteres kam Wilde deutlich wahrscheinlicher vor. Sein Handy vibrierte. Er hatte einen AirPod im linken Ohr. Er nahm den Anruf an, indem er darauf tippte. Er brauchte nichts zu sagen – Rola wusste, was los war.

»Henry McAndrews ist einundsechzig Jahre alt, seine Frau Donna sechzig«, sagte Rola. »Sie haben drei Kinder, lauter Jungs, im Alter von achtundzwanzig, sechsundzwanzig und neunzehn Jahren. Ich grabe weiter.«

Rola legte auf.

Wilde wusste nicht recht, was er davon halten sollte. Wenn man aus diesen Daten – besonders Alter und Geschlecht – ein Profil erstellte, war die Wahrscheinlichkeit sehr viel höher, dass einer oder mehrere Söhne DogLufegnev waren, als dass es ein Elternteil war. Damit stellte sich ihm die Frage, ob einer der Söhne noch zu Hause wohnte.

Wilde setzte die Maske auf. Von seiner Haut war nichts zu sehen. Die meisten Häuser hatten heute eine Art Sicherheitssystem oder zumindest ein paar Überwachungskameras. Nicht alle. Aber genug. Er näherte sich dem Haus. Wenn eine Kamera oder Augen ihn erfassen sollten, hätten sie das Bild eines Mannes vor sich, der von Kopf bis Fuß in Schwarz gekleidet war. Mehr nicht, und das war, wie Wilde wusste, praktisch wertlos.

Als er nah am Haus war, ging er in einem Blumenbeet in die Knie und griff sich ein paar Kiesel. Er verharrte in dieser geduckten Haltung, warf die Kieselsteine gegen die Glasschiebetür und wartete.

Nichts.

Dann warf er ein paar Kiesel an die Fenster im Obergeschoss, diesmal etwas kräftiger. Es war alte Schule – eine simple, aber effektive Methode, um festzustellen, ob jemand zu Hause war. Wenn das Licht eingeschaltet wurde, konnte er einfach abhauen. Niemand könnte ihn aufhalten, bevor er im Wald verschwunden war.

Wilde warf noch ein paar Kieselsteine, etwas größere und mehrere auf einmal. Sie waren ziemlich laut. Genau das wollte er natürlich.

Keine Reaktion. Keine Schreie. Keine Rufe. Kein Licht. Keine Silhouette am Fenster.

Schlussfolgerung: Keiner zu Hause.

Diese Schlussfolgerung war natürlich nicht hundertprozentig sicher. Natürlich bestand auch die Möglichkeit, dass jemand tief und fest schlief, aber der Gedanke beunruhigte Wilde nicht besonders. Er würde jetzt nach einer unverschlossenen Tür oder einem unverschlossenen Fenster suchen. Wenn er nichts fand, hatte er das Werkzeug, um in jedes Haus einbrechen zu können. Schon komisch, dachte er – er war schon in Häuser eingebrochen, als er noch so klein war, dass er sich noch nicht einmal mehr daran erinnern konnte. Damals hatte der kleine »Junge aus dem Wald« natürlich noch kein Werkzeug benutzt. Er hatte einfach probiert, ob Fenster oder Türen offen waren, und wenn sich nichts öffnen ließ, war er zum nächsten Haus gegangen. Einmal, als er extrem hungrig war und kein leeres, unverschlossenes Haus fand – er musste wohl vier oder fünf Jahre alt gewesen sein –, hatte er einen Stein in ein Kellerfenster geworfen und war durch die Öffnung hineingekrochen. Die Bauchschmerzen des hungrigen Kinds waren wieder präsent, er spürte die Angst und Verzweiflung, die über die Vorsicht gesiegt hatten. Als er durch das Kellerfenster kroch, hatte er sich den Bauch zerschnitten. Das hatte er bis jetzt völlig vergessen gehabt. Was hatte er dann mit den Schnittwunden gemacht? War der kleine Junge so clever gewesen, das Erste-Hilfe-Set zu nutzen, das oben im Badezimmer lag? Hatte er nur sein Hemd auf die Wunden gedrückt? Waren es tiefe Schnitte gewesen oder nur ein paar Schrammen?

Er erinnerte sich nicht mehr. Er wusste nur noch, dass er sich an den Glasscherben geschnitten hatte. So sahen die meisten seiner Erinnerungen aus – es waren Splitter oder Bruchstücke. Die älteste: ein rotes Treppengeländer, dunkler Wald, das Porträt eines bärtigen Mannes und eine schreiende Frau. Diese Bilder und Laute tauchten schon sein Leben lang immer wieder in seinen Träumen auf, er wusste aber immer noch nicht, was sie bedeuteten – oder ob sie überhaupt etwas bedeuteten.

Wilde prüfte zuerst die Fenster im Erdgeschoss der McAndrews. Sie waren abgeschlossen. Er prüfte die Hintertür. Abgeschlossen. Er prüfte die Glasschiebetür.

Bingo.

Das überraschte Wilde. Warum schloss man alle Fenster, ließ aber die Glasschiebetür offen? Natürlich konnten sie es einfach vergessen oder übersehen haben. Es war keine große Sache, und doch ...

Das Kribbeln war wieder da.

Wilde duckte sich tiefer. Er hatte die Tür nur eine Handbreit geöffnet. Jetzt schob er sie noch eine Handbreit weiter auf. Die Tür glitt fast reibungslos in der Schiene. Geräuschlos. Wilde blieb unten und schob sie noch ein Stück weiter. Langsam. Vielleicht war das übertrieben, aber Selbstüberschätzung war häufig eine größere Gefahr als jeder Gegner. Er wartete und horchte.

Nichts.

Als der Spalt groß genug war, kroch Wilde ins Wohnzimmer. Er überlegte, ob er die Tür hinter sich schließen sollte, aber falls er fliehen musste, würde die offene Tür Zeit sparen. Wilde blieb eine volle Minute ganz still und lauschte.

Nichts.

Auf dem Schreibtisch in der Ecke stand ein Computer.

Wieder Bingo.

Es war niemand zu Hause, da war er sich inzwischen sicher. Trotzdem verschwand dieses Kribbeln nicht. Er war nicht abergläubisch, hielt auch nichts von Intuitionen oder Vorahnungen. Und doch lag ein unverkennbares Knistern in der Luft.

Was hatte er übersehen?

Er wusste es nicht. Vielleicht war es nur Einbildung. Das schloss er nicht aus. Andererseits schadete es nichts, besonders vorsichtig zu sein. Wilde schlich geduckt zum Schreibtisch. Schließlich war er deshalb ins Haus der McAndrews eingebrochen, um so viel wie möglich vom Computer der McAndrews herunterzuladen und es Rolas Experten für eine vollständige Analyse auszuhändigen. Irgendwann würde er die McAndrews auch gern befragen, bezweifelte aber, dass ihn das weiterbringen würde. Die entscheidende Frage war, wie der Troll DogLufegnev an die kompromittierenden Fotos gekommen war, die Peter Bennett aus der Bahn geworfen hatten.

Der Computer war ein passwortgeschützter Windows-PC. Wilde zog zwei USB-Sticks aus der Tasche. Den ersten steckte er in einen USB-Anschluss. Dieser USB-Stick war ein All-in-One-Hackerwerkzeug. Er enthielt selbstausführende Programme wie mailpv.exe und mspass.exe und sammelte, sobald es in den USB-Port eingesteckt war, diverse Passwörter für Facebook, Outlook, Bankkonto und so weiter.

Das alles brauchte Wilde nicht.

Er brauchte nur das Passwort für das Betriebssystem, damit er den gesamten Inhalt des Computers auf dem zweiten USB-Stick sichern konnte. In Spielfilmen dauert das relativ lange. In Wirklichkeit ist das Passwort in Sekundenschnelle umgangen, und der Inhalt müsste in nicht mehr als fünf Minuten kopiert sein.

Als der Computer entsperrt war, öffnete Wilde den Webbrowser, um den Verlauf zu checken. Ihm war klar, dass Computer heute nur noch in Ausnahmefällen alles über ihre Nutzer verrieten. Heutzutage nutzten die Leute hauptsächlich ihre Smartphones zum Surfen und für Internet-Suchen. Man konnte zwar E-Mails oder Texte ausspionieren, die wichtigen Dinge waren jedoch oft in sicheren Messaging-Apps wie Signal oder Threema versteckt.

Die erste Seite in den Bookmarks: Instagram.

Ungewöhnlich. Instagram war normalerweise eine Handy-App, nichts, was man auf dem Computer nutzte. Wilde klickte auf den Link, und Instagram wurde geöffnet. Er erwartete, im Profilfeld den Namen DogLufegnev zu sehen, der Benutzername lautete jedoch NurseCaresLove24. Das Profilfoto zeigte eine asiatisch aussehende Frau, nicht älter als dreißig. Eine Schaltfläche rechts bot die Option an, das Profil zu wechseln. Er klickte darauf.

Dutzende Konten wurden angezeigt.

Es war eine riesige Sammlung unterschiedlichster Konten – sämtliche Glaubensrichtungen, Geschlechter, Nationalitäten, Berufe und Gesinnungen waren vertreten. Wilde scrollte auf dem Bildschirm nach unten und zählte mit. Er zückte sein Handy und machte Fotos der Namen – nur für den Fall, dass sie auf dem USB-Stick nicht auftauchen würden. Er hatte über dreißig Accounts gezählt, bis er schließlich auf den Namen DogLufegnev stieß.

Er klickte auf das Profil, und die Seite wurde geladen. DogLufegnev hatte insgesamt nur zwölf Fotos gepostet, lauter Naturaufnahmen. Er hatte sechsundvierzig Follower, und soweit Wilde das beurteilen konnte, waren das alles andere Accounts, die auf diesem Computer eingerichtet waren. Wilde klickte auf das Symbol für Direct Messages. Er stieß auf die Korrespondenz zwischen DogLufegnev und Peter Bennett, die er schon in Vicky Chibas Haus gesehen hatte, seltsamer – viel seltsamer – war jedoch die Message darüber, die letzte, die DogLufegnev erhalten hatte.

Sie war von einem User namens PantherStrike88. Der Text war erschreckend einfach:

Hab dich, McAndrews. Dafür wirst du büßen.

Holla, dachte Wilde. Dieser Panther-Account hatte McAndrews Identität herausbekommen.

Der USB-Stick signalisierte durch zweimaliges Blinken, dass der Download abgeschlossen war. Wilde zog ihn heraus und steckte ihn ein. Er klickte auf das Profil von Panther-Strike88, aber es war verschwunden. Wer auch immer das Konto erstellt und die Drohbotschaft geschickt hatte, hatte sich selbst gelöscht.

Was zum Teufel war hier los?

Zum ersten Mal, seit Wilde das Grundstück betreten hatte, hörte er ein Geräusch.

Ein Auto.

Schnell ging er zu einem der vorderen Fenster und sah Rücklichter nach links verschwinden. Ein Auto war vorbeigefahren. Weiter nichts. Die Straße lag wieder still da.

Es kribbelte wieder.

Wilde ging zurück zum Computerraum und überlegte, ob er noch bleiben und die Durchsuchung des Computers fortsetzen oder lieber sofort verschwinden sollte, als ihm der Geruch in die Nase stieg.

Er erstarrte.

Wilde rutschte das Herz in die Hose. Er stand vor einer Tür, von der er annahm, dass sie in den Keller führte. Er beugte sich vor und atmete tiefer ein.

Oh nein.

Wilde wollte sie nicht öffnen. Er wollte fliehen. Aber das konnte er nicht. Nicht jetzt.

Er streckte die behandschuhte Hand aus und drehte den Knauf. Dann öffnete er die Tür einen Spaltbreit. Das reichte. Mehr brauchte er nicht. Der schreckliche Gestank von Verwesung strömte heraus, als hätte er von innen geklopft und verlangt, endlich frei gelassen zu werden.

Wilde knipste das Licht an und sah die Treppe hinunter.
Da war Blut.
Sehr viel Blut.

VIERZEHN

Als Wildes Anruf einging, lag Hester *post flagranti* auf dem Rücken im Bett und atmete noch immer schwer. Neben ihr lag, lächelnd zur Decke starrend – war Hester zu alt für einen »Boyfriend«? – ihr Liebhaber Oren Carmichael.

»Das«, sagte Oren, kurz bevor das Handy klingelte, »war fantastisch.«

Sie waren in Hesters Doppelhaushälfte in Manhattan. Wie Hester hatte auch Oren sein Haus in Westville verkauft, in dem er und Cheryl, seine Ex, ihre inzwischen erwachsenen Kinder großgezogen hatten. Oren hatte lange Zeit nur eine Nebenrolle in Hesters Leben gespielt. Er hatte zwei ihrer Söhne, Eric und David, in der *Little League* im Baseball trainiert. Er war auch einer der Polizisten gewesen, die den kleinen Wilde im Wald gefunden hatten.

Oren lächelte sie an.

»Was ist?«, fragte Hester.

»Nichts«, sagte Oren.

»Warum dann das breite Grinsen?«

»Was genau hast du an der Aussage ›Das war fantastisch‹ nicht verstanden?«

Als Ira starb, hatte Hester beschlossen, dass das Thema Männer für sie erledigt war. Sie hatte diese Entscheidung nicht aus Wut, Verbitterung oder gar wegen eines gebrochenen Herzens getroffen, obwohl es ihr durchaus zu schaffen gemacht hatte. Sie hatte Ira geliebt. Er war ein anziehender, freundlicher, intelligenter und witziger Mann gewesen. Ein wunderbarer Lebenspartner. Hester hatte sich einfach nicht vorstellen können, sich noch einmal mit einem Mann zu verabreden. Sie hatte ihre berufliche Karriere und ein ausgefülltes Leben, und bei dem Gedanken, sich für eine Verabredung mit einem neuen Mann vorzubereiten, war sie erschauert. Es kam ihr schlicht zu anstrengend vor. Und die Vorstellung, sich eines Tages vor einem anderen Mann als Ira auszuziehen, hatte sie gleichermaßen erschreckt und ausgepowert. Wer brauchte so etwas schon? Sie jedenfalls nicht.

Dass Polizeichef Oren Carmichael in ihr Leben trat, hatte Hester überrascht. Oren, ein breitschultriger Prachtkerl in perfekt sitzender Uniform, wäre nie etwas für Hester gewesen – und umgekehrt. Aber sie war ebenso abgestürzt wie er, und jetzt waren sie hier. Hester konnte nicht umhin, sich zu fragen, was Ira wohl darüber gedacht hätte. Ihr gefiel der Gedanke, dass er sich für sie freuen würde, so wie sie sich für Ira gefreut hätte, wenn er mit Cheryl, Orens immer noch atemberaubender Exfrau, zusammengekommen wäre, die selbst jetzt noch Bilder von sich in Bikinis postete – andererseits hätte Hester Ira vielleicht auch heimgesucht wie Fruma-Sarah in der Traumsequenz in *Anatevka*.

Sie hätte gewollt, dass Ira mit einer anderen Frau glücklich wurde. Würde Ira nicht dasselbe für sie wollen? Sie hoffte es. Ira konnte ziemlich eifersüchtig werden, und Hester hatte früher gerne ein bisschen geflirtet. Trotzdem war Hester wahnsinnig glücklich mit Oren. Sie waren bereit für eine engere Bindung, aber was bedeutete das in ihrem Alter? Kinder? Hahaha. Heiraten? Wer brauchte das? Zusammenziehen? Eher nicht. Sie mochte ihren Freiraum. Sie wollte nicht ständig einen Mann um sich herum haben, nicht einmal einen so wunderbaren wie Oren. Hieß das, dass sie ihn weniger liebte? Schwer zu sagen. Hester liebte Oren so sehr wie nur möglich, aber sie wollte ihn nicht lieben, als wäre sie achtzehn oder vielleicht auch vierzig.

Doch es gab eine Wahrheit, die immer wieder schmerzte: Die Beziehung zu Oren basierte auf Körperlichkeit – sie war physischer als die zu Ira, auch wenn so ein Vergleich niemals fair sein konnte. Sie hatte deshalb leichte Schuldgefühle. Ihr Sexualleben mit Ira hatte im Laufe der Jahre nachgelassen. Das war natürlich normal. Man baut sich ein Leben auf, beide machen Karriere, die Frau wird schwanger, man zieht kleine Kinder auf, ist erschöpft, hat so gut wie keine Privatsphäre. Das passierte häufig genug. Ira hatte sich trotzdem darüber aufgeregt. »Mir fehlt die Leidenschaft«, hatte er gesagt, und obwohl sie das als normale »Der Mann will mehr Sex«-Trickserei abgetan hatte, machte sie sich jetzt Gedanken darüber.

Eines Abends, nicht lange bevor David bei dem Autounfall ums Leben kam, hatte Ira mit einem Glas Whiskey in der Hand im Dunkeln gesessen. Er trank nur selten, und wenn er es tat, stieg ihm der Alkohol sofort zu Kopf. Sie war ins Zimmer gekommen und hatte sich einfach hinter ihn gestellt. Sie hatte nicht damit gerechnet, dass er ihre Anwesenheit überhaupt bemerkte.

»Wenn ich sterbe und du mit einem anderen Mann zusammen bist«, hatte er gesagt, »würdest du wollen, dass dein Sexualleben mit diesem Mann so ist wie unseres?«

Sie hatte nicht geantwortet. Aber sie hatte die Frage auch nicht vergessen.

Vielleicht wäre Ira nicht sonderlich begeistert von dem, was in seinem früheren Bett vor sich ging. Vielleicht würde er es aber auch verstehen. Wenn man jung war, erwartete man zu viel von einer Beziehung – irgendwann blickte man zurück und verstand das.

Ihr Handy trillerte wieder.

Oren fragte: »Das Urteil?«

Sie hatten vorhin beim Abendessen über den Mordfall Richard Levine gesprochen.

»Entweder man glaubt an das System«, hatte Oren als Expolizist gesagt, »oder man tut es nicht.«

»Ich glaube an unser System«, sagte sie.

»Uns ist doch beiden klar, dass das, was dein Mandant getan hat, keine Selbstverteidigung war.«

»Das ist absolut nicht klar.«

»Wenn er freigesprochen wird, bedeutet das, dass unser System nicht funktioniert?«

»Es könnte genau das Gegenteil bedeuten«, sagte sie.

»Soll heißen?«

»Das soll heißen, dass unser System flexibel genug ist, um auch in einem solchen Fall zu funktionieren.«

Oren überlegte. »Levine hatte seine Gründe. Willst du das damit sagen?«

»Gewissermaßen.«

»Jeder Mörder glaubt, dass er einen Grund zum Töten hat.«

»Stimmt«, sagte Hester.

»Und du findest es in Ordnung, jemanden deshalb umzubringen?«

»Nur wenn es um Nazis geht«, sagte sie und küsste ihn sanft auf die Wange. »Wenn es um Nazis geht, habe ich überhaupt kein Problem damit.«

Sie richtete sich im Bett auf und sah auf ihr Handy. »Ist nicht das Urteil«, sagte Hester. Sie drückte auf die Annahme-Taste und hielt das Telefon an ihr Ohr. »Hallo?«

»Bist du allein?«, fragte Wilde.

Das Zittern in seiner Stimme gefiel ihr nicht. »Nein.«

»Kannst du das einrichten?«

Sie sagte Oren stimmlos, dass sie ins Nebenzimmer gehen würde. Oren bestätigte mit einem Nicken, dass er verstanden hatte. Als sie im Wohnzimmer war und die Schlafzimmertür hinter sich geschlossen hatte, fragte sie: »Okay, was ist los?«

»Ich habe eine hypothetische Frage an dich.«

»Das wird mir nicht gefallen, oder?«

»Eher nicht.«

»Erzähl.«

»Sagen wir mal, rein hypothetisch, ich würde eine Leiche finden.«

»Ich wusste doch, dass mir das nicht gefallen würde. Wo?«

»In einem Privathaus, in dem ich nicht sein dürfte.«

Wilde erzählte von der Suche nach seinem Cousin, und wie sie ihn zum Haus der McAndrews geführt hatte.

»Weißt du, wessen Leiche es ist?«

»Die des Vaters. Henry McAndrews.«

»Bist du noch im Haus?«

»Nein.«

»Besteht die Möglichkeit, dass die Polizei herausfindet, dass du in dem Haus warst?«

»Nein.«

»Du klingst sehr sicher«, sagte Hester.

Wilde antwortete nicht.

»Wie lange ist er deiner Meinung nach schon tot?«

»Ich bin kein Pathologe.«

»Aber?«

»Ich würde sagen, mindestens eine Woche.«

»Interessant«, sagte Hester. »Man sollte meinen, seine Frau oder seine Kinder hätten ihn als vermisst gemeldet, oder so etwas. Ich gehe davon aus, dass du von mir eine Rechtsauskunft willst.«

Wilde antwortete nicht.

»Es gibt zwei Möglichkeiten«, fuhr sie fort. »Erstens, mach reinen Tisch und melde es.«

»Ich bin ins Haus eingebrochen.«

»Das kriegen wir hin. Du bist vorbeigegangen. Du hast einen komischen Geruch wahrgenommen.«

»Also habe ich, ganz in Schwarz gekleidet, mit einer schwarzen Maske und Handschuhen, die Hintertür eines abgelegenen Hauses auf einem großen Privatgrundstück geöffnet, das sich keineswegs in einer Gegend befindet, in der man einfach mal einen Spaziergang machen würde...«

»Das könnte man alles erklären«, sagte Hester.

»Echt?«

»Könnte eine Weile dauern. Aber die Polizei wüsste, dass du ihn nicht umgebracht hast, weil die Obduktion zeigen würde, dass er mindestens eine Woche vorher getötet wurde. Also kriege ich dich da irgendwann wieder raus.«

»Und die zweite Möglichkeit?«, fragte er.

»Hast du Angst, dass dir die Polizei nicht glaubt?«

»Wenn ich das anzeige, werden sie mich genau unter die Lupe nehmen, in meiner Vergangenheit und auch sonst überall herumstochern. Vielleicht fangen sie sogar an, den Maynard-Fall neu aufzurollen.«

Daran hatte Hester nicht gedacht. Der Maynard-Fall wurde von der Außenwelt als eine »gewöhnliche Entführung« angesehen, was er allerdings absolut nicht war. Das war aus vielen guten Gründen geheim gehalten worden.

»Verstehe«, sagte sie.

»Und wie sähe das bestmögliche Szenario aus, wenn ich die Wahrheit sagen würde – wer wäre dann der Hauptverdächtige?«

»Ich kann dir nicht folgen... oh, Moment. Dein Cousin?«

»Wer sonst?«

»Ja, aber mal ehrlich, Wilde. Willst du ihn schützen, wenn er diesen Typen ermordet hat?«

»Nein.«

»Im Internet getrollt zu werden rechtfertigt keinen Mord«, sagte Hester.

»Es sei denn, der Troll ist ein Nazi.«

»Soll das ein Witz sein?«

»Ist nicht sehr gelungen, aber ja. Ich weiß nicht, ob Peter Bennett etwas damit zu tun hat. Wir haben keine Ahnung, was hier vorgeht.«

»Du kannst die Leiche nicht einfach da liegen und vergammeln lassen«, sagte Hester. »Mein juristischer Rat lautet, melde es.«

»Und was ist die zweite Möglichkeit?«

»Das ist die zweite Möglichkeit. Die erste Möglichkeit war, reinen Tisch zu machen. Möglichkeit zwei ist, den Leichenfund anonym zu melden. Ich würde zur ersten Möglichkeit raten, habe es aber mit einem starrköpfigen Mandanten zu tun.«

»Und du verstehst seine Bedenken«, fügte Wilde hinzu.

»Das tue ich.« Hester nahm das Handy in die andere Hand. »Ich hab eine Idee. Ich werde den Leichenfund melden. Man kann mich nicht zwingen, einen Namen zu nennen. Anwaltsgeheimnis. Aber auf die Art halten sie mich vielleicht auf dem Laufenden. Ich gehe davon aus, dass es keine Möglichkeit gibt, unser aktuelles Gespräch zurückzuverfolgen?«

»Nein.«

»Okay, ich melde mich und sag Bescheid, wenn ich etwas Neues erfahre.«

Sie legte auf. Als sie ins Schlafzimmer zurückkam, zog Oren sich gerade an. Sie hielt ihn nicht auf. Sie hatte nichts dagegen, dass er die ganze Nacht blieb, andererseits ermutigten sie sich beide nicht gegenseitig, das zu tun.

»Alles okay?«, fragte Oren, als er sich das T-Shirt über die breiten Schultern zog.

»Kennst du einen Polizisten in Litchfield County?«

»Auf Anhieb nicht, aber ich kann einen finden. Wieso?«

»Ich muss einen Leichenfund melden.«

FÜNFZEHN

Wilde gab den Wagen bei Ernie ab. Ernie würde dafür sorgen, dass das Fahrzeug auf keinen Fall zurückverfolgt werden konnte. In solchen Situationen hieß das in der Regel, dass er es in seine Einzelteile zerlegte. Ernie würde Wilde nicht nach Details fragen – und Wilde Ernie auch nicht. So war es für alle Beteiligten am sichersten.

Rola holte ihn ab. Er gab ihr den USB-Stick, setzte sich in ihren mit Kindersitzen vollgestopften Honda-Minivan und erzählte auf der Fahrt. Ihre Miene wurde mit der Zeit immer grimmiger.

»Die Analyse von diesem USB-Stick«, sagte sie, »mache ich dann lieber selbst.«

»Kannst du das?«

»Wenn's nicht allzu kompliziert ist, schon, ja. Versteh mich nicht falsch. Ich vertraue meinen Experten. Sie wissen, was Diskretion ist.«

»Aber du willst sie nicht in so eine Situation bringen.«

»Nicht, wenn es um eine Leiche geht.«

Wilde nickte. »Gut.«

»Trotzdem dürfen wir bei so einer Sache nicht die Übeltäter sein. Wenn wir etwas finden, das der Polizei bei der Suche nach dem Mörder helfen könnte, übergeben wir es ihnen, richtig?«

»Ja.«

»Selbst, wenn es deinen Cousin belastet.«

»Dann besonders.«
Rola bog ab auf die Route 17. »Wenn du willst, kannst du heute Nacht bei mir schlafen. Mein Internet-Anschluss ist wirklich gut.«
»Nein, danke.«
Zehn Minuten später setzte sie den Blinker und hielt bei absoluter Dunkelheit auf dem Seitenstreifen. Wilde küsste sie auf die Wange, stieg aus und verschwand im Wald. Heute Abend konnte er nichts mehr tun. Er würde zu seiner Ecocapsule gehen und sich aufs Ohr legen. Kurz, bevor er sie erreichte, vibrierte sein Handy. Eine SMS von Laila.

Laila: Komm vorbei.

Wilde tippte eine Antwort zurück: Hast du mit Matthew gesprochen?

Laila: Ich hab's nicht mehr drauf.
Wilde: Was denn?
Laila: Wenn ich dir ein zweites Mal »Komm vorbei« schreiben muss, dann hab ich's doch wohl nicht mehr drauf.

Er lächelte in der Dunkelheit und machte sich auf den Weg in Richtung Lailas Garten. Um Darryl machte er sich eigentlich keine Sorgen. Das war ihr Problem, nicht seins. Er machte sich auch keine Gedanken darüber, ob es nicht besser für Laila wäre, wenn er sich von ihr fernhielt, denn wie herablassend wäre das ihr gegenüber? Er erzählte ihr offen, was los war, und sie verstand ihn. Für wen hielte er sich, sie vor ihren eigenen Entscheidungen zu »schützen«, selbst wenn er nicht immer davon überzeugt war, dass diese Entscheidungen der Weisheit letzter Schluss waren?

Nette Rechtfertigung.

Laila empfing ihn an der Hintertür. Matthew war nicht zu Hause. Sie gingen direkt nach oben. Wilde zog sich aus und stellte sich unter die Dusche. Laila leistete ihm Gesellschaft.

Um sieben Uhr morgens, nachdem er so lange geschlafen hatte wie seit Ewigkeiten nicht mehr, schlug Wilde die Augen auf und sah Laila, die auf der Bettkante saß und durchs Fenster über den Garten in den Wald blickte. Schweigend starrte er auf ihr Profil.

Ohne sich zu ihm umzudrehen, sagte Laila: »Wir müssen darüber reden.«

»Okay.«

»Aber nicht heute. Ich muss erst noch ein paar Sachen klären.«

Wilde setzte sich auf. »Soll ich gehen?«

»Nein.« Laila sah ihm direkt ins Gesicht, und als sie es tat, spürte er den Herzschlag in seiner Brust. »Willst du mir davon erzählen?«

Das wollte er nicht. Eigentlich nicht. Manche Menschen sprachen gerne über Dinge. Es half ihnen, Probleme zu lösen. Bei Wilde war es das Gegenteil. Er hatte festgestellt, dass er meistens mehr erfuhr, wenn er die Sachen für sich behielt und den inneren Druck so lange anwachsen ließ, bis die Lösungen von sich aus an die Oberfläche kamen. Oder, um ein anderes Bild zu verwenden, wenn er die Dinge aussprach, kam er sich vor wie ein Ballon, dem die Luft ausging.

Trotzdem war ihm klar, dass es sinnvoll sein konnte, mit anderen Menschen über Themen zu reden, besonders wenn sie so einfühlsam wie Laila waren. Ganz abgesehen davon, dass ihr das, wie er annahm, durchaus Freude bereiten oder ihre Zufriedenheit erhöhen könnte. Also erzählte er ihr so viel er konnte über Peter Bennett, ohne den Leichenfund der letzten Nacht zu erwähnen.

»Ockhams Rasiermesser«, sagte Laila, als er fertig war. Er wartete.

»Die wahrscheinlichste Antwort ist, dass dein Cousin wegen dieses Skandals, der ihn Ehe, Ruhm und, wie er es sah, sein Leben gekostet hat, so verzweifelt war, dass er diesem Leben ein Ende gesetzt hat.«

Wilde nickte.

»Aber du glaubst das nicht.«

»Ich weiß nicht.«

»Was auch immer mit Peter Bennett geschehen ist, hat wahrscheinlich damit zu tun, dass er ein Reality-Star ist.«

»Das denke ich auch.«

»Außerdem vermute ich, dass dein Wissen über diese Welt recht beschränkt ist.«

»Denkst du an etwas Bestimmtes?«

»Ja, das tue ich.«

»Und das wäre?«

»Versuchen wir doch, dein Wissen über diese Welt zu vertiefen.«

»Wie das?«

»Matthew und Sutton kommen in einer Stunde.«

»Dann soll ich jetzt gehen?«

»Nein, du sollst bleiben. Sie können dir etwas darüber erzählen.«

* * *

Die nächsten Stunden verbrachten die vier – Wilde, Laila, Matthew und Sutton – damit, sich im Internet diverse Episoden aus der PB&J-Staffel von *Love Is A Battlefield* anzusehen.

Sutton beobachtete Wilde. »Du findest es fürchterlich, oder?«

Er sah keinen Grund zu lügen. »Ja, das stimmt.« Es wäre banal gewesen, wenn Wilde erklärt hätte, dass die Show albern, monoton, unehrlich, gescriptet und so manipulativ war, dass es an seelische Grausamkeit grenzte – so gut wie kein Kandidat kam davon, ohne verspottet, ins Lächerliche gezogen, als böse, todunglücklich oder gestört hingestellt zu werden –, aber der Grat zwischen Banalität und Wahrheit war oft sehr schmal. Wilde hatte versucht, sich die Show offen, wenn auch mit niedrigen Erwartungen anzusehen, da er wusste, dass er absolut nicht zur Zielgruppe gehörte, aber *Love Is A Battlefield* war schlimmer und sogar noch destruktiver, als er erwartet hatte.

Matthew und Sutton hielten beim Zusehen Händchen. Wilde saß auf dem Stuhl rechts neben ihnen. Laila ging immer wieder ein und aus.

»Mein Vater hält es für den Niedergang der Zivilisation«, sagte Sutton.

Wilde lächelte.

»Der Punkt ist aber, dass wir es durchschauen«, fuhr Sutton fort. »Wenn Eltern es angucken, denken sie: ›Oh, diese Kandidaten sind so furchtbare Vorbilder für unsere Kinder‹, und so weiter. Dabei ist es genau andersherum. Sie sind warnende Beispiele.«

»Inwiefern?«, fragte Wilde.

»Keiner will so werden wie diese Wracks«, sagte Sutton und deutete auf den Bildschirm. »Das wäre ja so, als würde man beim Angucken einer Krimiserie befürchten, dass die Leute plötzlich jemanden umbringen wollen. Meistens sehen wir uns diese Leute an und denken: ›Oh, so wie die will ich aber nie werden.‹«

Interessanter Punkt, dachte Wilde, der allerdings den furchtbaren voyeuristischen Reiz nicht wettmachen konnte. Andererseits wussten die Kandidaten ganz genau, worauf sie sich einließen, und Wilde war nicht hier, um irgendjemanden zu verurteilen. Wenn niemand geschädigt wurde, für wen hielt er sich, dass er glaubte, darüber die Nase rümpfen zu dürfen?

Andererseits: Wurde denn wirklich niemand geschädigt?

War es nicht erschreckend einfach, unbekannte junge Menschen, die oft extrem emotional, unberechenbar und daher leicht entflammbar waren, in dieses Pulverfass von einer Show zu stecken?

Hatte diese Fernsehshow Peter Bennett zerstört?

Die Handlung von *Love Is A Battlefield* entsprach in etwa dem, was er erwartet hatte, wenn auch aufs Lächerlichste bis auf die Spitze getrieben. Trotzdem war es hilfreich, ein paar Folgen anzugucken, um es in seiner ganzen Bandbreite zu erleben. Es gab viele Mitspieler (deren Namen wohlweislich in einem Laufband am unteren Bildrand eingeblendet wurden) und viele künstlich eingebaute Aufreger, im Endeffekt lief es aber auf eine einfache Geschichte hinaus, wie wir sie alle schon oft gesehen haben. Jenn musste sich zwischen zwei Männern entscheiden. Der eine war der beunruhigend scharfe »Big Bobbo«. So nannte sich der aufgeblasene Bob Jenkins in der Show, der außerdem immer in der dritten Person von sich selbst sprach (»Big Bobbo steht auf runde Ärsche, Mädels. Big Bobbo mag keine flachen Ärsche, klar?«) während der albernen »Interviews«, die in die theatralische Handlung eingefügt wurden. Sein Gegenspieler war der attraktive, nette und freundliche Peter Bennett, der in der Show als der perfekte Schwiegersohn dargestellt wurde, den man jederzeit mit nach Hause bringen und Mom und

Dad vorstellen konnte. Anfangs schien Peter für Jenn die »zu biedere« Wahl zu sein, aber schließlich wurde – auch aufgrund der Zuschauerreaktionen – auch der letzte Anschein von Feinsinnigkeit fallen gelassen: Big Bobbo war ein böser, schmieriger Schurke mit verlogenem Charme, wohingegen Jenn mit dem ritterlichen Held Peter die Chance hatte, ihre wahre Liebe zu finden, wenn sie nur die Wahrheit erkannte.

Die endlosen Teaser, die im weiteren Verlauf der Show immer wieder eingeblendet wurden, erweckten mit der Zeit so überdeutlich den Anschein, dass Jenn sich für Big Bobbo entscheiden würde, dass jedem klar war, sie würde zum Schluss bei Peter landen. Trotzdem quetschten die Produzenten auch noch das letzte Quäntchen »Spannung« aus dem finalen Battle heraus, einschließlich einer »Kampf«-Szene mit Unmengen Rauch, in der es aussah, als hätte Big Bobbo gewonnen, nur damit Jenn ihn für den »Sieger ihres Herzens« Peter Bennett zur Seite schieben konnte.

Jetzt die Geigen.

»Big Bobbos Familie war ein absoluter Brüller, oder?«, sagte Sutton. »Seine Mutter wurde für *Senior Battlefield* gecastet.«

»Senior? Das ist dann …?«

»So ziemlich die gleiche Show, aber mit Senioren. Diese Hausbesuche sind ziemlich wild. Hast du Peters Bruder Silas gesehen? Der Kerl hat die ganze Zeit kein Wort gesagt. Hat sich einfach nur seine Trucker-Mütze immer tiefer ins Gesicht gezogen. War dann als Griesgram bekannt und verschrien. Aber seine Schwestern schienen ganz nett zu sein, sie hatten allerdings kein Starpotenzial. Aber Big Bobbos Mutter war voll der Brüller.«

»Wie verärgert war Big Bobbo, dass er verloren hatte?«, fragte Wilde.

»Nicht besonders«, sagte Sutton. »Einfach unglaublich, dass du noch nie von Big Bobbo gehört hast.«

Wilde zuckte die Achseln.

»Jedenfalls wurde Big Bobbo sofort für die Spin-off-Show *Combat Zone* gecastet.«

»Eine Spin-off-Show?«

»Im Prinzip werden da die beliebtesten Verlierer auf einer Insel zusammengepfercht und fangen an, sich gegenseitig abzuschleppen. Da wird jede Menge schmutzige Wäsche gewaschen, und alles ist hochdramatisch. Jedenfalls stand Big Bobbo bei verschiedenen Frauen ganz hoch im Kurs. Sowohl Brittany als auch Delila hat er so umgarnt, dass sie sich in ihn verliebt haben, und dann hat er sie in *Firing Squad* abserviert – gleich in der ersten Folge. Und zwar beide. Ich glaub, das war das erste Mal, dass in der Show zwei Frauen in einer Folge abserviert wurden.«

Mit ausdrucksloser Miene fragte Wilde: »Und Jenn und Peter?«

»Die beiden wurden zu PB&J«, sagte Sutton, »dem vielleicht beliebtesten Paar in der Geschichte der Show. Ich weiß, du findest die Show bescheuert, das tun wir auch, aber wir treffen uns zu unseren Fernseh-Partyabenden, kommentieren, was passiert, lachen darüber – wir durchschauen es einfach, Wilde. Weißt du, was ich meine?«

»Ich glaub schon.«

»Und noch was. Ist vielleicht nur meine persönliche Meinung, aber ich halte das Ganze für wahr.«

»Was meinst du?«

»Na ja, die ganze Show ist manipulativ und auch so geschnitten, dass eine bestimmte Geschichte herausgestellt wird und so. Ich glaube aber, dass die Kandidaten die Zuschauer nicht ewig an der Nase herumführen können.«

»Ich kann dir nicht folgen.«

»Dein Cousin Peter. Ich glaube nicht, dass das nur gespielt war. Er ist wirklich ein guter Mensch – und Big Bobbo ist wirklich ein Mistkerl. Das ist nicht nur ein Rollenspiel. Nach einer Weile entlarvt die Kamera das wahre Ich der Teilnehmer, ganz egal, wie sehr sie versuchen zu verbergen, wer sie wirklich sind.«

Wildes Handy vibrierte. Es war eine sehr kurze SMS von Hester:

Ruf an.

Er entschuldigte sich und ging nach draußen. Er hatte im Internet nachgesehen, ob es Berichte über einen Mord in Connecticut oder sonst irgendetwas über McAndrews gab. Bisher hatte er nichts gefunden. Er rief Hester an. Sie meldete sich gleich nach dem ersten Klingeln.

»Ich erzähl dir zuerst die gute Nachricht«, sagte Hester, »denn die schlechte Nachricht ist wirklich schlecht.«

»Okay.«

»Ich habe Jenn Cassidys Agentin erreicht. Jenn ist für eine Werbeaktion in der Stadt und hat sich bereit erklärt, mich zu treffen.«

»Wie hast du sie dazu gebracht, dem zuzustimmen?«

»Schätzchen, ich arbeite beim Fernsehen. Das ist alles, was Jenns Agentin wissen musste. Sie denken, ich könnte vielleicht ein nettes Porträt über sie bringen oder so etwas. Das spielt keine Rolle. Ich treffe mich mit ihr und kann sie über deinen Cousin Peter ausfragen. Das ist die gute Nachricht.«

»Und die schlechte?«

»Das Mordopfer in Connecticut war tatsächlich Henry McAndrews.«

»Okay.«

»Henry McAndrews«, wiederholte Hester, »oder auch der ehemalige stellvertretende Leiter des Hartford Police Departments Henry McAndrews.«

Wildes Magen zog sich zusammen. »Er war Polizist?«

»Im Ruhestand und hoch dekoriert.«

Wilde sagte nichts.

»Einer der ihren ist tot, Wilde. Du weißt, worauf das hinausläuft.«

»Wie ich schon sagte: Ich habe kein Interesse daran, einen Mörder zu schützen.«

»Korrektur: *Polizisten*mörder.«

»Ist registriert«, sagte Wilde.

»Oren ist echt stinkig.«

»Erzähl mir, was sie bis jetzt wissen.«

»McAndrews ist seit mindestens vierzehn Tagen tot.«

»Wurde er als vermisst gemeldet?«

»Nein. Henry und Donna hatten sich getrennt. Er ist in das Haus gezogen, und sie ist in Hartford geblieben. Sie hatten keinen Kontakt zueinander.«

»Todesursache?«

»Drei Schüsse in den Kopf.«

»Und sonst?«

»Das ist schon alles. Die Medien werden es bald aufgreifen. Wilde?«

»Was ist?«

»Du kannst mit Oren reden. Im Vertrauen.«

»Noch nicht. Aber er soll der Polizei sagen, dass sie sich McAndrews' Computer näher ansehen sollen.« Etwas klickte in seinem Kopf. »Außerdem würde ich gern wissen, was McAndrews im Ruhestand gemacht hat.«

»Wie meinst du das?«

»Hat er noch irgendwie gearbeitet? Oder hat er nur von seiner Rente gelebt?«

»Was hat das mit der Sache zu tun?«

»Wenn seine Ermordung etwas mit meinem Cousin zu tun hat…«

»Was doch durchaus wahrscheinlich ist, oder?«

»Möglich, keine Ahnung. Ist auch egal. Aber was hat McAndrews gemacht? War er nur ein einfacher Fan, der anonym getrollt hat – oder hat ihn jemand für das Trollen bezahlt?«

»Unabhängig davon weißt du aber schon, wer der Hauptverdächtige sein wird?«

Er wusste es. Peter Bennett.

SECHZEHN

Chris Taylor scrollte gerade durch Twitter, als er an der Schlagzeile hängen blieb:

MANN IN CONNECTICUT ERMORDET AUFGEFUNDEN

Eigentlich interessierte ihn das nicht sonderlich. Es war nur ein Mord in einem anderen Bundesstaat, der nichts mit ihm zu tun hatte, aber Chris fragte sich unwillkürlich, warum das Thema in den sozialen Medien ein derartiges Echo fand. Er klickte auf den Link und spürte, wie ihm das Blut in den Adern gefror:

Der pensionierte stellvertretende Polizeichef von Hartford, Henry McAndrews, wurde im Keller seines Hauses in Harwinton, Connecticut, erschossen aufgefunden.

Okay, er war ein Ex-Polizeichef. Das erklärte, warum die Geschichte mehr Aufmerksamkeit erregte als ein normaler Mord.
Henry McAndrews.
Bei dem Namen klingelte etwas. Eine Alarmglocke.
Chris nahm seine Hipster-Beanie ab. Er hatte sich auch einen Hipster-Bart wachsen lassen, trug enge Hipster-Jeans, ironische Turnschuhe und schlichte T-Shirts, alles in dem halbwegs erfolgreichen Versuch, sein Aussehen

von dem des früheren, eher nerdigen Strangers zu verändern. Das funktionierte auch ganz gut, vor allem, da er sein Loft nur sehr selten verließ. In seiner vorherigen Inkarnation hatte Chris Geheimnisse gelüftet, von denen er glaubte, dass sie der Menschheit schadeten. Sein eigenes Leben war durch Geheimnisse torpediert worden. Daraufhin hatte er eine recht einfache Philosophie entwickelt: Enthülle diese Geheimnisse. Im Licht der Öffentlichkeit werden sie welken und vergehen. Aber er hatte sich geirrt.

Manche Geheimnisse waren tatsächlich verwelkt und gestorben – andere waren aber noch größer und stärker geworden, sie hatten sich vom Sonnenlicht genährt und verheerende Schäden angerichtet. Die Auswirkungen hatten Chris überrascht. Er hatte geglaubt, man könne Unrecht wiedergutmachen, indem man die Wahrheit enthüllte – das war dann aber oft nach hinten losgegangen. Er hatte das auf die harte Tour gelernt – durch Gewalt und Blutvergießen. Unschuldige Menschen waren zu Schaden gekommen oder sogar getötet worden. Doch wenn man Gutes tun wollte und dabei einen Rückschlag erlitt, gab man dann einfach auf, weil man meinte, nichts tun zu können? Legte man die Hände in den Schoß und kapitulierte vor den bösen Kräften, die uns alle befallen hatten? Das wäre der leichteste Weg gewesen. Chris war unbeschadet aus dem Chaos herausgekommen, das er mit zu verantworten hatte. Er hatte damit Geld gemacht. Er führte ein angenehmes Leben und hätte das auch weiterhin tun können, ohne sich um die Wiedergutmachung von Unrecht zu kümmern. Aber das entsprach nicht seinem Naturell. Er hatte versucht, die Finger davon zu lassen, das hatte aber nicht geklappt.

Deshalb half Chris den Menschen jetzt auf eine andere Art.

Er hat Boomerang gegründet, um Menschen zu helfen, die attackiert wurden und sich nicht wehren konnten. Er bestrafte nicht nur diejenigen, die Geheimnisse schufen, sondern auch jene Menschen, die andere belogen, schikanierten, beschimpften und beleidigten – sofern sie es anonym machten. Er hatte es auf diejenigen abgesehen, die nicht den geringsten positiven Beitrag für die Gesellschaft leisteten, sondern nur darauf zielten, das Gute zu untergraben und zu zerstören. Er achtete inzwischen streng darauf, die Fehler, die er als »der Fremde« gemacht hatte, zu minimieren. Seine frühere Tätigkeit hatte auf Zufällen beruht. Er hatte sie nicht richtig steuern können.

Diese Organisation – Boomerang – garantierte Sicherheit.

Nicht immer. Keine hundertprozentige. Trotz seiner intensiven Bemühungen bestand immer die Möglichkeit, dass eine unschuldige Person bestraft wurde. Das war ihm klar – er war weder blind noch dumm. Deshalb prüfte er alles doppelt und dreifach. Chris wollte dafür Sorge tragen, dass eine Person, die von Boomerang bestraft wurde, diese Strafe auch verdient hatte. Natürlich hätte er ganz aufhören und das alles den Behörden überlassen können, die allerdings immer noch weit hinterherhinkten, wenn es darum ging, den Menschen zu helfen, die in der neuen Online-Welt attackiert wurden. Aber hören wir auf, das Richtige zu tun, nur weil wir fürchten, dass wir Fehler machen könnten? Unser Justizsystem war alles andere als vollkommen, trotzdem schlug niemand vor, dass wir es abschaffen sollten, weil ihm gelegentlich Fehler unterliefen, oder? Wir gaben nicht einfach auf. Wir versuchten, die Fehler zu beseitigen und das System zu optimieren. Wir gaben unser Bestes und hofften, die Bilanz würde am Ende ergeben, dass wir mehr Gutes als Schlechtes getan hatten.

Boomerang half Menschen. Es schützte Unschuldige und bestrafte Schuldige.

Aber jetzt sah er sich den Namen noch einmal an.

Henry McAndrews.

Chris suchte ihn und fand die Akte.

Das waren schlechte Neuigkeiten. Sehr schlechte.

Chris – der Löwe – griff nach seinem Wegwerfhandy. Darauf befand sich ein Dark-Web-Kommunikationsgerät, das extrem schwer nachverfolgbar war. Er verfasste eine Nachricht, die außer Alpaka, Kätzchen, Panther und Eisbär niemand verstehen würde.

KATEGORIE 10

Das Kennwort für dringende Notfälle. Um auf Nummer sicher zu gehen, ergänzte er noch:

KEINE ÜBUNG.

SIEBZEHN

»Schön, Sie kennenzulernen«, sagte Jenn Cassidy zu Hester. »Ich guck mir Ihre Analysen von Gerichtsverhandlungen wirklich gern an.«
»Danke.«
»Ich bin schon seit Jahren Fan.«
Jenns Stimme klang leicht gehaucht. Normalerweise konnte Hester Menschen ziemlich gut einschätzen, in diesem Fall wusste sie aber nicht, ob der Reality-Star es ernst meinte oder nicht. Jenn Cassidy war eine typische amerikanische Schönheit – blond, strahlendes Lächeln, leuchtend blaue Augen. Wie heutzutage üblich, war sie – für Hesters Geschmack – etwas zu stark geschminkt. Sie trug diese riesigen falschen Wimpern, die aussahen wie Taranteln auf heißem Asphalt, die auf dem Rücken liegend in der Sonne schmorten. Dennoch wirkte sie freundlich, zugänglich, ja sogar vertrauenswürdig, und Hester verstand, warum sie für eine Reality-Show gecastet worden war. Trotz ihrer Schönheit fühlten sich die Menschen von ihr nicht eingeschüchtert.

Der Portier hielt ihnen die Tür auf. Jenn führte Hester durch die Lobby des riesigen Sky-Glasturms zum Fahrstuhl. Als sie drinnen standen, drückte sie auf die Zwei.
»Früher waren wir weiter oben«, erläuterte Jenn.
»Entschuldigung?«
»Ich sage immer noch ›wir‹ und meine Peter und mich. Das muss ich mir langsam mal abgewöhnen. Na ja, als wir –

es geht schon wieder los –, als Peter und ich ein Paar waren, haben sie uns in den achtundsiebzigsten Stock in ein Doppel-Appartement mit vier Schlafzimmern gesteckt. Jetzt wohne ich in Appartement zwei. Das hat gerade mal ein Drittel der Fläche.«

»Sie haben sich nach der Trennung verkleinert?«

»Ich nicht. Die haben das getan. In diesem Fall sind das die Eigner des Gebäudes. Wissen Sie, in solchen Gebäuden gibt es immer Appartements, die nicht verkauft wurden. Und da sie ohnehin leer stehen, werden einige davon Influencern kostenlos zur Verfügung gestellt, mit der Auflage, dass wir Fotos davon posten.«

»Verstehe«, sagte Hester. »Sie machen Werbung für das Gebäude?«

»Ja.«

»Dann ist das eine Art Sponsoring?«

»Genau.«

»Und auf die Art verdienen Sie sich Ihren Lebensunterhalt«, fuhr Hester fort. »Durch Werbung. Sie tragen ein bestimmtes Designerkleid, besuchen einen neuen Club – und weil Millionen von Menschen Ihnen dabei zusehen, bezahlen diese Unternehmen Sie dafür.«

»Ja. Oder wir handeln es aus, wie in diesem Fall. Als Peter und ich auf der Höhe unserer Popularität waren, hat das Sky-Building uns einen Mietvertrag über zwei Jahre für Suite achtundsiebzig gegeben, mit der Auflage, dass wir mindestens einmal pro Woche auf einem unserer Social-Media-Kanäle darüber berichten. Als der Mietvertrag auslief und wir einen neuen brauchten, haben sie uns – na ja, jetzt nur noch mich – hierher verlegt.«

»Mit dem schrumpfenden Promi-Faktor schrumpft auch die Wohnung«, sagte Hester unverblümt.

»Verstehen Sie mich nicht falsch«, sagte Jenn und legte Hester die Hand auf den Arm. »Ich beklage mich absolut nicht. Ich finde es immer noch wunderbar, hier zu sein.« Mit einem *Ping* öffnete sich die Fahrstuhltür. »Ich weiß, wie das Geschäft läuft. Influencerinnen haben kein sonderlich langes Haltbarkeitsdatum. Man muss die Zeit als Sprungbrett nutzen.«

»Und wie sehen Ihre Zukunftspläne aus, Jenn?«

Jenn öffnete die Tür zum Appartement, indem sie nur kurz mit einer Art Schlüsselanhänger winkte.

»Ach«, sagte Jenn etwas niedergeschlagen. »Ich dachte, Sie wären deshalb hier. Vor meiner Zeit bei *Love Is A Battlefield* war ich in der Rechtsbranche.«

»In welcher Funktion?«

»Als Anwaltsgehilfin. Ich habe aber die Zusage einer Uni für ein Jura-Studium.«

»Beeindruckend.«

Jenns Lächeln war gleichermaßen süß als auch liebenswert schüchtern. »Danke.«

»Haben Sie vor, sich einzuschreiben, jetzt wo die Show vorbei ist?«

»Eigentlich wollte ich versuchen, Analytikerin fürs Fernsehen zu werden und mich auf Recht zu spezialisieren.«

»Oh«, sagte Hester. »Darüber würde ich gern mit Ihnen reden, aber deshalb bin ich nicht hier.«

Jenn deutete auf ein elfenbeinfarbenes Sofa. Sie setzten sich. An den Wänden hingen Spiegel und Kunstwerke, aber keine Fotos, und auch sonst nichts Persönliches, sodass die Räumlichkeiten eher wirkten, als befänden sie sich in einer geschmackvollen, wenn auch nicht unbedingt gemütlichen Hotelkette, und nicht bei jemandem zu Hause. Hester fragte sich, ob dies eine Musterwohnung war.

»Ich bin wegen Peter Bennett hier«, sagte Hester.
Jenn blinzelte überrascht. »Peter?«
»Ja. Ich versuche, ihn ausfindig zu machen.«
Sie brauchte ein oder zwei Sekunden, um das zu verarbeiten. »Darf ich fragen, warum?«
Hester überlegte, wie sie die Sache angehen sollte. »Es ist für einen Mandanten.«
»Einer Ihrer Mandanten sucht Peter?«
»Ja.«
»Dann geht es um eine juristische Angelegenheit?«
»Mehr kann ich dazu nicht sagen«, sagte Hester. »Als ausgebildete Juristin werden Sie das sicher verstehen.«
»Natürlich, ja.« Jenn wirkte immer noch perplex. »Ich habe seit Monaten nichts von Peter gehört.«
»Können Sie das etwas konkreter fassen?«
»Ich habe keine Ahnung, wo er ist, Ms Crimstein. Tut mir leid.«
»Nenn mich einfach Hester«, sagte sie und setzte ihr entwaffnendstes Lächeln auf. »Ihr wart also verheiratet.«
»Ja«, sagte Jenn leise.
»So richtig? Nicht nur fürs Fernsehen?«
»Ja. Richtig, gesetzlich und alles.«
»Okay, und dann wissen wir natürlich alle, was bei diesem Podcast von Reality Ralph passiert ist. War das das Ende eurer Beziehung?«
»Das ist alles…«, Jenn starrte auf den hellen Parkettboden. »Ich fühle mich gerade etwas überrumpelt.«
»Warum? Du hast gesagt, du hättest keine Ahnung, wo Peter ist…«
»Habe ich auch nicht.«
»…aber du wirst doch sicher die Gerüchte über sein Schicksal gehört haben, oder?«

Jenn schwieg. Hester hakte sofort nach.

»Ich meine die, dass Peter die Welle des Hasses, die über ihn hereingebrochen ist, so sehr mitgenommen hat, dass er sich umgebracht hat.«

Jenn schloss die Augen.

»Diese Gerüchte hast du doch gehört.«

Jenn antwortete leiser. »Natürlich.«

»Hältst du sie für wahr?«

»Dass Peter sich umgebracht hat?«

»Ja.«

Sie schluckte. »Ich weiß es nicht.«

»Ihr wart verheiratet. Du kanntest ihn gut.«

»Nein, Ms Crimstein, ich habe *gedacht*, dass ich ihn gut kenne.« Jenns Stimme war jetzt stahlhart. Sie hob den Blick. »Und da ist mir etwas klar geworden.«

»Und das wäre?«

»Mir ist klar geworden, dass ich Peter womöglich nie gekannt habe«, sagte Jenn. »Womöglich kennen wir alle überhaupt niemanden.«

Hester beschloss, nicht auf diese dramatische, wenn auch nachvollziehbare Erklärung einzugehen. »Ich habe mir also den Podcast angehört, in dem deine Schwester das über deinen Mann erzählt hat.«

»Ms Crimstein?«

»Hester.«

»Hester, ich glaube, ich habe genug gesagt.«

»Aber du hast doch noch gar nichts gesagt. Warst du böse auf sie?«

»Auf sie?«

»Auf deine Schwester. Warst du böse auf sie?«

»Was? Nein, warum hätte ich auf sie böse sein sollen? Sie war doch auch ein Opfer.«

»Inwiefern?«

»Peter hat sie möglicherweise mit K.-o.-Tropfen betäubt.«

»*Möglicherweise*. Ja, aber schon vorher hat deine Schwester – wie heißt sie noch mal, ich vergesse ihren Namen immer.«

»Marnie.«

»Danke. Ja, Marnie. Also, Folgendes finde ich etwas merkwürdig, Jenn, und vielleicht können wir zwei Juristinnen uns da gegenseitig auf die Sprünge helfen. Marnie sagte, dein Mann hätte ihr Nacktfotos geschickt, bevor es zu dem Vorfall kam, bei dem sie womöglich betäubt wurde. Warum hat sie dir das nicht sofort erzählt?«

»So einfach ist das nicht.«

»Für mich schon«, sagte Hester. »Aber klär mich auf.«

»Marnie war das Opfer. Was Sie da gerade machen, ist eine Täter-Opfer-Umkehr.«

»Nein, Süße, wenn ich Täter und Opfer umkehre, dann merkst du das. Hier wird nichts beschönigt. Folgendes verstehe ich nicht, vielleicht kannst du es mir ja erklären: Sagen wir, du heißt Marnie Cassidy. Du liebst deine ältere, wahnsinnig erfolgreiche Schwester Jenn. Sie hat diesen supertollen neuen Ehemann Peter. Eines Tages schickt dir Ehemann Peter ein – wenn ich ganz direkt sein darf – Pimmel-Foto. Sagst du, Marnie, deiner geliebten Schwester Jenn nichts davon? Warnst du sie nicht, dass sie mit einem üblen, untreuen Perversen verheiratet ist?« Hester schüttelte den Kopf. »Siehst du mein Problem? Dreh es einfach mal um. Stell dir vor, Marnie hätte sich verliebt und einen Typen geheiratet, den sie in einer Fernsehshow kennengelernt hat. Und der Typ schickt dir Schniedel-Selfies. Würdest du es Marnie nicht sagen?«

»Ich würde es ihr sagen«, antwortete Jenn bedächtig. »Aber so einfach ist das auch wieder nicht.«

»Okay, dann verkomplizier es für mich. Erzähl mir, was ich dabei übersehen habe.«
»Marnie ist ziemlich unsicher. Und daher leicht manipulierbar.«
»Richtig, aber wie könnte man sie dahingehend manipulieren, dass sie ihrer eigenen, liebenden Schwester nichts erzählt?«
Jenn begann, die Hände zu ringen. »Das habe ich mich auch schon gefragt.«
»Und?«
»Eigentlich möchte ich nicht darüber reden.«
»Pech gehabt. Erzähl es mir trotzdem.«
»Ich glaube, Marnie hatte das Gefühl – oder Peter hat es ihr eingeredet –, dass ich ihr die Schuld geben würde, wenn sie mir von den Bildern erzählt.«
»Dass du deiner Schwester die Schuld gibst?«
»Ja.«
»Statt deinem Mann?«
»Ja.«
»Ach, das ist interessant«, sagte Hester. »Weil du vielleicht aus irgendeinem Grund glauben könntest, dass Marnie den ersten Schritt gemacht hat.«
»Oder, was weiß ich, dass sie ihn ermutigt oder das herausgefordert hat oder so etwas.«
»Unter uns Mädels, glaubst du, dass es so war?«
»Was?«
»Glaubst du, dass Marnie den ersten Schritt gemacht hat?«
»Was? Nein. Das hab ich nicht gesagt...«
»Klingt für mich ein bisschen danach. Und vielleicht war es auch gar keine Absicht. Vielleicht hat deine Schwester nur mit Peter geflirtet, und er hat es falsch verstanden.«
»Das ist eine furchtbare Unterstellung.«

»Na ja, es war deine Theorie, nicht meine. Jedenfalls hat Marnie dir nichts von den Pimmel-Fotos erzählt. Sie hat dir nie gesagt, dass sie unangemessenen Kontakt zu deinem Mann hatte, oder?«

Jenn sagte nichts.

»Und dann«, fuhr Hester fort, »hörst du diese schreckliche Wahrheit über deinen Mann zum ersten Mal, als deine Schwester Marnie sie in diesem Podcast öffentlich macht. Sie hat es dir nicht vorher gesagt. Sie hat es gleich der ganzen Welt erzählt. Fandst du das nicht eigenartig?«

»Was genau wollen Sie damit andeuten?«, fragte Jenn.

»Das ist doch ziemlich offensichtlich. Marnie ist das, was man früher gelegentlich – wahrscheinlich ist es jetzt politisch unkorrekt – als ›publicitygeil‹ bezeichnet hat.«

»Einen Moment…«

»Tu nicht so, als wüsstest du nicht, was ich meine. Das ist für uns beide beleidigend. Deine Schwester hat sich bei allen möglichen Reality-Shows beworben, wurde aber nie genommen. Das hat so gut wie niemand bemerkt und auch niemanden interessiert. Und nur weil sie die Schwester von Jenn Cassidy ist, hat sie es dann in ein unbedeutendes Spin-off des Senders geschafft, aus dem sie gleich in der ersten Woche wieder rausgeflogen ist. Ihr Stern, der nie wirklich hell gestrahlt hat, sank rapide. Aber sieh einer an, seit Marnie deinen Mann geoutet und deine Ehe zerstört hat, ist sie ein großer Star. Sie hat diesen Job als Jurorin bei RuPaul, und…«

»Worauf wollen Sie hinaus?«

»Vielleicht hat Marnie gelogen. Vielleicht hat sie sich die ganze Sache ausgedacht.«

Jenn schloss die Augen und schüttelte den Kopf. »Nein. Was Peter betrifft, hat Marnie nicht gelogen.«

»Wie kannst du dir da sicher sein?«

Sie öffnete ihre Augen. »Glauben Sie etwa, dass ich nicht skeptisch war?«

»Deiner Schwester gegenüber?«

»Allem und allen gegenüber. Wissen Sie, wie Reality-TV funktioniert?«

»Nein.«

»Es ist alles nur Illusion. Natürlich ist es Theater, aber es basiert eher auf Zaubertricks. Man darf nichts glauben von dem, was man sieht. Ich lebe jeden Tag damit. Also ja, ich habe meiner Schwester vertraut. Das tue ich immer noch, und ich werde es auch weiterhin tun. Aber ich war nicht bereit, meine Ehe wegen eines Podcast-Dramas wegzuwerfen.«

»Du sagtest, deine Schwester wäre leicht manipulierbar. Dann hast du gedacht, dass sie vielleicht ...«

»Ich habe überhaupt nichts gedacht, auch nicht, ob sie vielleicht – was auch immer«, fauchte Jenn halblaut. »Ich wollte einen Beweis.«

»Und den hast du bekommen?«

»Ja.«

»Woher?«

Jenn holte tief Luft. »Peter ist kein besonders guter Lügner.«

Normalerweise schoss Hester eine Frage nach der anderen ab, aber jetzt hielt sie inne, damit Jenn Zeit hatte, ins Detail zu gehen.

»Peter hat es zugegeben. Genau hier. Auf dieser Couch.«

»Wann?«

»Eine Stunde nach dem Podcast.«

Hester fragte leise: »Was hat er gesagt?«

»Zuerst hat er darauf beharrt, dass das alles nicht wahr ist. Ich hab nur dagesessen, ihn angestarrt und versucht, Augenkontakt herzustellen, aber das konnte er nicht. Ach, ich wollte ihm glauben. Ich wollte ihm unbedingt glauben. Aber ich hab es in seinem Gesicht gesehen. Ich war so dumm und naiv.«

»Hat er versucht, es zu erklären?«

»Er sagte, dass es nicht so wäre, wie ich dachte. Er sagte, ich würde es nicht verstehen.«

»Was meinte er damit?«

Jenn warf die Arme in die Luft. »Sagen nicht alle Männer in solchen Situationen so etwas? Vielleicht war es der Stress, in der Show zu sein und sein Leben in aller Öffentlichkeit zu führen. Und dann kamen noch unsere Probleme mit der Unfruchtbarkeit dazu. Ich glaube, das hat ihm wegen seiner Vergangenheit besonders große Probleme gemacht. Er wollte unbedingt eigene Kinder.«

»Welche Vergangenheit?«

»Was meinen Sie?«

»Du sagtest, die Unfruchtbarkeit hätte Peter aufgrund seiner Vergangenheit besonders große Probleme gemacht. Was meinst du damit?«

»Wissen Sie das nicht?«

Hester zuckte die Achseln und schwieg.

»Ach, natürlich nicht«, sagte Jenn. »Woher sollen Sie das auch wissen? Peter hat es geheim gehalten. Selbst ich habe es erst erfahren, als wir verheiratet waren.«

»Was erfahren?«

»Peter war adoptiert. Er hat keine Ahnung, wer seine leiblichen Eltern sind.«

ACHTZEHN

Als Katherine Frole mir die Tür öffnet, bin ich gekleidet wie eine berühmte Persönlichkeit, die so tut, als wolle sie nicht erkannt werden.
Was heißt das?
Ganz einfach. Ich trage eine Baseballkappe. Und eine Sonnenbrille.
Alle Prominenten – okay, seien wir fair und sagen wir die meisten statt *alle* – machen das, obwohl es so offensichtlich ist. Wenn Sie eine Person in einem Haus oder an einem nicht sonnigen Ort sehen, die eine Baseballkappe und eine Sonnenbrille trägt, tja ... Will sie dann sicherstellen, dass sie nicht erkannt wird, oder will sie der Welt in greller Neonschrift mitteilen, dass sie wichtig ist, jemand ist, den alle erkennen *müssten*?
Ignorieren Sie die unvermeidlichen Proteste: Prominente wollen erkannt werden. Immer. Sie brauchen den Ruhm.
Ich hingegen habe kein Interesse daran, erkannt zu werden. Besonders heute nicht.
Katherine freut sich, mich zu sehen. Das ist gut. Es bedeutet, dass sie noch nichts von Henry McAndrews weiß. Interessanterweise zeigt sie auf mich – genauer gesagt auf die Kappe und die Sonnenbrille – und fragt: »Wozu die Verkleidung?«
»Ach, das hat nichts zu bedeuten«, sage ich und verschwinde in ihrem Büro. »Du weißt ja, wie das ist.«
»Ich bin überrascht, dich wiederzusehen. Na ja, ich hab dir zuliebe ja schon einmal die Regeln gebrochen, und ...«

»Wofür ich dir sehr dankbar bin«, werfe ich schnell ein und lächle so breit wie möglich.

Katherine sagt einen Moment nichts. Ich mache mir ein wenig Sorgen, denn sie arbeitet bei einer Strafverfolgungsbehörde, genauer gesagt beim FBI. Das bringt eine Reihe ganz eigener Probleme mit sich, aber darüber kann ich mir jetzt keine Gedanken machen. Katherine trägt eine taillierte Bluse und Skinny Jeans. Will sagen: Ich sehe, dass sie nicht bewaffnet ist.

Ich hingegen trage eine übergroße gelbe Windjacke. Darin ist meine Glock 19 so gut wie unsichtbar.

Ich habe nur einmal eine Waffe abgefeuert. Na ja, eigentlich dreimal. Aber ich habe alle drei Schüsse direkt hintereinander abgegeben, peng, peng, peng, daher zähle ich es als einmal. Ich habe gehört, dass das Zielen im echten Leben knifflig und schwierig sein soll, ganz anders als man es aus Film und Fernsehen kennt, und dass man dafür viel Übung und Erfahrung braucht.

Bei mir jedoch haben alle drei Kugeln das gewünschte Ziel getroffen.

Die Entfernung war allerdings auch sehr kurz.

Katherine lächelt mich immer weiter an, wirkt fast ein bisschen aufgedreht, weil sie in meiner Nähe ist. Das finde ich bemerkenswert und seltsam am Ruhm. Katherine Frole ist eine wichtige Frau. Sie arbeitet als Kriminaltechnikerin beim FBI. Sie hat zwei tolle Jungen und einen Ehemann, der zu Hause bleibt und sich hauptsächlich um die Familie kümmert, damit sie sich auf ihre Karriere konzentrieren kann. Die beiden haben sich vor über zwanzig Jahren in ihrem zweiten Studienjahr am Dartmouth College kennengelernt und sind seitdem zusammen. Kurz gesagt, Katherine Frole ist hochgebildet, wohletabliert und erfolgreich – und trotzdem ist sie ein vollkommen überspanntes *Love Is A Battlefield*-Fangirl.

Wir Menschen sind alle zwiespältig, oder?

»Ich war letzte Woche schon mal hier«, sage ich zu ihr, »aber da warst du nicht da.«

»Ja.« Sie räuspert sich. »Familienurlaub auf Barbados.«

»Schön.«

»Ich bin gerade erst zurückgekommen.« Und genau deshalb bin ich jetzt natürlich hier.

»Also...«, Katherine lässt sich auf ihren Schreibtischstuhl fallen, »...was kann ich für dich tun?«

»Als du in meinem Fall ermittelt hast«, beginne ich.

»Ich muss dich jetzt schon unterbrechen«, sagt sie und hebt die Hand. »Wie schon erwähnt, habe ich einmal die Regeln gebrochen, weil, na ja, du weißt schon, warum.«

Ich weiß es.

»Aber das war's dann auch. Mehr kann ich dir nicht sagen.«

»Ich weiß.« Ich achte darauf, dass das Lächeln auch meine Augen erreicht. »Und ich bin sehr dankbar für das, was du getan hast. Ehrlich. Ich war nur neugierig, was du denn noch so erfahren hast.«

Zum ersten Mal sehe ich Zweifel in ihrem Gesicht. »Ich weiß nicht, was du meinst.«

»Du machst solche Sachen öfter«, sage ich. »Stimmt's?«

»Das tut nichts zur Sache.« Katherine spricht jetzt nervös und stoßweise. »Ich kann dir nicht mehr sagen. Ich habe die Regeln gebrochen. Das hätte ich nicht tun dürfen. Ich werde es nicht noch einmal tun.«

»Ich muss dir etwas gestehen«, sage ich.

»Aha?«

»Du musst das verstehen«, sage ich. »Seit ich den Namen erfahren habe, konnte ich nicht einfach zu Hause sitzen und warten.«

Das Lächeln verschwindet abrupt. »Was meinst du damit?«

»Ich musste zu ihm gehen.«

»Oh Gott.«

»Um Antworten zu bekommen. Na ja, was auch sonst?«

»Aber du hattest mir doch versprochen …«

»Dass ich nur den Namen wissen will – aber das hat mir dann doch nicht gereicht. Du musst das verstehen. Ich musste ihn damit konfrontieren.«

Katherine stöhnt leise: »Oh nein.« Sie schließt die Augen, nimmt sich einen Moment Zeit und räuspert sich. »Hast du mit McAndrews gesprochen?«

»Ja.«

»Was hat er gesagt?«

»Dass er allein gearbeitet hat«, entgegne ich.

»Das ist alles?«

»Das ist alles. Und deshalb muss ich mehr erfahren, Katherine. Du bist jemand, der mich schon so wunderbar unterstützt und so viel für mich recherchiert hat. Deshalb muss ich dir jetzt die Frage stellen: Hast du noch mehr herausbekommen?«

Katherine schweigt.

»Du hast ein schönes Haus und ein Büro im FBI-Hauptquartier«, fahre ich fort und lege den Kopf ein kleines bisschen schräg. »Und trotzdem leistest du dir dieses kleine, düstere Büro, von dem niemand etwas weiß. Warum?«

»Ich muss dich bitten zu gehen.«

»Bewahrst du hier die Geheimnisse auf? Hast du es deshalb? Sind die Geheimnisse auf diesem Computer?«

Ihr Handy liegt auf dem Schreibtisch. Sie greift danach. Gleichzeitig öffne ich den Reißverschluss meiner gelben Windjacke und ziehe die Pistole heraus. Ich habe das nicht geübt, trotzdem ist der Bewegungsablauf reibungslos. Ich war immer sportlich und habe eine gute Hand-Auge-Koordination. Vielleicht liegt es daran.

»Leg das Handy weg«, sage ich.
Katherines Augen sind so groß wie zwei Essteller.
»Henry McAndrews ist tot, Katherine.«
»Oh Gott. Du...«
»Ich habe ihn getötet, ja. Findest du nicht, dass er das verdient hat?«
Sie ist zu klug, um zu antworten. »Was willst du?«
»Die anderen Namen, die du hast.«
»Aber er war eindeutig der Hauptschuldige.«
»Nicht nur die, die an der Sache beteiligt waren.«
Sie sieht mich verwirrt an.
»Ich will die Namen all derer, die du für nicht strafwürdig gehalten hast.«
»Wieso?«
Ich halte das für ziemlich offensichtlich, gehe aber nicht darauf ein. »Ich werde dir nichts tun«, sage ich ihr in meinem beruhigendsten Tonfall. »Hast du schon einmal vom Gleichgewicht des Schreckens gehört? Das herrscht zwischen uns, Katherine. Zwischen dir und mir. Wenn du versuchst, mich wegen des Mords an McAndrews dranzukriegen, wird das schlecht für dich enden. Schließlich hast du mir den Namen erst gegeben. Du würdest dich selbst beschuldigen. Siehst du? Also hast du etwas gegen mich in der Hand, und ich habe etwas gegen dich in der Hand.«
»Okay«, sagt sie und nickt übertrieben theatralisch. »Dann geh doch einfach. Ich verspreche, dass ich nichts verraten werde.«
Sie hält mich für dumm. »Zuerst brauche ich die Namen.«
»Ich habe sie nicht.«
»Ach bitte!«, sage ich. »Mich zu belügen liegt nicht in deinem Interesse. Warst du nicht auch der Ansicht, dass McAndrews hätte bestraft werden müssen?«
»Bestraft schon, aber...«
Ich hebe die Pistole. Katherine verstummt und starrt sie an. So

ist das nun mal. Sie hat kaum noch Augen für mich. Ihre ganze Welt ist auf die Größe der Mündung meiner Glock zusammengeschrumpft.

»O-okay«, stammelt sie, »du hast recht. Ich gebe dir die Namen. Aber bitte nimm die Waffe runter.«

»Wenn das alles sowieso keine Rolle spielt, behalte ich sie einfach in der Hand, bis wir fertig sind.« Ich gestikuliere kurz damit in Richtung ihres Computers. »Öffne die Dateien. Ich will sehen, was du hier hast.«

Wir Menschen beherrschen ein wahres Sammelsurium an Verhaltensweisen, stimmt's? Deshalb kann ich mir nicht verkneifen zu überlegen, wo ich jetzt wäre, wenn es den Podcast von Reality Ralph und den Schock dieser Enthüllung nicht gegeben hätte. Vermutlich hätte ich mein »normales« – ich denke dieses Wort in Anführungszeichen – Leben fortgesetzt, statt mich auf meinen zweiten Mord vorzubereiten. Wäre dieser Podcast nicht gewesen, hätte ich mich niemals auf die Suche nach der Identität des Mannes gemacht, der diese schrecklichen Messages und die Fotos geschickt hat. Ich hätte mir niemals eine Waffe gekauft. Ich hätte niemals jemandem das Leben genommen.

Natürlich hätte die Tötung von McAndrews trotzdem – und hier wird es interessant – das Ende sein können, ja sein *müssen*. Ich hatte mich gerächt, und man würde seine Ermordung niemals mit mir in Verbindung bringen. Alles wäre in bester Ordnung gewesen.

So hatte ich es auch geplant.

Aber dann, als ich McAndrews von Angesicht zu Angesicht gegenüberstand, als ich das erste Mal abdrückte. Dann ein zweites Mal. Dann ein drittes Mal...

Wissen Sie, was ich gemerkt habe?

Wenn ich ganz ehrlich zu mir selbst bin, wissen Sie, was mir in dem Moment klar wurde?

Es gefiel mir. Und zwar sehr.
Es gefiel mir, ihn zu töten.

Wir alle kennen Bücher und Filme über psychopathische Mörder, die nicht aufhören können, die süchtig nach dem Adrenalinrausch sind, die als Kinder mit kleinen Tieren angefangen haben. Man hört, dass die Nachbarskatze verschwindet. Dann ein Hund. So läuft das angeblich. Es baut sich langsam auf. Früher habe ich das geglaubt.

Jetzt glaube ich es nicht mehr.

Ich glaube, wenn ich nicht zum Töten gezwungen gewesen wäre, hätte ich dieses Hochgefühl nie entdeckt. Ich hätte einfach mein Leben gelebt. So wie Sie. So wie die meisten Menschen. Dieses Bedürfnis, dieser Hunger hätte weiter geschlummert.

Aber nachdem ich den Abzug einmal betätigt hatte...
Ist Glückseligkeit das richtige Wort? Oder ist es eher ein Zwang?

Ich weiß es nicht.

Nachdem ich Henry McAndrews getötet hatte – nachdem ich auf den Geschmack gekommen war –, wusste ich, dass es kein Zurück mehr gab.

Es hat mich verändert. Ich konnte nicht mehr schlafen. Ich konnte nichts mehr essen. Nicht aus Schuldgefühl. Das war mir völlig egal. Ich war besessen von dem Gedanken, den Abzug zu drücken und zu sehen, wie sein Kopf in einem roten Nebel explodierte. Mehr noch, ich war – und bin – besessen von dem Gedanken, es möglichst bald wieder erleben zu wollen.

Also denke ich mir: Wenn Reality Ralphs Podcast nicht gewesen wäre, wenn es die Scham, die Schmähung und den Verrat nicht gegeben hätte, hätte ich dieses Gefühl mein Leben lang nicht kennengelernt und dieses Hochgefühl – und die Niedergeschlagenheit – nie erlebt.

Wäre das ein besseres oder schlechteres Leben gewesen? Ich

weiß es nicht genau. Aber auf jeden Fall wäre es ein weniger authentisches Leben gewesen.

Ich lächle, als ich darüber nachdenke, und das schockiert Katherine. Ich habe die alten Gewohnheiten fallen lassen, die zwischenmenschlichen Liebenswürdigkeiten, die Masken, die wir alle Tag für Tag tragen. Es ist unglaublich befreiend, das Leben nach seinen eigenen Vorstellungen zu gestalten.

Eigentlich will ich Katherine nicht töten. Mein Ziel ist es – um meine Taten zu rechtfertigen –, nur diejenigen zu töten, die es verdienen. Deshalb brauche ich die Namen. Ich werde diejenigen töten, die trollen und sich einen Spaß daraus machen, andere anonym zu verletzen.

Das tut Katherine Frole nicht. Sie meint es gut.

Aber mir ist auch klar, dass meine »Gleichgewicht des Schreckens«-Argumentation auf tönernen Füßen ruht. Höchstwahrscheinlich würde sie ihren Chefs gegenüber irgendwann auspacken, selbst wenn es für sie gewisse Probleme nach sich ziehen könnte.

Daher kann ich sie auf keinen Fall am Leben lassen.

Katherine tut jetzt alles, um es mir recht zu machen. Sie tippt etwas in ihren Computer und dreht den Monitor in meine Richtung.

»Das sind alle Namen«, sagt sie mit erstickter Stimme. »Ich werde kein Wort sagen. Das verspreche ich. Bitte, ich habe eine Familie, ich habe Kinder...«

Ich drücke dreimal ab.

Genau wie beim letzten Mal.

NEUNZEHN

Als Wilde ankam, war Vicky Chiba, Peter Bennetts Schwester, bei der Gartenarbeit. Ihre Hände sahen in den extrem dicken Arbeitshandschuhen aus wie die von Mickey Mouse. Mit gesenktem Blick bearbeitete sie die lockere Erde mit einer Pflanzschaufel.

Wilde wollte die Sache direkt angehen. Noch bevor sie ihn gesehen hatte, sagte er: »Du hast mich belogen.«

Vicky fuhr herum. »Wilde?«

»Du hast gesagt, du würdest euren Familienstammbaum für mich checken.«

»Ja, klar. Das werde ich, versprochen. Was ist denn los?«

»Meine Kollegin hat sich mit Jenn getroffen.«

»Okay. Na und?«

»Sie sagte, Peter wäre adoptiert worden.«

Ihre Mundwinkel sanken herab.

»Vicky?«

»Jenn hat das gesagt?«

»Ja.«

Sie schloss die Augen. »Dann hat Peter es ihr also erzählt. Das wusste ich nicht.«

»Stimmt es?«

Vicky nickte langsam.

»Du bist also nicht blutsverwandt mit mir. Weder deine Eltern noch deine anderen beiden Geschwister sind biologisch mit mir verwandt.«

Vicky sah ihn nur an.

»Warum hast du mich belogen?«, fragte Wilde.

»Ich habe dich nicht belogen.« Sie wand sich. »Ich hab einfach nur gedacht, dass es mir nicht zusteht, dir das zu erzählen. Peter wollte nicht, dass es jemand erfährt.«

»Weißt du etwas über seine biologische Familie?«

Vicky atmete tief durch, stand auf und klopfte sich kurz ab. »Lass uns reingehen. Ich erzähl dir alles. Aber eins noch: Hast du Peter gefunden?«

»Warst du dir nicht sicher, dass er tot ist?«

»Ja, war ich. Das bin ich aber nicht mehr.«

»Wieso hast du deine Meinung geändert?«

»Ich hab gedacht, dass Peter sich umgebracht hat, wegen dieser PB&J-Sache und dem Podcast.«

»Und jetzt?«

»Jetzt ist mein Bruder ein Blutsverwandter von dir.«

»Na und?«

»Inzwischen denke ich, dass es bei dem, was auch immer mit ihm passiert ist...«, sagte sie bedächtig, »...womöglich gar nicht um Jenn und diese Sendung geht, sondern dass etwas ganz anderes dahintersteckt.«

»Zum Beispiel?«

»*Du* zum Beispiel, Wilde. Dass ein Nachhall dessen, was auch immer genau dir als Kind zugestoßen ist, jetzt irgendwie auch auf ihn einwirkt.«

Wilde stand nur da und wusste nicht, was er sagen sollte.

»Gib mir einen Moment Zeit«, sagte sie. »Es macht mir wirklich zu schaffen. Aber ich werde dir alles erzählen.«

Vicky Chiba brühte einen »heilenden Kräutertee« auf, von dem sie behauptete, dass er »magisch medizinisch« wirken würde. Wilde wollte, dass sie endlich zur Sache kam, aber es gab Zeiten, in denen man drängeln musste, und Zeiten, in denen man Menschen etwas Raum geben musste. Er wartete und beobachtete sie. Sie konzentrierte sich ganz auf die Teezubereitung, bewegte sich ganz bewusst. Statt fertiger Teebeutel verwendete sie lose Teeblätter und ein Sieb. Ihr Kessel war steingrau mit einem Griff im Holzdesign und fing laut an zu pfeifen, als das Wasser kochte. Auf der Keramiktasse, die sie Wilde reichte, stand »Om Namaste«, auf der, die sie nahm »Wir sind, was wir denken – Buddha«.

Sie trank einen Schluck Tee. Wilde tat es ihr gleich. Er schmeckte leichte Ingwer- und Fliedernoten. Sie trank einen weiteren Schluck. Er wartete. Dann stellte sie die Tasse ab und schob sie beiseite.

»Irgendwann vor fast dreißig Jahren sind meine Eltern aus einem vermeintlichen Florida-Urlaub nach Hause gekommen. Wie lange sie weg waren, weiß ich nicht mehr. Wir drei – Kelly, Silas und ich – waren bei Mrs Tromans geblieben. Sie war unsere Babysitterin. Eine freundliche, alte Frau.« Vicky schüttelte den Kopf, streckte die Hand nach ihrem Tee aus, hielt inne und legte sie wieder in den Schoß. »Wir lebten damals in Memphis. Ich weiß noch, wie mein Vater uns drei bei Mrs Tromans abgeholt hat. Er hat sich ziemlich komisch benommen und so getan, als wäre er ganz aufgeregt und begeistert. Er sagte, wir würden in ein großes, neues Haus ziehen. Silas war erst zwei oder drei Jahre alt, aber Kelly und ich waren alt genug, um zu verstehen, was vorging. Ich weiß noch, dass ich Kelly angesehen habe. Sie hat angefangen zu schluchzen. Sie war besorgt, weil ihre Freundin Lilly am nächsten Freitag im Chuck-E-Cheese ihren elften Geburtstag feierte, und sie unbedingt da hinwollte. Ich habe gefragt, wo Mom ist. Dad sagte, dass sie in unserem neuen Haus ist und es gar nicht erwarten kann, uns zu sehen. Dann sind wir sehr lange gefahren. Kelly hat stundenlang geweint. Als wir endlich da waren, erwartete Mom uns – und hatte einen kleinen Jungen bei sich. Sie sagte, dass das unser neuer Bruder Peter ist.«

Vicky hob die Hand. »Natürlich hätte ich es dir sagen sollen, aber du musst das verstehen. Wir haben nie darüber gesprochen. Auch damals nicht. Es dir zu sagen wäre – na ja – gewissermaßen ein Verrat an der Familie gewesen. Das klingt zwar verrückt, aber meine Eltern haben einfach gesagt: ›Das ist euer Bruder Peter.‹ Ohne jede Erklärung – anfangs jedenfalls. Ich weiß noch, dass sie die ganze Zeit gelächelt und so getan haben, als würden sie sich freuen, aber selbst Kelly und mir kam es ziemlich aufgesetzt vor. Sie haben versucht, uns diesen neuen Bruder schmackhaft zu machen, mit Sätzen wie: ›Ist es nicht schön für Silas, einen kleinen Bruder zu haben?‹ oder ›Ist das nicht eine tolle Überraschung?‹. Ich erinnere mich auch noch daran, dass Kelly gefragt hat, woher das Baby kommt, und mein Vater nur gesagt hat: ›Oh, Schatz, daher, wo du auch herkommst.‹«

Sie hielt inne und griff mit zittriger Hand nach der Teetasse.

Wilde fragte vorsichtig: »Und eure Eltern haben euch nicht gesagt, dass er adoptiert wurde?«

»Nein. Damals nicht. Irgendwann mussten sie es dann aber.«

»Was haben sie dann erzählt?«

»Nur das. Sie sagten, dass es eine private Adoption gewesen sei, die Abmachung aber eine Klausel beinhaltete, dass niemand etwas davon erfahren dürfe. Wir mussten unseren Eltern schwören, dass wir nie jemandem etwas davon erzählen. Und nach einer Weile – ich weiß, dass das seltsam klingt – war das einfach kein Thema mehr. Wir haben Peter alle so sehr geliebt.«

»Wusste Peter, dass er adoptiert wurde?«
Sie schüttelte langsam den Kopf. »Meine Eltern haben es ihm nie gesagt. Als sie ihn mitgebracht haben, war er noch ein Baby. Er hat nicht gewusst, dass er adoptiert ist.«
»Wann hat er es erfahren?«
»Erst, als er bei *Love Is A Battlefield* mitgemacht hat.«
»Wer hat es ihm gesagt?«
»Wahrscheinlich hätte ich das tun müssen. Er war erwachsen. Er hatte das Recht, es zu erfahren.« Sie starrte auf ihren Tee hinunter. »Er hat es von den Produzenten erfahren.«
»Den Produzenten von *Love Is A Battlefield*?«
Vicky nickte. »Das hat er mir erzählt. Sie lassen alle Kandidaten gründlich untersuchen. Und dabei ist irgendwie herausgekommen, dass er nicht der leibliche Sohn unserer Eltern sein kann.«
»Das muss ein Schock gewesen sein.«
Sie antwortete nicht.
»Wie hat Peter reagiert?«
»Er war wütend, orientierungslos, verwirrt und sogar niedergeschlagen, was ich bei ihm noch nie erlebt habe. Er hat aber auch gesagt, dass er erleichtert war. Weil er endlich die Wahrheit kannte. Er sagte, er hätte oft das Gefühl gehabt, dass er nicht dazugehört, dass er nicht richtig reinpasst. Ich habe mir dann eine Reihe Podcasts zu dem Thema angehört. Einer heißt *Family Secrets*. Da erzählt die Moderatorin, dass sie als Erwachsene herausgefunden hat, dass der Vater, der sie aufgezogen hatte, nicht ihr leiblicher Vater war. Ich habe mir noch viele andere Geschichten wie ihre und Peters angehört, also von Menschen, die – meist durch DNA-Tests – erfahren haben, dass sie adoptiert wurden, mit Hilfe einer Samenspende oder bei einem Seitensprung gezeugt wurden oder so etwas. Anscheinend haben sie alle ihr Leben lang das Gefühl,

ziemlich deplatziert zu sein und nie richtig dazuzugehören. Ob das stimmt, weiß ich nicht.«

»Du hältst diese Gefühle nicht für echt?«

»Fühlst du dich so, Wilde? Wenn wir jetzt über Deplatziertheit, Wut und Orientierungslosigkeit sprechen. Du wurdest als Kind auf die schlimmste Art im Stich gelassen, die man sich vorstellen kann.«

»Um mich geht es hier nicht.«

»Nicht? Pass auf, ich weiß nicht, ob Peters Gefühle echt waren oder nicht. Ich weiß nicht, ob er im Nachhinein zurückgeblickt und sich deplatziert gefühlt hat – mir kam es immer so vor, als würde er dazugehören – oder ob ihm irgendwie auf einer zellulären DNA-Ebene immer klar war, dass irgendetwas nicht stimmte. Das spielt aber auch keine Rolle. Die ewigen Lügen und die Schwindeleien haben Peter schwer getroffen. Also hat er seinen Namen auf einer Reihe genetischer Ahnenforschungs-Websites eingegeben. Er wollte die Wahrheit über seine biologische Familie erfahren.«

»Weißt du, was dabei rausgekommen ist?«

»Nein. Das hat er mir nie gesagt.«

»Hat Peter Kelly erzählt, dass er Bescheid weiß?«

»Nein.«

»Und Silas?«

»Auch nicht.«

»Moment. Wie alt war Silas, als deine Eltern Peter adoptiert haben?«

»Noch keine drei.«

»Also«, Wilde wusste nicht recht, worauf er hinauswollte, »wusste Silas, dass Peter adoptiert ist?«

Vicky schüttelte langsam den Kopf. »Wir haben es ihm nie gesagt.«

»Wenn du *nie* sagst...«

»Immer noch nicht. Bis heute. Es war Peters Geheimnis. Er hätte es erzählen müssen. Ich musste ihm versprechen, es niemandem zu sagen.«

»Nicht einmal seinem Bruder?«

»Das Verhältnis der beiden ist kompliziert. Hast du noch Geschwister? Warte, sorry, blöde Frage, tut mir leid. Silas war zwei Klassen über Peter, er stand aber immer noch in seinem Schatten. Peter war beliebter, sportlicher und alles Mögliche. Silas war eifersüchtig und vielleicht sogar verbittert, und schließlich kamen noch die Show und Peters Ruhm dazu. Das hat es noch einmal verschlimmert.«

Wilde überlegte, ihm fiel aber nichts weiter dazu ein. Er wechselte das Thema. »Sagt dir der Name Henry McAndrews etwas?«

»Nein.« Vicky legte den Kopf schräg. »Ist das Peters leiblicher Vater?«

»Nein, ich glaube nicht.«

»Wer ist er dann?«

»DogLufegnev.«

Ihre Augen weiteten sich. »Du hast diesen Wahnsinnigen gefunden? Wie?«

»Das spielt keine Rolle.«

»Kann man ihn verhaften? Na ja, ich weiß, dass die Gesetze für Cyberstalking und Mobbing im Internet nicht streng genug sind, aber wenn es Beweise gibt, dass er es auf ...«

»Henry McAndrews ist tot. Er wurde ermordet.«

Zitternd hob Vicky die Hand zum Mund. »Oh, mein Gott.«

»Die Polizei kümmert sich jetzt darum.«

»Worum?«

Er ließ ihr einen Moment Zeit. Sie begriff. »Moment. Willst du damit sagen, dass Peter verdächtigt werden könnte?«

Wilde antwortete nicht.

»Natürlich wird er das«, beantwortete Vicky ihre eigene Frage. »Aber er war's nicht. Das muss dir doch klar sein.«

Wilde dachte an all das, was auf Peter Bennett vor seinem Verschwinden eingestürzt war. Der Aufstieg zum großen Star, die Erkenntnis, dass er adoptiert wurde, die üblen Enthüllungen seiner Schwägerin in diesem Podcast, die gnadenlose Verurteilung in der #metoo-Ära, die Zerstörung seiner Ehe, seines Ruhms, seiner Karriere, eigentlich seines ganzen Lebens. Wie verloren sich Wildes Cousin gefühlt haben musste. Wie verzweifelt er war – so verzweifelt, dass er sich als PB an WW gewandt hatte –, und WW hatte nicht einmal so viel Interesse aufgebracht, ihm zu antworten.

»Was haben deine Eltern beruflich gemacht?«

»Dad war Hausverwalter. Nach unserem Umzug hat er das *Pollack Housing Area* der Penn State University geleitet. Mom hatte eine Teilzeitstelle im Zulassungsbüro.«

Wilde merkte sich das. Er würde Rola bitten, sich ihre Zeit an der Penn State näher anzusehen, aber was erwartete er da zu finden? Bessere Chancen hatte er wohl, wenn er Peter Bennetts Geburtsurkunde und weitere Papiere ausfindig machte. Selbst bei einer privaten Adoption müsste es Aufzeichnungen über die leiblichen Eltern geben.

Aber die Bennetts waren umgezogen.

Völlig unvermittelt. Sie lassen ihre Kinder bei einer Babysitterin, dann kommt der Vater allein zurück und verschleppt sie an einen fernen Ort, wo sie niemand kennt, und da haben sie dann ein neues Baby. Einen kleinen Jungen.

Irgendetwas stimmte da nicht.

»Du sagtest, dein Vater wäre tot und deine Mutter, ich glaube, deine Worte waren ›ziemlich verwirrt, oft auch geistig abwesend und hat nur wenige klare Momente‹.«

»Demenz. Wahrscheinlich Alzheimer.«
»Ich denke, es wäre einen Versuch wert, mit ihr zu reden.«
Vicky schüttelte den Kopf. »Was soll das bringen, Wilde?«
»Wir suchen Antworten.«
»*Du* suchst Antworten. Das versteh ich. Aber was auch immer vor all den Jahren passiert ist, wie auch immer Peter in die Familie gekommen ist, was soll es bringen, das jetzt wieder auszugraben? Sie ist eine alte Frau. Fragil. Ihr Geisteszustand ist schlecht. Sie hat sich immer furchtbar aufgeregt, wenn ich nach Peters Geburt gefragt habe, sodass ich es gelassen habe.«

Wilde sah keinen Grund, jetzt weiter zu drängen. Rola würde herausbekommen, wo die Mutter lebte. Dann konnten sie entscheiden, wie sie weiter vorgingen.

»Wilde?«

Er sah sie an.

»Ich weiß nicht, wie ich es sagen soll, aber ich glaube, für mich und meine Familie ist die Sache gelaufen.«

»Wie meinst du das?«

»Du sagtest, Peter wäre ein Verdächtiger für diesen McAndrews-Mord.«

»Ich glaube, dass er das sein wird, ja.«

»Dann überleg doch mal. Peter wurde auf so viele Arten zerstört. Er hat alles verloren. Gehen wir mal davon aus, was wir beide für möglich halten. Nehmen wir an, er hätte diesen McAndrews gefunden und irgendetwas mit dem Tod des Mannes zu tun. Dass es einen Unfall gab. Dass es Notwehr war. Oder sogar, obwohl ich mir das nicht vorstellen kann, dass er ihn ermordet hat. Das würde bei jedem das Fass zum Überlaufen bringen, oder? Das wäre eine Situation, in der man abhauen und sich eine Klippe oder einen Wasserfall suchen würde, um…«

Wilde schüttelte den Kopf. »Aber was ist mit seinem letzten Post?«

»Was soll damit sein?«

»Peter sagt darin, dass Lügen sich schneller verbreiten als die Wahrheit und dass man nicht sofort glauben soll, was man hört. Das hat er auch in seiner Message an mich geschrieben – dass die Leute Lügen über ihn verbreiten.«

»Das war vorher.«

»Vor was?«

»Du solltest jetzt lieber gehen.«

»Wenn es noch etwas gibt ...«

»Es gibt nichts weiter, Wilde. Es ist bloß – es ist vorbei. Peter ist tot.«

»Und wenn nicht?«

»Dann ist er abgehauen und will nicht gefunden werden. Wie auch immer, ich denke, du solltest jetzt gehen.«

ZWANZIG

Chris Taylor wartete darauf, dass sich die gesamte Boomerang-Tiermenagerie in die sichere Videokonferenz einloggte. Giraffe war zuerst da, gefolgt von Kätzchen und Alpaka. Eine Minute später erschien Eisbär. Damit war die Mindestanzahl erreicht. Zu Beginn dieses Projekts hatten sie alle einer Reihe von Regeln zugestimmt, um ihre Identitäten, die Gruppe als Ganzes und ihre Arbeit zu schützen. Da hatten sie auch eine Mindestanzahl festgesetzt, die besagte, dass fünf von sechs Boomerangs anwesend sein mussten, um etwas zu besprechen. Wenn zwei oder mehr nicht konnten, wurde das Meeting einfach verschoben.

»Lasst uns noch ein paar Sekunden auf Panther warten.«

Sie warteten weit länger als ein paar Sekunden. Chris schickte noch eine weitere Erinnerung. An alle, weil die Boomerangs sich untereinander keine persönlichen Nachrichten schicken konnten – auch das aus Sicherheitsgründen. Alle Messages gingen an die gesamte Boomerang-Menagerie.

»Panther antwortet nicht«, sagte Giraffe.

»Auf den ersten Aufruf hat er auch nicht geantwortet«, ergänzte Kätzchen.

Er – Panther. Die Boomerangs verwendeten die grammatikalischen Geschlechter der Animojis, für die sie sich entschieden hatten, weil es eine weitere Sicherheitsebene war. Das wahre Geschlecht der anderen kannte Chris nicht. Bei Boomerang konnte es sich um eine Gruppe von ihm und fünf Frauen, von ihm und fünf Männern oder um jede beliebige andere Kombination handeln. Er hatte keine Ahnung, wo sie wohnten, außer dass Kätzchen ihnen mitgeteilt hatte, dass bei ihr die mitteleuropäische Zeit galt, damit die Meetings auf Termine gelegt wurden, zu denen alle wach waren.

»Kein Grund zur Panik«, sagte Eisbär. »Wir haben Löwes Message heute erst erhalten.«

Das stimmte, aber Chris gefiel es nicht. Es gefiel ihm ganz und gar nicht. Wenn einer der anderen gefehlt hätte, wäre das eine Sache gewesen. Er wäre vielleicht leicht besorgt gewesen, mehr nicht. Aber dass jetzt ausgerechnet Panther nicht auftauchte...

»Wir sind genug«, sagte Giraffe. »Sagst du uns jetzt, was los ist, oder willst du auf Panther warten?«

Chris überlegte. »Mir wäre es lieber, wenn besonders auch Panther dabei wäre.«

»Warum besonders?«

»Weil es um ihn geht.«

»Inwiefern?«

Nachdem er noch einen Moment überlegt hatte, sagte Chris: »Ich zeig euch mal meinen Bildschirm.«

Er öffnete einen Artikel von der Titelseite des *Hartford Courant*. Er zeigte ein großes Porträtfoto von Henry McAndrews in seiner blauen Uniform. Die Schlagzeile über seinem lächelnden Gesicht lautete:

STELLVERTRETENDER EX-POLIZEICHEF ERMORDET

Im Mafia-Stil in seinem Haus in Harwinton hingerichtet

Eisbär sagte als Erster etwas. »Henry McAndrews. Woher kenne ich den Namen?«
»Aus unseren Akten«, sagte Chris.
»Opfer oder Täter?«, fragte Giraffe.
Chris drückte eine weitere Taste auf seinem Computer. »Ich habe euch gerade die Akte geschickt. Panther hat den Fall präsentiert. McAndrews war ein Täter.«
»Mein Gott, welche Straf-Kategorie haben wir denn festgelegt?«
»Keine«, sagte Chris.
»Das versteh ich nicht«, sagte Giraffe.
»Als Erinnerungsstützen nenne ich mal ein paar kurze Stichworte: Panther hat den Fall eines Reality-Stars präsentiert, der im Internet getrollt wurde.«
»Ach richtig«, sagte Eisbär. »PB aus PB&J. Meine Tochter ist ein Fan...« Eisbär brach ab, wahrscheinlich weil er sich dabei ertappt hatte, dass er etwas Persönliches preisgab. »Ich bin mit der Serie vertraut.«
»Peter Bennett«, sagte Chris. »Er war in einen Reality-Show-Skandal verwickelt, und wie üblich sind Feindseligkeit und Hass im Internet explodiert, sodass das Leben des Mannes ruiniert war. Es gibt Gerüchte, dass er Selbstmord begangen hat, aber eventuell hat er den auch nur vorgetäuscht.«
»Jetzt erinnere ich mich wieder«, sagte Kätzchen. »Aber war dieser Peter Bennett nicht auch ein Drecksack?«

»Wahrscheinlich«, sagte Chris. »Er wurde in einem Podcast entlarvt, weil er Frauen hintergangen und ihnen vielleicht sogar K.-o.-Tropfen verabreicht hat. Gab aber keine Beweise oder so etwas. Nur eine Anschuldigung. Wir haben dann gemeinsam und meiner Meinung nach zu Recht beschlossen, dass wir Opfer haben, die unsere Aufmerksamkeit eher verdienen.«

»Also haben wir nichts unternommen?«

»So ist es.«

»Und wenn ich mich recht entsinne, war Panther etwas frustriert deswegen«, sagte Kätzchen. »Panther hatte die niedrigste Kategorie vorgeschlagen: ›Lasst uns diesem McAndrews einfach eine Kategorie 1 geben. Zeigen wir ihm, dass er sich nicht wie ein Arschloch aufführen kann.‹ So oder so ähnlich hat er es formuliert.«

»Haben wir gewusst, dass der Troll Polizist ist?«, fragte Eisbär.

»So weit sind wir gar nicht gekommen, weil wir recht früh beschlossen haben, die Sache nicht weiter zu verfolgen«, sagte Chris. »Hätte es etwas geändert?«

»Ich glaube nicht.«

Stille.

»Einen Moment mal«, sagte Kätzchen. »Wir hatten alle schon jede Menge Fälle, die nicht zur Bestrafung angenommen wurden. Das ist Teil unserer Abmachung, das haben wir alle unterschrieben. Willst du damit andeuten, dass Panther im Alleingang gehandelt hat?«

»Ich will gar nichts andeuten«, sagte Chris.

»McAndrews war Cop in Hartford«, sagte Eisbär. »Da kann er sich viele Feinde gemacht haben. Vielleicht ist es also nur Zufall, dass er ermordet wurde. Vielleicht hat es nichts mit uns zu tun.«

»Vielleicht«, wiederholte Chris. Es klang nicht überzeugt.

»In der Schlagzeile steht etwas von ›Mafia-Stil‹. Vielleicht steckt ja das organisierte Verbrechen dahinter. Oder der Kerl war ein richtig übler Troll.«

»Und?«

»Vielleicht hat er noch mehr Leute getrollt, von denen ihn dann einer ausfindig gemacht hat.«

»Genau«, fügte Giraffe hinzu. »Oder es war nur ein normaler Einbruch. Oder dieser McAndrews war, wie Eisbär und Kätzchen schon angedeutet haben, einfach nur ein Arschloch mit einer Marke, einer Dienstwaffe und einem Minderwertigkeitskomplex, der aus ihm einen Troll gemacht hat.«

»Eben«, mischte sich Kätzchen ein. »Wir wissen doch alle, dass Panther unser Vertrauen niemals missbrauchen würde.«

»Wissen wir das?«, fragte Chris.

»Was?«

»Wir kennen uns nicht«, sagte Chris. »Und genau das ist der springende Punkt. Normalerweise würde ich dir ja zustimmen. Ich würde annehmen, dass Henry McAndrews' Ermordung höchstwahrscheinlich nichts mit uns zu tun hat. Tatsächlich habe ich die Wahrscheinlichkeit, dass Boomerang nichts mit seinem Tod zu tun hat, vor einer Stunde noch auf sechzig bis fünfundsiebzig Prozent eingestuft.«

»Und warum hast du deine Meinung geändert?«, fragte Giraffe.

»Ach, komm schon, Giraffe.« Es war Kätzchen mit seinem britischen Akzent. »Das ist doch wohl offensichtlich.«

»Wieso?«

Chris übernahm die Erklärung. »Panther ist nicht hier. Er ist als Einziger nicht dabei.«

»Und Panther hat noch nie ein Treffen versäumt«, ergänzte Alpaka.

»Bisher war immer die ganze Gruppe dabei, wenn wir ein Meeting hatten«, sagte Eisbär. »Bis auf das eine Mal, als Kätzchen Bescheid gesagt hat, dass es nicht kann.«

»So ist es«, sagte Chris. »Außerdem hat Panther den Fall präsentiert. Und jetzt reagiert er nicht mehr auf unsere Messages.«

Stille.

»Und was machen wir jetzt?«, fragte Giraffe.

»Wir haben eine sehr klare Vorgehensweise für solche Situationen«, sagte Chris.

Eisbär: »Heißt das, wir brechen das Siegel?«

»Ja.«

»Ich stimme zu«, sagte Kätzchen.

»Mir geht das zu weit«, erklärte Giraffe.

»Das sehe ich auch so«, sagte Eisbär. »Wir haben ausgemacht, das Siegel nur im äußersten Notfall zu brechen. Dazu müssen wir alle zustimmen. Vier von fünf reichen nicht.«

»Ich weiß«, sagte Chris.

Das war von Anfang an Boomerangs stärkste Sicherheitsmaßnahme gewesen. Sie kannten einander nicht. Das war vielleicht der wichtigste Aspekt. Wenn ein Boomerang erwischt wurde, konnten die anderen nichts verraten, selbst wenn sie wollten, ganz egal wie viel Druck von außen ausgeübt wurde. Sie konnten sich gegenseitig nicht ausfindig machen.

Es sei denn, sie »brachen das Siegel«.

Ihre Namen waren in einer gesicherten Datei gespeichert, die mit allen erdenklichen Schutzmaßnahmen versehen war. Alle Boomerangs hatten sich eigene, einzigartige siebenundzwanzigstellige Sicherheitscodes erstellt. Wenn fünf von ihnen ihren Code gleichzeitig – also innerhalb von zehn Sekunden – eingaben, konnten diese fünf Tiere den Namen des sechsten Boomerangs sehen. Das war die einzige Möglichkeit. Alle fünf mussten ihre eigenen Codes gleichzeitig eingeben – und selbst dann erfuhren sie nur die Identität des sechsten Boomerangs.

»Gehen wir das mal Schritt für Schritt durch«, sagte Chris. »Es geht um eine frühere Zielperson, Henry McAndrews, die ermordet wurde.«

»Er war keine Zielperson«, widersprach Eisbär. »Er war eine potenzielle Zielperson. Im Endeffekt haben wir entschieden, den Fall nicht anzunehmen.«

»Ich korrigiere mich. Eine potenzielle Zielperson. Der Fall wurde uns von Panther präsentiert, der derzeit nicht auf unsere Messages reagiert. Es gibt mehrere Möglichkeiten, die sich folgendermaßen grob zusammenfassen lassen: Erstens, es ist Zufall. Wir haben mit vielen Menschen zu tun, die unbedacht handeln. Die Tatsache, dass einer dieser Menschen ermordet wird, besagt nicht, dass irgendeine Verbindung zu uns besteht.«

»Das war das Argument, das wir schon etwas halbherzig vorgebracht haben«, sagte Kätzchen, »bevor uns bewusst wurde, dass der Fall Henry McAndrews von unserem einzigen Mitglied präsentiert wurde, das sich nicht meldet.«

»Richtig. Ich denke, es wäre für diese Diskussion sinnvoll, wenn wir die Möglichkeit des Zufalls außer Acht lassen. Gehen wir mal davon aus, dass die Ermordung

Henry McAndrews' in direktem Zusammenhang mit uns steht. Oder, noch genauer, gehen wir davon aus, dass der Mord in direktem Zusammenhang mit Panthers Verschwinden steht.«

»Holla, das geht mir aber zu weit«, sagte Eisbär. »Panthers Verschwinden? Das ist doch noch gar nicht klar. Sind überhaupt schon vierundzwanzig Stunden um? Wisst ihr, wir sind ja alle sehr stark in die Tech-Welt eingebunden. Sonst wären wir nicht hier. Ich weiß nicht, wie es euch geht, aber wenn ich mal eine Pause brauche – und das kommt vor –, gehe ich auf einen kalten Entzug. Ich fahre mit einem Boot raus aufs Wasser, wo ich weder Mobilfunk noch Internet habe. Es ist doch gut möglich, dass Panther auch so etwas gemacht hat.«

»Ohne uns Bescheid zu sagen?«, konterte Kätzchen. »Und wie es der Zufall will, gerade jetzt?«

»Dann meinst du also, Kätzchen, dass Panther einen Ex-Polizeichef ermordet hat, weil der einen attraktiven Reality-Show-Star getrollt hat?«

»Das habe ich nicht gesagt.«

»Sondern?«

Chris ging dazwischen: »Ich glaube, was Kätzchen meint – oder zumindest ist das meine Meinung –, ist, dass wir feststellen müssen, was passiert ist.«

»Indem wir Panther outen?«

»Indem wir uns Panthers Namen beschaffen, ja. Auf die Art können wir nachforschen und sicherstellen, dass alles okay ist.«

»Ich stimme zu«, sagte Kätzchen.

»Ich bin dagegen«, sagte Eisbär. »Aus einer ganzen Reihe von Gründen.«

»Lass sie uns hören.«

»Erstens, sorry, ist es noch zu früh. Wenn ich an Panthers Stelle in einer solchen Situation wäre, würde ich nicht wollen, dass ihr mich outet. Also will ich das Panther auch nicht zumuten.«

»Und weiter?«

»Wenn du recht haben solltest, Löwe, und die Geschichte in direktem Zusammenhang mit Panther steht, dann sehe ich nur zwei Möglichkeiten. Erstens: Panther war so verärgert über unsere Entscheidung, diesen McAndrews nicht zu bestrafen, dass er die Sache selbst in die Hand genommen hat. Das wäre also die erste Möglichkeit, ja? Panther hat den Verstand verloren, McAndrews umgebracht und reagiert jetzt nicht mehr auf unsere Messages.«

»Okay.«

»Das ist allerdings verdammt unwahrscheinlich. Natürlich hat Panther uns gedrängt, dass wir einem Hurrikan niedriger Stufe auf McAndrews zustimmen, die Ablehnung schien ihn aber nicht sonderlich aus der Bahn zu werfen. Wenn Panther wirklich darauf gedrängt hätte, dass wir McAndrews bestrafen, dann hätten wir wahrscheinlich eingelenkt. Das hat er aber nicht. Warum soll er dann losgezogen sein und ihn umgebracht haben?«

»Guter Einwand«, räumte Chris ein.

»Und dann will ich noch einen Schritt weiter gehen. Wenn Panther sich entschließen würde, McAndrews zu töten und nicht mehr mit uns zu kommunizieren, dann weiß er, dass wir das Siegel brechen können. Worauf wir seinen richtigen Namen erfahren würden und in der Lage wären, ihn aufzuspüren. Unsere Messages zu ignorieren ergibt also keinen Sinn.«

Chris nickte. Auf dem Bildschirm sah er, wie auch der Löwe nickte.

»Und wo stehen wir jetzt damit?«, fragte Eisbär.

»Na ja, eine Möglichkeit – wahrscheinlich die naheliegendste – ist, dass Panther unvorsichtig war. Vielleicht ist es diesem Peter Bennett gelungen, Panther ausfindig zu machen, nachdem er über ihn Kontakt zu uns aufgenommen hat.«

»Ausgeschlossen«, sagte Chris. »Dafür haben wir zu viele Sicherheitsmaßnahmen eingebaut.«

»Ja, aber wir sind nicht unfehlbar. Schließlich haben wir diese Vorkehrungen wie das Brechen des Siegels und so weiter nicht umsonst eingerichtet. Weil uns klar war, dass die Möglichkeit besteht, dass uns jemand auf die Schliche kommen kann. Wir haben das so aufgebaut, damit die anderen nicht in Gefahr geraten, falls es passiert – und vielleicht ist genau diese Situation jetzt eingetreten. Nehmen wir also an, dass jemand Panthers Identität aufgedeckt hat. Keine Ahnung, wie oder warum das geschehen sein sollte. Aber irgendjemand hat ihn ausfindig gemacht. Gehen wir vom schlimmsten Fall aus, nämlich dass Panther umgedreht wurde, verletzt oder tot ist. In diesem Fall könnten wir seine Lage noch verschlechtern, indem wir überstürzt handeln, um ihm zu helfen.«

Alle dachten über Eisbärs Argumente nach.

»Das ist absolut nachvollziehbar«, sagte Chris, »aber es wurde ein Mensch ermordet. Ich bin immer noch dafür, Panthers Identität aufzudecken.«

»Ich stimme Löwe zu«, sagte Kätzchen.

»Ich auch«, sagte Alpaka.

»Ich bin noch unschlüssig«, sagte Giraffe.

»Spielt keine Rolle«, sagte Eisbär. »Die Entscheidung

muss einstimmig fallen, und so leid es mir tut, Leute, aber ich will noch ein oder zwei Tage warten. Geben wir Panther die Chance zu antworten. Geben wir dem Hartford Police Department die Chance, den Mord aufzuklären. Es ändert nichts, wenn wir ein paar Tage warten. Wir geraten nicht in Gefahr, wenn wir nicht sofort handeln.«
Chris war nicht überzeugt. »Du blockierst also offiziell das Brechen des Siegels, Eisbär?«
»Das tue ich, ja.«
»Okay«, sagte Chris, »dann ist das geklärt. Lasst uns in der Zwischenzeit in Kontakt bleiben und den Mordfall McAndrews im Auge behalten. Alpaka, vielleicht kannst du dir ansehen, was Panther da in Erfahrung gebracht hat. Vielleicht findet sich in der Akte ja jemand, der für den Mord in Frage kommt.«
»Geht klar.«
»Wie lange willst du denn noch warten, Eisbär?«
»Achtundvierzig Stunden«, sagte Eisbär. »Wenn wir dann nichts von Panther gehört haben, brechen wir das Siegel.«

EINUNDZWANZIG

»Okay«, sagte Hester zu Wilde, »fassen wir das Ganze mal zusammen.«

Sie saßen im *Tony's Pizza and Sub*, das ziemlich genau so aussah, wie man sich einen Laden mit diesem Namen vorstellte. Zwei Männer mit behaarten Armen warfen rotierenden Pizzateig in die Luft. Auf den rot-weiß karierten Vinyl-Tischtüchern standen ein Serviettenspender und je ein Streuer für Parmesan, Oregano und Paprikapulver.

»Wo wollen wir anfangen?«, fragte Wilde.

»Soll ich jetzt etwa ›ganz vorne‹ sagen?«

»Lieber nicht.«

»Ich fang einfach mal an«, sagte Hester. »Erstens: Vor achtundzwanzig Jahren wurde Peter Bennett adoptiert. Hat die Schwester – wie heißt sie noch mal?«

»Vicky Chiba.«

»Hat Vicky dir gesagt, wie alt er damals war?«

»Nein, nur, dass er ein Baby war.«

»Okay, wahrscheinlich spielt es auch keine Rolle, ob er zwei oder zehn Monate alt war. Er wurde adoptiert. Er wuchs in der Nähe der Penn State University auf. Und nehmen wir an, dass sie sich für diese ländliche Gegend entschieden haben, weil sie unter sich bleiben wollten?«

»Gut möglich. Vorher haben sie in Memphis gewohnt.«

»In Ordnung. Peter ist also aufgewachsen, ohne zu erfahren, dass er adoptiert war. Die ganze Familie hat diese Lüge aufrechterhalten. Findest du das nicht auch ein bisschen dubios?«

»Doch, find ich auch.«

»Aber lassen wir das erst einmal beiseite. Peter wird erwachsen und so weiter. Er bewirbt sich für eine Reality-TV-Show und erfährt so, dass er adoptiert wurde. Natürlich ist er sauer. Er schickt seine DNA an eine Ahnenforschungs-Website, weil er hofft, so seine biologische Familie zu finden. Du bist einer der Treffer.« Hester hielt inne. »Tja, da stellt sich natürlich eine Frage.«

»Und die wäre?«

»Du hast deine DNA nur an diese eine Website geschickt, oder?«

»Das stimmt.«

»Die Schwester sagte, dass Peter Bennett seine an mehrere Websites geschickt hat. Also hatte er womöglich noch weitere Treffer. Das musst du überprüfen, Wilde. Vielleicht hat er ja noch mehr Blutsverwandte kontaktiert. Vielleicht haben sie sich mit ihm in Verbindung gesetzt.«

»Guter Punkt.«

»Zurück zum zeitlichen Ablauf. Peter tritt in der Show auf. Er gewinnt sie. Er heiratet die hübsche Jenn. Er wird berühmt. Er wird reich. Er ist ganz oben. Wir wissen nicht, was er mit dem Wissen macht, dass er adoptiert wurde. Vielleicht denkt er gar nicht mehr daran. Vielleicht melden sich weitere Verwandte. Wie auch immer. Peter ist auf seinem Höhenflug, genießt das Leben, und dann, peng, setzt dieser Podcast dem ein Ende. Er stürzt ab. Er wird geächtet, gekündigt und verliert alles. Wir wissen, dass er verzweifelt war, nicht vom Hörensagen durch andere, sondern auch direkt aus den Messages, die er dir über diese Ahnenforschungs-Website geschickt hat. Man muss also alles zusammenzählen – das Hochgefühl, dann die Niedergeschlagenheit, die Verwirrung, die Verdrängung, der Verlust von allem, was er hatte, einschließlich seiner Ehe. Er sinkt immer tiefer. Er droht zu ertrinken. Er versucht, den Kopf über Wasser zu halten, doch dann versetzt ihm dieser McAndrews oder DogWasauchimmer einen weiteren Schlag. Und das war's dann. Er ist am Ende. Also – und das ist jetzt Spekulation – macht er McAndrews ausfindig, bringt ihn aus Rache um, merkt, was er getan hat, fliegt zu dieser Selbstmordklippe und springt hinunter.«

Wilde nickte. »Ein durchaus mögliches Szenario«, sagte er.

»Trotzdem glaubst du es nicht.«

»Nein, ich glaube es nicht.«

»Weil dir der Ablauf nicht plausibel erscheint, oder weil du es nicht glauben willst?«

Wilde zuckte die Achseln. »Das spielt keine Rolle.«

»Also willst du das bis zum bitteren Ende durchziehen.«

»So ist es.«

»Weil das deine Art ist.«

»Weil ich eigentlich keine andere Möglichkeit sehe. Ich wüsste nicht, warum ich jetzt aufhören sollte. Und du?«

»Ich weiß es auch nicht. Aber eins noch.«

»Ja?«

»An diesem Podcast von Reality Ralph stimmt irgendwas nicht.«

»Zum Beispiel?«

»Es könnte zum Beispiel sein, dass Jenns Schwester Marnie lügt.«

»Hat Peter es denn nicht gestanden?«

»Falls wir Jenn glauben können, schon«, sagte Hester.

»Glaubst du ihr nicht?«

Hester wiegte unschlüssig den Kopf. »Jedenfalls müssen

wir mit der Schwester reden. Allerdings habe ich in meinem Gespräch mit Jenn womöglich schon verbrannte Erde hinterlassen.«

Wilde nickte. »Ich versuch es mal bei Marnie.«

Beide nahmen ein weiteres Stück Pizza.

»Es ist schon komisch«, sagte Hester und nahm einen kleinen Bissen. »Du wirst als kleiner Junge im Wald gefunden. Du erinnerst dich nicht daran, wie du dorthin gekommen bist. Du wurdest einfach, ich weiß nicht, ausgesetzt oder was auch immer. Glaubst du wirklich, dass du jahrelang allein in diesem Wald gelebt hast ...«

»Lass uns nicht schon wieder davon anfangen.«

»Eins will ich dazu noch sagen, okay? Ich weiß, dass ich deine Erinnerung in der Vergangenheit immer wieder angezweifelt habe. So wie viele Experten auch. Die meisten sind zu dem Schluss gekommen, dass du nicht so lange auf dich allein gestellt überlebt haben kannst, und daher nur Tage oder Wochen vorher ausgesetzt wurdest, das Trauma dir aber vorgespiegelt hat, dass es viel länger war. Früher habe ich das auch geglaubt. Ist ja auch logisch, wenn man darüber nachdenkt.«

»Und jetzt?«

»Jetzt, mehr als dreißig Jahre nachdem man dich gefunden hat, erfahren wir, dass ein Blutsverwandter von dir heimlich in einem benachbarten Bundesstaat adoptiert wurde – noch so ein Kind ohne Vergangenheit. Hier sind also zwei Babys ohne Vorgeschichte einfach aus dem Nichts aufgetaucht. Das ist bizarr, Wilde. Ich muss also zugeben, dass ich die Sache anfangs aus reiner Neugier verfolgt habe. Ich wollte einfach wissen, woher du kommst, auch wenn du dich in diesem Punkt sehr zugeknöpft gegeben hast. Inzwischen habe ich allerdings den Eindruck, dass etwas Größeres dahinterstecken könnte. Etwas Ungeheuerliches.«

Wilde lehnte sich zurück und dachte über ihre Worte nach. Dieses Mal nahm Hester einen weitaus größeren Bissen von ihrem Pizzastück. Immer noch kauend, sagte sie: »Mal ehrlich, die Pizza ist doch einfach sagenhaft.«
»Absolut.«
»Der Honig ist das Geheimnis.«
»Da ist Honig drauf?«
Hester nickte. »Honig, scharfe kalabrische Soppressata und Mozzarella.«
»Passt perfekt.«
»Das *Tony's* gibt es schon ewig hier im Ort. Das weißt du doch?«
Wilde nickte.
»Und du warst auch schon öfter hier, oder?«
»Ja, natürlich.«
»Auch als Kind?«
Wilde hatte keine Ahnung, worauf sie hinauswollte. »Klar.«
»Aber nie mit David.«
Peng. Einfach so. Wilde antwortete nicht.
»Mein Sohn war dein bester Freund. Ihr habt viel zusammen gemacht. Aber du warst nie mit David hier, oder?«
»David mochte keine Pizza«, sagte Wilde.
»Hat er dir das erzählt?« Hester verzog das Gesicht. »Komm schon, Wilde. Wer mag denn keine Pizza?«
Wilde schwieg.
»Als Ira und ich hergezogen sind, waren wir mit den Jungs zum Abendessen hier – gleich am ersten Tag. Das Lokal war überfüllt, und der Kellner hat uns das Leben schwergemacht, weil einer der Jungs – Jeffrey, glaube ich – nur ein Stück Pizza wollte und der Kellner darauf bestand, dass er eine komplette Mahlzeit bestellen müsste. So kam eins zum anderen. Ira

wurde langsam ungeduldig. Es war ein langer Tag gewesen, und wir waren alle hungrig und erschöpft, und dann sagte der Manager zu uns, dass wir mit nur einem Pizzastück nicht am Tisch sitzen dürften. Ira ist wütend geworden. Die Einzelheiten tun nichts zur Sache, aber wir sind schließlich gegangen, ohne zu essen. Ira hat sich an die Schreibmaschine gesetzt und einen Beschwerdebrief getippt. Er war etwa zwei Seiten lang, mit einfachem Zeilenabstand. Er hat ihn abgeschickt, aber nie eine Antwort bekommen. Und so hat Ira die Familienregel aufgestellt, dass wir nie wieder zu *Tony's* gehen oder dort etwas bestellen.«

Wilde lächelte. »Wow.«

»Schon klar.«

»Ich weiß noch, wie wir mit unserem Team die Bezirksmeisterschaft im Baseball gewonnen haben«, sagte Wilde. »David und ich waren in der achten Klasse. Wir sind zum Feiern hergekommen, aber David hat irgendeine Ausrede gehabt und ist nicht mitgekommen.«

»Mein David war ein loyaler Junge.«

Wilde nickte. »Dabei schon.«

Hester nahm eine Serviette aus dem Spender und tupfte sich die Augen ab. Wilde wartete.

»Isst du noch?«, fragte sie.

»Ich bin fertig.«

»Ich auch. Gehen wir?«

Er nickte. Sie hatten schon bezahlt. Hester stand auf. Wilde tat es ihr gleich. Als sie aus der Tür kamen, ließ Tim Hesters Wagen an. Hester legte Wilde die Hand auf den Arm.

»Ich habe dir nie die Schuld an dem gegeben, was passiert ist«, sagte Hester. »Niemals.«

Wilde schwieg.

»Obwohl ich inzwischen weiß, dass du mich belogen hast.«

Er schloss die Augen.

»Wann erzählst du mir, was wirklich mit meinem Sohn passiert ist, Wilde?«

»Das hab ich dir erzählt.«

»Nein. Oren ist mit mir zur Unfallstelle gefahren. Hatte ich dir das gesagt? Es war, kurz bevor du nach Costa Rica abgehauen bist. Er hat mir die Stelle gezeigt, an der Davids Auto von der Straße abgekommen ist. Dann ist er alles Schritt für Schritt mit mir durchgegangen. Oren war immer klar, dass du damals nicht die Wahrheit gesagt hast.«

Wilde schwieg.

»David war dein bester Freund«, sagte sie leise, »aber er war mein Sohn.«

»Ich weiß.« Wilde sah sie an. »Ich würde das nie gleichsetzen.«

Tim stieg aus und ging um den Wagen herum, um Hester die Tür zu öffnen.

»Wir müssen das heute nicht besprechen«, flüsterte Hester Wilde zu. »Aber bald. Alles klar?«

Wilde sagte nichts. Hester gab ihm einen Kuss auf die Wange und glitt auf den Rücksitz. Als das Auto außer Sichtweite war, drehte Wilde sich um und ging die Straße entlang. Er schrieb Laila eine SMS.

Wilde: Hey

Die tanzenden Punkte verrieten ihm, dass sie eine Antwort tippte.

Laila: Wie soll eine Frau solchen Worten widerstehen?

Wilde konnte sich ein Lächeln nicht verkneifen, als er eine weitere SMS tippte.

Wilde: Hey
Laila: Alter Süßholzraspler. Komm rüber.

Er steckte das Handy ein und ging wieder schneller. Laila war die Frau seines besten Freundes gewesen. Das war einfach Fakt. Für beide war es die Liebe ihres Lebens gewesen. Wilde und Laila hatten Jahre damit verbracht – wahrscheinlich viel zu viele –, den nicht zu übersehenden Geist aus dem Raum zu vertreiben, statt seine Anwesenheit einfach zu akzeptieren. Wieder zeigte das Surren seines Handys an, dass er eine SMS bekommen hatte. Wilde sah sie an.

Laila: Ganz im Ernst, komm vorbei, wenn du kannst. Wird Zeit, dass wir darüber reden.

Er las die Nachricht ein zweites Mal, daher hielt er den Kopf gesenkt, und sein Gesicht war vom Display erleuchtet, als die beiden Wagen mit quietschenden Reifen anhielten.

»Polizei! Runter auf den Boden, sofort!«

Wildes Muskeln spannten sich, und er überlegte, was er tun sollte. Er könnte fliehen. Wahrscheinlich würde er entkommen, aber dann würden sie ihn wegen Widerstands gegen die Staatsgewalt anklagen, obwohl er unschuldig war. Er müsste untertauchen, während die Suche nach Peter Bennett gerade Fahrt aufnahm.

Das wollte Wilde nicht.

»SOFORT, ARSCHLOCH!«

Vier Männer – zwei in Uniform, zwei in Zivil – hatten ihre Pistolen auf ihn gerichtet.

Alle trugen Gesichtsmasken.

Das war nicht gut.

»SOFORT!«

Drei rannten auf ihn zu, einer hielt weiter die Waffe auf ihn gerichtet. Mit dem Handy in der Hand legte Wilde sich langsam auf den Boden, nicht um sich friedlich zu ergeben, sondern um sich Zeit zu verschaffen, den Ton des Handys mit dem Daumen auszuschalten und dann auf Anrufen zu drücken. Er hatte keine Zeit, die richtige Nummer herauszusuchen. Lailas Nummer war die letzte, die er auf dem Display gehabt hatte, also würde der Anruf an sie gehen.

Die drei Männer stürmten weiter auf ihn zu.

»Ich leiste keinen Widerstand«, sagte Wilde und versuchte, die richtigen Tasten auf seinem Handy zu drücken. »Ich ergebe mich.«

Die drei Männer interessierte das nicht. Sie stürzten sich mit voller Wucht auf Wilde und drückten ihn auf den Asphalt. Dann drehten sie ihn auf den Bauch. Einer sprang auf ihn und rammte ihm dabei ein Knie so hart in die Niere, dass der Schmerz in Wellen auf Leber und innere Organe ausstrahlte. Die anderen beiden packten Wildes Arme und zerrten sie ihm brutal hinter den Rücken. Wilde spürte, dass etwas in seinen Schulterrotatoren riss, aber die Schmerzschübe von dem Schlag auf die Niere waren so stark, dass er das kaum spürte. Die Männer drehten ihm das Handgelenk um und schlugen das Handy weg. Sie legten ihm Handschellen an und drückten die Metallringe dabei so fest zu, dass sie den Blutfluss einschnürten.

Einer der uniformierten Polizisten – im schwachen Licht war es schwer, Abzeichen oder sonst irgendetwas zu erkennen – trat auf Wildes Handy. Dann trat er noch einmal zu. Das Handy zersplitterte.

Obwohl er auf dem Bauch lag und sein Gesicht auf den harten Asphalt gedrückt wurde, erkannte Wilde, dass der Wagen, der ihm am nächsten war, alle Merkmale eines zivilen Polizeifahrzeugs aufwies – es war ein Ford Crown Vic mit Verwaltungs-Kennzeichen, einem Haufen Antennen, getönten Scheiben, eigenartig platzierten Lichtern an den Spiegeln und hinter dem Kühlergrill verborgenem Blaulicht. Das zweite Fahrzeug war ein regulärer Streifenwagen. Jetzt sah Wilde auch die Aufschrift an der Seite: Hartford Police.
Henry McAndrews' alte Truppe. Oh, das war definitiv nicht gut.

Der Polizist, der ihm das Knie in die Niere gerammt hatte, flüsterte Wilde ins Ohr: »Weißt du, warum wir hier sind?«

»Als Freund und Helfer?«

Der Schlag auf Wildes Hinterkopf war so hart, dass Wilde Sterne sah.

»Versuch's noch mal, Polizistenmörder.«

* * *

Sie stülpten Wilde einen schwarzen Sack über den Kopf, damit er nichts mehr sah, und schoben ihn auf den Rücksitz, wobei sie darauf achteten, dass er sich beim Einsteigen den Kopf stieß. Einer sagte: »Fahr los«, und sie waren unterwegs.

»Ich würde gerne wissen, was man mir vorwirft«, sagte Wilde.

Stille.

»Außerdem würde ich gern meine Anwältin anrufen«, fuhr er fort.

»Später.«

»Ich möchte nicht vernommen werden, bevor ich mit meiner Anwältin gesprochen habe.«

Wieder Stille.

Wilde versuchte es noch einmal. »Ich sagte, ich möchte nicht …«

Jemand brachte ihn mit einem harten Schlag in den Bauch zum Schweigen. Wilde drehte sich um und würgte, die Luft war aus seiner Lunge gewichen. Wenn Ihnen schon einmal so die Luft weggeblieben ist, wissen Sie, wie entsetzlich dieses Gefühl ist – Sie kommen sich vor, als würden Sie ersticken und sterben, ohne etwas dagegen tun zu können. Wilde hatte genug Erfahrung, um zu wissen, dass dieses Gefühl vorübergehen würde, dass es nur durch einen Krampf des Zwerchfells verursacht wurde, und dass er sich am besten aufsetzte und ruhig atmete.

Er brauchte dreißig Sekunden oder vielleicht eine Minute, aber dann ging es wieder.

Wilde wollte fragen, wohin sie fuhren, aber der Schlag auf seinen Solarplexus schmerzte noch. Spielte es überhaupt eine Rolle? Wenn sie ihn nach Hartford brachten, hatte er eine gut zweistündige, unangenehme Fahrt vor sich. Sie hatten ihm die Handschellen nicht abgenommen. Ein Polizist saß neben ihm auf dem Rücksitz, ein weiterer logischerweise auf dem Fahrersitz. Es konnte auch noch ein dritter im Wagen sein. Mit dem Sack über dem Kopf war das unmöglich zu erkennen. Er überlegte, was er tun könnte, aber ihm fiel nichts ein, das ihn gerettet hätte. Ganz egal was er tat, es wäre töricht. Selbst wenn es ihm gelingen sollte, den Kerl auf dem Rücksitz außer Gefecht zu setzen – trotz der Handschellen und des Sacks über dem Kopf –, ließe sich die Hintertür nicht von innen öffnen.

Er konnte nichts machen.

Nach zehn Minuten hielt der Wagen. Wilde wusste, dass sie noch nicht in Hartford sein konnten. Auch nicht in Connecticut. Die Autotür wurde geöffnet. Kräftige Hände packten ihn und zerrten ihn hinaus. Wilde überlegte, ob er sich wie ein nasser Sack zu Boden fallen lassen sollte, dachte dann aber, dass ihm das nur einen Tritt in die Rippen einbringen würde. Er blieb auf den Beinen und ließ sich von den Männern führen.

Selbst mit dem Sack über dem Kopf nahm er beim Einatmen Kiefern- und Lavendelduft wahr. Wilde horchte. Keine Verkehrsgeräusche. Kein Straßenlärm, kein Stimmengewirr oder das Surren von Turbinen. Unter seinen Füßen war nur Erde und gelegentlich eine Wurzel. Hundertprozentig sicher war er nicht, aber Wilde ging davon aus, dass er sich an einem ruhigen, abgelegenen Ort befand, wahrscheinlich am oder im Wald.

Nicht gut.

Sie zogen ihn drei Stufen hinauf – er ließ die Füße schleifen, prüfte so die Oberfläche und stellte fest, dass sie aus Holz waren –, dann hörte er das Quietschen einer Fliegengittertür. Die Luft roch leicht modrig. Dies war kein Polizeirevier. Vielleicht eine Hütte, irgendwo abgelegen. Zwei Hände auf seinen Schultern drückten ihn auf einen harten Stuhl. Niemand sagte etwas. Er hörte, wie die Männer sich bewegten und miteinander flüsterten. Wilde wartete und versuchte, möglichst ruhig und gleichmäßig zu atmen. Er hatte den schwarzen Sack immer noch über dem Kopf, sodass er seine Angreifer weder sehen noch identifizieren konnte.

Das Flüstern hörte auf. Wilde spannte die Muskeln an.

»Man nennt dich Wilde«, sagte eine barsche Stimme. »Ist das richtig?«

Er sah keinen Grund, nicht zu antworten. »Ja.«

»Okay, gut«, sagte die barsche Stimme. »Ich werde den guten Cop überspringen, Wilde, und direkt zum bösen Cop übergehen. Wir sind zu viert, das weißt du. Wir wollen nur Gerechtigkeit für unseren Freund. Das ist alles. Wenn wir die bekommen, ist alles gut. Aber wenn nicht, stirbst du, Wilde, einen sehr langen und qualvollen Tod, und wir begraben dich an einem Ort, an dem dich nie jemand finden wird. Habe ich mich klar ausgedrückt?«

Wilde sagte nichts.

In diesem Moment spürte er etwas Kaltes und Metallisches an seinem Hals. Er zögerte einen Moment, dann hörte er ein Zappen. Strom durchfloss ihn. Seine Augen traten hervor. Sein ganzer Körper zuckte. Seine Beine traten aus. Der Schmerz war alles verzehrend, ein lebendiges, atmendes Ding, das alles ausschaltete bis auf den Wunsch, dass der Schmerz aufhört.

»Habe ich mich klar ausgedrückt?«, fragte die barsche Stimme erneut.

»Ja«, stieß Wilde hervor.

Und dann spürte er wieder das kalte Metall an seinem Hals.

»Gut, freut mich, dass wir uns verstehen. Das ist übrigens ein elektrischer Viehtreiber. Im Moment habe ich ihn auf niedriger Stufe eingestellt. Das wird sich ändern. Alles klar?«

»Ja.«

»Weißt du, wer Henry McAndrews ist?«

»Ja.«

»Woher kennst du ihn?«

»Ich habe in der Zeitung von seiner Ermordung gelesen.«

Schweigen. Wilde schloss die Augen, biss sich auf die Lippen und wartete auf den Stromstoß. Aber natürlich wussten sie, dass er jetzt vorbereitet war. Das wollten sie nicht. Sie wollten ihn verwirren.

»Wir wissen, dass du in seinem Haus warst, Wilde. Du bist durch die Verandatür eingedrungen. Du hast an seinem Computer herumgepfuscht. Er hatte ein ausgeklügeltes Videoüberwachungssystem. Wir wissen das alles.«

»Wenn Sie das alles wissen«, sagte Wilde, »dann wissen Sie auch, dass ich ihn nicht umgebracht habe.«

»Im Gegenteil«, sagte die barsche Stimme. »Wir wissen, dass du es getan hast. Wir wollen wissen, warum.«

»Ich habe ihn nicht umgebracht.«

Ohne Vorwarnung versetzte ihm der Viehtreiber erneut einen Schlag. Wilde spürte, wie sich jeder Muskel unwillkürlich verkrampfte. Er rutschte vom Sitz auf den Boden und zappelte dort wie ein Fisch auf dem Steg.

Zwei kräftige Hände hoben ihn auf und setzten ihn wieder auf den Stuhl.

Die barsche Stimme sagte: »Die Sache ist die, Wilde. Wir wollen es fair angehen. Wir werden dir eine Chance geben, anders als du es bei Henry gemacht hast. Wir wollen nur wissen, was passiert ist. Dann werden wir die entsprechenden Beweise suchen, um den wahren Hergang belegen zu können. Du wirst verhaftet werden. Du bekommst einen fairen Prozess. Natürlich wirst du den Leuten von diesem kleinen Meeting hier erzählen, aber es wird nicht den geringsten Beweis dafür geben, dass es je stattgefunden hat. Es wird keinen Einfluss auf den Prozess haben. Trotzdem ist das deine einzige Chance. Du sagst uns, was mit Henry passiert ist. Wir lassen dich frei und suchen nach den Beweisen. Es läuft alles ordentlich und fair. Verstehst du?«

Wilde war klug genug, der barschen Stimme nicht zu widersprechen: »Ja.«

»Wir haben kein Interesse daran, dir die Schuld in die Schuhe zu schieben, wenn du es nicht warst.«

»Gut, ich war's nämlich nicht. Und bevor Sie mir noch einen Stromschlag versetzen: Ich weiß, dass ich auf keinem Überwachungsvideo bin. Wenn es bei McAndrews Überwachungskameras gäbe, dann hätten Sie den Mörder schon Wochen vorher gesehen.«

»Sie sind eingebrochen.«

Das Metall lag wieder auf Wildes Hals. Er erschauderte.

»Wollen Sie das abstreiten?«

»Nein.«

»Warum sind Sie eingebrochen?«

»Er hat jemanden anonym gemobbt.«

»Wen?«

»Einen Reality-Star. Er hat dafür Bots und Fake-Accounts benutzt.«

Eine andere Stimme: »Glaubst du wirklich, dass du solche Scheiße über Henry verbreiten kannst?«

Für diesen Stromschlag musste der Viehtreiber auf eine höhere Stufe eingestellt worden sein, denn Wilde hatte das Gefühl, als würde sein Schädel in tausend Stücke zerspringen. Sein Körper hörte nicht auf zu zucken. Er fiel wieder auf den Boden, aber diesmal hielt der Polizist den Viehtreiber weiter auf ihn. Der Strom floss weiter durch ihn. Seine Beine zuckten. Seine Arme verkrampften. Wildes Augen verdrehten sich nach hinten. Er hatte das Gefühl, als wären seine Lunge und seine Organe überladen, und sein Herz drohte wie ein überfüllter Ballon zu platzen.

»Du bringst ihn um!«

Durch das Getöse hörte Wilde ein Handy surren. Der Viehtreiber wurde weggenommen. Wilde zuckte weiter. Er erbrach sich.

Wie aus großer Entfernung hörte Wilde eine Stimme sagen: »Was? Aber wie?«

Alle waren erstarrt, außer Wilde, der immer noch wie wild zuckte und hoffte, dass die Qualen irgendwann aufhörten, während seine Nerven weiter hektische Signale abgaben. Ihm klingelten die Ohren. Seine Augen schlossen sich. Er ließ sie zu. Er wollte das Bewusstsein verlieren, hätte alles dafür getan, dass der Schmerz nachließ. Dann spürte er, wie die starken Hände ihn wieder hochzogen. Wilde wollte helfen, seine Beine gehorchten seinen Befehlen jedoch nicht. Kurz darauf saß er wieder im Auto. Eine Viertelstunde später hielt der Wagen unvermittelt. Jemand nahm ihm die Handschellen ab. Die Autotür wurde geöffnet. Die starken Hände stießen ihn hinaus. Wilde prallte auf den Asphalt und rollte zur Seite.

»Wenn du jemandem davon erzählst«, sagte die barsche Stimme, »kommen wir wieder und bringen dich um.«

ZWEIUNDZWANZIG

Als Oren Carmichael auf Wildes Klopfen hin die Tür öffnete, weiteten sich seine Augen. »Mein Gott, was zum Teufel ist mit dir passiert?«
Oren Carmichael war an jenem Tag vor fünfunddreißig Jahren dabei gewesen, als der kleine »verwahrloste« Wilde im Wald gefunden worden war. Er war der Erste gewesen, der mit ihm gesprochen hatte, war in die Hocke gegangen, sodass er sich auf Augenhöhe mit dem Kind befand, und hatte mit beruhigender Stimme gesagt: »*Mein Junge, niemand wird dir etwas tun, das verspreche ich dir. Kannst du mir sagen, wie du heißt?*« Oren Carmichael hatte Wilde zu seinen ersten Pflegeeltern gefahren, war bei ihm im Zimmer geblieben, bis er eingeschlafen war, und war am nächsten Morgen dort gewesen, als er wieder aufwachte. Oren Carmichael hatte unermüdlich Nachforschungen angestellt, wie Wilde in diesem Wald gelandet war, und er war dem Jungen aus dem Wald beim Übergang in diese neue Welt eine große Hilfe gewesen. Oren Carmichael war in mehreren Sportarten Wildes Trainer gewesen, hatte ihn in seine Mannschaften eingebaut, sich um ihn gekümmert und dafür gesorgt, dass Wilde sich so sehr als Teil der Gemeinschaft fühlte, wie es für jemanden wie ihn nur möglich war. Oren Carmichael hatte Wilde Ratschläge gegeben, wenn er der Ansicht war, dass er sie brauchte, und er hatte dem rebellischen Jungen sogar geholfen, die typischen Probleme des Teenagerdaseins sicher zu überstehen. Oren

Carmichael war der erste Polizist gewesen, der am Unfallort eingetroffen war, als David sein Leben verloren hatte. Oren war immer freundlich, einfühlsam, stark, besonnen, professionell und intelligent gewesen. Wilde bewunderte ihn für sein Auftreten, und obwohl er es den beiden nie gesagt hatte, hatte Wilde sich gefreut, als Oren anfing, sich mit Hester zu verabreden. Hester war für Wilde das, was einer Mutter am nächsten kam, und auch wenn Wilde nicht so weit gehen würde, Oren als Vaterfigur zu bezeichnen, war er für ihn doch das, was einem männlichen Vorbild am nächsten kam.

»Wilde?«, fragte Oren jetzt. »Bist du okay?«

Genau wie es ihm selbst weniger als eine Stunde zuvor widerfahren war, schlug Wilde mit dem Handballen auf Orens Solarplexus, lähmte so vorübergehend sein Zwerchfell und nahm ihm den Atem. Oren gab ein »Uhff« von sich und torkelte rückwärts. Wilde trat ins Haus und schloss die Tür hinter sich. Sein Blick streifte durch den Eingangsbereich. Oren trug weder seine Uniform noch seine Waffe. Auch in der näheren Umgebung war keine Waffe zu sehen. Wilde hielt nach nahe gelegenen Schubladen und anderen Orten Ausschau, an denen Oren seine Dienstwaffe verstaut haben könnte. Es gab keine.

Oren starrte Wilde mit einem Blick an, in dem so viel Schmerz lag – ob körperlich oder emotional konnte Wilde nicht sagen, er hatte aber eine Vermutung –, dass Wilde sich abwenden musste. Der Schlag war notwendig, sagte Wilde sich noch einmal, obwohl er diese Notwendigkeit gerade in Frage stellte und sich ins Gedächtnis rief, dass Oren Carmichael inzwischen siebzig Jahre alt war.

Wilde streckte die Hand aus, um Oren aufzuhelfen. Immer noch keuchend, schlug Oren sie zur Seite.

»Tief einatmen«, sagte Wilde. »Und versuch, gerade zu stehen.«

Es dauerte noch ein oder zwei Minuten. Wilde wartete. Er hatte versucht, nicht zu hart zuzuschlagen, gerade hart genug, aber er hatte noch nie einen Mann in den Siebzigern geschlagen. Als Oren wieder sprechen konnte, sagte er: »Kommt da noch eine Erklärung?«

»Erst du«, sagte Wilde.

»Ich hab keine Ahnung, wovon du redest.«

»Vier Polizisten aus Hartford haben mich von der Straße geholt, mir einen schwarzen Sack über den Kopf geworfen und mich mit einem elektrischen Viehtreiber bearbeitet.«

Man sah es Orens Gesicht an, dass ihm allmählich klar wurde, was er getan hatte. »Oh Gott.«

»Könntest du mir erzählen, was hier los ist?«

»Was haben sie mit dir gemacht, Wilde?«

»Das habe ich dir doch gerade gesagt.«

»Aber sie haben dich gehen lassen?«

»Glaubst du, das macht es besser?« Wilde schüttelte den Kopf. »Es ist mir gelungen, Laila anzurufen, bevor sie mich geschnappt haben. Sie hat Hester angerufen, die jemanden in Hartford angerufen und Drohungen ausgesprochen hat, deren Dimension wir weder kennen noch kennen wollen. Dieser Jemand hat einen Anruf getätigt, woraufhin sie mich haben laufen lassen.«

»Oh Scheiße.« Oren verzog das Gesicht. »Und Hester? Sie weiß davon?«

»Sie weiß nicht, dass ich jetzt hier bin.«

»Du bist dahintergekommen«, sagte Oren. »Wie lange wird es deiner Ansicht nach dauern, bis sie es weiß?«

»Das ist nicht mein Problem.«

»Da hast du recht. Das ist meins.« Er rieb sich mit beiden

Händen übers Gesicht. »Ich habe Mist gebaut, Wilde. Tut mir leid.«

Wilde wartete. Er brauchte Oren nicht aufzufordern, reinen Tisch zu machen. Er würde es jetzt tun. Davon war Wilde überzeugt.

»Ich brauch einen Drink«, sagte Oren. »Willst du auch einen?«

Genau das, was auch Wilde im Moment nötig hatte. Er nickte, und Oren schenkte ihnen einen *Macallan Single Malt* ein. »Es tut mir wirklich leid«, sagte er erneut. »Ich weiß, dass das nichts entschuldigt, aber ein Polizist wurde ermordet.«

»Erzähl mir, was passiert ist.«

»Wie du bereits weißt, hat Hester den Fund von Henry McAndrews' Leiche im Auftrag…«, Oren malte Anführungszeichen in die Luft, »…eines anonymen Mandanten gemeldet, der durch das Anwaltsgeheimnis geschützt ist. Die Polizei in Hartford war so stinksauer, das kannst du dir nicht vorstellen. Einer der ihren bekommt in seinem eigenen Haus drei Kugeln in den Hinterkopf – und eine großsprecherische Anwältin aus New York City will ihnen nicht sagen, wer die Leiche gefunden hat? Sie waren wütend. Natürlich. Das wirst du verstehen.«

Oren sah Wilde an. Wildes Miene verriet nichts.

»Und dann?«, fragte Wilde.

»Und dann haben die Polizisten, die immer noch wütend waren, Hester genauer unter die Lupe genommen und – Überraschung – herausbekommen, dass sie gerade mit einem Kollegen von der Polizei zusammen ist.«

»Mit dir«, sagte Wilde.

Oren nickte.

»Also sind sie zu dir gekommen.«

»Richtig.«

»Und du hast das ihr zustehende Anwaltsgeheimnis missachtet.«

»Erstens bist du kein Mandant, Wilde. Du bezahlst sie nicht. Du bist ein Freund.«

Wilde runzelte die Stirn. »Dein Ernst?«

»Ja, mein Ernst. Aber zweitens, und das ist viel wichtiger, hat Hester mir nicht gesagt, dass du es warst. Ich habe sie auch weder gefragt noch belauscht. Die Information, dass du der betreffende Mandant warst, habe ich nicht auf illegale Weise erhalten. Ich habe *vermutet*, dass du der Mandant warst, den Hester – ganz unabhängig von meiner privaten Beziehung zu ihr – auf unlautere Art schützt.«

Wilde schüttelte nur den Kopf.

Oren beugte sich vor. »Nimm doch einfach mal an, das wäre passiert, bevor Hester und ich angefangen haben, miteinander auszugehen. Dass das Hartford Police Department sich an mich gewandt und gesagt hätte: ›Diese aalglatte New Yorker Anwältin aus deinem Heimatort schützt jemanden, der in das Haus eines ermordeten Polizisten eingebrochen ist. Hast du eine Ahnung, wer das sein könnte?‹ Meine wohlbegründete Vermutung wäre auch damals schon gewesen, dass du das bist, Wilde.«

»Nett«, sagte Wilde.

»Was ist nett?«

»Diese Selbstrechtfertigung. ›Wenn ich nicht gewusst hätte, was ich wusste, hätte ich vielleicht gewusst, was ich zu wissen behauptet habe.‹«

»Ich hab mich verkalkuliert«, sagte Oren.

»Du hast ihnen meinen Namen genannt, oder?«

»Ja, das hab ich, aber ich habe auch deutlich gemacht, dass wir befreundet sind. Ich habe ihnen gesagt, dass ich mich mit dir zusammensetzen und dich bitten würde zu kooperieren, weil du nicht der Typ bist, der einen Mörder frei herumlaufen sehen will. Ich hatte nicht damit gerechnet, dass sie das Recht in die eigenen Hände nehmen würden.«

»Wirklich nicht?«

»Wirklich nicht.«

»Selbst wenn das Opfer ›einer der Ihren‹ ist?«

Oren nickte. »Du hast schon recht. Hör zu, Wilde, ich will wissen, wer dir das angetan hat. Ich will, dass sie bestraft werden.«

»Das kannst du vergessen«, sagte Wilde. »Sie haben ihre Autokennzeichen geschwärzt. Sie haben mir einen Sack über den Kopf gestülpt, sodass ich ihre Gesichter nicht sehen konnte. Sie haben es in einem ruhigen Straßenabschnitt getan, in dem es keine Kameras gibt. Selbst wenn ich herausbekommen sollte, wer sie sind, würde mein Wort gegen ihres stehen. Sie haben ganz genau gewusst, was sie tun.« Wilde trank einen Schluck und starrte Oren über das Glas an. »Und du weißt nur zu gut, wie Polizisten zusammenhalten.«

»Scheiße. Tut mir wirklich leid.«

Wilde wartete. Er wusste, was als Nächstes kommen würde. Er musste das Ganze nur zu seinen Gunsten drehen.

»Aber jetzt hör mir mal zu«, sagte Oren.

Es geht los, dachte Wilde.

»Ein Polizist und Vater von drei Kindern wurde ermordet. Du hast sachdienliche Informationen. Davor kannst du nicht die Augen verschließen. Du musst zu deiner Verantwortung stehen und dich melden.«

Wilde überlegte, wie er vorgehen sollte. Dann fragte er: »Haben sich die Cops McAndrews' Computer angesehen?«

»Sie sind dabei«, antwortete Oren. »Er hat ein ziemlich ausgeklügeltes Sicherheitssystem, und es sind jede Menge Daten drauf. Wonach sollen sie da suchen?«

»Wie wäre es, wenn wir in dem Punkt kooperieren?«

»In welchem Punkt sollen wir kooperieren?«, fragte Oren.

»Du erzählst mir, was die Polizei über den Mord an McAndrews weiß«, sagte Wilde. »Und im Gegenzug erzähle ich dir, was ihr meiner Meinung nach tun oder euch näher ansehen solltet.«

»Ist das dein Ernst?«

»Du hast natürlich noch andere Optionen«, sagte Wilde. »Du könntest zum Beispiel deine Kollegen bitten, mich noch einmal zu foltern.«

Oren schloss die Augen.

Wilde war wütend, aber letztlich wollte auch er, dass Henry McAndrews' Mörder gefasst wurde. Wenn Wilde Informationen hatte, die bei der Suche nach dem Täter helfen könnten, dann war das eben so. Sein Ziel war es, Peter Bennett zu finden, nicht ihn zu schützen.

»Ich bin zu McAndrews' Haus gegangen«, sagte Wilde, »weil ich jemanden gesucht habe.«

»Wen?«, fragte Oren.

»Peter Bennett. Er ist ein Reality-Star, wird vermisst, und die meisten Leute gehen davon aus, dass er tot ist.«

Oren verzog das Gesicht. »Warum suchst du ihn?«

Wilde sah keinen Grund, das zu verschweigen. »Ich habe meine DNA an eine Ahnenforschungs-Website geschickt. Das Ergebnis war, dass er mit mir verwandt ist.«

»Moment mal. Er ist ein ...?«

»Ja, ich will in Erfahrung bringen, wie ich hier im Wald gelandet bin. Du drängelst doch schon lange, dass ich das tun soll. Also habe ich es getan.«

»Und?«

»Und ich habe meinen Dad gefunden. Er lebt im Großraum Las Vegas.«

»Tatsächlich?« Orens Augen weiteten sich. »Was hat er gesagt?«
»Das ist eine lange Geschichte, die aber in eine Sackgasse führt. Also habe ich es noch einmal versucht, dieses Mal bei einem Verwandten mütterlicherseits.«
»Und dieser Reality-Star...«
»Peter Bennett.«
»Er ist ein Verwandter deiner Mutter?«
»Ja. Aber er ist verschwunden, nachdem er mich kontaktiert hatte.«
»Was meinst du mit verschwunden?«
»Wenn du seinen Namen googelst, findest du sämtliche Details«, sagte Wilde. »Er ist berühmt. Falls er in diesen Mord verwickelt ist, soll er gefasst werden. Zuneigung oder Loyalität einem Verwandten gegenüber spielen da keine Rolle. Ich suche ihn, weil ich mehr über meine leibliche Mutter wissen will.«
»Du hast also nach diesem Peter Bennett gesucht und bist irgendwie bei McAndrews gelandet?«
»So ist es.«
»Und deshalb bist du in sein Haus eingebrochen?«
»Ich dachte, es wäre leer.«
»Wenn das alles stimmt, warum hast du den Leichenfund nicht einfach gemeldet? Warum sollte Hester das für dich übernehmen?«
Wilde sah ihn nur an. »So blöd kannst du doch nicht sein.«
»Ich weiß, dass es erst einmal einen schlechten Eindruck machen könnte, weil du in das Haus eingebrochen...«
»Einen schlechten Eindruck machen *könnte*. Ach komm schon, Oren. Du weißt ganz genau, wie das aussehen würde.«
Oren nickte, er sah es jetzt ein. »Schon okay. Ein exzentrischer Einzelgänger – das ist nicht böse gemeint, Wilde...«

Wilde forderte ihn mit einer Geste zum Weitersprechen auf.

»... bricht in das Haus eines Polizisten ein, und hinterher ist der Polizist tot.«

»Ich hätte niemals eine echte Chance bekommen.«

»Du hättest zu mir kommen können.«

»Nein.«

»Warum nicht?«

»Du bist der vertrauenswürdigste Polizist, den ich kenne«, sagte Wilde, »und überleg mal, wie du dir die Regeln zurechtgebogen hast, als es darum ging, einen Polizistenmörder zu finden.«

Oren zuckte zusammen. »Das habe ich wohl verdient.«

Genug, dachte Wilde. Er musste wieder nach vorne blicken. »McAndrews war Polizist, richtig?«

»Im Ruhestand, ja.«

»Die meisten Polizisten arbeiten weiter, nachdem sie in Rente gegangen sind. Was hat er gemacht?«

»Er war Privatdetektiv.«

Genau, wie Wilde erwartet hatte. »Auf eigene Faust oder für eine große Firma?«

»Was macht das für einen Unterschied?« Als Oren Wildes Miene sah, seufzte er. »Auf eigene Faust.«

»Hatte er ein Spezialgebiet?«

»Mir ist nicht wohl dabei, wenn wir darüber sprechen«, sagte Oren.

»Und mir ist immer noch zum Kotzen, weil ich mehrmals mit einem Viehtreiber geschockt wurde«, sagte Wilde. »Aus deiner Antwort schließe ich, dass McAndrews' Arbeit eher zweifelhafter Natur war.«

Oren überlegte. »Glaubst du, dass sein Arbeitsleben etwas mit dem Mord zu tun hatte?«

»Ja, das tue ich. Worauf hatte er sich spezialisiert?«

»Den Großteil von McAndrews' Arbeit könnte man wohlwollend als ›Berater in Sachen Corporate Security‹ bezeichnen.«

»Und weniger wohlwollend?«

»Vernichtung der Konkurrenz im Internet.«

»Soll heißen?«, sagte Wilde.

»Du hast heute Abend doch mit Hester bei *Tony's* gegessen, stimmt's?«

»Was hat das …?«

»Sagen wir, bei dir im Ort gibt es eine etablierte Pizzeria, wo alle gerne hingehen. Du, Wilde, beschließt, in der Nähe eine zweite Pizzeria zu eröffnen. Das Problem ist, dass die Leute *Tony's* treu bleiben. Welche Möglichkeiten hast du jetzt im Internet-Zeitalter, um *Tony's* Kundenstamm zu dir herüberzuziehen?«

Wilde sagte: »Ich denke, deine Antwort lautet: Man vernichtet den Konkurrenten.«

»Ganz genau. Man beauftragt einen Mann wie McAndrews. Er richtet Fake-Accounts ein und nutzt Bots, um schlechte Kritiken über *Tony's* zu posten. So überschwemmt er bestimmte Websites mit Gerüchten über mangelnde Hygiene, verdorbene Speisen oder unfreundlichen Service. Oder sonst irgendetwas in der Art. Dadurch würde sich *Tony's* Bewertung auf Yelp und ähnlichen Websites, auf denen sich Leute Bewertungen ansehen, verschlechtern. Irgendwo könnte man auch beiläufig erwähnen, dass eine neue Pizzeria in der Stadt deutlich besser ist – worauf andere Fake-Accounts diese Ansicht stützen würden, indem sie sagen: ›Ja, der neue Laden ist fantastisch‹, oder ›Da gibt's die beste Thin-crust-Pizza‹. Das ist natürlich nur ein kleines Beispiel. Aber manche Unternehmen machen das auch im großen Stil.«

»Ist das legal?«, fragte Wilde.

»Nein, aber es ist fast unmöglich, das juristisch zu verfolgen. Nimm mal an, jemand postet im Internet eine falsche negative Kritik über dich oder dein Produkt. Hast du eine Vorstellung, wie hoch die Wahrscheinlichkeit ist, die wahre Identität der Person herauszufinden, die das gepostet hat? Besonders mit der modernen Anonymisierungssoftware und VPNs?«

»Null«, sagte Wilde.

»Und selbst wenn es dir gelingen sollte, die Person ausfindig zu machen, die hinter diesen Fake-Accounts steckt, was soll das bringen? Diese Person könnte sagen: ›Oh, so habe ich das wirklich empfunden. Ich hatte aber Angst, dass Tony es mir heimzahlen würde, wenn ich es auf meinem richtigen Account poste.‹«

Wilde dachte darüber nach. »Hat McAndrews noch mehr gemacht als diese Corporate Security?«

»Was meinst du?«

»Ich kann mir vorstellen, dass einige Kunden lieber Menschen fertigmachen würden als Unternehmen.«

»Das ist seit Anbeginn der Zeit so«, sagte Oren. »Warum fragst du?«

»Wenn du Peter Bennett googelst«, sagte Wilde, »wirst du feststellen, dass seine Social-Media-Seiten von jeder Menge Internet-Trollen überschwemmt wurden, die seinen Ruf vernichtet und seine früheren Fans gegen ihn aufgebracht haben. Und sobald der Skandal etwas abflaute, erschienen diese Trolle wieder auf der Bildfläche und entfachten ihn erneut. Ein Großteil des Hasses gegen Bennett wurde von Henry McAndrews' Bots und Fake-Accounts angekurbelt.«

»Also hatte es jemand auf diesen Bennett abgesehen?«

»So ist es.«

»Und dieser Jemand hatte McAndrews beauftragt, das zu tun?«

»Gut möglich.«

»Wie bist du darauf gekommen, dass McAndrews dahintersteckte?«

»Das ist vertraulich. Es würde uns bei der Suche nach seinem Mörder nicht helfen.«

»Doch, das würde es«, konterte Oren. »Offensichtlich war McAndrews nicht so gut darin, seine Identität zu verbergen, wie er glaubte. Du bist dahintergekommen. Ohne dir zu nahe treten zu wollen, aber wenn du McAndrews' Identität herausbekommen konntest, konnte Peter Bennett das auch. Und wer hätte einen besseren Grund als er, wütend auf McAndrews zu sein?«

»Möglich«, gab Wilde zu. »Pass auf, Oren, ich brauche den Namen desjenigen, der McAndrews den Auftrag gegeben hat, Peter Bennett zu vernichten.«

»Angenommen, jemand hätte McAndrews diesen Auftrag gegeben – und ich halte diese Annahme für ziemlich gewagt –, dann könnte es ein Problem sein, dir diese Information zukommen zu lassen.«

»Worin genau besteht das Problem?«, fragte Wilde.

»Einer von McAndrews' Söhnen ist Anwalt. Als zusätzliche Sicherheitsmaßnahme hat McAndrews behauptet, dass das, was er tat, juristische Arbeit sei und daher unter das Anwaltsgeheimnis fiele. Daher haben seine Kunden ihn nicht direkt bezahlt, die Rechnungen wurden von der Anwaltskanzlei seines Sohnes gestellt.« Oren sah Wilde mit strengem Blick an. »Weißt du, es gibt Leute, die nutzen das Anwaltsgeheimnis aus. Manche verdrehen den Geist dieser Klausel auf eine Weise, die man als unlauter empfinden könnte.«

»Einer von uns ist hier der Bösewicht, Oren. Aber ich bin das nicht.«

Das saß. Die beiden Männer sahen sich einen Moment lang reglos an.

»Wurde Peter Bennett offiziell als vermisst gemeldet?«, fragte Oren.

»Eventuell hat seine Schwester das getan, ich glaube aber nicht, dass da irgendwelche Schritte eingeleitet wurden. Letztlich ist er ein Erwachsener, der untergetaucht ist. Es gab keine Hinweise auf ein Verbrechen.«

»Bis jetzt«, sagte Oren. Und dann: »Ich danke dir, Wilde. Ich weiß deine Kooperation zu schätzen. Ich werd mir das Ganze ansehen. Und ich werde dir so weit wie möglich helfen. Schließlich versuchen wir beide, Peter Bennett zu finden.«

Orens Handy klingelte. Er sah aufs Display.

»Mist. Hester.«

Wilde stand auf. Eigentlich wollte er Oren noch mehr sagen – dass Oren ihn im Stich gelassen hatte, dass er Oren für einen der wenigen Menschen auf dieser Welt gehalten hatte, denen er vertrauen konnte, und dass dieses Vertrauen ein für alle Mal zerstört war. Aber jetzt war nicht der richtige Zeitpunkt. Er ging zur Tür.

»Dann geh lieber ran.«

DREIUNDZWANZIG

Wilde holte sich ein weiteres Wegwerf-Handy aus einer seiner Edelstahlkassetten und rief Laila an.
»Bist du okay?«, fragte sie.
»Ja.«
»Und wenn du es nicht geschafft hättest, mich anzurufen...«
»Wäre auch alles okay«, sagte Wilde. »Sie wollten mir nur Angst einjagen.«
»Tu das bitte nicht, Wilde.«
»Was soll ich nicht tun?«
»Ich habe gehört, wie sie dich attackiert haben, und dann, peng, war die Leitung tot. Beleidige mich nicht, indem du mich mit Plattitüden abspeist.«
»Du hast recht. Tut mir leid. Danke, dass du Hester angerufen hast.«
»Schon klar.«
Wilde sagte: »Ich weiß, dass du heute Abend mit mir reden wolltest...«
»Ist das dein Ernst? Jetzt doch nicht, nach dem, was passiert ist. Ich zittere immer noch.«
»Wenn das so ist, werde ich wohl einfach in die Ecocapsule gehen und ein bisschen schlafen.«
»Nein, Wilde.«
»Nein?«
»Wir werden nicht reden«, sagte Laila. »Wir werden auch

nicht vögeln. Aber ich will, dass du kommst. Ich muss dich heute Nacht festhalten, sonst liege ich die ganze Nacht wach, okay?«

Wilde nickte, obwohl er wusste, dass ihn niemand sah. Er brauchte diese Sekunde einfach. »Ich mach mich auf den Weg, Laila.«

* * *

Am nächsten Morgen stand Wilde auf der Amsterdam Avenue zwischen der 72nd und 73rd Street und beobachtete Marnie Cassidy, Jenns Schwester, die im Podcast von Reality Ralph die schwerwiegendsten Anschuldigungen gegen Peter Bennett erhoben hatte. Sie saß gegenüber am Fenster des *Utopia Diner* und frühstückte dort mit einer Freundin. Marnie wirkte sehr angeregt, lächelte und gestikulierte hektisch.

Rola sagte: »Marnie scheint echt verdammt anstrengend zu sein.«

Wilde nickte.

»Sie sieht aus, als würde sie sich für irrsinnig komisch und ausgeflippt halten und auf der Tanzfläche ›Woo Woo‹ schreien.«

Wieder nickte Wilde.

»Oder wie die nervige Freundin eines Bekannten, die darauf besteht, mit den Jungs in die Sportbar zu gehen, sich eine komplette Football-Montur anzieht, die Augen schwarz schminkt und das ganze Spiel über so laut jubelt, dass man ihr am liebsten eine aufs Maul hauen würde.«

Wilde drehte sich zu Rola um und sah sie an. Rola zuckte die Achseln. »Solche Typen kotzen mich einfach an.«

»Sag bloß.«

»Guck sie dir doch an«, sagte Rola. »Und dann sag mir, dass ich falschliege.«
»Du liegst nicht falsch.«
»Wilde, ich will diese Hartford-Bullen finden. Sie sollen dafür büßen.«
»Lass gut sein«, sagte er.
Marnie und ihre Freundin standen auf und gingen zur Kasse.
»Willst du das wirklich alleine machen?«, fragte Rola.
»Ja.«
»Dann treffen wir uns hinterher im Central Park?«
»Gut.«
Rola gab ihm einen Wangenkuss. »Ich bin froh, dass es dir gut geht.«
Sie war schon unterwegs, als Marnie auf die Straße trat. Dort umarmte und küsste Marnie ihre Frühstücksbegleiterin und machte sich auf den Weg zum ABC-Studio an der Columbus Avenue zwischen der 66th und 67th Street. Wilde hatte seine Route geplant. Er wollte Marnie abfangen, bevor das Studio in Sichtweite war. Er ging mit schnellen Schritten um den Block. Als Marnie in die 67. Straße einbog, kam Wilde ihr entgegen.

Er blieb wie angewurzelt stehen.

»Entschuldigung«, sagte Wilde, setzte sein breitestes Lächeln auf und ließ die Augen aufblitzen, »aber sind Sie nicht Marnie Cassidy?«

Marnie Cassidy hätte nicht glücklicher aussehen können, wenn er ihr einen riesigen Scheck überreicht hätte. »Aber ja, die bin ich!«

»Oh Mann, tut mir furchtbar leid, dass ich Sie aufhalte. Sie werden bestimmt dauernd von Leuten auf der Straße angesprochen.«

»Ach«, sagte Marnie und winkte ab, »das ist schon okay.«
»Es ist nur so, dass ich ein Riesen-Fan von Ihnen bin.«
»Wirklich?«
Wenn es darum ging, das Ego eines Prominenten zu streicheln, gab es kein Zuviel oder Zu-dick-Auftragen. »Meine Schwester und ich sehen Sie ständig in …« Der Name der Show war Wilde entfallen, also fuhr er einfach fort: »Jedenfalls finden wir beide Sie umwerfend komisch.«
»Das ist wirklich nett von Ihnen!«
»Könnte ich ein Autogramm kriegen und vielleicht auch ein Selfie machen? Jane – das ist meine Schwester –, Jane wird ausflippen, wenn sie das sieht.«
Jane. Na ja, offenbar gehörte es nicht zu Wildes Stärken, sich originelle Namen auszudenken, wenn er unter Druck stand.
Marnie strahlte. »Selbstverständlich! Was soll ich denn schreiben?«
»Ach, schreiben Sie doch: ›Für Jane, meinen größten Fan‹, oder so ähnlich. Sie flippt bestimmt aus!« Wilde klopfte auf seinen Jackentaschen herum, als suche er einen Stift. »Ach, Mist. Ich glaub, ich hab gar nichts zum Schreiben dabei.«
»Kein Problem!«, sagte Marnie. Bei Marnie schien jeder Satz mit einem Ausrufezeichen zu enden. »Ich hab etwas!«
Jetzt, wo Marnie zum Stehen gekommen war und in ihrer Handtasche zu kramen begann, stellte Wilde sich so hin, dass er direkt vor ihr stand und unauffällig den Weg versperrte. Wenn sie vorbeigehen wollte, würde er sie nicht aufhalten. Es ging nur um die Körpersprache.
»Darf ich Sie noch etwas fragen?«, fragte Wilde.
»Natürlich!«
»Warum haben Sie Lügen über Peter Bennett verbreitet?«
Rumms. Einfach so.

Marnies Lippen lächelten weiter, ihre Augen aber nicht mehr, und auch das Strahlen in ihrer Miene ließ nach. Er wartete nicht, gab ihr nicht die Zeit, sich von dem Schlag zu erholen oder sich anzählen zu lassen. Er fuhr fort.
»Ich arbeite für CRAW Securities. Wir wissen alles, Marnie. Sie haben die Wahl. Sie können jetzt mit mir reden, und wir halten Sie aus der Sache raus, oder wir vernichten Sie auf jede erdenkliche Art. Sie haben die Wahl.«
Marnie blinzelte weiter. Wilde hatte beschlossen, dieses kalkulierte Risiko einzugehen. Wenn er sie auf eine vernünftige Weise angesprochen hätte, wäre Marnie Cassidy bei der Story geblieben, die sie im Podcast von Reality Ralph erzählt hatte. Mit Marnie zu reden hatte nur dann Sinn, wenn es ihm gelang, sie aus der Fassung zu bringen und sie ihre Story daraufhin in irgendeiner Weise veränderte. Dann ergab sich vielleicht ein Ansatz, mit dem er arbeiten konnte. Diese unmittelbare Herangehensweise brachte auch keine Nachteile mit sich. Wenn er sie ganz normal befragte, hätte es ihm nichts gebracht. Wenn sie jetzt davonstürmte, hätte es ihm auch nichts gebracht – das änderte also nichts.

Wenn sie jetzt aber auf eine Art reagierte, die auf einen Schwindel hindeutete, dann hatte er eine Chance, etwas zu erfahren.

Marnie versuchte, sich etwas gerader hinzustellen. »Ich weiß nicht, was Sie meinen.«

»Sie wissen ganz genau, was ich meine«, sagte Wilde, ohne jedes Anzeichen von Nachgiebigkeit in seinem Ton. »Ich will es mal ganz deutlich sagen. Wir sind hier allein. Niemand hört zu. Nur du und ich, das verspreche ich. Wenn du mir jetzt die Wahrheit sagst, ist die Sache erledigt. Niemand wird je erfahren, dass du mir etwas gesagt hast. Es bleibt unser beider Geheimnis. Du gehst weiter ins Studio, wo sie dir deine Frisur machen und dich schminken, und du bleibst ein Star. Und das war kein Witz vorhin. Ich habe dich gesehen, Marnie. Du hast Talent. Du hast dieses gewisse Etwas. Die Leute lieben dich. Dein Stern ist im Aufgehen. Darauf wette ich. Und wenn du mir jetzt hilfst, wird dein Stern weiter steigen, als wären wir uns nie begegnet, außer vielleicht, dass du mit mir dann einen Verbündeten fürs Leben hast. Und das willst du doch, Marnie. Du willst mich auf deiner Seite haben.«

Ihr Mund öffnete sich, es kam aber kein Ton heraus.

Wilde drängte weiter und wechselte wieder vom Zuckerbrot zur Peitsche. »Wenn du mich jetzt aber hier stehen lässt, werde ich dafür sorgen, dass du so endgültig vernichtet wirst, dass du dir wünschen würdest, du wärst Peter Bennett. Dann werde ich nicht dein Freund sein, Marnie. Dann werde ich es mir zur Aufgabe machen, dein Leben zu zerstören.«

Eine Träne lief über Marnies Wange. »Warum sind Sie so gemein?«

»Ich bin nicht gemein. Ich bin nur ehrlich.«

»Warum glauben Sie, dass ich gelogen habe?«

Wilde hielt einen USB-Stick hoch. Da war nichts drauf. Er war nur eine Requisite, Teil der Scharade. »Ich *weiß* es, Marnie.«

Und dann sprach Marnie es aus: »Wenn Sie es wissen, wozu brauchen Sie mich dann überhaupt?«

Da war es. Das Eingeständnis. Wenn man die Wahrheit sagte, hatte man es nicht nötig, sich darauf zu berufen oder sich Sorgen zu machen. Sie war in diesem Podcast nicht ganz ehrlich gewesen. Jetzt war Wilde sicher.

»Weil ich die Bestätigung brauche. Nur für mich selbst. Weil ich alles bis aufs i-Tüpfelchen genau mache. Ich gehe nicht leichtfertig vor. Ich weiß, dass du im Podcast nicht die

Wahrheit gesagt hast. Ich kann das beweisen. Es reicht, um dich zu ruinieren.«

»Hören Sie auf, das immer wieder zu sagen!«

Marnie hatte nicht ganz unrecht. Wilde improvisierte gerade, und das nicht besonders gut. Ihm wurde auch klar, dass die Polizisten aus Hartford mit ihm etwas ganz Ähnliches gemacht und einfach geblufft hatten. Er hatte ein schlechtes Gewissen, weil er ihre Methoden anwandte, es war aber nicht so schlecht, dass er damit aufhörte.

»Und ich habe das Richtige getan«, sagte Marnie. »Wenn Sie alles wissen, wissen Sie auch das.«

Das Richtige? Oh Mann. Er musste behutsam vorgehen.

»Nein, Marnie, das weiß ich nicht. Und zwar ganz und gar nicht. So wie ich das sehe, bist du schuldig, und ich werde dich dafür fertigmachen.« Wilde schnitt ihren Einspruch ab, indem er die Hand hob. »Falls es noch eine andere Sichtweise gibt, die ich nicht erkenne, falls ich etwas übersehen habe, musst du schnell mit der Wahrheit rausrücken, Marnie. Denn im Moment, ohne weitere Erklärungen, wüsste ich nicht, mit welchem Recht du behauptest, *das Richtige* getan zu haben.«

Marnies Blick schoss wild herum, während sie ihre Möglichkeiten durchging. Wilde wusste, dass er jetzt behutsam vorgehen musste. Wenn er sie zu sehr bedrängte, würde sie womöglich einfach abhauen. Wenn er aufhörte, sie mit Drohungen zu überschütten, könnte sie sich sammeln und dann vielleicht erkennen, dass seine ganze Fragerei nur Humbug war.

»Ach, vergiss es«, sagte Wilde.

»Was?«

Wilde zuckte die Achseln. »Mir gefällt das Ganze nicht.«

»Was meinen Sie?«

»Ich werde die Informationen über den Reality Ralph Podcast veröffentlichen.«

»Halt, was?«

»Du bist es nicht wert, gerettet zu werden, Marnie. Du hast es verdient, gecancelt zu werden.«

Sie fing wieder an zu weinen. »Warum sind Sie so gemein?«

Das schon wieder. »Das weißt du ganz genau.«

»Ich wollte doch nur helfen!«

»Wem wolltest du helfen?«

Marnie schluchzte noch lauter.

»Also, ich hab dir eine Chance gegeben, aus der Nummer rauszukommen, Marnie. Das hätte ich nicht tun dürfen. Ich hab das nur gemacht, weil meine Schwester und ich echte Fans sind.« Immer weitergraben. »Mein Chef hat gesagt, du bist es nicht wert. Jetzt glaube ich, er hatte recht.«

Wilde riskierte es, sich von ihr abzuwenden. Sie schluchzte noch lauter.

In dem Moment sagte eine Frauenstimme: »Herzchen, ist alles in Ordnung? Tut dieser Mann dir etwas?«

Verdammt, dachte Wilde.

Er drehte sich wieder um. Die Frau war klein, runzelig, schob einen Einkaufswagen und starrte Wilde finster an.

»Herzchen, willst du mit mir mitkommen? Wir können uns ein sicheres Plätzchen suchen.«

Wilde beschloss, sein Glück etwas herauszufordern. »Keine Sorge. Das Gespräch war sowieso gerade beendet.«

»Was?« Marnie drehte sich zu der runzeligen Frau um und schenkte ihr ein breites, wenn auch trauriges Lächeln. »Nein, nein, mir geht's gut. Wirklich. Dieser Mann ist ein alter Freund.«

Die runzelige Frau glaubte ihr nicht. »Ein alter Freund?«

»Ja. Seine Schwester Jane und ich waren am College Zimmergenossinnen. Er hat... Ich weine, weil er mir gerade schlechte Nachrichten überbracht hat. Jane hat Krebs. Im vierten Stadium.«

Eine Oscar-reife Vorstellung, einfach aus dem Handgelenk geschüttelt. Die runzelige Frau sah erst Wilde, dann wieder Marnie an. Dann zuckte sie die Achseln und ging weiter.

»Schluss jetzt«, sagte Wilde, als sie wieder allein waren. »Erzähl es mir.«

»Sie werden Ihr Versprechen halten?«

»Ja.«

»Es wird nicht an die Öffentlichkeit kommen?«

»Versprochen.«

»Ich werde nicht gecancelt?«

Wilde hatte keine Ahnung, was das nach sich ziehen würde.

»Versprochen.«

Marnie atmete tief durch und blinzelte weitere Tränen zurück. »Er hat es mit einer anderen gemacht, nicht mit mir. Peter, meine ich.«

»Was hat er mit einer anderen ...?«

»Hören Sie auf«, blaffte sie, »Sie wissen genau, wovon ich spreche. Peter hat diese Frau belästigt. Er hat ihr Nacktbilder geschickt, und als er die Gelegenheit hatte, hat er ihr K.-o.-Tropfen gegeben und ...« Sie verstummte einfach.

»Welche Frau?«

»Das hat man mir so erzählt.«

»Wer hat das erzählt?«

»Erstens die Frau selbst. Sie wollte nicht an die Öffentlichkeit gehen. Das war Teil der Vereinbarung, die wir getroffen haben. Wenn sie selbst mit diesen Anschuldigungen an die Öffentlichkeit gegangen wäre, hätte sich ihr Leben für immer verändert. Millionen Menschen hätten es erfahren –

und sie konnte mit so viel Aufmerksamkeit nicht umgehen. Sie ist keine Prominente. Sie brauchte jemanden, der ihre Story für sie erzählt.«

Jetzt begriff Wilde. »Dich.«

»Ihre Geschichte war so schrecklich. Einfach schrecklich. Was Peter – mein eigener Schwager – ihr angetan hat. Ich habe so geweint. Er musste bestraft werden. Das war uns sofort klar. Die Frau hat überlegt, ob sie zur Polizei gehen soll, wollte das dann aber auch nicht. Also hatten wir eine Idee.«

»Du würdest in den Podcast gehen«, sagte Wilde, »und behaupten, dass dir das passiert ist.«

Mein Gott, dachte Wilde. Das war so übel, dass es stimmen konnte.

»Ich wollte der Frau helfen – und ich wollte, dass meine Schwester erfährt, was für einen Mann sie geheiratet hat.«

»Und wer ist sie? Diese ›Frau‹, die Peter missbraucht hat?«

»Das kann ich nicht sagen. Ich habe es versprochen.«

»Marnie …«

»Nein. Sie können mir drohen, so viel Sie wollen, aber ich werde auf keinen Fall ein Opfer verraten.«

Wilde beschloss, erst einmal nicht weiter darauf einzugehen. »Aber warum bist du überhaupt in den Podcast gegangen?«

»Das habe ich doch gerade gesagt. Um der Frau zu helfen. Und Jenn natürlich auch.«

»Aber dann hättest du es Jenn doch einfach erzählen können. Ohne damit an die Öffentlichkeit zu gehen.«

»Was? Glauben Sie etwa, dass ich es wirklich auf die Art machen *wollte*?«

Und die Antwort auf diese Frage lag auf der Hand, dachte Wilde: Ja. Ja, genau so wollte sie es machen. Sie konnte nicht anders. Sie brauchte die Aufmerksamkeit und den Ruhm und wäre durchgedreht, wenn es nicht geklappt hätte. Hester hatte recht gehabt. Marnie wollte den Ruhm um jeden Preis, und sie hatte ihn bekommen.

»Ich hatte sowieso keine Wahl«, sagte Marnie. »Ich stand unter Vertrag.«

»Bei wem?«

»Bei der Show. So funktioniert Reality-TV. Man unterschreibt einen Vertrag. Die Produzenten geben dir Anweisungen, und du befolgst sie, um die Storyline zu verbessern.«

»Aber du warst keine Kandidatin in der Show.«

»Da noch nicht. Aber ich hatte mich beworben und war so weit gekommen, dass ich einen unterschrieben hatte. Wenn ich es in die nächste Staffel schaffen wollte, musste ich mich von meiner besten Seite zeigen.«

Wilde traute seinen Ohren nicht, und doch passte alles zusammen. »Ein Produzent hat dich zum Lügen aufgefordert, damit du einen Platz in der Show kriegst?«

»Hey, ich habe mir den Platz erarbeitet«, sagte Marnie voller Empörung. »Durch Talent. Und es war keine Lüge. Es ist genau so passiert, wie ich es erzählt habe.«

»Aber nicht dir.«

»Was macht das für einen Unterschied? Es ist passiert. Ich habe selbst mit dieser Frau gesprochen. Sie hatte Beweise.«

»Was für Beweise?«

»Fotos. Jede Menge.«

»Die mit *Photoshop* bearbeitet worden sein könnten.«

»Nein.« Marnie seufzte und schüttelte den Kopf. »Hören Sie, Jenn und ich standen uns damals sehr nahe. Wir haben uns betrunken und über Peter geredet, Sie wissen schon. Es ist mir ein bisschen peinlich, aber ich wusste, wie *sein Dingens* aussah. Das war nicht Peters Kopf, den jemand auf einen anderen Körper *gephotoshopt* hatte.«

»Standen uns damals sehr nahe«, sagte Wilde.

»Was?«

»Du hast gesagt ›Jenn und ich standen uns damals sehr nahe.‹«

»Das tun wir immer noch. Ich meine, wir tun es jetzt wieder. Peter – er war nicht gut für unsere Freundschaft.«

»Warum nicht?«

Marnie zuckte die Achseln. »Ich weiß es nicht. Das war einfach so.«

»Mochtest du ihn?«

»Was? Nein.« Ihr Handy surrte. Sie las die Message. »Mist, Ihretwegen komme ich zu spät zum Schminken und Frisieren. Ich muss los.«

»Eins noch.«

Marnie seufzte. »Okay, aber denken Sie an Ihr Versprechen.«

»Hast du Jenn je die Wahrheit gesagt?«

»Das hab ich Ihnen doch schon gesagt. Das ist die Wahrheit…«

Wilde bemühte sich, nicht die Stimme zu erheben. »Hast du Jenn je gesagt, dass das, was du über Peter erzählt hast, nicht dir, sondern einer anderen Frau passiert ist?«

Marnie sagte nichts, wurde aber blass.

Wilde konnte es nicht fassen. »Dann denkt deine Schwester also noch immer…«

»Sie dürfen es ihr nicht verraten«, flüsterte Marnie schroff. »Ich habe es für Jenn getan. Um sie vor diesem Monster zu schützen. Und Peter hat es zugegeben. Begreifen Sie das denn nicht? Es stimmt alles. Und jetzt lassen Sie mich verdammt noch mal in Ruhe.«

Marnie wischte sich über die Augen, drehte sich um und eilte davon.

VIERUNDZWANZIG

Lassen Sie mich Ihnen erklären, was für ein Mensch Martin Spirow ist.

Als das sechsundzwanzigjährige »Fitness Model« Sandra Dubonay letztes Jahr bei einem Autounfall ums Leben kam, postete die Familie auf ihrer Social-Media-Website eine Traueranzeige mit einem herzergreifenden Porträtfoto ihrer Tochter, auf dem sie in die Sonne lächelt, und der Bildunterschrift: *Du wirst immer in unseren Herzen sein*. Unter diese Traueranzeige stellte Martin Spirow von einem Fake-Account folgenden Kommentar ein:

Jammerschade, wenn scharfe Fotzen abnippeln.

Ich frage Sie: Muss man noch mehr wissen?

Boomerang hatte sich den Fall angesehen und Martin schließlich einen kleinen Denkzettel verpasst. In den sozialen Medien folgt Martin Spirow diversen kräftig gebauten »Fitness Models« – eine faszinierende Beschönigung –, behauptet aber, dass er sich nicht daran erinnern kann, diese schrecklichen und grausamen Worte geschrieben zu haben, und dass er wohl sturzbetrunken gewesen sein musste, als er das gepostet hat.

Ja, ganz bestimmt.

Wir sollen also glauben, dass Martin Spirow im Vollrausch daran gedacht hat, sich mit seinem Sockenpuppen-Account anzumelden statt mit dem, der auf seinen richtigen Namen lief? Dass er daran gedacht hat, die Anonymität im Internet zu wahren, während er mit seinen bekanntermaßen vorhandenen Alkoholproblemen »ausrastete«?

Vergessen Sie es.

Und selbst wenn ich es glauben würde, wäre es mir doch eigentlich egal, oder?

Wie Katherine Frole hinsichtlich Henry McAndrews schon angemerkt hatte, war auch Martin Spirows Verbrechen wohl nicht so schwerwiegend, dass man ihn zum Tode verurteilen musste. Dessen bin ich mir bewusst. Allerdings hat er es auch nicht verdient zu leben. Ich bin immer noch selbstkritisch genug, um zu erkennen, dass ich mich für die von mir geplanten Handlungen rechtfertige, was allerdings keinesfalls bedeutet, dass meine Rechtfertigungen aus der Luft gegriffen wären.

Ich bin beileibe kein Experte in Sachen Mord. Den größten Teil meines Wissens habe ich – genau wie Sie – aus Fernsehkrimis. Ich weiß, dass ich mir zwischen den Morden Zeit lassen oder immer wieder andere Waffen verwenden müsste. Ich weiß, dass ich Tage, Wochen oder Monate mit der Planung verbringen müsste, dass überall Überwachungskameras stehen, dass kleinste Fasern oder winzigste DNA-Spuren zum Täter zurückverfolgt werden können. (Und wer wüsste besser als ich, wie die DNA das Leben eines Menschen verändern kann?) Ich werde vorsichtig sein, aber werde ich vorsichtig genug sein?

Ich glaube schon. Ich habe einen Plan. Ich habe ein Ziel vor Augen. Wenn ich es richtig anstelle, wird es eine Auferstehung geben, wie es sie nicht mehr gab, seit…

Das auszusprechen wäre Blasphemie.

Ich habe für 189 Dollar einen Schalldämpfer (oder »Mündungssignaturreduzierer«, wie der Waffenhändler ihn nannte) gekauft.

Martin Spirow lebt mit seiner Frau Katie auf einer kleinen Ranch in der Nähe von Rehoboth Beach in Delaware. In der Einfahrt steht nur ein Auto. Um 9.45 Uhr verlässt Katie das Haus. Sie trägt Jeans und eine Walmart-Angestelltenweste. Sie geht zu Fuß zum nur knapp einen halben Kilometer entfernten Walmart. Ihr Mann Martin ist arbeitslos und besucht täglich zwei Treffen der Anonymen Alkoholiker.

Das alles stand in der Boomerang-Akte.

Die meisten Schichten bei Walmart dauern sieben bis neun Stunden. Also habe ich viel Zeit. Ich will sie aber nicht verschwenden. Als Katie außer Sichtweite ist, nähere ich mich der Tür. Ich bin ganz braun gekleidet, einschließlich brauner Mütze. Ich trage keinen UPS-Schriftzug, glaube aber auch nicht, dass ich den brauche. Ich habe ein leeres Paket in der Hand. Es ist eine simple, aber effektive Verkleidung – Paketzusteller –, und ich werde sowieso nicht lange sichtbar sein.

Das größte Problem für mich ist mein Wagen. Ich weiß, dass die Mautstellen alle mit Kameras und anderen modernen Technologien ausgerüstet sind, um einen zu orten. Ich habe ein paar Straßen entfernt geparkt, vor einem unscheinbaren Bürohaus mit Arztpraxen, Anwaltskanzleien und Ähnlichem. Ich habe keine Überwachungskameras gesehen. Auf dem Weg ist mir ein grüner Müllcontainer aufgefallen, in dem ich die braunen Klamotten entsorgen kann, um im blauen Hemd und der Jeans weiterzugehen, die ich darunter trage.

Kurzum, ich habe eine Art groben Plan. Narrensicher? Wohl kaum. Aber für den Moment müsste er ausreichen.

Ich klingele. Keine Reaktion. Ich klingele noch einmal. Dann noch einmal.

Eine mürrische, schlaftrunkene Stimme sagt: »Wer ist da?«

Ich räuspere mich. »Ein Paket.«

»Herrgott, ist es nicht noch viel zu früh? Stellen Sie es einfach auf die Treppe.«

»Ich brauche eine Unterschrift.«

»Ach, verdammte...«
Martin Spirow öffnet die Tür. Ich zögere keinen Moment. Ich ziehe die Pistole und richte sie direkt auf ihn.
»Zurück«, sage ich.
Martins Augen treten hervor, er tut aber, was ich verlange. Er hebt sogar die Hände, obwohl ich davon gar nichts gesagt habe. Als ich eintrete und die Tür schließe, rieche ich die Angst, die er schubweise verströmt.
»Wenn Sie uns ausrauben wollen...«
»Will ich nicht«, sage ich.
»Was wollen Sie dann?«
Ich richte die Waffe auf sein Gesicht. »Jammerschade, wenn scharfe Fotzen abnippeln.«
Ich warte einen Moment, um sicherzugehen, dass er meine Worte wirklich begreift.
Als ich es in seinen Augen sehe, verliere ich keine Zeit.
Ich drücke dreimal ab.

FÜNFUNDZWANZIG

Wilde ging die 72nd Street entlang Richtung Osten, bis er in den Central Park kam. Rola kaufte sich gerade an einem Eiswagen ein Vanille-Softeis in einer Waffel.
»Willst du auch eins?«, fragte sie.
»Es ist zehn Uhr morgens.«
»Das ist ein Eis, kein Tequila.«
»Nee, lass mal.«
Rola zuckte die Achseln. Sie durchquerten eine Gruppe Rikschafahrer, die aggressiv ihre Dienste anboten, und gingen den schmalen Weg zu den *Strawberry Fields*.
»Du siehst nicht gut aus«, sagte Rola.
»Danke.«
»Diese Cops.«
»Lass gut sein.«
»Wenn du meinst. Wie ist es mit Marnie Cassidy gelaufen?«
Er erzählte es ihr, während sie an den Touristen vorbeigingen, die sich um das *IMAGINE*-Mosaik drängten, das John Lennon huldigte. Als er fertig war, sagte Rola: »Du willst mich doch verarschen.«
»Absolut nicht.«
»Jemand hat sie dazu angestiftet?«
»So wie ich das verstanden habe«, sagte Wilde, »verwendet Reality-TV das wahre Leben, um daraus fesselnde Storys zu machen. Diese Storys müssen nicht wahr sein. Sie müssen

die Leute nur zum Einschalten bringen. Die meisten Reality-Stars wissen, dass es nur darum geht. Man muss dem Drama-Affen Zucker geben. Aber Peter war als Reality-TV-Charakter etwas fade geworden. Er war schon eine ganze Weile verheiratet. Kinder kamen nicht. Ich vermute, dass jemand in der Show das Ganze eingefädelt hat, um die Sache wieder zum Laufen zu bringen und das Zuschauerinteresse in die Höhe zu treiben.«

»Was ja auch geklappt hat«, sagte Rola.

»Ganz genau.«

»Und die Produzenten der Show wussten, dass Jenns Schwester alles tun würde, um ein kleines Stück vom Ruhm abzukriegen.«

»Richtig.«

»Damit stellt sich die große Frage: Hat Peter einer anderen Frau K.-o.-Tropfen verabreicht und sie missbraucht?«

»Gibt es dafür irgendwelche Beweise?«

»In den Daten, die du von Henry McAndrews' Computer heruntergeladen hast«, sagte sie.

»Was ist damit?«

»Wir haben da weitere Fotos von Peter gefunden.«

»Und?«

»Sie werden gerade von einem meiner Experten geprüft, scheinen aber echt zu sein. Sie waren auch ziemlich obszön.«

Wilde überlegte. »Irgendeine Idee, wer McAndrews die Fotos geschickt hat?«

»Nein. Weißt du, dass er die Rechnungen über die Anwaltskanzlei seines Sohnes gestellt hat?«

»Ja.«

»Es sieht aus, als wären sämtliche E-Mails zuerst an die Anwaltskanzlei gegangen, und zwar über ein VPN von einem anonymen E-Mail-Account. Wie du weißt, ist das nicht be-

sonders kompliziert. Die Anwaltskanzlei hat die E-Mails mit den Anhängen dann an Henry McAndrews weitergeleitet.«
Sie gingen an dem bronzenen Denkmal für Daniel Webster vorbei. Beide blieben stehen und lasen die Inschrift auf dem Sockel:

> Liberty and Union, Now and Forever,
> One and Inseparable

»Prophetisch«, sagte Rola.
»Ja.«
»Aber das kann man von einem Wörterbuch-Verleger wohl auch erwarten.«
Das war Noah Webster, nicht Daniel, aber Wilde verkniff sich die Richtigstellung.
»Wenn ich dich richtig verstehe«, fuhr Rola fort, »glaubst du, dass die Produzenten beschlossen haben, Peter Bennett abzusägen, und das meine ich in doppelter Hinsicht, nämlich erstens in der Show, aber auch in dem Sinne, dass sie ihn persönlich zerstören.«
»Möglich.«
»Kommt mir ganz schön extrem vor, so mit dem Leben von Menschen zu spielen.«
»Das ist das Prinzip dieser Shows. Hast du sie dir mal angeguckt? Man nimmt leicht manipulierbare junge Leute, die nach Ruhm lechzen, und dann spielt man mit ihnen. Da sind dann alle zum Abschuss freigegeben. Sie machen sie betrunken. Sie konstruieren unheilvolle Dramen. Die ohnehin schon verunsicherten Kandidaten werden einer emotionalen Zerreißprobe ausgesetzt, und dafür sind sie nicht gerüstet.«
»Das mit der Manipulation verstehe ich«, sagte Rola,

»aber sie können sich doch nicht einfach etwas aus den Fingern saugen.«

»Doch, das können sie.«

»Nein, du verstehst nicht, was ich meine. Es ist eine Sache, jemandem zu sagen: ›Fang mit diesem Kandidaten einen Streit an‹ oder sogar ›Mach Schluss mit dem Typen‹. Wie auch immer. Aber es ist etwas anderes, eine Situation herbeizuführen, in der man einen Mann beschuldigt, so ein Verbrechen begangen zu haben, wie es hier geschehen ist, und seinen Ruf vollkommen zu vernichten. Ganz egal, was im Vertrag steht – er könnte auf Schadenersatz klagen.«

Das war ein gutes Argument. »Es sei denn«, sagte Wilde, »es ist die Wahrheit.«

»Genau darauf will ich hinaus. Angenommen, eine Frau geht zu den Produzenten. Oder sonst irgendjemand. Sie erzählt, sie wäre mit K.-o.-Tropfen betäubt worden. Sie hat auch ein paar Beweise. Die Fotos, ein paar SMS, was auch immer. Jetzt können die Produzenten das enthüllen und sogar behaupten, dass es nicht nur gut für die Show, sondern auch für die anderen Mitarbeiter das Sicherste ist.«

Wilde runzelte die Stirn.

»Was ist?«, fragte Rola.

»Das ist logisch. Es folgt einer schrecklichen Logik, ist aber logisch.«

»Eben. Und jetzt kommt noch Marnie ins Spiel, die alles tun würde, um in die Show zu kommen. Außerdem ist sie leicht manipulierbar. Das gilt ja, wie du schon gesagt hast, für praktisch alle Teilnehmer dieser Shows. Und dein Cousin scheint auch unglaublich naiv zu sein. Der nette Peter verwandelt sich mir nichts, dir nichts in den ultimativen Bösewicht. Nicht nur, weil er untreu ist und sexuell übergriffig wurde – er wurde es auch noch der Schwester der geliebten Jenn gegenüber.«

»Das hat hohe Wellen geschlagen.«

»Ja.«

Wilde schüttelte den Kopf. »Eklig.«

»Auch das, ja.«

»Und was machen wir als Nächstes? Stellen wir die Produzenten zur Rede?«

»Was werden die dir schon sagen?«, erwiderte Rola. »Sie werden doch nichts davon zugeben. Aber wichtiger noch: Was würde das ändern? Inwiefern würde es uns bei der Suche nach Peter Bennett helfen?« Rola blieb stehen und starrte zu ihm hoch. »Wir suchen ihn doch noch, oder?«

»Ja.«

»Es klingt nämlich eher so, als würdest du versuchen, sein Image aufzupolieren.«

»Das Image eines Reality-Stars aufpolieren«, sagte Wilde. »Wer interessiert sich denn für so was?«

»Genau. Also kommen wir auf ein paar entscheidendere Punkte, weil das nämlich ziemlich seltsam ist. Richtig seltsam. Ich habe eine Kopie von Peter Bennetts Geburtsurkunde. Er wurde vor achtundzwanzig Jahren am 12. April geboren. Laut dieser Urkunde sind seine Eltern Philip und Shirley Bennett.«

Wilde runzelte die Stirn. »Aber das sind doch seine Adoptiveltern.«

»Darum geht es ja. Es gibt nicht den geringsten Hinweis darauf, dass Peter adoptiert wurde. Hier steht, dass Shirley im Lewistown Medical Center entbunden hat, das etwa eine halbe Stunde von der Penn State entfernt ist. Es ist auch der Name des Arztes aufgeführt. Curtis Schenker. Er lebt noch. Ich habe ihn persönlich kontaktiert.«

»Was hat er gesagt?«

»Was wird er schon gesagt haben?«

»Ärztliche Schweigepflicht?«

»Fast richtig. Ein Verstoß gegen das HIPAA-Gesetz zum Schutz von Gesundheitsinformationen, außerdem hat er schon Tausende Babys entbunden und kann sich nicht an alle erinnern. Aber jetzt pass auf: Zwei Jahre nach Peter Bennetts Geburt wurde Dr. Schenker wegen Betrugs im Gesundheitswesen für fünf Jahre seine Zulassung als Arzt entzogen.«

»Was bedeutet, dass er unseriös ist.«

»Ja.«

»So unseriös, dass er Bestechungsgelder annehmen würde für eine Unterschrift auf einer Geburtsurkunde?«

»Möglich. Aber lass uns das Ganze noch einmal durchgehen. Die Bennetts leben im Großraum Memphis – Mutter, Vater, zwei Mädchen und ein kleiner Junge. Sie ziehen nach Pennsylvania, und plötzlich haben sie ein Baby namens Peter.«

In diesem Moment entdeckte Wilde sie.

»Hör gut zu«, sagte er.

»Was ist?«

»Geh weiter, als wäre nichts geschehen.«

»Oh Scheiße, was ist? Werden wir beschattet?«

»Geh einfach weiter. Und sprich mit mir. Genau wie vorher.«

»Alles klar. Also, was ist los?«

»Ich habe drei gesehen. Wahrscheinlich sind es noch mehr.«

»Wo sind sie?«

»Spielt keine Rolle. Such sie nicht, auch nicht heimlich. Sie sollen nicht wissen, dass wir sie entdeckt haben.«

»Alles klar«, sagte Rola noch einmal. »Sind das Cops?«

»Weiß ich nicht genau. Auf jeden Fall irgendwelche Gesetzeshüter. Sie machen das auch ziemlich gut.«

»Also wahrscheinlich nicht wieder die Bullen aus Hartford.«

»Wahrscheinlich nicht. Aber vielleicht können wir ihnen einen Gefallen tun.«

»Hast du einen Plan?«

Den hatte er. Sie gingen weiter durch den Park. Links von ihnen an der roten Ziegelmauer der *Bethesda Terrace* hatten sich viele Touristen am Ufer des Sees angesammelt, den man in einem Anfall von Originalität *The Lake* genannt hatte. Die Leute machten jede Menge Selfies mit oder ohne Selfie-Sticks und alle möglichen anderen Handy-Fotos, die irgendwann auf Social-Media-Websites landen würden. Wilde und Rola gingen, scheinbar angeregt plaudernd, durch die Menge. Für Verfolger wäre es schwer, zwischen den Touristen unbemerkt mit ihnen Schritt zu halten. Wilde sah bewusst nicht nach hinten. Jetzt, wo er wusste, dass sie da waren, war es sinnlos, einen Blick zu riskieren.

Er zog sein Handy heraus und wählte Hesters Nummer. Sie nahm nach dem dritten Klingeln ab.

»Ich höre.«

»Ich bin im Central Park und werde verfolgt«, sagte Wilde.

Wilde und Rola nahmen den Weg, der links am Brunnen entlangführte, überquerten die Bow Bridge und gingen weiter ins dichtere Unterholz von The Ramble.

»Hast du den Eindruck, dass sie dich festnehmen wollen?«

»Ja.«

»Schick mir einen Tracking-Link, damit ich dich orten kann.«

»Rola ist bei mir.«

»Dann soll sie das Gleiche tun. Ich stelle ein paar Nachforschungen an und melde mich sofort wieder bei dir.«

Rola und er waren an der West 72nd Street in den Central

Park gekommen. Dort in der Nähe hatte Rola ihren Wagen in einem Parkhaus abgestellt. Die Polizei – oder wer auch immer das war – würde dort die meisten Leute haben, weil sie annahmen, dass Wilde und Rola bei einem Spaziergang durch den Park plauderten und dann zum Auto zurückkehrten. Das hätte auch geklappt, wenn Wilde sie nicht entdeckt hätte. Jetzt, da sie sich auf den verschlungenen Pfaden des Ramble weiter von diesem Epizentrum entfernten, würde es für die Verfolger schwieriger werden, ihnen auf den Fersen zu bleiben.

»Es muss doch um den McAndrews-Mord gehen, oder nicht?«, fragte Rola.

»Keine Ahnung.«

»Könnten sie etwas anderes gefunden haben, das dich mit dem Verbrechen in Verbindung bringt?«

»Das bezweifle ich.«

Sein Handy vibrierte. Hester.

»Lass dich nicht festnehmen«, sagte Hester.

»So schlimm?«

»Ja«, sagte Hester. »Kannst du zu mir ins Büro kommen?«

»Ich denke schon.«

»Hast du einen Plan?«

»Vertraust du Tim?«, fragte Wilde.

»Ich würde mein Leben in seine Hände legen.«

Er erzählte ihr, was er zu tun gedachte. Rola hörte zu und nickte zustimmend. Sie gingen schneller. Sie wollten nicht zu lange im Ramble bleiben. Die Polizei könnte sie einkreisen und festnehmen. Sie hatten einen gewissen Vorteil, weil in diesem Waldstück ziemlich viele Leute unterwegs waren. Sie waren schon an zwei großen Vogelbeobachtergruppen vorbeigekommen. Würde die Polizei mit so vielen Leuten in der Nähe eine Verhaftung riskieren? Unwahrscheinlich. Sie würden warten, bis er sich auf eher freiem Gelände befand, zum Beispiel in der Nähe von Rolas Auto.

Rola sagte: »Frau mit grauem Kapuzenpulli und weißen Adidas-Schuhen?«

Wilde nickte, als beide ihre Standort-Marker an Hester schickten. Hester wiederum schickte ihnen Tims Ortungs-Anfrage. Nach Wildes Schätzung brauchte Tim etwa eine Viertelstunde bis zum Treffpunkt. Sie mussten noch etwas Zeit schinden. Er erläuterte Rola seinen Plan, der, wie die meisten guten Pläne, erschreckend einfach war. Die Beschatter sollten glauben, dass Rola und er sich nur unterhielten. Sie nutzten weiter stark belebte Wege, damit ihre Verfolger nichts unternehmen konnten. Er versuchte auch, immer wieder von Büschen und Bäumen gesäumte Wege zu nehmen, da er davon ausging, dass sie auch aus der Ferne beobachtet wurden und so schwerer zu sehen waren.

»Der Typ mit der blauen Baseballkappe und der Sonnenbrille, der ständig auf sein Handy guckt«, sagte Rola.

Wilde nickte.

Sie gingen nach Norden, am hufeisenförmigen Delacorte Theater vorbei, der Heimat der berühmten *Shakespeare in the Park*-Aufführungen mit *Turtle Pond* als Bühnenhintergrund.

Rola sagte: »Weißt du noch, wie wir hier *Der Sturm* gesehen haben?«

Das tat er. In ihrer Highschool-Zeit hatte eine Stiftung für Pflegekinder Tickets für die »Unterprivilegierten« in North Bergen County besorgt. Er hatte mit Rola an seiner Seite in diesem Theater gesessen. Sie hatten damals gemeinsam bei den Brewers gewohnt und beide erwartet, dass sie sich eher langweilen würden – Shakespeare im Park? –, aber die Inszenierung vor der Kulisse des Turtle Pond hatte sie vollkommen in ihren Bann gezogen.

»Die junge Frau mit Pferdeschwanz und North-Face-Rucksack.«

»Du bist gut«, sagte er.

»Sehr jung. Sie muss neu sein.«

»Gut möglich.«

»Oh, und der Geschäftsmann mit Zeitung. Eine Zeitung. Alte Schule.«

»Den hab ich übersehen, aber zeig mir nicht, wo er ist.«

»Mann, Wilde, hältst du mich für eine Amateurin?«

»Nein.«

»Ich mache das schon länger als du.«

»Du hast recht«, sagte Wilde. Er hielt kurz inne und blickte auf das Delacorte Theater. Er erinnerte sich so gut an diesen *Sturm*. Patrick Stewart, bekannt durch die Star-Trek-Reihe, hatte den Prospero gespielt, Carrie Preston die Miranda und Bill Irwin und John Pankow waren als Trinculo und Stephano urkomisch gewesen.

»Hast du das Programmheft aufbewahrt?«, fragte Wilde.

»Vom *Sturm*? Du weißt doch ganz genau, dass ich es habe.«

Er nickte. Rola bewahrte alles auf. »Tut mir wirklich leid«, sagte Wilde.

»Was?«

»Dass ich nicht immer erreichbar war«, sagte er. »Ich liebe dich. Du bist meine Schwester. Und du wirst immer meine Schwester bleiben.«

»Wilde?«

»Was ist?«

»Stirbst du?«

Er lächelte. Es war seltsam, in diesem Irrsinn darüber nachzudenken, aber vielleicht war das der einzige Zeitpunkt, an dem er sich selbst gegenüber ehrlich sein konnte. Wenn alles ruhig war, konnte man solche Gedanken leicht beiseiteschieben oder verdrängen. In so einem Sturm des Irrsinns fiel es Wilde manchmal leichter, sich in dessen Auge zu begeben und das Naheliegende zu erkennen.

»Ich weiß, dass du mich liebst«, sagte Rola.

»Ich weiß, dass du es weißt.«

»Trotzdem«, sagte sie, »ist es schön, das mal zu hören. Hast du vor, wieder zu verschwinden?«

»Ich glaube nicht.«

»Falls doch, schick mir eine SMS pro Woche. Mehr verlange ich nicht. Wenn du es nicht tust, weiß ich, dass du mich nicht liebst.«

Sie gingen wieder zurück nach Osten zum *Metropolitan Museum of Art*. Auf dem Weg wurde die Menschenmenge immer größer. Sie waren schon fast aus dem Park heraus. Dann stünden sie relativ ungeschützt auf der 5th Avenue, falls die Polizei dort in größerer Anzahl bereitstand. Wilde bezweifelte allerdings, dass sie so gut vorbereitet waren, aber als sie auf der 5th Avenue ankamen, beschleunigten sie ihren Schritt und schlängelten sich im Zickzack durch die Menschenmenge. Sie verschwanden im unauffälligen Mitglieder-Eingang des Metropolitan, der sich auf Straßenniveau befand. Rola war seit vielen Jahren Mitglied, um das Museum zu unterstützen. Sie kam auch oft mit ihren Kindern her. Sie passierten die Sicherheitskontrolle. Im Flur sagte Rola »Bye« und ging weiter zur Kartenschlange. Wilde zögerte keine Sekunde. Er verschwand ins Treppenhaus und lief runter in die Tiefgarage. Niemand folgte ihm.

Eine Minute später lag Wilde hinten im Fußraum von Hesters Limousine. Tim fuhr los.

Nach zwanzig Minuten hatten sie die Tiefgarage unter Hesters Kanzlei erreicht. Hester erwartete ihn.

»Alles okay mit dir?«
»Alles in Ordnung.«
»Gut. Oren ist oben in meinem Büro. Er will mit dir reden.«

SECHSUNDZWANZIG

Hester deutete auf einen Stuhl. »Nimm du den bitte«, sagte sie zu Oren Carmichael. »Wilde, du sitzt neben mir.«

Oren Carmichael setzte sich auf eine Seite des langen Konferenztisches, Hester und Wilde auf die andere. Sie befanden sich in einem verglasten Büro mit Blick auf die Skyline von Manhattan. Hester nutzte dieses Büro vor allem für juristische Anhörungen und hatte Oren dort platziert, wo normalerweise der Angeklagte saß. Wilde glaubte nicht, dass diese Sitzposition Zufall war.

»Ihr beide müsst mir jetzt mal zuhören«, fing Oren an. »Wir haben es mit einem ermordeten Polizisten...«

»Oren?« Es war Hester.

»Was ist?«

»Pst. Sag uns, warum Wilde im Park verfolgt wurde.«

»Stopp mal«, unterbrach Wilde. »Er hat es dir nicht gesagt?«

»Noch nicht. Er hat nur gesagt, dass es schlimm ist.« Wilde wandte sich an Oren. »Wie schlimm?«, fragte er.

»*Sehr* schlimm. Aber zuerst muss ich wissen...«

»Du musst überhaupt nichts«, blaffte Hester ihn an. »Du hast mein Anwaltsgeheimnis verletzt.«

»Ich hab es dir doch erklärt, Hester. Ich hab es nicht ver...«

»Doch, das hast du, verdammt noch eins.« Wilde hörte einen neuen Unterton in Hesters Worten. Natürlich lag auch der übliche Trotz darin, aber es kam noch eine tiefe Traurigkeit dazu. »Verstehst du wirklich nicht, was du getan hast?«

Auch Oren hörte den Unterton. Er wand sich etwas, fuhr aber trotzdem fort: »Ihr müsst mir jetzt mal zuhören. Ihr beide. Das ist nämlich eine wirklich gravierende Sache. Wir haben es mit einem ermordeten Polizisten ...«

»Das sagst du ständig«, warf Hester ein.

»Was?«

»Du sprichst dauernd von einem ›ermordeten Polizisten‹. Ermordeter Polizist. Welche Rolle spielt es, dass er ein Polizist war?«

»Ist das dein Ernst?«

»Absolut. Warum ist die Ermordung eines Polizisten wichtiger als die irgendeines anderen Bürgers?«

»Echt jetzt, Hester? Wollen wir darüber diskutieren?«

»Die Strafverfolgungsbehörden müssen für alle ihr Bestes geben, unabhängig von Position und Status. Ein ermordeter Polizist dürfte keine höhere Priorität genießen als jeder andere Bürger.«

Oren drehte die Handflächen zur Decke. »Gut, kein Problem, vergiss, dass er ein Polizist ist. Er ist ein ermordeter *Mensch*. Zufrieden? Du ...«, er wandte sich an Wilde, »... hast die Leiche gefunden.«

»Ich hab dir gestern schon alles gesagt, was ich weiß«, sagte Wilde.

»Richtig«, fügte Hester hinzu. »Und wann genau war das noch? Ach ja, jetzt erinnere ich mich wieder – direkt nachdem deine Polizeikumpel meinen Mandanten entführt und gefoltert haben ...«, sie hob die Hand, um ihn gar nicht erst zu Wort kommen zu lassen, »... und wag es nicht, jetzt zu sagen, dass Wilde ein Freund und kein Mandant wäre, sonst wirst du es bereuen. An deiner Stelle würde ich mich übrigens auch nicht in zu großer Sicherheit wiegen, Mister. Du bist ein Komplize und direkt beteiligt an dem, was diese Männer Wilde angetan haben.«

Das saß, und man sah es Oren an.

»Das bist du, Oren«, fuhr Hester fort. Sie ließ nicht ab und sah dabei untröstlich aus. »Du kannst dir viele hübsche Ausreden ausdenken, so wie jeder Kriminelle, aber du hast ihnen die Informationen gegeben, die die Entführung und die Folter nach sich gezogen haben. Ach, und woher wussten die überhaupt, dass wir bei *Tony's* waren?«

»Was?« Oren setzte sich gerade auf seinen Stuhl. »Du glaubst doch nicht...«

»Hast du es ihnen gesagt?«

»Natürlich nicht.«

»Also gut. Aber warum wurde Wilde im Central Park von Polizisten verfolgt?«

»Das waren keine Polizisten«, sagte Oren.

»Wer oder was waren sie dann?«, fragte Wilde.

»FBI-Agenten.«

Stille.

Hester lehnte sich zurück und verschränkte die Arme. »Dann erklär uns das bitte mal.«

Oren stieß hörbar Luft aus und nickte. »Die ballistische Untersuchung der Kugeln, mit denen Henry McAndrews erschossen wurde, ist abgeschlossen. Sie stammen aus einer Neun-Millimeter-Handfeuerwaffe. Der Kriminaltechniker aus Hartford hat das Ergebnis in die nationale Datenbank eingegeben, und es gab einen Treffer. Ein weiterer Mord mit derselben Waffe. Ich korrigiere, ein weiterer *aktueller* Mord.«

»Wie aktuell?«, fragte Wilde.

»Sehr. In den letzten beiden Tagen.«

Wilde hakte nach. »Das heißt dann also *nach* Henry McAndrews' Ermordung?«

»Ja. Die Waffe, mit der Henry McAndrews umgebracht wurde, kam bei einem weiteren Mord zum Einsatz. Aber das ist noch nicht alles.« Hester forderte ihn mit einer Geste zum Fortfahren auf. »Erzähl.«

»Das Opfer«, sagte Oren, »war eine FBI-Agentin namens Katherine Frole.« Er sah Hester an. »Es geht also nicht mehr nur um einen ›ermordeten Polizisten‹. Jetzt kommt noch eine ermordete FBI-Agentin dazu. In deiner Fantasiewelt würde es vielleicht keinen Unterschied machen, dass zwei Vollzugsbeamte wahrscheinlich vom selben Mörder erschossen wurden. Man müsste genauso vorgehen, als ob zwei normale Bürger ermordet worden wären. Aber in der realen Welt…«

»Was verbindet die beiden?«, fragte Wilde.

»Nach unserem bisherigen Erkenntnisstand nicht das Geringste, außer dass beiden mit derselben Waffe dreimal in den Kopf geschossen wurde.«

»Zwischen ihren Aufgabenbereichen gab es keine Überschneidungen?«

»Bis jetzt haben wir zumindest keine gefunden. McAndrews war ein pensionierter Polizist aus Connecticut. Frole hat in der kriminaltechnischen Abteilung des FBI in Trenton gearbeitet. Das einzig Auffällige, was wir bisher haben, das bist – na ja – du.«

Die nächste Frage stellte Hester in ihrem professionellen Anwaltston. »Habt ihr irgendeine Verbindung zwischen meinem Mandanten und Henry McAndrews oder Katherine Frole gefunden?«

»Du meinst, außer der Tatsache, dass er in McAndrews' Haus eingebrochen ist und seine Leiche gefunden hat?«

Hester legte die Hand auf die Brust und keuchte gekünstelt auf. »Woher weißt du das denn, Oren?«
Er antwortete nicht.
»Habt ihr seine Fingerabdrücke? Habt ihr Zeugen? Welche Beweise habt ihr dafür, dass mein Mandant...«
»Können wir das bitte lassen?«, fragte Oren. »Zwei Menschen wurden ermordet.«
Hester wollte etwas erwidern, aber Wilde legte ihr eine Hand auf den Arm. Das Gezicke zwischen den beiden lenkte ihn ab. Er wollte die Sache voranbringen.
»Was ist mit Peter Bennett?«, fragte Wilde.
»Ah«, sagte Oren. »Das ist der zweite Grund, aus dem ich dich sehen wollte.«
»Wieso?«, fragte Hester.
Oren sah sie an. Sie nahmen Augenkontakt auf, und einen Moment lang ging es nur um sie beide. Wilde spürte es. Am liebsten hätte er den Raum verlassen. Die beiden hatten gerade erst ihre Liebe zueinander entdeckt, und nun bekam sie bereits Risse. Und obwohl sie alle im Moment mit größeren Problemen zu kämpfen hatten, wollte Wilde das wieder in Ordnung bringen.

Oren sah Hester weiter in die Augen, als er sagte: »Ich habe Wilde gestern Abend versprochen, dass ich mir die Sache mit Peter Bennett genauer ansehe.«

Hester nickte bedächtig. »Dann erzähl weiter«, sagte sie, jetzt mit sanfterer Stimme. »Was hast du herausbekommen?«

Oren blinzelte und wandte sich wieder an Wilde. »Nachdem du das erzählt hast, ist Peter Bennett natürlich zu einem Verdächtigen im Mordfall Henry McAndrews geworden. Ich habe deine Informationen an den leitenden Ermittler der Mordkommission, Timothy Best, weitergegeben. Ich glaube übrigens nicht, dass Best etwas mit dem zu tun hat, was dir gestern Abend passiert ist. Er ist bei der Connecticut State Police. Das Hartford Police Department bearbeitet den Fall nicht, weil die Tat außerhalb ihres Zuständigkeitsbereichs stattgefunden hat und außerdem ein Interessenkonflikt vorliegen würde.«

Wilde nickte. Das interessierte ihn im Moment nicht. »Und Peter Bennett?«

»Ich habe Best geholfen, Peter Bennett einmal genauer unter die Lupe zu nehmen. Als die ballistische Untersuchung dann aber ergeben hat, dass Katherine Frole mit derselben Waffe erschossen wurde, ist das FBI sofort ganz groß eingestiegen. Vor unserem Gespräch gestern Abend warst du also der Einzige, der Peter Bennett gesucht hat. Jetzt wird er auch vom FBI und den wichtigsten Strafverfolgungsbehörden des Staats Connecticut gesucht.«

»Hat schon jemand was gefunden?«, fragte Wilde.

»Ja, eine Menge.«

Hester blaffte ihn wieder an. »Dann rück endlich raus damit.«

Oren zog ein kleines Notizbuch aus der Tasche und setzte seine Lesebrille auf. »Du hattest das letzte Instagram-Foto von Peter Bennett an den Adiona-Klippen erwähnt.«

»Ja.«

Oren las mit monotoner Stimme vor: »Laut den Daten der Fluggesellschaft und der Passkontrolle flog Peter Bennett drei Tage, bevor das Foto aufgenommen wurde, von Newark Airport nach Französisch-Polynesien. Er verbrachte zwei Nächte in einem kleinen Hotel in der Nähe der Adiona-Klippen. An dem Morgen des Tages, an dem das Foto entstand, überreichte er seinen Rucksack und seine Kleidung einer Reinigungskraft und sagte, dass sie sie behalten könne. Er zahlte die Hotelrechnung, checkte aus und nahm sich ein Taxi, das ihn zum Fuß des

Berges brachte. Der Taxifahrer sah, wie dein Cousin den Pfad entlangging, der zu den Klippen hinaufführte.« Oren klappte sein Notizbuch zu. »Das ist alles.«

»Was heißt, das ist alles?«, fragte Hester.

»Seitdem wurde Peter Bennett nicht mehr gesehen. Wir haben auch keine Gerüchte gehört, dass ihm jemand begegnet wäre. Es gibt keinerlei Hinweise, dass er diesen Weg je wieder zurückgekommen ist. Sein Reisepass wurde nicht benutzt. Genau wie seine Kreditkarten oder andere Geldkarten. Er stand auf keiner Passagierliste und hat offiziell keine Grenze überquert.«

»Gibt es eine Arbeitshypothese?«, fragte Wilde.

»Hinsichtlich Peter Bennett? Das FBI nimmt an, dass er tatsächlich Selbstmord begangen hat.«

»Oder er hat ihn vorgetäuscht«, sagte Hester.

»Davon geht das FBI nicht aus«, sagte Oren.

»Warum nicht?«, fragte Hester.

»Zu den schon erwähnten Punkten kommen noch zwei weitere hinzu. Erstens: Vor seiner Abreise hat Peter Bennett seinen Nachlass geregelt. Wir haben mit seinem Finanzberater gesprochen, Jeff Eydenberg von der Bank of USA. Eydenberg wollte zunächst aus Gründen der Vertraulichkeit nicht reden, das FBI hat aber schnell einen Durchsuchungsbeschluss erwirkt. Als dieser vorlag, hat er kooperiert, auch weil er sich Sorgen um seinen Klienten machte. Laut Eydenberg ist Peter Bennett von sich aus zu ihm gekommen und hat seinen Nachlass zwischen seinen beiden Schwestern aufgeteilt. Im Moment liegt noch alles auf einem Treuhandkonto, weil seine Scheidung von Jenn Cassidy noch nicht rechtskräftig ist. Aber dieser Jeff Eydenberg hat Peter Bennett persönlich getroffen. Er sagte, Peter hätte sehr niedergeschlagen und deprimiert gewirkt.«

Nach kurzer Überlegung sagte Hester: »Es könnte immer noch die Tat eines Mannes sein, der seinen Selbstmord vortäuscht.«

»Das liegt natürlich alles im Bereich des Möglichen.«

»Du hast von zwei weiteren Punkten gesprochen. Was ist der zweite?«

Wilde beantwortete die Frage. »Kein Abschiedsbrief.«

Oren nickte. Hester sah ihn verwirrt an.

»Moment mal«, sagte Hester. »Warum sollte das *Fehlen* eines Abschiedsbriefs einen in dem Glauben *bestärken*, dass er Selbstmord begangen hat?«

»Wenn man einen Selbstmord vortäuschen wollte«, sagte Wilde, »würde man auf jeden Fall einen Abschiedsbrief hinterlassen. Wenn Peter Bennett sich die Mühe gemacht hat, das Foto zu posten, sich um seinen Nachlass zu kümmern und auf die Insel zu fliegen, nur um einen Selbstmord vorzutäuschen, wäre es logisch, dass er einen handschriftlichen Brief hinterlassen hätte, um die Sache rundzumachen.«

»Verstehe«, sagte Hester. Nach kurzer Pause fuhr sie fort: »Dann habe ich aber noch eine Frage. Ganz egal, ob es ein vorgetäuschter oder ein echter Selbstmord ist – warum gibt es keinen Abschiedsbrief?«

Das hatte Wilde sich auch schon gefragt.

»Wenn man sich seinen Instagram-Post ansieht«, sagte Oren, »ist das doch etwas in der Art.«

»Was hat er geschrieben?«, fragte Hester.

Wilde antwortete: »›Ich will nur meinen Frieden.‹«

Alle saßen schweigend da.

Schließlich sagte Hester: »Ein Freund von mir hat früher oft Sherlock Holmes zitiert. An den genauen Wortlaut erinnere ich mich nicht mehr, er hat aber davor gewarnt, Theorien aufzustellen, bevor man genug Fakten hat, weil man die

Fakten dann meist so verdreht, dass sie zu den Theorien passen, und nicht umgekehrt. Kurzum: Wir wissen noch nicht genug.«

»Richtig«, sagte Oren. »Und deshalb müsst ihr beide jetzt mit dem FBI zusammenarbeiten und dem Ganzen zuvorkommen.«

»Ihr wisst doch schon alles«, sagte Wilde. »Ich kann dem nichts mehr hinzufügen.«

»Schon klar. Sie bestehen aber darauf. Sie werden nicht lockerlassen, bis du mit ihnen gesprochen hast.«

Hester sagte: »Mit anderen Worten, sie werden meinen Mandanten rechtswidrig schikanieren.«

»Möglich.«

»Was meinst du mit ›möglich‹?«

»Ich bin nur der Ex-Polizeichef einer unwichtigen Kleinstadt«, sagte Oren. »Das FBI geht nicht alles Punkt für Punkt mit mir durch.«

»Was soll das denn jetzt heißen?«, fragte Hester.

»Es soll heißen, ich vermute, dass noch etwas anderes dahintersteckt, eine größere Sache, von der sie mir nichts erzählen.«

»Und trotzdem schlägst du vor, dass wir da einfach reinspazieren und mit ihnen reden?«

»Ich glaube, du hast zwei Möglichkeiten«, sagte Oren und wandte sich wieder an Wilde. »Die erste ist, dass du mit deiner Anwältin an der Seite zu ihnen gehst und kooperierst.«

»Und die zweite?«

»Du tauchst unter.«

SIEBENUNDZWANZIG

Die Boomerang-Menagerie meldete sich in folgender Reihenfolge an: Alpaka, Giraffe, Kätzchen, Eisbär. Wie immer leitete Chris Taylors Löwe das Meeting. Als alle da waren, saßen sie eine Weile schweigend da und wirkten in ihren digitalen Verkleidungen auf Chris plötzlich sehr albern, während sie darauf warteten, dass Panther dazukam.

Panther kam nicht.

Chris sagte als Erster etwas. »Wir müssen Panthers Identität enthüllen.«

»Dir ist schon klar, was das bedeutet?«, fragte Eisbär.

»Ja.«

»Das ist das Ende von Boomerang«, sagte Kätzchen. »Es war Teil unserer Abmachung. Sobald das Siegel gebrochen wird, ist es vorbei. Wir lösen uns auf. Wir kommunizieren nie wieder miteinander.«

Chris' Löwe nickte. »Erinnert ihr euch noch an einen anderen Fall, den Panther präsentiert hat, in dem es um einen Troll namens Martin Spirow geht, der andere aufs Übelste beleidigt hat?«

»Da klingelt was«, sagte Alpaka.

»Ich werde die Zusammenfassung der Datei auf dem Bildschirm teilen.«

Chris Taylor klickte den SHARE-Button.

»Ach ja, ich erinnere mich«, sagte Eisbär.

»Das ist der Widerling, der die trauernde Familie schikaniert hat«, ergänzte Kätzchen.

»Genau«, sagte Chris. »Im Endeffekt war es allerdings nur ein Post. Wir haben das eingehend geprüft. Mehr gab es nicht. Wir sind zu dem Schluss gekommen, dass Spirow womöglich sturzbesoffen war, als er das gepostet hat.«

»Was ich übrigens nie geglaubt habe«, sagte Kätzchen. »Wenn man etwas sturzbesoffen postet, achtet man nicht darauf, dass man das von einem neu erstellten, anonymen Account macht.«

»Das war auch Panthers Argument. Letztlich hat Spirow nur eine Strafe der Kategorie eins erhalten.«

»Löwe, warum sprichst du das jetzt an?«

»Weil Martin Spirow ermordet wurde. Auch durch Schüsse in den Kopf.«

Stille.

Schließlich sagte Eisbär: »Mein Gott.«

Kätzchen: »Was zum Teufel geht hier vor?«

»Keine Ahnung«, sagte Chris. »Ich glaube aber, dass wir keine Wahl mehr haben. Eisbär?«

»Ich stimme jetzt auch zu. Wir müssen Panthers Identität erfahren.«

»Wir dürfen uns nichts vormachen«, fügte Alpaka hinzu. »Das ist das Ende von Boomerang.«

»Da bin ich mir nicht so sicher«, sagte Chris.

Eisbär räusperte sich. »Das sind die Regeln, denen wir alle zugestimmt haben. Sobald irgendeine Identität aufgedeckt wird – von der Polizei, den Tätern, den Opfern, selbst von uns –, müssen wir die Gruppe zu unserer eigenen Sicherheit auflösen.«

»Ich weiß nicht recht, ob wir das einfach so machen

können«, sagte Chris. »Jemand hat zwei Menschen ermordet.«

»Auch das«, sagte Eisbär, »ist eine Schlussfolgerung, die du ohne echte Beweise ziehst.«

»Was, hältst du das etwa für Zufall?«

»Nein, das tue ich nicht. Aber ich weiß nicht, ob ein und dieselbe Person beide Morde begangen hat, und du? Bist du ganz sicher?«

»Und was genau wollen wir damit ausdrücken?«, fragte Giraffe. »Beide Mordopfer waren Trolle, die Panther ausfindig gemacht hat. Wir waren uns bei beiden einig, dass sie schuldig waren. Bei einem haben wir beschlossen, dass es sich nicht lohnt, ihn zu bestrafen. Der andere hat einen kleinen Denkzettel bekommen.«

»Und jetzt ignoriert Panther uns«, fügte Kätzchen hinzu.

»Oder er kann nicht«, sagte Alpaka.

»Oder«, sagte Giraffe, »und seien wir ehrlich, das ist das Wahrscheinlichste, Panther ist abtrünnig geworden und vollstreckt seine eigenen Strafen.«

»So oder so«, sagte Chris, »wir müssen Panther enttarnen.«

»Ich stimme zu«, sagte Alpaka.

»Ich auch«, sagte Kätzchen.

»Ich auch«, sagte Giraffe.

Eisbär seufzte. »Es ist der richtige Schritt, also ja, ich stimme auch zu. Aber sobald wir das tun, lösen wir uns auf, also möchte ich euch noch sagen, dass es mir eine Ehre...«

»Noch nicht«, sagte Chris.

»Aber das...«

»Wenn Panther dahintersteckt, müssen wir ihn aufhalten. Sobald wir wissen, wer Panther ist, müssen wir uns bei der...«

»Zu gefährlich«, sagte Eisbär.

»Wir können das nicht einfach auf sich beruhen lassen«, sagte Chris.

»Das haben wir doch so vereinbart«, sagte Eisbär. »Wir sind keine Polizisten. Ich verfolge nicht meine eigenen Leute, um sie aufzuhalten.«

»Also bestraft Boomerang Leute, die andere im Internet trollen und mobben...«, sagte Chris, »...aber Mörder lassen wir einfach laufen?«

»Ja«, sagte Eisbär. »Unsere Mission ist ganz eindeutig definiert. Unsere Vereinbarungen dienen dazu, uns zu schützen. Wir sind nicht hier, um gegen den Klimawandel oder Kriege vorzugehen, und auch nicht, um einen Mordfall zu lösen. Boomerangs Aufgabe bestand einzig und allein darin, Karma zu spielen, indem wir Leute dafür bestrafen, dass sie andere im Internet schikanieren, belästigen oder trollen.«

»Wir sind dafür verantwortlich«, sagte Chris. »Wir können das nicht einfach auf sich beruhen lassen.«

»Löwe?« Es war Kätzchen.

»Ja?«

»Lass uns die Identität feststellen. Dann kann jeder für sich entscheiden, ob wir uns auflösen oder nicht.«

»Nein«, sagte Eisbär. »Wir begeben uns nicht auf Nebenschauplätze. Das entspricht nicht unserer ursprünglichen Abmachung.«

»Die Situation hat sich geändert«, sagte Kätzchen.

»Für mich nicht«, erwiderte Eisbär.

»Okay«, sagte Chris. »Beschaffen wir uns Panthers Identität und überlegen dann, was zu tun ist. Diese Komplikation haben wir nicht kommen sehen. Das ist unser Fehler. Haltet alle eure Codes bereit, damit ihr sie in das Eingabefeld eingeben könnt, das ich euch gleich schicke. Seid ihr alle so weit?«

Alle antworteten, dass sie bereit seien.

»Gut, wir haben zehn Sekunden. Ich zähle bis drei, dann geben wir die Codes ein und klicken auf Panther. Auf mein Kommando. Eins, zwei – drei.«

Es ging sehr schnell. Der Name erschien auf Löwes Monitor. Chris hatte es ihnen nicht gesagt, aber er hatte für die anderen eine Verzögerung um sieben Sekunden eingestellt, sodass er den Namen zuerst sah:

Katherine Frole.

Panther war eine Frau gewesen. Oder hatte sich als Frau identifiziert. Oder trug einen Frauennamen. Wie auch immer. Aus irgendeinem Grund – wahrscheinlich einfach Sexismus – hatte Chris Panther immer für einen Mann gehalten. Spielte das eine Rolle? Nicht die geringste? Er hatte den Namen Katherine Frole schon in eine Suchmaschine eingegeben, worauf ein Artikel erschien.

Chris öffnete das Mikrofon wieder für die ganze Gruppe.

»Oh nein.«

ACHTUNDZWANZIG

Bevor sie sich mit dem FBI zusammensetzten, stellte Hester sicher, dass Wilde volle Immunität für den Einbruch in das Haus der McAndrews und für alle weiteren Verbrechen außer dem eigentlichen Mord genoss. Hester bestand auch darauf, dass das Meeting in ihrer Anwaltskanzlei und nicht im FBI-Hauptquartier stattfand und dass das gesamte Gespräch vom Videofilmer und Stenografen ihrer Kanzlei aufgezeichnet wurde, dem FBI hinterher aber weder das Video noch das Stenogramm zur Verfügung gestellt wurde.

Es dauerte einige Stunden, bis alle Einzelheiten geklärt waren, aber schließlich stimmte das FBI Hesters Bedingungen zu. Jetzt saßen Hester und Wilde auf denselben Stühlen wie zuvor, während eine FBI-Agentin, die sich als Gail Betz vorstellte, den Stuhl bekam, auf dem Oren gesessen hatte, und ihr Begleiter, der sich als George Kissell vorstellte, stehen blieb und sich schräg hinter ihr an die Wand lehnte.

Betz führte die Befragung durch, während Kissell mit gelangweilter Miene schwieg. Wilde sah keinen Grund, Informationen über seine Suche nach Peter Bennett und wie diese ihn zum Haus von Henry McAndrews geführt hatten, zurückzuhalten. Hester stoppte ihn mehrmals, vor allem als Betz nach Details zum Einbruch fragte. Danach konzentrierte Betz sich auf Katherine Frole. Sie fragte, ob Wilde Katherine Frole gekannt hätte. Die Antwort lautete nein. Betz versuchte intensiv, irgendwelche Verbindungen zu finden. Frole hatte in Trenton gearbeitet – war Wilde jemals in Trenton gewesen? Nicht seit einer Klassenfahrt in die Hauptstadt New Jerseys in der siebten Klasse. Frole hatte in Ewing, New Jersey, gelebt. Wilde war noch nie dort gewesen. Ihre Leiche war in einem Büro in Hopewell gefunden worden, das sie gemietet hatte. War Wilde jemals in Hopewell gewesen?

»Was für ein Büro?«, fragte Wilde.

Gail Betz blickte auf. »Wie bitte?«

»Katherine Frole war FBI-Agentin, und ihr Arbeitsplatz war in Trenton, richtig?«

»Ja.«

»Warum hatte sie dann ein Büro in Hopewell?«

Kissell ergriff zum ersten Mal das Wort. »Wir stellen hier die Fragen.«

»Oh, sieh einer an«, sagte Hester. »Es spricht. Gerade wollte ich das FBI für seine Inklusionsbereitschaft loben, weil sie einen Stummen eingestellt haben.«

»Das ist nicht witzig«, sagte Kissell.

»Wow, jetzt verletzen Sie aber meine Gefühle. Mal im Ernst, mein Klient war kooperativ. Er will, dass der Mörder von Special Agent Frole zur Rechenschaft gezogen wird. Warum beantworten Sie also nicht einfach seine Frage?«

Kissell seufzte und löste sich von der Wand. Er sah Betz an. »Sind Sie fertig, Special Agent Betz?«

Betz nickte. Kissell zog den Stuhl neben ihr hervor. Er setzte sich schwerfällig, als laste das Gewicht der ganzen Welt auf ihm, und rückte wieder an den Tisch heran, sodass sein Bauch dagegendrückte. Dann legte er die Hände zusammen und räusperte sich.

»Waren Sie schon einmal in Las Vegas, Wilde?«

In Wildes Kopf schrillten die Alarmglocken. In Hesters

auch. Sie legte ihm die Hand auf den Unterarm, um ihm zu signalisieren, dass er nicht antworten sollte.

»Warum wollen Sie das wissen?«, fragte Hester.

»Ich hatte auf ein paar Hoteltipps gehofft«, antwortete Kissell. Dann: »Es ist wichtig für die Ermittlung.«

»Können Sie vielleicht erklären, warum?«

»Ihr Mandant weiß, warum. Sie, Ms Crimstein, wissen wahrscheinlich auch, warum. Aber ich habe keine Lust auf Spielchen, also werde ich es Ihnen ganz direkt sagen. Wir wissen, dass Sie vor vier Monaten in Las Vegas waren. Mehr noch, wir wissen, dass Sie am Haus von Daniel und Sofia Carter waren. Jetzt würde ich gern wissen, warum.«

Wilde war perplex.

Hesters Hand lag noch immer auf seinem Arm. Sie drückte ihn ein wenig. »Welche Verbindung besteht zu diesen Morden?«, fragte sie.

»Wie bitte?«

»Welche Verbindung besteht zwischen diesen Fragen und den Morden an McAndrews und Frole?«

»Wie wäre es, wenn Sie mir das sagen?«

»Wir wissen nichts darüber.«

»Na ja, sehen Sie, Ms Crimstein, ich auch nicht. Noch nicht. Deswegen stelle ich diese Frage ja. Ich hoffe, dass ich eine Verbindung finde, wenn ich die Antwort auf diese Frage bekomme. Dann kann ich weitere Fragen stellen und nach weiteren Verbindungen suchen. Oder, hören Sie gut zu, ich stelle diese Fragen und finde keine Verbindungen, sodass ich anderen Fragen nachgehen kann. So läuft das bei einer Ermittlung. Vielleicht können Sie Ihren Mandanten bewegen, uns zu sagen, warum er in Las Vegas war und mit den Carters gesprochen hat. Dann können wir daraufhin gemeinsam feststellen, ob es relevant ist oder nicht.«

»Das gefällt mir nicht«, sagte Hester.

»Das betrübt mich«, sagte Kissell. »Ich möchte doch, dass Ihnen meine Fragen gefallen.«

Hester deutete auf ihre Brust. »Hey, junger Mann, hören Sie zu. *Ich* bin hier die sarkastische Klugscheißerin, alles klar?«

»Ich wollte Ihnen Ihre Rolle nicht streitig machen, Ms Crimstein. Lehnen Sie es ab, Ihren Mandanten antworten zu lassen?«

Hester sagte: »Ich würde mich gerne mit meinem Mandanten beraten.«

Kissell zuckte die Achseln und lehnte sich zurück.

Hester flüsterte Wilde ins Ohr: »Hast du eine Ahnung, worauf das hinausläuft?«

Wilde schüttelte den Kopf.

»Es gefällt mir nicht, dass du Fragen beantwortest, bei denen wir nicht wissen, wohin das führt«, flüsterte sie.

Wilde überschlug das kurz. Wenn sie schon von seinem Besuch bei Daniel Carter wussten, was konnte es dann schaden, wenn sie erfuhren, warum er dort gewesen war?

Er signalisierte Hester, dass er die Frage beantworten wollte, und sagte: »Daniel Carter ist mein leiblicher Vater.«

Kissell war ein zugeknöpfter Veteran. Er war es gewohnt, wahnwitzige Antworten zur Kenntnis zu nehmen, ohne die Miene zu verziehen. Er sah Betz an, die sich nicht die Mühe machte, ihre Überraschung zu verbergen.

Kissell ließ einen Moment verstreichen und fragte dann: »Können Sie uns das Schritt für Schritt erklären?«

»Was sollen wir Schritt für Schritt erklären?«, fragte Hester.

»Wildes Geschichte ist uns allen bekannt«, sagte Kissell.

»Das ist Allgemeinwissen. Ich hatte immer den Eindruck, dass weder er noch sonst irgendjemand die Identität seiner Eltern kennt.«

»Das war ja auch richtig«, sagte Wilde.

»Wie haben Sie herausgefunden ...?«

»Über dieselbe Ahnenforschungs-Website.«

»Immer hübsch langsam.« Kissell beugte sich über den Tisch. »Wollen Sie mir erzählen, dass Daniel Carter ein Treffer auf einer Ahnenforschungs-Website war?«

»Ja.«

»Mal sehen, ob ich das richtig verstanden habe. Sie schicken Ihre DNA-Probe an diese Website, und die Website sagt: ›Hey, wir haben einen Treffer für Sie gefunden – das ist Ihr Vater.‹«

»Man bekommt eher eine prozentuale Wahrscheinlichkeit, aber im Prinzip ist das richtig.«

»Daraufhin haben Sie ihn kontaktiert und mit ihm einen Termin ausgemacht?«

»Nein«, sagte Wilde.

»Nein?«

»Ich habe ihm eine Message geschickt, als ich den Treffer gesehen habe, darauf kam dann eine Fehlermeldung.«

Kissell lehnte sich zurück und verschränkte die Arme.

»Irgendeine Idee, warum?«

»In der Fehlermeldung stand, sein Account wäre geschlossen worden.«

»Verstehe. Sie haben ihn also kontaktiert, er wollte aber offensichtlich nichts mehr von Ihnen wissen und hat seinen Account geschlossen.«

»Das hat mein Mandant nicht gesagt«, warf Hester ein.

»Er sagte, der Account wurde geschlossen. Er hat keine Ahnung, wann oder warum.«

»Ich nehme das zurück«, sagte Kissell. »Was haben Sie dann getan?«

»Ich bin nach Las Vegas geflogen.«

»Sie hatten also seine Adresse?«

»Ja, die habe ich mir besorgt.«

»Wie?«

Hester antwortete. »Ist nicht relevant.«

»Und ob das relevant ist. Ich kenne diese Ahnenforschungs-Websites. Die geben keine Adressen heraus. Wenn sein Account geschlossen wurde, muss ich wissen, wie Sie Daniel Carter gefunden haben.«

Hester beugte sich vor. »Agent Kissell, haben Sie eine Vorstellung davon, wie das Internet funktioniert?«

»Was soll das heißen?«

»Es heißt«, sagte sie, »dass es im Internet keine Geheimnisse gibt. Wir machen uns etwas vor, wenn wir glauben, dass irgendeine unserer Aktionen online anonym ist. Wenn man sich zu helfen weiß, findet sich immer ein Weg. Ich, Agent Kissell, weiß mir zu helfen.«

»Haben Sie die Adresse gefunden, Ms Crimstein?«

Hester breitete nur die Hände aus.

»Wie?«

»Sehe ich aus, als würde ich mich mit Technik auskennen? Theoretisch, sagen wir mal, habe ich Leute dafür. Theoretisch, sagen wir mal, arbeiten Menschen für diese Ahnenforschungs-Websites. Letztlich werden all diese Websites von Menschen betrieben. Menschen verfolgen ihre eigenen Interessen.«

»Kurzum, Sie haben jemanden bestochen.«

»Kurzum, wenn Sie so naiv sind zu glauben, dass es schwer ist, an solche Informationen heranzukommen«, konterte Hester, »sollten Sie eher nicht fürs FBI arbeiten.«

Kissell überlegte einen Moment lang. »Okay, Sie sind also nach Las Vegas geflogen?«

»Ja.«

»Und dort haben Sie sich mit Ihrem leiblichen Vater getroffen?«

»Nicht sofort. Ich habe ein paar Tage abgewartet.«

»Warum?«

»Ich stand vor einer großen Tür, die ich mein Leben lang verschlossen gehalten hatte«, sagte Wilde und war überrascht, wie schutzlos das klang. »Ich wusste nicht, ob ich sehen wollte, was sich dahinter befand.«

»Und was befand sich dahinter?«

»Wie meinen Sie das?«

»Ich nehme an, dass Sie irgendwann an Daniel Carter herangetreten sind?«

»Das ist richtig.«

»Was hat er gesagt?«

»Dass er nichts von meiner Existenz wusste. Er sagte, er habe einen Sommer in Europa verbracht, als er bei der Luftwaffe gedient hat. Er nahm an, dass er bei einem One-Night-Stand eine junge Frau geschwängert hat.«

»Hat er Ihnen gesagt, wer diese Frau war?«

»Er sagte, er hätte mit acht Frauen aus verschiedenen Ländern geschlafen. Er kannte nur ihre Vornamen.«

»Verstehe. Es gab also keinen Hinweis auf Ihre Mutter?«

»Nein.«

»Deshalb haben Sie auch auf Peter Bennetts Message geantwortet.«

»Genau.«

Kissell legte die Hände auf seinen Bauch. »Wie hat Daniel Carter auf die Neuigkeit reagiert, dass er einen Sohn hat?«

»Es schien ihn aus dem Konzept zu bringen.«

»Machte es den Eindruck, dass er glücklich darüber war?«
Hester drehte sich zur Seite und sah Wilde an.
»Nein. Er sagte, das wäre damals in jenem Sommer die einzige Zeit seines Lebens gewesen, in der er etwas mit anderen Frauen hatte. Außerdem hätten sie jetzt drei gemeinsame Töchter. Er hatte Angst, dass die ganze Geschichte wie eine Bombe hochgehen und ihr Leben durcheinanderwirbeln könnte.«
»Ich glaube, das versteh ich«, sagte Kissell und nickte.
»Was ist dann passiert?«
»Er sagte, er wolle eine Nacht darüber schlafen. Er schlug vor, dass wir am nächsten Morgen zusammen frühstücken und dabei weiter über die Sache sprechen.«
»Und wie ist dieses Frühstück verlaufen?«
»Ich bin nicht hingegangen. Ich bin nach Hause geflogen.«
»Warum?«
»Ich wollte keine Bombe sein.«
»Bewundernswert«, sagte Kissell. Er warf einen Blick auf Betz und fragte: »Haben Sie seitdem mit den Carters Kontakt gehabt?«
»Nein.«
»Überhaupt keinen?«
»Die Frage wurde gestellt und beantwortet«, sagte Hester. Dann: »Und was hat das alles mit den aktuellen Morden zu tun?«
Kissell lächelte und stand auf. Betz tat es ihm gleich.
»Vielen Dank für Ihre Kooperation. Wir melden uns bei Ihnen.«

NEUNUNDZWANZIG

Katherine Frole. Als Chris Taylor den Namen googelte, waren die Informationen, die erschienen, weitaus schlimmer, als er erwartet hatte. Erstens: Katherine Frole – Panther – war beim FBI. Chris Taylor wusste nicht recht, was er davon halten sollte. Er hatte immer befürchtet, dass die Strafverfolgungsbehörden versuchen könnten, seine Gruppe zu infiltrieren. Gleichzeitig aber war Chris auch immer davon ausgegangen, dass mindestens ein Mitglied der Boomerang-Menagerie irgendwo im Bereich der Strafverfolgung tätig war, eine Person, die die Grenzen des traditionellen Strafrechtssystems erkannt und verstanden hatte, dass die Gesetze noch nicht auf diese Aggressoren vorbereitet waren. Man musste kein Anhänger der Selbstjustiz sein, um die Lücken im System zu erkennen und beheben zu wollen. Außerdem war Katherine Frole, soweit er das sah, nicht im Außendienst tätig, was bedeutete, dass sie vermutlich einen Job hatte, für den technisches Knowhow erforderlich war. Das hatten aber sicher alle Boomerangs, dachte Chris. Man konnte dieser Gruppe nicht beitreten, ohne die dunkelsten Ecken des Dark Web zu verstehen und sich dort zurechtzufinden.

Aber bei einem Schulaufsatz hätte jetzt wahrscheinlich »Thema verfehlt« am Rand gestanden.

Katherine Frole war ermordet worden.

Als Chris das sah, als er erkannte, wie groß die Sache wirklich war, tat er etwas, das Eisbär, Alpaka, Kätzchen und Giraffe – die übrigen Boomerangs – wahrscheinlich schockieren würde.

Er löschte Boomerang.

Das ganze Programm. Alle Akten. Alle Briefwechsel. Alle Verbindungen zwischen den Mitgliedern.

Traute er den anderen Tieren noch? Er wusste es nicht genau. Das spielte aber keine Rolle. Eine von ihnen war ermordet worden. Jede Spur, die womöglich zu einem anderen Boomerang führen könnte, musste vernichtet werden.

Könnte ein anderer Boomerang der Mörder sein?

So entsetzlich der Gedanke war, musste Chris diese Möglichkeit doch in Betracht ziehen.

Sicher war jedoch, dass das FBI sofort seine besten Leute auf diesen Fall ansetzen würde. Angenommen, sie hätten Katherine Froles Computer, dann würden sie ihn mit allen ihnen zur Verfügung stehenden Mitteln durchforsten. Chris hatte eine Reihe von Sicherheitsvorkehrungen getroffen. Alle Mitglieder befolgten ein strenges Protokoll. Aber das hatte offensichtlich nicht funktioniert. Entweder hatte Panther das Protokoll missachtet, oder jemand hatte trotzdem einen Weg hinein gefunden. Das bedeutete natürlich, dass Boomerang enttarnt werden konnte.

Kurzum, es war zwingend notwendig, alle Verbindungen abzubrechen.

Die Frage war nur: Was sollte er als Nächstes tun, jetzt wo er allein war?

Ihm wurde klar, dass er womöglich mehr wusste als

das FBI. Hatten die schon eine Verbindung zwischen der Ermordung Panthers und denen von Henry McAndrews und Martin Spirow hergestellt? Er bezweifelte es. Weder in den Nachrichten noch im Internet hatte er Hinweise auf Verbindungen zwischen den drei Morden gefunden, aber zu hundert Prozent sicher war das nicht.

Das war eine weitere erhebliche Komplikation.

Obwohl so viel auf dem Spiel stand, konnte Chris sich nicht an die Strafverfolgungsbehörden wenden. Das wäre ein extremer Verstoß gegen das Protokoll. Wenn das FBI jemanden in die Finger bekäme, der mit Boomerang zu tun hatte, würde dieses Mitglied im Bundesgefängnis landen oder Schlimmeres. Ohne jeden Zweifel. Und wenn die Opfer von Boomerang herausfänden, wer hinter der Gruppe steckte, würden sie brutale Rache fordern.

Die Gefahr war allgegenwärtig. Das bedeutete allerdings nicht, dass Chris einen Mörder ungestraft davonkommen lassen würde.

Er musste die Sache selbst in die Hand nehmen.

Die Frage war nur, wie?

* * *

Nachdem Betz und Kissell gegangen und sie wieder allein in der Kanzlei waren, fragte Hester: »Was zum Teufel ist hier los, Wilde?«

Wilde sagte nichts. Er rief die Nummer in seinem Handy auf und drückte die Anruftaste.

»Dein Vater?«

Wilde hielt sein Handy ans Ohr und lauschte dem Klingeln.

»Peter Bennett ist mütterlicherseits mit dir verwandt, richtig?«
Wilde nickte. Es klingelte immer noch. Niemand meldete sich.
»Und was hat dein Vater mit dieser Sache zu tun?«
Wilde legte auf. »In seiner Firma geht niemand ran.«
»In wessen Firma?«
»Der meines Vaters. Daniel Carters. DC Dream House Construction.«
»Hast du seine Handynummer?«
»Nein.«
»Die private Festnetznummer?«
Wilde schüttelte den Kopf. »Ich werde Rola bitten, ihn zu suchen.«
»Irgendeine Ahnung, warum sich das FBI für ihn interessieren könnte?«
»Nein.«
»Oder warum sie deinen Besuch bei ihm verdächtig finden könnten?«
»Es gibt nur eine Möglichkeit«, sagte Wilde.
»Und die wäre?«
»Daniel Carter hat mich belogen.«
»Worüber?«
Wilde hatte keine Ahnung. Er rief Rola an und erzählte ihr, was passiert war. Vor seinem geistigen Auge sah Wilde die junge Rola vor sich, die gewissenhafte Schülerin, die sich in dem Zimmer, das sie mit drei anderen wechselnden Pflegemädchen teilte, Notizen machte. Rola war detailversessen, fleißig und hartnäckig. Diese Eigenschaften machten sie zu einer so großartigen Ermittlerin. Es war gut, sie auf seiner Seite zu haben.
Als er fertig war, sagte sie: »Heilige Scheiße, Wilde.«

»Schon klar.«

»Ich hab jemanden in Vegas. Ich melde mich und berichte, was ich herausgefunden habe.«

Wilde legte auf. Hester war ans Fenster getreten. Sie starrte hinaus auf die beeindruckende Skyline Manhattans.

»Zwei Morde«, sagte sie.

»Schon klar.«

»Das FBI scheint davon überzeugt zu sein, dass dein Cousin auch tot ist«, sagte Hester. Sie wandte sich vom Fenster ab. »Was meinst du?«

»Ich weiß es nicht.«

»Und dein Bauchgefühl sagt dir auch nichts?«

»Ich höre nie auf mein Bauchgefühl«, sagte Wilde.

»Nicht mal im Wald?«

»Das ist der Überlebensinstinkt. Das kommt noch von damals, als die ersten Lebewesen aus dem Urschlamm geklettert sind und versucht haben, am Leben zu bleiben. Darauf schon, ja, darauf höre ich. Aber wenn man so verblendet und narzisstisch ist, dass man glaubt, man müsste auf sein Bauchgefühl hören, statt ganz nüchtern die Fakten zu Rate zu ziehen, dann ist das Voreingenommenheit, kein Bauchgefühl.«

»Interessant.«

»Und im Moment wissen wir, wie du vorhin mit Bezug auf Sherlock Holmes angemerkt hast, noch nicht genug, um eine Theorie aufzustellen.«

»Stimmt, aber wir können in den Mordfällen auch nicht richtig ermitteln. Das FBI wird sich mit allem, was es hat, darauf stürzen. Aber im Moment wissen nur wir beide, dass Marnie Cassidy gelogen hat, als sie behauptete, Peter Bennett hätte sie belästigt oder missbraucht. Da sind wir klar im Vorteil.«

»Was willst du damit sagen?«

»Bist du bereit, mächtig Staub aufzuwirbeln?«
»Bin ich. Wie fangen wir an?«
Hester war schon auf dem Weg zur Tür. »Wir erzählen Jenn, was ihre Schwester getan hat.«

DREISSIG

Die Rezeptionistin des *Sky* klingelte Jenn Cassidys Wohnung an. »Hester Crimstein ist hier für Sie.« Die Rezeptionistin sah Wilde an. »Und Sie sind?«
»Wilde.«
»Und ein Mr Wilde.«
Die Rezeptionistin hörte einen Moment lang zu. Dann wandte sie sich ab, als wolle sie diskret sein. Hester ahnte, worauf das hinauslief. Sie rief so laut, dass Jenn sie durch die Leitung hörte: »Sie wollen uns sehen, bevor diese Geschichte an die Öffentlichkeit kommt, das können Sie mir glauben.«
Die Rezeptionistin erstarrte. Einen Moment später legte sie auf und sagte: »Der Fahrstuhl bringt Sie zu Miss Cassidys Appartement. Ich wünsche Ihnen einen angenehmen Besuch im *Sky*.«
Die Fahrstuhltür öffnete sich. Der Knopf für den zweiten Stock leuchtete bereits. Als die Tür aufglitt, erwartete Jenn Cassidy sie, in Versace gekleidet, an der Tür zu Appartement zwei. Sie wirkte nicht erfreut, Hester wiederzusehen. Hester kümmerte das nicht.
Jenn blinzelte Wilde an. »Woher kenne ich Sie? Moment, sind Sie nicht dieser Tarzan-Junge? Ich habe vor ein paar Jahren eine Dokumentation über Sie gesehen.«
Er streckte die Hand aus. »Ich heiße Wilde.«
Sie schüttelte sie, wenn auch etwas widerstrebend. »Hören Sie«, sagte Jenn, stellte sich in die Tür und sah Hester in die

Augen, »ich weiß zwar nicht, was Sie wollen, aber ich glaube, beim letzten Mal wurde schon alles gesagt.«

»Wurde es nicht«, sagte Hester.

Mit einer kurzen Geste in Richtung Wilde fragte Jenn: »Und er ist hier, weil ...«

»Wilde ist mit Peter verwandt.«

»Mit meinem Peter?«

»Na ja, Ihrer ist er doch wohl nicht mehr, oder? Deshalb sind wir hier.«

»Das versteh ich nicht.«

Wilde übernahm. »Marnie hat gelogen. Peter hat sie nicht betäubt oder sich an ihr vergangen.«

Jenn lächelte. Sie lächelte wirklich. »Das ist unmöglich.«

»Ich habe mit ihr gesprochen«, sagte Wilde. »Sie hat es zugegeben.«

Das Lächeln verlor an Strahlkraft. »Marnie hat Ihnen gesagt ...«

»Wollen wir das wirklich auf dem Flur besprechen?«, fragte Hester.

Jenn lächelte weiter, jetzt aber ausdruckslos. Jetzt war es nur noch eine Abwehrreaktion, ein Reflex. Sie taumelte in ihre Wohnung. Hester schob sich zuerst hinein, Wilde folgte ihr.

»Setzen wir uns doch«, sagte Hester. »Der Tag war lang, und ich bin völlig erledigt.«

Das taten sie. Jenn taumelte weiter und sank auf die Couch. Das Lächeln war verschwunden. Ihr Gesicht wirkte eingefallen, wie ein Haus, bei dem die Stützbalken nachgegeben hatten. Sie räusperte sich und sagte: »Bitte erzählen Sie mir, was passiert ist.«

Wilde berichtete, wie er Marnie auf der Straße angehalten hatte. Sie hörte aufmerksam zu, schloss aber ab und zu die

Augen, als hätte sie jemand geschlagen. Als Wilde fertig war, fragte Jenn: »Warum sollte ich Ihnen glauben?«

»Rufen Sie Marnie an«, sagte Hester.

Jenn gluckste ohne einen Funken Humor. »Nicht nötig.«

»Was meinen Sie damit?«

»Marnie ist auf dem Weg hierher. Wir wollen zu einem neuen Burger-Restaurant in Tribeca.«

Zehn Minuten später meldete sich die Rezeptionistin und kündigte Marnies Ankunft an. Während sie warteten, hatte Hester mit ihrem Büro telefoniert. Die Geschworenen im Richard-Levine-Fall waren immer noch nicht wieder in den Gerichtssaal zurückgekehrt, und der Richter schien bereit zu sein, es zu einem Fehlprozess zu erklären. Wilde hatte sich unterdessen den Besuch bei Daniel Carter in Las Vegas noch einmal durch den Kopf gehen lassen. Welche Verbindung konnte sein leiblicher Vater mit den Geschehnissen um Peter Bennett haben? Was hatte das mit den Morden an Henry McAndrews und Katherine Frole zu tun?

Jenn hingegen starrte einfach mit leerem Blick ins Nichts.

Als es klopfte, standen alle drei auf. Jenn ging wie benebelt zur Wohnungstür. Als sie sie öffnete, plapperte Marnie schon drauflos. »Du solltest mir einfach einen Schlüssel geben, Jenn. Ist doch albern, das nicht zu tun. Ich mein ja nur, falls mal jemand nach dem Rechten sehen soll, wenn du nicht da bist, und es bringt doch auch nichts, dass du immer erst aufstehen und die Tür aufmachen musst, ach, und dieser Burgerladen, mein Freund Terry, erinnerst du dich an ihn? Das ist dieser große Typ mit dem komischen Adamsapfel. Er hat gesagt, der soll toll sein, und sie zahlen auch gut für Influencer-Fotos...«

In diesem Moment entdeckte sie Wilde.

Marnie riss die Augen auf. »Nein!«, schrie sie ihn an. »Sie

haben es versprochen! Sie haben versprochen, dass Sie es niemandem erzählen!«

Wilde schwieg.

Tränen schossen ihr in die Augen. »Warum sind Sie so gemein?«

Jenn fragte mit zu ruhiger Stimme: »Was hast du getan, Marnie?«

»Was? Glaubst du dem etwa?«

Jenn sagte: »Marnie.«

»Ich hab überhaupt nichts getan!« Dann: »Ich hab es für dich getan! Weil ich dich schützen wollte!«

Jenn schloss die Augen.

»Und es stimmt auch alles! Verstehst du das nicht? Peter war ein Ungeheuer! Er hat gestanden! Das hast du mir doch selbst gesagt, oder?«

Als Jenn ihre Frage wiederholte, klang sie sehr erschöpft. »Was hast du getan, Marnie?«

»Ich habe das Richtige getan!«

In einem härteren Tonfall: »Was. Hast. Du. Getan.«

Marnie öffnete den Mund, vermutlich um weiter zu protestieren, aber als sie die Miene ihrer Schwester sah, wurde ihr wohl klar, dass weiteres Leugnen zwecklos war oder ihre Situation noch verschlimmern würde.

Sie sprach plötzlich sehr leise, wie ein kleines Mädchen, das sich Schutz suchend in eine Ecke kauerte. »Es tut mir leid, Jenn. Es tut mir schrecklich leid.«

* * *

Marnie gestand alles.

Es dauerte natürlich eine Weile. Sie schob viele *»Ich hab das nur für dich getan«* und *»Peter war ein Monster«* ein, aber schließlich kristallisierte sich aus dem Kuddelmuddel, das sie zum Besten gab, eine Geschichte heraus. Während Marnie schilderte, was sie dazu gebracht hatte, diese Anschuldigungen im Podcast zu erheben, saß Jenn nur schweigend da und starrte ins Nichts.

»Ich war drüben in Los Angeles und hatte jede Menge Casting-Termine. Da lief aber dann einfach nichts für mich. Doch darum geht's ja auch nicht. Ach Mist, das kommt falsch rüber, oder? Jedenfalls weißt du ja, dass ich in der Endausscheidung für *Love Is A Battlefield* war, aber es gab Probleme, die richtige Storyline zu finden, die zu meinen Talenten passte. Sie sagten, ich hätte jede Menge Starpotenzial, aber weil ich deine Schwester bin, wäre es seltsam, für mich eine eigene Nebenhandlung anzufangen, aber wenn sie unsere Handlungsstränge miteinander verbinden könnten, wäre das Gold wert.«

»Wer sind *sie*?«, fragte Hester.

»Ich habe vor allem mit Jake gesprochen.«

Hester sah Jenn an. Jenn schloss die Augen und sagte: »Der Junior Producer.«

Marnie wiederholte noch einmal, was sie Wilde über die Frau erzählt hatte, zu der sie hereingerufen wurde, um sich ihre zu Tränen rührende Geschichte anzuhören (eine Frau, die sie, wie sie jetzt gestand, vor diesem Tag nicht gekannt und seitdem nicht mehr gesehen hatte), und dass sie sich daraufhin bereit erklärt hatte, an diesem Podcast teilzunehmen, um der Frau zu »helfen«, diese Geschichte publik zu machen. Irgendwann während dieser Schilderung stand Jenn auf und sagte: »Ich muss ihn anrufen.«

»Wen?«, fragte Marnie.

»Was glaubst du wohl, wen?«, fauchte Jenn.

»Aber Peter hat es doch zugegeben!«

Jenn wählte Peters Handynummer. Sein Handy war ausgeschaltet. Die SMS, die sie schickte, kamen nicht an. Wilde sah, dass Jenn immer erregter wurde. Sie wählte eine andere Nummer, und als sich jemand meldete, sagte Jenn: »Vicky? Wo ist er? Ich muss ihn sprechen.« Sie schloss die Augen und lauschte, da Vicky ihr zweifelsohne mitteilte, dass auch sie keine Ahnung hatte, wo ihr Bruder war.

Marnies Wangen waren tränennass. »Jenn, er hat doch gestanden! Das hast du mir selbst gesagt. Du hast gesagt, dass er es zugegeben hat!«

»Nein«, sagte Jenn.

»Moment mal«, sagte Hester. »Mir haben Sie das auch gesagt – dass Peter Ihnen gegenüber ausgepackt hat, dass er Ihnen hier auf dieser Couch alles gestanden hat.«

»Aber warum sehen Sie es denn nicht?«

»Was sehe ich nicht?«

»Es war keine Schuld, was ich in Peters Gesicht gesehen habe. Er fühlte sich betrogen. Von mir. Ich habe unsere Vertrauensbasis zerstört, weil ich ihm nicht geglaubt habe. Das ist alles meine Schuld.«

»Aber diese furchtbaren Bilder!«, kreischte Marnie. »Das war er! Die waren nicht gephotoshopt!«

»Ich muss ihn sprechen.« Jenn zupfte an ihrer zitternden Unterlippe herum. »Wir müssen das an die Öffentlichkeit bringen.«

»Was willst du an die Öffentlichkeit bringen?« Marnie fing an zu schluchzen. »Ihr dürft es niemandem sagen!«

»Doch. Das müssen wir, Marnie.«

»Bist du verrückt?«

»Ich muss es auch sofort auf Instagram posten.«

»Was? Nein!«

»Wir müssen sicherstellen, dass Peter die Nachricht sieht und wieder nach Hause kommt.«

»Wieder nach Hause kommt?«, wiederholte Marnie. »Er ist wahrscheinlich tot.«

Jenn erstarrte. »Das ist doch überhaupt nicht sicher.«

»Bitte, Jenn, atme einfach mal tief durch, okay? Du kannst mir doch jetzt nicht einfach die Schuld daran geben! Ich habe mit der Frau gesprochen, der Peter die K.-o.-Tropfen gegeben hat …«

»Ach komm schon, Marnie«, fauchte Jenn, »so blöd kannst du doch nicht sein. Das war ein abgekartetes Spiel. Wahrscheinlich war das noch eine weitere Junior-Produzentin, die nur geschauspielert hat.«

Marnie legte die Hände wie zum Gebet zusammen. »Bitte, Jenn, ich flehe dich an. Du kannst doch nicht …«

»Marnie?«

Marnie hörte abrupt auf zu sprechen, als hätte sie eine Ohrfeige bekommen.

»Ich liebe dich. Du bist meine Schwester. Aber du hast schon genug Unheil angerichtet, findest du nicht? Deine beste Chance – deine einzige Chance – ist, jetzt etwas Gutes zu tun.«

Marnie saß einfach nur mit im Schoß gefalteten Händen da und sah verloren aus.

Wilde wandte sich an Jenn und sagte: »Peter hat Ihnen erzählt, dass er adoptiert wurde.«

Der Themenwechsel brachte Jenn aus dem Konzept. Sie brauchte eine Sekunde, aber dann sagte sie: »Ja, und? Was hat das damit zu tun? Und überhaupt, nichts für ungut, aber was haben *Sie* mit der ganzen Sache zu tun?«

»Wussten Sie, dass Peter seine DNA an eine Ahnenforschungs-Website geschickt hat?«

»Was hat das …? Ja, das wusste ich. Als er erfahren hat, dass er adoptiert ist, wollte er natürlich etwas über seine leibliche Familie erfahren. Er hat sich bei einer Menge dieser Ahnenforschungs-Websites angemeldet. Ich dachte aber, er hätte das alles gelöscht, als er die Wahrheit erfahren hat.«

Wilde sah Hester an. Hester forderte ihn mit einer Geste auf, die logische Folgefrage zu stellen. »Wollen Sie damit sagen, dass Peter seine leibliche Familie gefunden hat?«

»Ja.«

»Wer sind sie?«

»Das hat er mir nicht gesagt.«

»Aber er hat sie gefunden? Da sind Sie sich sicher?«

Jenn nickte. »Er hat die Wahrheit erfahren. Das hat er gesagt. Und das hat ihm dann wohl gereicht. Nachdem er die Wahrheit über seine Familie erfahren hatte, wollte er nichts mehr mit ihr zu tun haben.«

EINUNDDREISSIG

Hester war wieder ins Gericht bestellt worden. Gerüchten zufolge sollten die Geschworenen eine Entscheidung im Mordprozess gegen Richard Levine gefällt haben. Wilde machte sich auf den Weg zurück nach New Jersey. An der Auffahrt von der Sheridan Avenue auf die Route 17 surrte sein Handy. Auf dem Display sah er, dass es Matthew war.

»Heilige Scheiße«, sagte Matthew.

»Was ist?«

»Hast du noch nichts von Jenn Cassidys neuestem Post gehört? Sutton flippt gerade total aus. Hat Marnie sich den ganzen Kram über Peter Bennett nur ausgedacht?«

Wilde seufzte. »Was steht denn in Jenns Post?«

»Nur, dass die Sache mit Peter nicht stimmt, und dann fordert sie alle auf, ihn nach Hause zu bringen. Mann, die ganze Welt sucht jetzt nach Peter. Hattest du was damit zu tun?«

»Nur am Rande, würde ich sagen.«

»Ich hab's gewusst! Sutton dreht echt am Rad. Die *Battler*-Foren explodieren. Dein Name ist aber noch nicht aufgetaucht.«

»Gut. Wo bist du?«

»Ich häng zu Hause ab.«

Wilde hatte eine Idee. »Was dagegen, wenn ich vorbeikomme und den Computer nutze?«

»Kein Problem. Willst du meinen Laptop oder den Mac im Wohnzimmer …«

»Beide, wenn's geht.«

»Klar doch. Sutton kommt erst später vorbei.«

»Was ist mit deiner Mom?«

»Warum fragst du sie nicht selbst, Wilde?« Als Wilde nicht antwortete, seufzte Matthew und sagte: »Ich weiß nicht genau, wann sie nach Hause kommt. Warum? Gehst du ihr aus dem Weg?«

»Ich bin in einer Viertelstunde da. Kannst du mir in der Zwischenzeit noch einen Gefallen tun?«

»Was denn?«

»Such Ahnenforschungs-Websites raus.«

»Meinst du solche wie 23andMe?«

»Genau. Such möglichst viele der Top-Websites in diesem Bereich heraus.«

Eine Viertelstunde später nahm Matthew Wilde an der Tür in Empfang und ging mit ihm zum Mac im Wohnzimmer. Seinen Laptop hatte er gegenüber auf dem Tisch platziert. Wilde setzte sich an den Mac, Matthew an den Laptop.

»Okay«, sagte Matthew, »und jetzt?«

»Hast du die Liste mit den Ahnenforschungs-Websites?«

»Ja.«

»Wir versuchen jetzt bei allen, uns anzumelden.«

Wilde gab ihm Peters E-Mail-Adresse und das Passwort LoveJenn447, das er bei seinem ersten Besuch bei Vicky Chiba aufgeschnappt hatte.

Matthew versuchte es bei der ersten. »Ich komm nicht rein. Da steht ›falsches Passwort‹.« Er versuchte es bei einer anderen Website. »Dasselbe. Bist du dir sicher mit dem Passwort?«

»Nein.« Wilde erinnerte sich daran, wie er unter Verwendung von Peters E-Mail-Adresse auf sein Instagram-Account

gekommen war.« Versuch es so. Klick auf den Button *Passwort vergessen*, damit wir es zurücksetzen können.«
Während Matthew das tat, loggte Wilde sich in Peter Bennetts E-Mail-Account ein. Er checkte die Mails kurz, sah aber nichts Neues. Er wechselte von »Favoriten« zu »Ungelesen«. Dort sah er eine neue E-Mail von *MeetYourFamily*, die Anweisungen enthielt, wie man ein neues Passwort einrichtete, wenn man sein aktuelles vergessen hatte. Wilde folgte den Anweisungen. Matthew arbeitete weiter. In Peters Posteingang erschien eine weitere E-Mail von einer anderen Ahnenforschungs-Website mit Anweisungen, wie man ein neues Passwort einrichtete. Wieder klickte Wilde auf den Link.
Als sie versuchten, sich mit den neuen Passwörtern anzumelden, trat ein neues, größeres Problem auf. Die Ahnenforschungs-Website BloodTies23 leitete sie auf eine Seite, auf der stand:

FEHLER: Sie haben die endgültige Löschung Ihrer Daten bestätigt. Nach dieser Bestätigung kann die Löschung gemäß unseren Richtlinien nicht mehr annulliert, storniert, rückgängig gemacht oder widerrufen werden.
Wir entschuldigen uns für etwaige Unannehmlichkeiten.
Bei Bedarf können Sie sich erneut anmelden und uns eine weitere DNA-Probe zusenden.

»Mist«, sagte Wilde.
»Was ist?«
»Peter hat alle seine Accounts gelöscht.«
»Dann klick auf Backup.«
»Da steht, dass die Löschung endgültig ist.«
Matthew schüttelte den Kopf. »Es muss eine Möglichkeit geben, die Daten wiederherzustellen.«

»Da steht, dass es die nicht gibt.«

Sie fanden zehn große Ahnenforschungs-Websites, die DNA-Tests zur Erstellung genetischer Stammbäume durchführten, darunter 23andMe, DNAYourStory, MyHeritage, BloodTies23, Family Tree DNA, MeetYourFamily und Ancestry. Soweit Wilde und Matthew das nachvollziehen konnten, hatte Peter Bennett sich bei allen angemeldet – und seine Accounts bei allen gelöscht. Sieben der zehn Anbieter erklärten, dass die Löschungen endgültig waren. Zwei andere boten die Möglichkeit an, »einen Antrag zu stellen«, dass die Daten, die »gelöscht, aber in einem Archiv gespeichert« worden waren, was immer das auch bedeuten mochte, wieder »aktiviert und online« gestellt wurden. Zu diesem Zweck musste Wilde Formulare ausfüllen, E-Mails mit Codes beantworten und natürlich eine »Bearbeitungsgebühr« entrichten.

Noch während sie bei der Arbeit waren, traf Sutton ein. Sie holte sich einen Stuhl und setzte sich direkt neben Wilde.

»Die Battler-Fanforen explodieren«, sagte Sutton zu Wilde. »Hau raus.«

Wilde zog eine Augenbraue hoch. »Was soll ich?«

»Du sollst mit den dreckigen Details rüberkommen«, sagte Matthew und tippte weiter. »Hat Marnie gelogen? Wollte sie Peter verführen, und er hat sie abblitzen lassen?«

»Steht das in der Stellungnahme?«

»In was für einer Stellungnahme?«, erwiderte Sutton. »Es gibt nur Jenns Instagram-Post, in dem sie sagt, dass es nicht stimmt und sie nur hofft, dass Peter gefunden wird. Die Battler drehen am Rad und versuchen herauszufinden, was wirklich passiert ist, aber bis jetzt haben der Produzent oder Marnie kein Wort dazu gesagt.«

Wilde erhielt die Zugriffsberechtigung für die erste Website, BloodTies23. Er meldete sich wieder als Peter Bennett an und klickte auf den Reiter zu den Blutsverwandten. Die größte Übereinstimmung zu anderen Usern dieser Website lag bei zwei Prozent. Das brachte ihn nicht weiter.

Sutton sagte: »Willst du die eigenartigste Theorie hören, die gerade grassiert?«

Wilde tippte weiter. »Klar.«

»Eine wachsende Zahl von Battlern in den Fanforen«, fuhr Sutton fort, »vermutet, dass Peter hinter dem Ganzen steckt.«

Wilde hörte auf zu tippen und sah sie an. »Wie das denn?«

»Die Argumentation läuft ungefähr so.« Sutton strich sich eine Haarsträhne hinters Ohr. Wilde blickte zu Matthew hinüber, der lächelte wie ein Idiot oder, um es anders auszudrücken, wie ein ganz normaler Erstsemesterstudent mit seiner ersten echten Freundin. »Peter Bennetts Stern war deutlich verblasst. Er hatte einen guten Lauf, sogar einen fantastischen. Aber Mr Nice Guy wird nach einer Weile langweilig – nicht, dass du daraus irgendwelche Lehren ziehen solltest, Matthew...«

Matthew wurde rot.

»...und dann schalten die Fans halt irgendwann ab«, fuhr sie fort. »Die These ist also, dass Peter die Zeichen der Zeit erkannt hat und es leid war, den langweiligen netten Typen zu spielen. Also hat er das Ganze inszeniert, um sich selbst als Bösewicht neu zu erfinden.«

Wilde runzelte die Stirn. »Kein sehr guter Plan. Wird er jetzt nicht von allen gehasst?«

»Ja, das wenden auch viele Leute als Gegenargument gegen diese These ein. Aber vielleicht, ich weiß nicht, hat Peter nicht damit gerechnet, dass die Gegenreaktion so krass ausfallen würde. Manche sagen, er hat es zu weit getrieben. Ein hinterhältiger Halunke wie Big Bobbo zu sein ist eine

Sache. Selbst wenn Peter Jenn betrogen hätte, wäre das vielleicht noch, na ja, eine interessante dramatische Verwicklung gewesen, obwohl Jenn ziemlich beliebt ist. Aber ein Vergewaltiger, der seine Schwägerin mit K.-o.-Tropfen betäubt hat?«

»Das ist mehr als ein Tick zu viel«, ergänzte Matthew.

»Genau.«

»Und wo soll Peter laut dieser Theorie jetzt sein?«, fragte Wilde.

»Irgendwo untergetaucht. Der Druck, der auf ihm lastete, war so groß geworden, dass er seinen eigenen Tod vorgetäuscht hat. Und jetzt, nachdem genug Zeit vergangen ist, erweckt Peter den Anschein, dass man ihm Unrecht getan hätte. Dadurch steigen die Erwartungen auf seine Rückkehr ins Unermessliche. Und wenn er dann zurückkommt – höchstwahrscheinlich auf irgendeine coole Art –, wird Peter Bennett der größte Star sein, den das Reality-TV je gesehen hat.«

Wilde hätte diese Theorie als abwegig abtun können, aber man musste sich nur einmal ansehen, was Marnie getan hatte, um berühmt zu werden. Allerdings gab es einige Probleme mit dieser Theorie, die diejenigen, die ihre Zeit damit verbrachten, ihre Gedanken in Fanforen zu verbreiten, schon allein deshalb nicht berücksichtigen konnten, weil sie sie nicht kannten – wie die Morde an McAndrews und Frole, Peters Blutsverwandtschaft mit Wilde, Peters undurchschaubare Adoption als Baby, oder...

Trotzdem. Könnte da etwas dran sein? Könnte Peter Bennett irgendwie hinter dem Ganzen stecken? Ergab das überhaupt irgendeinen Sinn?

Irgendetwas übersah er.

Sein Handy vibrierte. Oren Carmichael. Seine Stimme zitterte leicht.

»Kennst du einen Martin Spirow?«
»Nein«, sagte Wilde.
»Aus Delaware. Einunddreißig Jahre alt. Verheiratet mit einer Frau namens Katie.«
»Sagt mir immer noch nichts. Warum fragst du?«
»Er ist das dritte Opfer. Wurde mit derselben Waffe erschossen, mit der auch Henry McAndrews und Katherine Frole getötet wurden.«
»Wann?«
»Heute Morgen.«
Wilde sagte nichts.
»Wilde?«
»Arbeitet er in der Strafverfolgung?«
»Arbeitslos. Er war nie bei der Polizei oder beim FBI und nicht einmal Wachmann in einem Einkaufszentrum.«
»Und welche Verbindung gibt es zu den anderen?«
»Keine, soweit es das FBI bisher sagen kann, sie haben das Ergebnis der ballistischen Untersuchung aber auch gerade erst bekommen. Einige spekulieren, dass es sich um einen Serienmörder handeln könnte, der mit alldem nichts zu tun hat.«
Wilde sagte nichts.
»Genau«, fuhr Oren fort, »ich glaube das auch nicht.«
»Erzähl mir mehr über den Mord an Spirow.«
»Drei Schüsse gleich im Eingangsbereich seines Hauses. Wahrscheinlich am frühen Morgen. Seine Frau hat ihn gefunden, als sie zum Mittagessen von der Arbeit nach Hause kam. Es ist eine ziemlich ruhige Straße, aber sie checken gerade die Überwachungskameras in der Umgebung und befragen die Nachbarn.«
»Drei Schüsse.«
»Ja.«

»Genau wie bei den anderen Opfern«, sagte Wilde.

»Richtig. Deshalb sucht das FBI auch nach einem möglichen Serienmörder.«

Wieder versuchte Wilde, die unterschiedlichen Ereignisse zusammenzubringen. Die Welt des Reality-Fernsehens. Peters mysteriöse Adoption. Dass er selbst im Wald ausgesetzt wurde. Und drei Morde, deren einzige Verbindung die Mordwaffe war.

Er sah immer noch keine Verbindung.

Wieder surrte sein Handy. Für Wilde war es ungewöhnlich, mehr als einen Anruf auf einmal zu erhalten, aber heute war auch kein gewöhnlicher Tag. »Da ruft noch jemand an«, sagte Wilde.

»Ich halte dich auf dem Laufenden, sobald ich was Neues höre«, sagte Oren, bevor er das Telefonat abbrach.

Als Wilde den neuen Anruf entgegennahm, hörte er Vicky Chiba schluchzen. »Oh mein Gott.«

»Vicky…«

»Marnie hat gelogen? Sie hat sich das alles ausgedacht?«

»Offensichtlich. Wie hast du es erfahren?«

»Mein Telefon hört nicht auf zu klingeln. Und Silas hat es im Radio gehört.«

»Es wurde im Radio gesendet?«

»In einem Beitrag über Fernsehunterhaltung oder so.« Vicky schluchzte wieder. »Warum? Warum hat Marnie das getan?«

Wilde antwortete nicht.

»Ist ihr klar, was sie getan hat? Sie hat einen unschuldigen Mann umgebracht. Sie hat ihn kaltblütig ermordet. Es ist, als hätte sie ihm ein Messer ins Herz gestoßen. Sie müsste dafür ins Gefängnis gehen, Wilde.«

»Wo bist du?«, fragte er.

»Zu Hause.«
»Ich komm demnächst vorbei, dann können wir reden.«
»Silas wird in ein paar Stunden hier sein.«
»Er ist in der Stadt?«
»Er fährt eine Ladung nach Newark. Dann schläft er hier, bevor er sich morgen früh eine neue holt. Wilde?«
»Ja.«
»Ich muss es Silas jetzt sagen, oder? Dass Peter adoptiert wurde.«
Wilde fiel wieder ein, dass Silas noch ein Kleinkind war, als die Familie nach Pennsylvania zog und das geheimnisvolle Baby dazukam. »Das liegt ganz bei dir.«
»Wir haben hier schon zu lange zu viele Geheimnisse. Er muss es erfahren.«
»Okay.«
»Silas betrachtet dich als seinen Cousin.«
»Das bin ich aber nicht.«
»Wenn du willst, können wir ihm das ja auch erzählen.«
Es gefiel Wilde nicht, dass sie von »wir« sprach.
»Kannst du bitte hier sein, wenn ich Silas die Wahrheit sage?«
Wilde antwortete nicht.
»Ich halte es für besser, wenn noch jemand dabei ist.«
Wilde sagte immer noch nichts.
»Es würde auch... Es würde mir viel bedeuten... uns beiden, denke ich, Silas und mir – wenn du uns sagen könntest, was wirklich mit Peter passiert ist. Die Wahrheit über die ganze Sache. Es ist nicht okay, dass wir auf Gerüchte aus Fanforen angewiesen sind.«
Da hatte sie recht. Das war er ihr schuldig.
»Okay«, sagte er. »Ich komme.«
»Und vielen Dank, Wilde.« Vicky fing wieder an zu wei-

nen. »Nicht nur dafür, dass du zugestimmt hast, heute Abend zu kommen, sondern auch dafür, dass du an Peter geglaubt hast. Vielleicht ist es zu spät, aber wenigstens erfährt die Welt jetzt, was für ein Mensch er wirklich war.«

Als Wilde das Telefonat beendete, bemerkte er, dass Matthew und Sutton mit weit aufgerissenen Augen auf den Laptop starrten.

Matthew sagte: »Heilige Scheiße.«

Sutton ergänzte: »Wow.«

»Was ist?«, fragte Wilde.

»Wir haben einen Verwandten von Peter Bennett gefunden. Einen nahen.«

ZWEIUNDDREISSIG

Ich hebe die Waffe – ja, dieselbe Waffe – und drücke wieder dreimal ab.

Ich schließe die Augen und lasse die feinen Blutspritzer auf mein Gesicht sprühen. Ein bisschen landet auf meinen Lippen, und dann habe ich es auch auf der Zunge. Ich bin kein Kannibale oder so etwas, aber der metallische Geschmack ihres Blutes hat etwas, das mich erregt. Das hat nichts mit Sexualität zu tun. Oder vielleicht doch. Sie haben den Ausdruck aber schon gehört, oder? Ich habe »Blut geleckt«. Ich verstehe jetzt, was damit gemeint ist. Ich verstehe das in vielerlei Hinsicht.

Ihr toter Körper liegt zusammengesunken auf dem Rücksitz. Ihre Augen sind noch offen.

Marnie Cassidys Augen.

Ich habe sie an diesen Ort gelockt, indem ich ihr über eine private App, die viele »Prominente« nutzen (vor allem die aus der Reality-TV-Szene), von einem Wegwerfhandy eine Message geschickt habe. Womit habe ich sie gelockt? Indem ich ihr Erlösung angeboten habe. Indem ich ihr in der extrem rauen See, die sie zu verschlingen drohte, einen Rettungsring zugeworfen habe. Ich wusste, dass Marnie dem nicht widerstehen konnte, dass sie einen Weg finden würde, sich davonzuschleichen, um sich mit mir zu treffen. Ihre Welt brach gerade in sich zusammen. Langsam verbreitete sich die Wahrheit über das, was sie getan hatte.

Wir sind in meinem Auto. Wieder habe ich ein Nummernschild gestohlen und die Buchstaben und Ziffern darauf so verändert, dass sie fast unlesbar sind. Ich trage eine Verkleidung. Marnie auch. Nach Jenns Post hatten sich Fans und sogar ein paar Reporter vor ihrem Haus eingefunden, also hat sie sich durch einen Hinterausgang herausgeschlichen. Wenn die Polizei irgendwann beschließt, ernsthafte Ermittlungen aufzunehmen, werden sie sie auf verschiedenen Bildern von Überwachungskameras auf der Straße und in der U-Bahn entdecken. Werden sie auch sehen, wie sie an der 72nd Street in die 1 stieg und in die Innenstadt gefahren ist? Wahrscheinlich. Werden sie schließlich sehen, wie sie in der Christopher Street ausstieg, drei Blocks weiterging und in dieses Auto stieg?

Ich weiß es nicht.

Es würde eine Weile dauern. Das Fernsehen hat uns eine Gehirnwäsche verpasst und uns glauben gemacht, dass die Strafverfolgungsbehörden nahezu unfehlbar wären. Ich habe festgestellt, dass das Unsinn ist. Sie machen Fehler. Sie brauchen viel Zeit, um sich Informationen zu beschaffen und sie zu verarbeiten. Sie haben nur eine begrenzte Anzahl an Personalstunden, und auch die Technik hat ihre Grenzen.

Noch immer bleiben viele Morde unaufgeklärt.

Davon einmal abgesehen, ist mir durchaus klar, dass ich eine nur begrenzte Haltbarkeit habe. Wenn ich weitermache, wird man mich erwischen. Das abzustreiten wäre absurd. Ich parke in Manhattan in der Nähe des West Side Highway. Ich habe mir einen ruhigen Platz gesucht – ruhig genug jedenfalls. Er befindet sich in der Nähe einer Baustelle, auf der im Moment nicht gearbeitet wird. Es dauerte nicht lang.

Sie steigt ein. Ich drehe mich um. Ich schieße Marnie dreimal in ihr erbärmliches, verlogenes Gesicht.

Gewagt? Sicher. Aber manchmal versteckt man sich am besten in aller Öffentlichkeit.

Marnie hatte ihr Handy in der Hand, als ich auf sie schoss.

Ich beuge mich vom Fahrersitz über die Lehne und nehme es aus dem Fußraum. Ich versuche, es über die Gesichtserkennung zu entsperren, indem ich es vor ihr Gesicht halte. Das funktioniert aber nicht, weil es so verunstaltet ist. Schade. Ich hatte gehofft, Jenn eine Nachricht schicken zu können, in der ich ihr in Marnies Namen mitteile, dass ich ein paar Wochen lang verschwinde, bis sich die Lage beruhigt hat. Das ist wohl leider nicht mehr möglich.

Können sie ihr Handy hierher zurückverfolgen? Ich bin mir nicht sicher. Ich werde es zerstören – aber gibt es eine Technologie, mit der sie feststellen können, wann und wie sie ihre Wohnung verlassen hat? Wahrscheinlich schon. Okay. Auch dafür habe ich einen Plan.

Ich lege eine Decke über die Leiche, obwohl ich nicht glaube, dass Überwachungskameras oder ein Unbeteiligter durch das hintere Fenster viel sehen könnten. Das Blut ist nicht bis auf die Fenster gespritzt, also brauche ich sie nicht abzuwischen. Ich fahre durch den Lincoln Tunnel und nehme die Ausfahrt John-F.-K-Boulevard East in Richtung Weehawken. Ich kann es mir nicht verkneifen, einen kleinen Umweg zu machen, und nehme die ziemlich versteckte Ausfahrt auf die Hamilton Avenue. Der Blick auf Manhattan ist von dieser Seite des Flusses – von New Jersey – einfach atemberaubend. Die Skyline präsentiert sich in ihrer ganzen Pracht. Es gibt keine schönere Aussicht auf New York City als von der anderen Seite des Hudson Rivers in New Jersey.

Aber das ist nicht der Grund, warum ich so gerne hierherfahre.

Hier, in dieser unscheinbaren Straße mit unscheinbaren Häusern, steht eine Säule mit einer unscheinbaren Steinbüste. Es ist die Büste von Alexander Hamilton. Eine danebenstehende Gedenktafel erinnert an das berühmte Duell zwischen Alexander Hamilton und Aaron Burr, an dessen Folgen Hamilton starb. Die

Gedenktafel weist auch darauf hin, dass Hamiltons Sohn Philip drei Jahre zuvor auf demselben Duellplatz gestorben war. Schon bevor dieses Ereignis durch das Musical berühmt wurde, bin ich hier in der Gegend spazieren gegangen. Ich wusste nie so recht, warum. Damals dachte ich, es wäre die Aussicht auf die Skyline, aber das stimmt natürlich nicht. Es waren die Geister der Vergangenheit. Es war das Blut. Es war der Tod. Männer waren hierhergekommen, um »ihre Ehre zu verteidigen«, und häufig bei einem Duell gestorben. Hier war Blut vergossen worden, vielleicht genau hier, vielleicht genau dort, wo Fußgänger gerade gemütlich über den Boulevard schlendern und zufällig auf so eine morbide Szene stoßen.

Noch unheimlicher ist jedoch, dass hinter der Alexander-Hamilton-Büste, fast verdeckt von der Marmorsäule, ein großer rotbrauner Felsbrocken liegt. Auf der Manhattan zugewandten Seite ist folgende Inschrift eingraviert:

AUF DIESEM STEIN RUHTE

DAS HAUPT DES PATRIOTEN,

SOLDATEN, STAATSMANNS UND

JURISTEN ALEXANDER HAMILTON

NACH SEINEM DUELL MIT

AARON BURR

Das hat mich schon immer angezogen. Doch andererseits, wen denn nicht? Der Felsen ist von einem Stahlgitterzaun umgeben, der Abstand zwischen den Gitterstäben ist allerdings recht groß. Man kann problemlos die Hand zwischen ihnen hindurchstecken und den Felsen anfassen. Stellen Sie sich das mal vor. Sie können Ihre Hand auf den Felsen legen, auf dem, wenn Sie der Legende glauben, vor über zwei Jahrhunderten der tödlich verwundete Alexander Hamilton lag.

Es ist morbide und makaber, ich finde es aber faszinierend. Ich fand es schon immer faszinierend. Und die Wahrheit ist, eine Wahrheit, die gleichermaßen auf der Hand liegt als auch unausgesprochen bleiben muss, dass auch Sie das tun. Das tun wir alle. Deshalb gibt es ja auch Gedenkstätten wie diese, oder? Eigentlich warnen sie uns nicht vor früheren, gefährlicheren Zeiten, auch wenn wir uns das einzureden versuchen. Sie sprechen uns auf einer viel primitiveren Ebene an. Sie machen uns heiß. Im Rückblick könnte das meine Einstiegsdroge gewesen sein. Man hört das ja immer wieder. Eine Droge ist die Einstiegsdroge für die nächste und wieder die nächste, bis man schließlich als ausgehungerter Heroinjunkie in der Gosse landet. Vielleicht ist es bei Mord genauso?

Ich fahre nicht langsamer. Ich will einfach nur an diesem unscheinbaren Denkmal und dem Duellplatz vorbeifahren. Um dieses Gefühl aufzusaugen. Das ist alles. Bonuseffekt: Wenn die Polizei irgendwie die genauen Bewegungen von Marnies Telefon nachverfolgen kann, wird dieser kleine Umweg, der mich nur wenige Minuten kostet, sie dazu bringen, sich Gedanken über Marnies Geisteszustand zu machen. Das könnte mir helfen.

Ich fahre wieder zurück auf den Boulevard und weiter zum Newark Airport. Am wenigsten Betrieb ist heute am Terminal B. Als ich die Drop-off Area erreiche, nehme ich meinen Hammer und zertrümmere Marnies Telefon. Wenn jemand ihre Bewegungen nachverfolgt, werden sie bei einem Flughafen ankommen. Das wird helfen. Mir ist klar, dass es wahrscheinlich Kameras gibt, die uns beobachten. Irgendwann werden sie vielleicht so weit sein, dass sie prüfen, ob Marnie aus dem Wagen ausgestiegen ist. Aber auch das wird eine Weile dauern.

Da das Handy jetzt nicht mehr zu orten ist, fahre ich auf dem Flughafengelände herum zu den anderen Terminals, auch das wieder nur, um Verwirrung zu stiften. Dann nehme ich die Route 78 in Richtung Westen. Ich habe in Chatham einen Lagerraum gemietet. Mit gesenktem Kopf steige ich aus dem Auto und öffne das Rolltor, chne meine Verkleidung abzulegen. Ich steige ein, fahre in die Garage und schließe das Tor. Das Lager hat eine starke Klimaanlage. Die habe ich schon vorher voll aufgedreht. Ich habe mehr als genug über verrottende Leichen und die von ihnen ausgehenden Gerüche gelesen. So habe ich Zeit. Zumindest ein paar Tage. Wahrscheinlich mehr. Dann kann ich mir eine Möglichkeit überlegen, die Leiche zu entsorgen. Ich putze noch kurz und lasse Marnie auf dem Rücksitz liegen. Hätte ich die Leiche sofort entsorgt, könnte die Polizei sie mit den anderen Morden in Verbindung bringen. Wenn aber die arme, leidgeprüfte Marnie einfach nur vermisst wird, ist es bei all den Turbulenzen in ihrem Leben mehr als plausibel, dass Marnie beschlossen hat, dem zu entfliehen und für eine Weile unterzutauchen. Ich weiß nicht genau, wie lange es halten wird, aber ich kenne das alte Credo: Ohne Leiche kein Mord.

Diese Maßnahmen müssten mir ein paar Tage, wenn nicht ein paar Wochen Zeit verschaffen. Mehr brauche ich nicht.

Es gibt noch viel zu tun.

DREIUNDDREISSIG

Wilde blickte über Matthews Schulter auf User32894 einer Website namens MeetYourFamily, dessen DNA eine dreiundzwanzigprozentige Übereinstimmung mit der von Peter Bennett hatte.
»Hast du geprüft, ob User32894 und Peter miteinander kommuniziert haben?«, fragte Wilde.
»Es gibt keine Messages mehr. Laut den Richtlinien der Website sind alle Chats und Messages unwiederbringlich verschwunden, wenn man sein Konto löscht. Aber falls du dich fragst, was eine dreiundzwanzigprozentige Übereinstimmung besagt...« Matthew klickte auf den Link, und es erschien eine Erklärung:

Eine Übereinstimmung von etwa 25 % (zwischen 17 % und 34 %) bedeutet, dass Sie auf folgende Weise biologisch verwandt sind:
Großeltern/Enkelkind
Tante/Onkel
Nichte/Neffe
Halbgeschwister

»Komisch, dass sie einem keine genauere Aufschlüsselung geben«, sagte Matthew.
»So ist das bei der DNA«, erklärte ihm Sutton. »Das haben wir doch alles bei Mr Richardson in Biologie gelernt, weißt

du nicht mehr? Eine Übereinstimmung von hundert Prozent heißt, dass es sich um eineiige Zwillinge handelt. Bei fünfzig Prozent ist es ein Geschwister oder die Mutter – der Vater hat etwas weniger, ungefähr achtundvierzig Prozent oder so. Warum das so ist, weiß ich nicht mehr.«

»Trotzdem komisch«, sagte Matthew. »Wenn Wilde jetzt hier eine etwa fünfzigprozentige Übereinstimmung bekommt, weiß er nicht, ob es seine Mutter, sein Vater oder ein Geschwister ist – Moment, als du deinen Vater in Vegas gefunden hast, woher wusstest du, dass das dein Vater ist? Ich meine, als du die Übereinstimmung das erste Mal auf der Ahnenforschungs-Website gesehen hast, woher wusstest du, dass es nicht deine Mutter oder ein Bruder oder so etwas ist?«

»Zu Anfang wusste ich das nicht«, sagte Wilde. »Aber dann habe ich herausbekommen, dass es ein über zwanzig Jahre älterer Mann ist.«

»Könnte trotzdem ein Bruder sein.«

Daran hatte Wilde gar nicht gedacht. »Das wäre tatsächlich möglich.«

»Aber unwahrscheinlich«, sagte Sutton. »Bei fünfzig Prozent Übereinstimmung heißt das, dass es sich um ein volles Geschwisterteil handelt, nicht um Halbgeschwister. Also, Mütter können zwar in einem Zeitraum von gut zwanzig Jahren Kinder gebären, das passiert aber wahrscheinlich ziemlich selten. Es ist viel wahrscheinlicher, dass er dein Vater ist.«

»Okay, das stimmt«, erwiderte Matthew, »aber mal ehrlich: Was passt bei Wilde schon in ein normales Spektrum? Er wurde im Wald ausgesetzt, als er so jung war, dass er sich nicht mal mehr daran erinnern kann. Was meinst du, Wilde? Könnte der Typ, den du getroffen hast, vielleicht eher dein Bruder sein?«

»Darüber habe ich mir keine Gedanken gemacht«, sagte Wilde.

Das hatte er tatsächlich nicht. Natürlich hatte Sutton recht. Die Wahrscheinlichkeit war hoch, dass Daniel Carter, dessen DNA mit seiner zu etwa fünfzig Prozent übereinstimmte, sein Vater war. Andererseits konnten Frauen schon sehr jung Kinder gebären – sobald sie den ersten Eisprung hatten. Wenn man annahm, dass seine Mutter sechzehn oder siebzehn Jahre alt war, als Daniel Carter geboren wurde, oder vielleicht sogar Anfang zwanzig, dann hätte sie Wilde auch noch zur Welt bringen können.

Er nahm den Hörer ab und rief Rola an.

»Irgendwas über Daniel Carter?«

»Noch nichts.«

»Wenn du ›nichts‹ sagst…«

»Dann meine ich genau das. Nichts, nada, niente, nischt, rien, bubkes. Die Überschrift kann ich dir schon mal sagen, Wilde. Sie lautet: Daniel Carter ist nicht sein echter Name.«

»Der Mann hat Familie. Und ein Bauunternehmen.«

»DC Dream House Construction. Es gehört einer Briefkastenfirma. Auf seinem Festnetzanschluss meldet sich niemand. Im Büro verrät niemand, wo er ist. Und bei seinem Haus öffnet keiner.«

»Er hat Töchter.«

»Wir wollen doch nicht, dass ein ortsansässiger Privatdetektiv, den ich nicht so gut kenne, ihr Leben durcheinanderbringt. Da müssen wir vorher noch mehr wissen. Wir stehen noch ganz am Anfang, Wilde.«

»Setz deine besten Leute darauf an, Rola.«

»Meine allerbeste Kraft wird sich drum kümmern.«

»Danke.«

»Ich.«

»Was?«

»Ich fliege nach Vegas.«

»Das brauchst du nicht.«

»Ich will es aber. Die Kinder machen mich sowieso kirre. Ich brauch eine Pause. Ein bisschen Blackjack. Ein paar Nachforschungen, wer ein Kleinkind im Wald ausgesetzt hat. Ein paar ruhige Stunden an einem einarmigen Banditen. Vielleicht noch eine Zaubershow. Und, Wilde?«

»Ja.«

»Was auch immer da mit deinem leiblichen Vater und dem FBI passiert, ist eine ziemlich seltsame Nummer.«

»Vielleicht ist Daniel Carter gar nicht mein Vater.«

Wilde erklärte ihr schnell das Problem mit den prozentualen Übereinstimmungen der DNA. Seit diesen Diskussionen über biologische Verwandtschaftsbeziehungen nagte hartnäckig etwas an seinem Gehirn. Offenbar übersah er etwas. Aber ein paar andere Teile passten jetzt zusammen. Er dachte an sein Telefonat mit Silas Bennett. Silas hatte gesagt, dass auf MeetYourFamily.com jemand eine dreiundzwanzigprozentige Übereinstimmung mit ihm hatte. Jetzt, da Wilde sah, dass auch Peter Bennett eine dreiundzwanzigprozentige Übereinstimmung mit jemandem hatte, sprach vieles dafür, dass die beiden »Brüder«, von denen einer angeblich adoptiert war, doch biologisch verwandt und höchstwahrscheinlich Halbgeschwister waren. Wilde wusste es nicht genau, sah aber Möglichkeiten, diese These zu bestätigen.

Er rief Vicky Chiba an. »Ist Silas schon da?«

»Nein.«

»Wann erwartest du ihn?«

»Er wurde aufgehalten. Wahrscheinlich so in einer bis anderthalb Stunden.«

»Willst du ihm immer noch sagen, dass Peter adoptiert wurde?«
»Ja. Du bist dann doch dabei, oder?«
»Ja.«
»Oh, danke. Ich bin dir wirklich sehr dankbar. Hast du noch mehr über Peter erfahren?«
»Das erzähl ich dir, wenn ich bei dir bin.«
»Okay, wenn ich was Neues von Silas höre, schick ich dir eine SMS.«

Wilde legte auf. Sie warteten auf zwei weitere Zugriffsberechtigungen von Ahnenforschungs-Websites. Er versuchte, die ihm bisher bekannten Einzelteile zu einem Bild zusammenzufügen: Peter Bennett findet heraus, dass er adoptiert wurde. Daraufhin schickt er seine DNA an eine Reihe Ahnenforschungs-Websites, um nach Verwandten zu suchen. So weit, so gut. Das ist nachvollziehbar. Er findet jemanden mit hoher Übereinstimmung – seinen Bruder, Silas. Ist ihm in diesem Moment klar geworden, dass er genug weiß? Das erscheint eigentlich unmöglich. Hat er noch jemanden gefunden? Warum hat er alles gelöscht, als er die Wahrheit erfahren hatte? Ist er auf etwas gestoßen, das andere seiner Ansicht nach nicht erfahren durften?

Wildes Handy surrte zweimal und zeigte so einen eingehenden Anruf an. Eigenartig. Das doppelte Surren bedeutete, dass der Anrufer nicht auf seiner recht kurzen Kontaktliste stand. Andere hatten diese Nummer nicht. Und andere kannten sie auch nicht. Er wollte den Anruf gerade an seine Mailbox weiterleiten, als er die Anrufer-ID sah:

PETER BENNETT

Wilde stand auf und ging in eine Ecke, während er das Telefon ans Ohr hielt.

»Hallo?«

»Wir müssen uns treffen.«

VIERUNDDREISSIG

Als Hester wieder in ihre Wohnung kam, erwartete Oren sie dort. Er umarmte sie zur Begrüßung. Hester mochte seine Umarmungen. Er war ein kräftiger Mann, der sie kräftig umarmte. Sie fühlte sich dabei klein, sicher und geborgen. Wer mochte das nicht? Sie schloss die Augen und atmete tief ein. Er roch wie ein Mann, was auch immer der Quatsch bedeuten mochte, und selbst das gab ihr das Gefühl von Glück und Geborgenheit.

»Wie ist es gelaufen?«, fragte Oren.

»Die Geschworenen sind sich immer noch nicht einig geworden. Richter Greiner will noch ein bis zwei Tage warten.«

Sie beendeten die Umarmung und gingen ins Wohnzimmer. Hesters Einrichtungsstil ließ sich am besten mit »Frühes Amerikanisches Durcheinander« beschreiben. Als sie mit Ira nach Manhattan gezogen war, hatten sie die Wohnung »vorübergehend« mit Krimskrams und Möbeln aus dem Haus in Westville eingerichtet. Die Möbel passten natürlich nicht richtig, weder in der Größe, noch im Stil, den Farben oder in sonst irgendetwas, aber sie hatten ja reichlich Zeit, das zu ändern.

Was Hester dann allerdings nie getan hatte.

»Wenn die Geschworenen sich auch weiterhin nicht einigen können«, sagte Oren, »glaubst du, dass sie dann noch einmal Anklage erheben und einen zweiten Prozess anstreben?«

»Wer weiß.«

Sie setzte sich auf die Couch. Oren schenkte ihr etwas Wein ein. Sie war müde. Sie kannte das von früher nicht, aber inzwischen spürte sie immer mehr eine gewisse Schwere in ihren Knochen.

»Wenn diese Sache vorbei ist«, sagte sie, »möchte ich Urlaub machen.«

Oren zog eine Augenbraue hoch. »Du?«

»Wohin fahren wir?«

»Wohin du willst, meine Liebe.«

»Früher habe ich Urlaub gehasst«, sagte Hester.

»Ich weiß.«

»Von der Arbeit bin ich nie müde geworden. Sie hat mir Kraft gegeben. Je mehr ich mittendrin steckte, desto lebendiger habe ich mich gefühlt. Wenn ich mit Ira auf Reisen war, hat mich das nur noch mehr angestrengt. Ich bin ganz kribbelig geworden. Ich konnte keine Energie tanken, wenn ich auf einer Strandliege lag – ich wollte nur dumpf rumdösen.«

»Ein Körper, der ruht…«, sagte Oren, »…verharrt in Ruhe.«

»Genau. Wenn man mich bremst, werde ich langsamer. Wenn man mich in Bewegung hält…«

»Und jetzt?«

»Jetzt möchte ich mit dir wegfahren. Ich bin müde.«

»Hast du eine Ahnung, woher das kommt?«

»Ich mag ja gar nicht daran denken, aber es könnte am Alter liegen.«

Oren antwortete nicht sofort darauf. Er trank einen Schluck Wein und sagte: »Vielleicht ist es ja der Levine-Fall.«

»Wieso?«

»Du warst früher nie ein Fan von Notwehr als Verteidigungsstrategie. Mir ist schon klar, dass es dein Job ist, die bestmögliche Verteidigung für deinen Mandanten zu suchen, und scheiß auf die Wahrheit...«

»Brr, jetzt aber mal langsam. Scheiß auf die Wahrheit?« »So hab ich das nicht gemeint. Was ich meinte, war, dass du deine persönlichen Gefühle da raushalten musst. Du musst ihm die bestmögliche Verteidigung bieten, ganz egal, wie du persönlich dazu stehst.«

»Wie kommst du darauf, dass ich bei Richard Levine Probleme mit dieser Strategie habe?«

»Er hat einen Mann exekutiert«, sagte Oren. »Das wissen wir doch beide.«

»Er hat einen Nazi erschossen.«

»Der keine unmittelbare Gefahr darstellte.«

»Nazis stellen immer eine unmittelbare Gefahr dar.«

»Du findest es also in Ordnung, was er getan hat?«

»Ja, natürlich.«

»Es ist in Ordnung, einen Nazi zu erschießen?«, hakte Oren nach.

»Ja.«

»Wie wäre es bei einem Mitglied des Ku-Klux-Klans?«

»Auch in Ordnung.«

»Wo ziehst du die Grenze, wen man erschießen darf?«

»Bei Nazis und Mitgliedern des Ku-Klux-Klans.«

»Und sonst niemanden?«

»Ich würde es vorziehen, wenn sie verprügelt werden. Ich bin ein großer Fan davon, Nazis aufs Maul zu hauen.«

»Dein Mandant hat dem Nazi nicht aufs Maul gehauen.«

»Nein, aber wenn er das getan hätte, wäre er auch verhaftet worden, und ich würde ihn trotzdem verteidigen. Wenn es Teil deiner kranken, psychopathischen Überzeugungen ist, alle Menschen auslöschen zu wollen, die nicht zu deiner vermeintlichen ›Rasse‹ gehören, dann ist es in Ordnung, wenn dich jemand abknallt. Einfach, weil du ein Ungeheuer bist.«

»Das kann nicht dein Ernst sein.«

»Ist es aber.«

»Vielleicht sollten wir die Gesetze ändern und verkünden, dass die Jagdsaison auf Nazis und Mitglieder des Ku-Klux-Klans eröffnet ist.«

»Du bist süß, wenn du versuchst, mit mir zu diskutieren«, sagte Hester. »Aber nein, das wollte ich gar nicht vorschlagen. Ich bin mit der aktuellen Gesetzeslage ganz zufrieden.«

»Aber die Gesetze legitimieren das nicht, was Richard Levine getan hat.«

Hester neigte den Kopf leicht nach rechts. »Wirklich nicht? Wir werden sehen. Das derzeitige System könnte tatsächlich funktionieren und meinen Mandanten freisprechen. Vielleicht ist es flexibel genug, dass es sich etwas dehnen und die Sache in Ordnung bringen kann.«

»Und wenn es das nicht tut? Wenn die Geschworenen ihn schuldig sprechen?«

Hester zuckte die Achseln. »Dann hat das Rechtssystem gesprochen.«

»Das System hat also immer recht?«

»Nein, aber vielleicht ist es nicht so flexibel, wie es meiner Meinung nach sein sollte. Zumindest mit diesen Geschworenen nicht. Oder nicht mit der Verteidigungsstrategie, für die ich mich entschieden habe. Ich glaube an das Rechtssystem. Ich glaube auch, dass es okay ist, Nazis zu töten. Warum hältst du das für einen Widerspruch?«

Er lächelte. »Ich liebe deinen Verstand, das weißt du, oder?«

»Ich deinen auch, aber nicht so sehr wie deinen Körper.«
»Wie sich das gehört«, sagte Oren.
Sie lehnte ihren Kopf an seine Brust. »Also, wohin fahren wir in den Urlaub?«
»In die Karibik«, sagte Oren.
»Magst du die Wärme?«
»Ich mag die Vorstellung, dich im Bikini zu sehen.«
»Werd nicht unverschämt.« Hester konnte nichts dagegen tun, sie wurde rot. »Ich hab seit dem Ende von Jimmy Carters Regierungszeit keinen Bikini mehr getragen.«
»Noch ein Opfer der Reaganomics«, sagte Oren.
Hester legte den Kopf an seine Schulter. »Ich bin immer noch sauer auf dich.«
»Ich weiß.«
»Ich hatte darüber nachgedacht, Schluss zu machen«, sagte sie.
Oren schwieg.
»Sosehr ich auch auf dich stehe, meine Arbeit kommt immer an erster Stelle. Dass du anderen Polizisten erzählst, dass Wilde die Leiche gefunden hat…«
»Unverzeihlich«, sagte Oren.
»Warum hast du es dann getan?«
»Weil ich einen Polizistenmörder fassen wollte. Weil ich manchmal ganz schön blöd bin. Weil ich ein Kleinstadtsheriff bin, der noch nie eine Mordermittlung geleitet hat, und weil mein Stolz offenbar die Oberhand gewonnen hat.«
»Die Chance, ein bedeutender Mann zu sein?«
Oren wand sich. »Ja.«
»Du hast dir deine eigenen Rechtfertigungen zurechtgelegt«, sagte sie.
»Dadurch wird das, was ich getan habe, aber nicht richtig.«

»Nein.«

»Warum verzeihst du mir dann?«

Hester zuckte die Achseln. »Das System hat eine gewisse Flexibilität. Die hab ich auch.«

»Klingt logisch.«

»Außerdem will ich dich nicht verlieren. Wir haben alle unsere Rechtfertigungen für unsere Handlungen. Du, ich, Richard Levine. Die Frage ist, ob das System flexibel genug ist, um damit zurechtzukommen?«

»Und in diesem Fall?«

»Für mich ist das okay.«

»Oh, gut.«

»Was Wilde betrifft, bin ich mir da nicht so sicher. Er baut nicht so leicht Vertrauen zu jemandem auf.«

»Ich weiß«, sagte Oren. »Ich werde versuchen, es bei ihm wiedergutzumachen.«

Hester glaubte nicht, dass er das konnte, behielt diesen Gedanken aber für sich.

»Es wurde noch eine Leiche gefunden«, sagte Oren. »Mit derselben Waffe erschossen.«

»Holla. Wird Wilde verdächtigt?«

»Nein. Der Mann wurde zu der Zeit in Delaware erschossen, als Wilde in New York observiert wurde. Dadurch ist er aus dem Schneider.«

»Gut.« Hester stand auf und trank einen Schluck Wein. »Wenn das so ist: Was hältst du davon, dass wir heute Abend nicht darüber reden?«

»Gute Idee.«

»Ich will mich nur ausruhen.«

»Okay.«

»Oder vielleicht knutschen«, sagte Hester.

Oren lächelte. »Das könnte zu anderen Dingen führen.«

Sie stellte das Glas ab und griff nach ihm. »Das könnte es.«

»Ich dachte, du wolltest dich ausruhen.«

Hester zuckte die Achseln. »Das System könnte flexibel sein.«

FÜNFUNDDREISSIG

Auf dem Display stand PETER BENNETT.
»Ich heiße Chris«, sagte der Anrufer.
»Das ist nicht der Name, der hier steht.«
»Ich weiß. Ich wollte Ihre Aufmerksamkeit erregen.«
»Woher haben Sie meine Nummer?«
»Das spielt keine Rolle. Wir müssen reden.«
»Worüber?«
»Peter Bennett, Katherine Frole, Henry McAndrews, Martin Spirow.«
Der Mann namens Chris wartete auf eine Antwort. Wilde gab ihm keine.
»Ich hoffe, dass das alle sind«, sagte Chris, »obwohl es sicher noch mehr werden, wenn wir nichts unternehmen.«
»Wer sind Sie?«
»Das sagte ich doch schon. Ich heiße Chris.«
»Und warum sollte ich Ihnen trauen?
»Eigentlich müsste die Frage lauten, warum ich Ihnen vertrauen sollte? Schließlich bin ich derjenige, der hier eine Menge zu verlieren hat. Wir müssen uns treffen.«
»Von wo rufen Sie an?«
»Sehen Sie aus dem Fenster.«
»Was?«
»Sie sind bei den Crimsteins, am Ende einer Sackgasse in Westville. Sehen Sie in den Vorgarten.«
Wilde ging zum Fenster neben der Haustür. Er blickte in

die Dunkelheit hinaus und sah im Licht der Straßenlaterne die Silhouette eines schlanken Mannes. Der Mann hob den Arm und winkte Wilde zu.

»Kommen Sie raus«, sagte Chris. »Wie schon gesagt, wir müssen reden.«

Wilde legte auf und drehte sich zu Matthew und Sutton um.

Matthew fragte: »Wer war das?«

»Ich gehe raus in den Vorgarten. Schließt alle Türen ab. Dann geht ihr beide nach oben. Behaltet uns von eurem Schlafzimmerfenster aus im Auge. Wenn mir irgendetwas passiert, rufst du den Notruf, deine Mutter und Oren Carmichael an. In der Reihenfolge. Dann versteckt ihr euch.«

Sutton fragte: »Wer ist das?«

»Ich weiß es nicht. Schließt die Tür hinter mir ab.«

Chris war dürr, blass und hatte schüttere blonde Haare. Er ging weniger auf und ab, vielmehr stapfte er hin und her, als wollte er kleine Brandherde austreten. Als Wilde sich ihm näherte, blieb er stehen.

»Was wollen Sie?«, fragte Wilde.

Chris lächelte. »Ist eine Weile her, dass ich so was gemacht habe.«

Er wartete darauf, dass Wilde fragte: *Was gemacht?* Als Wilde das nicht tat, fuhr er fort.

»Wenn ich früher ins Leben eines Menschen getreten bin, hab ich regelmäßig für einen Knalleffekt gesorgt. Ich habe ahnungslosen, vertrauensvollen Menschen die schlimmsten Geheimnisse ihrer Nächsten verraten. Einer Frau habe ich auf ihrem Junggesellinnenabschied verraten, dass ihr Verlobter ein Racheporno von ihr ins Internet gestellt hatte. Einem Ehemann mit zwei Söhnen habe ich verraten, dass seine Frau ihre dritte Schwangerschaft nur vorgetäuscht hatte, damit er sie nicht verließ. Solche Sachen. Ich dachte, diese Menschen hätten das Recht, es zu erfahren. Ein enthülltes Geheimnis ist keines mehr. Es wurde zerstört. Ich dachte, ich würde Gutes tun.« Er hielt inne und sah Wilde an.

»Mir ist klar, dass Sie eine Menge Fragen haben, also lassen Sie mich einfach auf den Punkt kommen. Ich weiß genug über Sie, um zu wissen, dass Sie ein Außenseiter sind. Sie leben auf sich allein gestellt. Sie haben es geschafft, sich dem System zu entziehen. Vielleicht sollte ich so tun, als wären das alles hypothetische Erwägungen, schon um mich selbst zu schützen, aber dafür haben wir einfach keine Zeit. Ich muss Ihnen vertrauen. Aber noch eine kurze Ermahnung, bevor ich loslege: Sie haben gemerkt, wie leicht es mir gefallen ist, Sie ausfindig zu machen. Das ist keine Drohung. Das ist eine leise Warnung, falls Sie auf die dumme Idee kommen sollten, gegen mich vorzugehen. Sie leben unter dem Radar, weil Sie fürchten, gefunden zu werden. Wenn Sie mich verstehen wollen, nehmen Sie Ihre Ängste und setzen Sie sie in die zehnte Potenz. Es gibt viele Menschen, die mich hinter Gittern oder auch tot sehen wollen. Aber ich will Sie wirklich nicht zum Feind haben. Und Sie mich auch nicht.«

»Was wollen Sie?«, fragte Wilde.

»Haben Sie je von einer Online-Organisation namens Boomerang gehört?«

Der Name war ihm nicht ganz unbekannt. »Eigentlich nicht.«

»Es ist eine Gruppe gleichgesinnter Hacker, die zu den besten ihres Metiers auf dem Planeten zählen.«

»Ich gehe davon aus, dass Sie Mitglied sind.«

»Ich war«, sagte Chris, »der Begründer und Leiter.«

Wieder wartete Chris auf Wildes Reaktion. Damit es weiterging, sagte Wilde: »Okay.«

»Der Zweck von Boomerang bestand darin, Online-Trolle und Mobber ausfindig zu machen, die schlimmsten von ihnen – und sie gleichermaßen zu stoppen als auch zu bestrafen.«

»Sie haben Selbstjustiz geübt«, sagte Wilde.

Chris wiegte den Kopf. »Ich sehe es eher so, dass wir versucht haben, in einem bisher gesetzlosen Bereich die Ordnung einzuführen. Unser Rechtssystem ist noch nicht im Internet angekommen. Noch ist die Online-Welt der Wilde Westen der Gegenwart. Es gibt keine echten Regeln oder Gesetze, nur Chaos und Verzweiflung. Deshalb haben wir als eine Gruppe seriöser Menschen mit ethischen Werten versucht, ein Mindestmaß an Recht und Ordnung zu etablieren. Unsere Hoffnung war, dass neue Gesetze und Normen uns irgendwann einholen und damit überflüssig machen würden.«

»Okay«, sagte Wilde, »nachdem Sie sich jetzt für Ihre Selbstjustiz gerechtfertigt haben, was hat das Ganze mit mir zu tun?«

»Das wissen Sie nicht?«

»Tun wir einfach so, als wüsste ich es nicht.«

»Es wäre hilfreich, wenn Sie mitspielen würden, Wilde. Ich lehne mich hier ziemlich weit aus dem Fenster.«

Wilde erinnerte sich an die Message, die er auf DogLufegnevs Computer gefunden hatte: Hab dich, McAndrews. Dafür wirst du büßen. »Ich vermute, dass Ihre Gruppe auf Henry McAndrews gestoßen ist. Er war ein Serien-Mobber im Internet, wenn auch auf Bestellung.«

»Das sind wir, ja.«

»Haben Sie ihn umgebracht?«

»Umgebracht? Mein Gott, nein. Wir haben nie jemanden umgebracht. So lief das nicht. Mitbürger – also eigentlich die Opfer – haben sich an Boomerang gewandt und um Hilfe gebeten. Online. Wir hatten eine Website. Wenn man unsere Hilfe wollte, musste man Formulare ausfüllen – Name, Kontakt, wie man gemobbt wurde, und zwar in allen Einzelheiten. Das war ziemlich aufwendig. Und das war Absicht. Wenn dich jemand so sehr verletzt hat, dass du bei Boomerang Hilfe suchst, solltest du bereit sein, ein paar Stunden für das Ausfüllen eines Antrags aufzubringen. Wenn du dann aber auf den Antrag verzichtet hast, war dein Fall offenbar nicht so ernst, dass er unsere Aufmerksamkeit verdient hätte.«

Chris hielt wieder inne. Wilde sagte: »Klingt plausibel«, wieder, um die Sache in Gang zu halten.

»Die vollständig ausgefüllten Anträge wurden unter den Boomerangs aufgeteilt, die sie dann durchgesehen haben. Die meisten wurden abgelehnt. Wir haben nur wenigen, also denen, die es am meisten verdient hatten, unsere volle Aufmerksamkeit geschenkt. Verstehen Sie langsam, worauf es hinausläuft, Wilde?«

»Peter Bennett«, sagte Wilde.

»Genau. Wir haben eine Bewerbung erhalten, in der es um den Ansturm aus Mobbing und Schikanen geht, dem er ausgesetzt war. Ich weiß nicht, ob er den Antrag selbst ausgefüllt hat oder jemand, der ihm nahesteht, wie seine Schwester, ein treuer Fan oder vielleicht sogar jemand, der vorgibt, er zu sein.«

»Haben Sie den Antrag persönlich bearbeitet?«, fragte Wilde.

»Nein. Panther hat sich darum gekümmert.«

»Panther?«

»Bei Boomerang waren alle anonym, daher hatten wir Tierpseudonyme.«

Wilde fiel der Absender des »Hab dich, McAndrews«-Posts wieder ein: PantherStrike88.

»Panther, Eisbär, Giraffe, Kätzchen, Alpaka und Löwe. Keiner von uns kannte die Identitäten der anderen. Wir hatten sehr strenge Sicherheitsvorkehrungen getroffen. Zu dieser Zeit kannte ich sie nur als Panther. Ihren richtigen Namen wusste ich nicht, nicht einmal ihr Geschlecht. Wie auch immer, Panther hat den Bennett-Fall bekommen. Sie hat sich entschieden, ihn der Gruppe zu präsentieren. Wir waren sechs Boomerangs – fünf mussten zustimmen, damit wir ein Strafmaß festlegten.«

»Und das ist in diesem Fall geschehen?«

»Nein. Wir haben beschlossen, dass es die Mühe nicht lohnt.«

»Warum?«

»Wir konnten uns, wie schon gesagt, nicht um alles kümmern, und einige von uns waren der Ansicht, dass Peter Bennett kein besonders sympathisches Opfer war, insbesondere wegen der Vorwürfe, dass er einer Frau K.-o.-Tropfen verabreicht und sie missbraucht hätte.«

Passte alles, dachte Wilde. »Also haben Sie abgelehnt?«

»Ja. Und normalerweise wäre die Sache damit erledigt gewesen. Der Fall war abgeschlossen. Wir hätten uns den nächsten angesehen. Das haben wir auch gemacht. Alle außer Panther.«

»Was ist passiert?«

»Was ich über Panther nicht wusste – und mir auch nicht vorstellen konnte –, war, dass Panther ein riesiges *Love Is A Battlefield*-Fangirl war. Sie war vollkommen hin und weg von der Show. Deshalb war sie so scharf darauf, den Fall zu präsentieren. Man kann praktisch nicht vorhersagen, wem so etwas gefällt, oder? Panther war eine hartgesottene FBI-

Kriminaltechnikerin und eine Koryphäe in ihrem Job – aber auch sie hat sich von der Prominenz des Opfers den Kopf verdrehen lassen.«

Wilde begriff. »Panther war Katherine Frole.«

Chris nickte. »Ich bin noch dabei, die Informationen, die ich habe, zu einem Bild zusammenzusetzen, aber als ich Katherines Namen hatte, konnte ich mich in einige von ihren Accounts hacken. Leider nicht in alle. Nicht einmal in die meisten. Schließlich war sie ja auch eine Expertin. Aber sie ist ganz offen als großer Fan dieser faden Reality-Show aufgetreten. Meine Theorie ist, dass Katherine einfach nicht widerstehen konnte, als Boomerang den Bennett-Fall abgelehnt hat, und sich in grober Missachtung unserer Sicherheitsmaßnahmen persönlich an den Bewerber gewandt hat.«

»Also an Peter«, sagte Wilde.

»Das ist jetzt reine Spekulation, aber vielleicht hat Katherine ihn angerufen und ihm gesagt, wie leid es ihr täte, dass Boomerang seine Bewerbung abgelehnt hat. Vielleicht ist sie noch einen Schritt weiter gegangen. Hat sich mit ihm getroffen. Ihm den Namen seines größten Trolls genannt.«

»Henry McAndrews«, sagte Wilde.

Chris nickte. »Den Rest können Sie sich denken. Kurz darauf wurde Henry McAndrews ermordet. Als die Leiche entdeckt wurde, hat Katherine Frole vielleicht begriffen, was sie getan hat. Vielleicht hat sie Peter damit konfrontiert. Oder vielleicht hat Peter auch von sich aus erkannt, dass er sie zum Schweigen bringen muss.«

»Eine Menge Vielleichts«, sagte Wilde.

»Egal wie, am Ende war Katherine Frole tot.«

»Das würde also die Morde an Henry McAndrews und Katherine Frole erklären«, sagte Wilde. »Aber was hat Martin Spirow damit zu tun?«

»Spirow war ein weiterer Troll, der bei Boomerang präsentiert wurde.«

»Hat er Peter Bennett belästigt?«

»Nein. Er hat etwas wirklich Niederträchtiges unter den Nachruf einer toten Frau geschrieben. Die Familie der toten Frau hatte sich bei uns beworben.«

»Haben Sie die Bewerbung angenommen oder abgelehnt?«

»Nicht ich«, korrigierte Chris. »Boomerang. Wir haben alles als Gruppe gemacht. Aber in diesem Fall haben wir sie angenommen. Sie müssen aber wissen, dass Boomerang verschiedene Bestrafungskategorien hatte. Seine war sehr mild. Aber kommen wir zum Punkt, Wilde. Ich glaube, dass jemand – vielleicht Peter Bennett, vielleicht die Person, die seine Bewerbung ausgefüllt hat, vielleicht jemand, der ihm nahesteht oder vielleicht sogar ein durchgeknallter Fan – beschlossen hat, die Sache selbst in die Hand zu nehmen, weil Boomerang nicht oder in seinen Augen nicht angemessen gehandelt hat.«

»Indem er oder sie Henry McAndrews umgebracht hat?«

»Ja. Und dann hat diese Person Katherine Frole umgebracht, entweder um ihre Spuren zu verwischen oder, ich weiß es nicht, als Strafe. Ihre Leiche wurde in einem kleinen Büro in der Nähe ihres Hauses gefunden. Sehr mysteriös. In diesem Büro hat sie offenbar ihre Boomerang-Sachen gemacht. Ich glaube, die Person, die Panther ermordet hat, hat Panther gezwungen, ihr die Namen und die Akten zu überlassen, und jetzt läuft sie Amok.«

»Kennen Sie die Namen?«, fragte Wilde.

Er schüttelte den Kopf. »Panther hat über hundert Fälle bearbeitet.«

»Warum kommen Sie zu mir?«

»Weil ich sonst niemanden habe«, sagte Chris.

»Warum wenden Sie sich nicht an die entsprechenden Behörden?«

Chris kicherte. »Das soll ein Witz sein, oder?«

»Sehe ich aus, als würde ich Witze machen?«

»Die gesamte Boomerang-Menagerie steht ganz oben auf der Prioritätenliste des FBI, der Homeland Security, der CIA, der National Security...« Chris sah Wildes skeptische Miene und sagte: »Ja, ich weiß, dass das ziemlich eingebildet klingt. Aber genau deshalb haben wir all diese Sicherheitsvorkehrungen getroffen. Gerade eben erst haben Sie uns bezichtigt, Selbstjustiz zu üben. Für die Regierung sind wir weitaus schlimmer. Wir sind illegal in die Datenbanken der Strafverfolgungsbehörden, in geheime Regierungswebsites, in gesicherte militärische Großrechner und was Ihnen sonst noch so einfällt eingedrungen. Und die Internet-Trolle, die wir bestraft haben? Ein paar davon waren einflussreiche Personen. Aus den höchsten Gesellschaftsschichten. Sie wollen Rache. Die Regierung ist auch hinter uns her. Sie mögen glauben, dass alle Geheimgefängnisse dichtgemacht wurden. Das stimmt aber nicht. Wir würden im Handumdrehen in einem von ihnen sitzen. Und selbst wenn das nicht passiert, würden wir diverse Jahre in einem Bundesgefängnis verbringen.«

Wilde wusste, dass Chris vermutlich recht hatte – das FBI würde sie auf jeden Fall festnehmen.

»Aber andererseits«, sagte Chris, und plötzlich standen ihm Tränen in den Augen, »bin ich dafür verantwortlich. Da kann ich doch nicht einfach abhauen, oder? Ich muss das stoppen, bevor noch mehr Menschen ums Leben kommen. Also setze ich alle Hebel in Bewegung, nutze mein Wissen und meine Ressourcen. Ich habe Tracker, Spionage-Software, vor allem aber das wichtigste Werkzeug des Hackers – die

Menschen. Alle glauben, dass das, was wir Hacker tun, Zauberei ist, vergessen aber eins dabei: Hinter jeder Firewall, jedem Passwort, jedem Sicherheitspaket – hinter allem – stecken Menschen. Wenn man ihnen einen Gefallen erweist, hat man was gut.«

Merkwürdig, dachte Wilde. Hester Crimstein, die keine Ahnung von Technik hatte, war zu einem ähnlichen Schluss gekommen, als sie über das Eigeninteresse der Menschen sprach. Alles veränderte sich, und doch änderte sich nichts.

»Als ich mir die ganze Sache noch einmal angesehen habe, tauchte ein seltsamer Name immer wieder auf. Ihrer, Wilde. Ich habe mitgehört, als Sie vor einer halben Stunde mit Vicky Chiba telefoniert haben. Ich weiß, warum Sie in der Sache drinstecken. Sie sind ein kompetenter Außenseiter. Sie verstehen, was ich vorhabe. An die Strafverfolgungsbehörden kann ich mich nicht wenden. Ich darf die anderen Mitglieder von Boomerang nicht gefährden. Ich darf sie nicht verraten und auch diejenigen nicht, die einen Antrag ausgefüllt und darauf vertraut haben, dass wir ihnen helfen. Jede Enthüllung könnte katastrophale Folgen haben.«

»Und was schlagen Sie vor?«

»Wir bündeln unsere Ressourcen. Ich erzähle Ihnen, was ich weiß. Sie erzählen mir, was Sie wissen. Wir halten uns gegenseitig auf dem Laufenden. Wir schnappen den Killer, bevor er wieder mordet. Und als Bonus bringen Sie und ich vielleicht in Erfahrung, was wirklich mit Ihnen geschehen ist, als Sie als kleiner Junge hier im Wald gelebt haben.«

Wilde sagte nichts.

»Weder Sie noch ich trauen den Menschen, Wilde. Das ist einer der Gründe, warum wir jetzt da sind, wo wir sind. Aber das spielt keine Rolle mehr. Ich kann Sie nicht verraten. Na ja, was soll ich schon sagen?«

»Aber ich kann Sie verraten.«
»Richtig«, sagte Chris. »Aber erstens würde Ihnen das nicht gut bekommen. Ich bin zu gefährlich. Ich habe Sicherheitsvorkehrungen getroffen. Sie wollen gar nicht wissen, was ich entfesseln könnte.«

»Und zweitens?«

»Sie wissen, dass jedes Wort, das ich sage, wahr ist. Warum sollten Sie das also tun?«

Wilde nickte. »Okay«, sagte er, »dann gucken wir mal, was wir tun können.«

SECHSUNDDREISSIG

Auf der Fahrt zu Vicky Chibas Haus rief Wilde Hester an und erzählte ihr von seiner Unterhaltung mit Boomerang Chris. Als er fertig war, fragte Hester ihn, was er mit den Informationen machen wolle. Wilde sagte ihr, dass sie Oren von der Verbindung zu Boomerang erzählen und entscheiden sollte, was sie dem FBI mitteilte.

»Das hättest du Oren auch einfach selbst erzählen können«, sagte Hester.

»Hätte ich.«

»Verstehe«, sagte sie. »Du bist immer noch sauer auf ihn.«

»Ich bin nicht sauer.«

»Nur nicht in der Stimmung, ihm zu vertrauen.«

Wilde schwieg.

»Ist es in Ordnung, wenn ich ihm trotzdem vertraue?«, fragte sie.

»Brauchst du meine Erlaubnis?«

»Und deinen Segen, ja. In der Hinsicht bin ich altmodisch.«

»Du hast beides«, sagte Wilde.

»Danke. Ich war früher auch so unversöhnlich.«

»Und jetzt?«

»Jetzt bin ich älter und weiser«, sagte Hester. »Außerdem liebe ich ihn.«

»Das freut mich«, sagte Wilde.

»Wirklich?«

Er versicherte ihr, dass er es ernst meinte, und sie legten auf. Als Wilde in Vickys Einfahrt fuhr, ging sie vor der Haustür auf und ab. »Silas müsste jeden Moment hier sein«, sagte Vicky. »Danke, dass du gekommen bist.«

Wilde nickte. Kaum stand er neben ihr an der Tür, kam ein Truck die Straße entlang. Ein bärtiger Mann, von dem Wilde annahm, dass es Silas Bennett war, streckte den Kopf aus dem Fenster, lächelte und hupte laut.

»Ich bin so nervös«, sagte Vicky lächelnd und winkte. »Wir haben dieses Geheimnis vor ihm bewahrt, seit er ein Baby war.«

Silas parkte den Truck vor dem Haus und sprang aus der Fahrerkabine. Er war ein stämmiger, bärtiger Mann mit markanten Gesichtszügen. Die Ärmel seines Flanellhemds waren hochgekrempelt, sodass man die Popeye-Unterarme sah. Er hatte einen leichten Bierbauch, aber Wilde spürte, dass Silas stark war. Seine Muskeln waren nicht nur Show oder stammten aus einem Fitnessstudio. Ein breites Grinsen lag auf seiner Miene, als er auf seine Schwester zustürmte, sie ungestüm umarmte und in die Luft hob.

»Vicky!«, rief er mit der gleichen tiefen Stimme, die Wilde von seinem Telefonat mit ihm in Erinnerung hatte.

Vicky schloss die Augen und genoss die Umarmung ihres Bruders einen Moment lang. Als Silas sie wieder absetzte, richtete er seine volle Aufmerksamkeit auf Wilde. »Dich würde ich auch gern umarmen, Cousin.«

Wilde überlegte kurz und dachte dann, was soll's. Die beiden Männer umarmten sich kurz, aber heftig. Wann hatte er das letzte Mal einen anderen Mann umarmt? Matthew war zu jung und zählte nicht. Wenn er sich recht erinnerte, war es mehr als zehn Jahre her, und es war Matthews Vater, Lailas Ehemann, Hesters Sohn gewesen.

David.
»Schön, dich kennenzulernen, Vetter«, sagte Silas.
Wilde sah Vicky an, die den Blick auf den Boden gerichtet hatte. »Geht mir auch so«, sagte Wilde.
Silas wandte sich an seine Schwester. »Also, was ist los?«
Vickys Lächeln erstarb. »Wer hat gesagt, dass etwas los ist?«
»Na ja, du hast mir gesagt, dass ich *nicht* sofort rüberkommen soll. Ich nehme an, dass du mich hinhalten wolltest, bis Wilde hier ist. Liege ich da falsch?«
»Tust du nicht.«
»Und?«
Vicky fing an, mit dem Ring an ihrem Zeigefinger zu spielen. »Sollen wir reingehen?«
»Du machst mir Angst, Schwesterherz. Ist jemand krank?«
»Nein.«
»Stirbt jemand?«
»Nein, das nicht.« Sie legte ihm ihre Hände auf die breiten Schultern und blickte ihm ins Gesicht. »Hör mir einfach zu, okay? Reagier nicht sofort. Hör mir einfach nur zu. In gewisser Weise ist das keine große Sache. Es ändert nichts.«
Silas sah Wilde kurz an, bevor er den Blick wieder auf seine Schwester richtete. »Mann, du jagst mir gerade eine Heidenangst ein.«
»Das wollte ich nicht… Ich weiß nicht…« Sie sah Wilde an.
»Fang da an, als ihr Memphis verlassen habt«, schlug Wilde vor.
»Okay, gut, danke.« Vicky wandte sich wieder ihrem Bruder zu. »Du erinnerst dich nicht mehr daran, wie wir nach Pennsylvania gezogen sind, oder?«
»Natürlich nicht.« Silas gluckste. »Ich war ungefähr zwei.«
»Stimmt. Jedenfalls hat Dad uns gefahren. Er hat uns bei

Mrs Troman abgeholt. An die wirst du dich natürlich auch nicht mehr erinnern. Eine nette alte Dame. Sie hat dich vergöttert, Silas. Aber ich fange an, Zeit zu schinden, sorry. Das ist schwer für mich. Dad hat uns abgeholt. Als wir in unserem neuen Zuhause ankamen, waren Peter und Mom schon da.«

Vicky hielt inne.

»Okay«, sagte Silas. »Na und?«

»Mom hat ihn nicht zur Welt gebracht.«

Silas runzelte die Stirn. »Was meinst du damit?«

»Sie war vorher nicht schwanger. Mom und Dad waren nur ungefähr eine Woche weg. Im Urlaub, sagten sie. Dann sind sie mit uns aus unserem Haus in Memphis ins Nirgendwo gezogen, und plötzlich hatten wir einen neuen kleinen Bruder.«

Silas schüttelte langsam den Kopf. »Du erinnerst dich nicht richtig. Ihr wart noch jung.«

»So jung waren wir auch nicht. Kelly und ich... Ich muss ihr sagen, dass ich dir das erzähle. Wie konnte ich das nur vergessen? Kelly müsste hier sein. Vielleicht kann ich sie anrufen. Sie über FaceTime dazuholen. Sie kann dir bestätigen ...«

»Stopp«, unterbrach Silas sie und hob beide Hände, »erzähl mir einfach, was passiert ist.«

»Wie ich schon sagte. Wir hatten einen neuen kleinen Bruder. Ganz plötzlich. Aus heiterem Himmel. Als wir Mom und Dad das erste Mal danach fragten, haben sie einfach so getan, als wäre er von ihnen. Irgendwann haben sie dann zugegeben, dass Peter adoptiert war, sie sagten aber, dass wir es geheim halten müssen.«

Vicky erzählte Silas den Rest der Geschichte, so wie sie sie Wilde vor nicht allzu langer Zeit in diesem Haus erzählt hatte.

»Das ergibt doch keinen Sinn«, sagte Silas, als sie fertig war. Er ging jetzt genauso auf und ab wie seine Schwester ein paar Minuten zuvor. Die Gene. Er ballte die großen Hände zu Fäusten. »Wenn Peter adoptiert wurde, warum haben sie es nicht einfach gesagt? Warum hätten unsere Eltern so tun sollen, als wäre er ihr eigenes Kind?«
»Das weiß ich nicht.«
»Das ergibt doch keinen Sinn«, wiederholte er.
Wilde, der nichts gesagt hatte, stellte schließlich eine Frage. »Hast du so eine Ahnung gehabt, Silas?«
»Hm?« Er runzelte die Stirn. »Nein.«
»Nicht einmal ein bisschen? Unbewusst?«
Silas schüttelte den Kopf. »Ich hätte eher das Gegenteil erwartet.«
»Wie meinst du das?«, fragte Vicky.
»Dass ich derjenige war, der adoptiert wurde, nicht Peter.« Silas sprach mit leiser Stimme. »Peter war doch immer der Liebling.« Er hob die Hand, um Vicky am Reden zu hindern. »Widersprich mir nicht, Vicky. Wir wissen es beide. Er war ein Schatz, auch in deinen Augen. Er konnte gar nichts falsch machen.« Wieder schüttelte er den Kopf. Eine Träne lief ihm über die Wange. »Ich weiß nicht, warum mich das so mitnimmt. Es ändert doch nichts. Peter ist – oder war – immer noch mein Bruder. Es ändert nichts an meinen Gefühlen für ihn.« Er sah Vicky an. »Oder für dich. Es war alles so schwer für dich. Dad war oft nicht da. Hat lange in der Schule gearbeitet und Ausflüge mit Freunden gemacht. Und Mom hatte meistens einen in der Krone. Du hast uns für die Schule fertig gemacht. Du hast uns Schulbrote geschmiert.«

Vicky weinte jetzt auch.

»Ich versteh das nicht«, fuhr Silas fort. »Sie hatten drei

Kinder, die sie nicht so recht wollten. Warum hätten sie noch eins adoptieren sollen?«

Die Frage konnte keiner beantworten. Alle drei standen einen Moment schweigend da. Dann wandte sich Silas an Wilde und sagte: »Moment mal. Wenn Peter adoptiert wurde und du mit Peter verwandt bist, dann sind wir doch nicht verwandt, oder?«

»Das ist richtig«, sagte Vicky. »Er hat uns gegenüber keine Verpflichtungen. Wir sind nicht blutsverwandt.«

»Außer«, sagte Wilde, »dass wir verwandt sind.«

Das überraschte sie. Dann sagte Vicky: »Du meinst wohl, weil man durch eine Adoption Teil der Familie wird? In diesem Fall schon, aber biologisch ...«

»Auch biologisch«, sagte Wilde, »sind wir verwandt.«

Schweigen.

Vicky sagte: »Erklärst du uns, was du meinst?«

»Silas, du hast mir erzählt, dass du dich bei MeetYourFamily-dot-com angemeldet hast, stimmt's?«

»Ja.«

»Die haben dir doch eine Benutzernummer gegeben?«

»Ja.«

»Weißt du sie noch?«

»Nicht auswendig. Fing mit drei, zwei an. Aber ich kann nachgucken ...«

»War es 32894?«

Er wirkte überrascht. »Klingt richtig.«

»Und du hast gesagt, dass du eine dreiundzwanzigprozentige Übereinstimmung mit jemandem hast?«

»Wilde«, sagte Vicky, »was ist hier los?«

»Das ist richtig«, sagte Silas.

»Und als du zu dieser Person Kontakt aufgenommen hast, hast du da deinen Namen genannt?«

»Klar, wieso auch nicht? Ich hab ja nichts zu verbergen.«
»Und diese Person mit den dreiundzwanzig Prozent Übereinstimmung hat nicht geantwortet?«
»Nein.«
»Die Person, die du da gefunden hast«, sagte Wilde, »war dein Bruder Peter.«
Keiner von beiden sagte etwas. Beide starrten ihn nur an.
»Haben Geschwister etwa nicht fünfzig Prozent Übereinstimmung?«, fragte Vicky.
»Ja«, sagte Wilde.
»Oh mein Gott«, sagte Silas. »Jetzt ergibt es doch alles Sinn.«
Vicky sah ihn an. »Wirklich?«
»Absolut. Das war auch meine Vermutung, als ich die Übereinstimmung das erste Mal gesehen habe. Ich hätte nur nicht erwartet, dass es Peter ist.«
»Kannst du mir das erklären?«, fragte Vicky.
»Dreiundzwanzig Prozent«, antwortete Silas. »Das ist ein Halbgeschwister.«
Vicky sah immer noch verwirrt aus.
»Komm schon, Vicky«, sagte Silas. »Es geht um Dad. Dad war ein Frauenheld. Er hat eine geschwängert. Verstehst du denn nicht? Die Gene lügen nicht. Papa hat eine Frau geschwängert. Peter wurde geboren. Und Mom und Dad haben beschlossen, ihn allein aufzuziehen.«
Vicky nickte bedächtig. »Dad hat eine Frau geschwängert«, wiederholte sie. »Mom hat das Baby zu sich genommen. Das erklärt einiges.«
»Zum einen sah Peter uns ähnlich«, sagte Silas. »Natürlich sah er besser aus. Keine Frage. Ich wette, seine richtige Mutter war echt scharf.«
»Silas!«

»Was denn? Ich versuche, das Ganze mit Humor zu nehmen, weil ich sonst…« Silas stoppte. »Meine ganze Kindheit kommt mir wie eine Lüge vor.« Er sah Wilde an. »Du hast vorhin gefragt, ob ich eine Ahnung hatte. Nein. Aber jetzt, wo ich darüber nachdenke, passte irgendetwas nicht so richtig. Wahrscheinlich gilt das für alle Familien. Ich habe noch keine kennengelernt, die nicht auf die eine oder andere Weise verkorkst war. Aber jetzt – zum Teufel, Vicky. Warum sind wir umgezogen? Ich schätze, Mom hätte sich geschämt. Es wäre getuschelt worden. Unsere Eltern waren ziemlich religiös.« Silas breitete die Hände aus. »Also, wer stellt jetzt die Millionen-Dollar-Frage?«

Keiner sagte etwas.

»Okay«, sagte Silas, »dann mach ich es: Wer war Peters Mutter?«

»Sie«, ergänzte Vicky und wandte sich an Wilde, »muss die Verbindung zu dir sein.«

»Moment«, sagte Silas. Er sah seine Schwester an. »Hat Peter gewusst, dass er adoptiert war?«

»Ja.«

»Schon als Kind?«

»Nein.« Vicky erklärte, wie Peter durch *Love Is A Battlefield* die Wahrheit erfahren hatte.

»Das versteh ich nicht«, sagte Silas. »Peter erfährt, dass er adoptiert wurde. Er gibt seine Daten bei diversen Ahnenforschungs-Websites ein. Er macht das anonym, weil er – na ja –, weil er ein großer Star ist und Leute durchdrehen, wenn sie es mit großen Stars zu tun haben. Du bist ein Treffer, Wilde. Er nimmt Kontakt zu dir auf. Anonym. Okay, das verstehe ich. Aber was ist mit mir? Meine Daten besagen, dass ich ein Halbbruder sein kann. Ich habe ihm eine Message geschrieben. Ich habe meinen Namen genannt.«

»Also wusste er, dass du das warst«, sagte Vicky.

»Genau. Aber warum hat er sich dann nicht gemeldet und es mir gesagt? Warum hat er seinen Account geschlossen, ohne zu antworten?«

Vicky sah jetzt älter aus, erschöpft und gequält. »Wahrscheinlich war das alles einfach zu viel für ihn.«

»Wie meinst du das?«

»Ihm wurde alles genommen. Seine Familie war eine Lüge. Sein Leben mit Jenn war eine Lüge. Marnie und die Fans, die er geliebt hat, hatten ihn betrogen. Die Beschimpfungen, die er über sich ergehen lassen musste. Der Verrat von allen Seiten. Das hat sich summiert. Peter war eine einfühlsame Seele, das weißt du. Es war einfach zu viel für ihn.«

Schweigen.

»Dann glaubst du, dass er sich umgebracht hat?«, fragte Silas.

»Du nicht?«

»Doch«, sagte Silas. »Doch, ich wohl auch.«

Vicky wandte sich an Wilde. »Du hast versprochen, uns genauer zu erklären, was Marnie ihm angetan hat«, sagte sie, wobei sowohl Trauer als auch Zorn in ihrer Stimme lagen. »Wir kennen bisher nur die Gerüchte, dass Marnie gelogen haben soll, dass Peter sie nie betäubt oder ihr Fotos geschickt hat. Hat sie gelogen, Wilde?«

»Ja.«

»Warum? Warum um alles in der Welt hätte Marnie lügen sollen?«

Wilde überlegte, ob er auf Marnies lange Rechtfertigung eingehen sollte, dass sie eine andere Frau getroffen und deren Behauptungen geglaubt hätte, ihr wäre das wirklich passiert. Aber das kam ihm nicht richtig vor. Stattdessen vereinfachte er es: »Es war so, wie du bei unserem ersten Treffen gesagt hast«, erklärte Wilde. »Manche Leute tun alles, um berühmt zu werden.«

»Mein Gott«, sagte Vicky. »Was ist nur los mit den Menschen?«

Silas stand einfach nur da. Sein Gesicht lief rot an.

»Das war's dann also?«, fragte Vicky. »Marnie hat gelogen, und Jenn hat ihr geglaubt. Sie haben sein Leben ruiniert. Dann kommt noch dazu, dass er adoptiert wurde, und ...«

»Da draußen ist noch eine andere Theorie im Umlauf«, sagte Wilde.

»Wo draußen?«, fragte Silas.

»In den Fanforen, denke ich. Ich muss euch warnen. Sie wird euch nicht gefallen.«

»Lass hören«, sagte Silas.

Wilde wandte sich an Vicky. »Wie stark hat Peters Beliebtheit gegen Ende abgenommen? Sagen wir, im letzten Jahr. Also, bevor Marnie das in diesem Podcast erzählt hat.«

»Ich versteh die Frage nicht.«

»Wenn man seine Instagram-Posts ansieht«, fuhr Wilde fort, »fällt auf, dass die *Likes* im letzten Jahr stark zurückgegangen sind – es waren gerade mal zehn bis fünfzehn Prozent im Vergleich zu früher. Eine Freundin hat für mich einen Marketing-Bericht über seine Social-Media-Aktivitäten erstellt. Das kann jeder machen. Es gibt kostenlose Seiten, aber ich habe zehn Dollar für eine umfangreichere Analyse bezahlt. Die Anzahl der *Likes* für Peters Posts sind auf allen wichtigen Plattformen stark zurückgegangen.«

»Das ist normal«, sagte Vicky und trat einen Schritt zurück. »Das habe ich dir doch auch schon gesagt. Ich versteh immer noch nicht, was du damit andeuten willst.«

»Ich will gar nichts andeuten«, sagte Wilde. »Ein paar Fans haben eine Theorie aufgestellt.«

»Was für eine Theorie?«

»Dass Peter hinter der ganzen Sache steckt.«

Silas blieb der Mund offen stehen. Vicky sah aus, als hätte Wilde ihr eine Ohrfeige verpasst. »Das ist doch Irrsinn.«

»Was?«, sagte Silas. »Glauben die, dass er Marnie gesagt hat, sie soll diese Lügen verbreiten?«

»So in der Art.«

»Und dass er sie mit K.-o.-Tropfen betäubt hat?«, fügte Vicky hinzu. »Ist dir eigentlich klar, was du da erzählst? Peter wird jetzt von allen gehasst. Er wurde komplett zerstört.«

»Vielleicht hatte Peter das falsch eingeschätzt«, sagte Wilde. »Das besagt die Theorie jedenfalls. Ihr wisst, wie Reality-Shows funktionieren. Streit verkauft sich gut. Vielleicht hatte Peter genug von seinem Image als netter Kerl. Das ist fast so, als würde der strahlende Held der Profi-Wrestler plötzlich zum Bösewicht werden.«

»Das ist völlig irre«, sagte Vicky und gestikulierte wild mit den Händen. »Du hast ihn nicht gesehen. Wie bekümmert er war. Wie depressiv. So etwas würde er nie tun.«

Wilde nickte. »Ich glaube auch nicht an diese Theorie. Aber ich wollte mit euch darüber sprechen. Ich wollte sehen, ob da irgendetwas dran sein könnte.«

»Absolut nicht«, sagte Vicky entschieden.

Silas sah noch einen Moment lang nach oben. Dann blinzelte er und sagte: »Ich hoffe, dass es stimmt.«

Vicky schnappte nach Luft. »Was?«

»Wenn es stimmt«, sagte Silas, »und Peter das alles geplant hat, heißt das, dass er nicht tot ist. Es heißt, dass wir alle nur glauben sollten, dass er tot ist. Es heißt, dass er jetzt, wo er entlastet wurde, vielleicht wieder zurückkommen kann, selbst wenn er das alles nur vorgetäuscht hat. Überleg doch mal, Vicky. Angenommen, Peter würde morgen wieder auftauchen. So ungerecht, wie man ihn behandelt hat, wäre er doch ein größerer Star als je zuvor – das wäre vielleicht der größte Coup in der Geschichte des Reality-TVs. Wenn er und Jenn wieder zusammenkämen, wow, die Rückkehr von PB&J – was glaubst du, wie hoch die Einschaltquoten bei ihrer zweiten Hochzeit wären?«

Vicky schüttelte den Kopf. »Das hat er nicht getan. Er würde so etwas nicht machen. Das ergibt doch keinen Sinn.«

»Was ergibt denn Sinn?«, fragte Silas.

Sie hatte feuchte Augen. »Dass Marnie gelogen hat und sich dann alle gegen ihn gewandt haben. Obendrein hat seine eigene Familie – ich eigentlich – sein Leben lang gelogen, was seine Herkunft betrifft. Er hat das Gefühl, von allen um ihn herum verraten und missbraucht worden zu sein. Vielleicht hat Marnies Lüge das Fass zum Überlaufen gebracht. Vielleicht war es Jenn, die ihm nicht geglaubt hat. Vielleicht war es dieser McAndrews, der gedroht hat, weitere Bilder zu veröffentlichen oder was auch immer. Oder vielleicht…« Sie begann zu schluchzen. »Vielleicht hat er seine leibliche Mutter gefunden und konnte damit nicht umgehen.«

Sie standen schweigend nebeneinander.

»Wilde«, sagte Vicky schließlich, »ich möchte, dass du aufhörst, ihn zu suchen. Es reicht.«

»Das kann ich nicht.«

»Bei Peter findest du die Antworten nicht, die du suchst.«

»Das vielleicht nicht«, sagte Wilde, »aber da draußen ist jemand, der Menschen umbringt. Wir müssen ihn stoppen.«

* * *

Wilde machte sich auf den Weg zurück in die Ramapo Mountains. Er hoffte, dass eine Nacht unter dem Sternenhimmel in der Nähe der Ecocapsule ihm guttun würde, andererseits wollte er aber auch Laila sehen.

Laila. Sie hatte ihn nicht eingeladen, und er spekulierte nie, was das bedeuten könnte. Das wäre ihr gegenüber nicht fair. Wenn sie ihn bei sich haben wollte, gut. Wenn nicht, wer war er, dass er sich ihr in den Weg stellte, obwohl sie in dem Moment mit Darryl oder einem anderen zusammen sein wollte? Daran dachte Wilde gerade, als sein Handy vibrierte. Das Display zeigte wieder Peter Bennett. Wilde nahm das Gespräch an und sagte »Hallo«.

»Ich hab was für Sie.«

Es war Chris von Boomerang.

»Ich höre.«

»Sie haben mich gebeten, die kompromittierenden Fotos von Peter Bennett zu überprüfen – die, die bereits im Umlauf sind, und die, die McAndrews zu veröffentlichen drohte.«

»Ja.«

»Erstens: Ich habe den Eindruck, dass McAndrews doppelt abkassieren wollte.«

»Wie?«

»Sie wissen ja schon, dass jemand McAndrews beauftragt hat, Peter Bennett durch Gerüchte, Desinformation und Mobbing zu zerstören.«

»Irgendeine Idee, wer das sein könnte?«

»Bisher nicht, nein. Wird auch schwierig, das festzustellen. Wie Sie schon sagten, hat sich McAndrews über die Anwaltskanzlei seines Sohnes bezahlen lassen, um durch das Anwaltsgeheimnis geschützt zu sein. Das ist nicht ungewöhnlich, aber eine zusätzliche Sicherheitsebene. Ich kann Ihnen nur sagen, dass die Person, die McAndrews beauftragt hat, ihm auch diese kompromittierenden Fotos gemailt hat.«

»Okay.«

»Das ist der erste Punkt. Der zweite ist noch faszinierender.«

Wilde wartete.

»Die Fotos sind echt. Größtenteils. Ich meine, sie sind nicht mit Photoshop bearbeitet.«

»Was meinen Sie mit ›größtenteils‹?«

»Mit denen ist alles okay – keine falschen Schatten, keine Verzerrungen. Sogar die EXIF-Metadaten stimmen bei den Bildern. Aber die Ränder wurden absichtlich unscharf gemacht und seltsam beschnitten.«

»Inwiefern seltsam?«

»Na ja, so seltsam vielleicht auch wieder nicht. Das ist Peter. Ohne jeden Zweifel. Aber wer immer die Fotos geschickt hat, wollte selbst nicht gesehen werden.«

»Sie meinen, die Person, mit der er Sex hat?«

»Ja.«

»Das wäre logisch. Sie wollte anonym bleiben.«

»Möglich«, sagte Chris.

»Sie sagten, dass McAndrews doppelt abkassieren wollte.«

»So ist es.«

»Damit meinen Sie, dass er die Fotos an Peter verkaufen wollte?«

»Genau.«

»Haben die beiden sich getroffen?«

»Peter Bennett und Henry McAndrews? Das kann ich noch nicht sagen. Ich werd dem aber weiter nachgehen.«

Sie legten auf, und Wilde machte sich auf den Weg in den Wald. Die Nacht war hereingebrochen. Er wartete, bis sich seine Augen an die Dunkelheit gewöhnt hatten. Dann ging er den Berg hinauf zur versteckten Ecocapsule. Er hatte noch eine drei Kilometer lange Wanderung vor sich. Das war kein

Problem. Die Äste der Bäume zeigten sich heute als Silhouetten vor dem Mond. Die Luft war ruhig und klar. Seine Schritte hallten durch die Dunkelheit. Wilde mochte solche Nächte. Er hatte schon Tausende davon erlebt. In einer solchen Stille konnte man nachdenken. Sein Geist und seine Muskeln entspannten und lockerten sich. Er erkannte und begriff Dinge auf eine Art, wie sie für Menschen, die erleuchtete Bildschirme, Krach, Energie und womöglich sogar andere Menschen um sich herum hatten, nicht erreichbar war.

Warum hatte er dann dieses seltsame Gefühl?

Warum konnte er – der sein Leben lang immer wieder in die Dunkelheit eingetaucht war, der die Einsamkeit genoss – sich plötzlich selbst unter diesen perfekten Bedingungen nicht konzentrieren?

Als sein Handy wieder klingelte, kam ihm die Unterbrechung, die er normalerweise als gewaltig störendes Ärgernis empfand, wie eine Gnadenfrist, ein Rettungsring vor. Er sah, dass es Matthew war.

»Hallo?«

»Kommst du wieder zurück?«

»Es ist schon spät, also ...«

»Du musst herkommen.«

»Warum? Was ist los?«

»Ich bin auf der letzten Ahnenforschungs-Website. DNAYourStory.«

Das war die Website, über die Wilde und Peter in Kontakt getreten waren. »Du hast eine Übereinstimmung gefunden?«

»Ja.«

»Das könnte ich sein«, sagte er.

»Nein, du bist das nicht. Es ist ein Elternteil, Wilde. Es ist entweder Peter Bennetts Mutter oder sein Vater.«

SIEBENUNDDREISSIG

Wilde setzte sich neben Matthew, als der den Link in DNAYourStory aufrief.

»Okay, siehst du, da ist es«, sagte Matthew. »Eine fünfzigprozentige Übereinstimmung. Wir wissen also, dass das entweder ein richtiges Geschwister oder ein Elternteil ist.«

»Warum bist du dir dann so sicher, dass es ein Elternteil ist?«, fragte Wilde.

»Hier«, sagte Matthew und deutete auf den Bildschirm. »Der Account wird unter den Initialen RJ geführt, das Wichtigste ist aber, dass das Alter angegeben ist. Achtundsechzig. Für ein richtiges Geschwister ist das ein bisschen alt, oder?«

»Stimmt.«

»Die wahrscheinlichste Schlussfolgerung ist also, dass RJ Peter Bennetts Mutter oder Vater ist.«

Wilde erinnerte sich an Vickys und Silas' Schlussfolgerung, dass sie und Peter einen gemeinsamen Vater hatten. Also war die Wahrscheinlichkeit sehr hoch, dass RJ Peter Bennetts Mutter war.

»Noch was«, sagte Wilde.

»Was denn?«

»Ich bin auch bei DNAYourStory angemeldet«, sagte er.

»Und?«

»Und offensichtlich hat diese oder dieser RJ keine Übereinstimmung mit mir. PB aber schon. Wenn das also PBs Mutter ist, muss ich väterlicherseits mit ihm verwandt sein.«

»Ist das gut oder schlecht?«

»Das weiß ich auch nicht so recht«, sagte Wilde, lehnte sich zurück und versuchte, das Ganze zu verstehen. »Nehmen wir an, diese RJ ist Peter Bennetts Mutter. Dann ist das wahrscheinlichste Szenario, dass ich mit der Familie Bennett – Vicky, Silas, Peter – väterlicherseits verwandt bin.« Matthew schüttelte den Kopf. »Das wird langsam ziemlich verwirrend.«

»Das liegt daran, dass wir noch nicht genug Fakten haben«, sagte Wilde. »Schicken wir RJ doch eine Message.«

Matthew nickte. »Was willst du schreiben?«

Sie verfassten eine Message von PB an RJ, in der PB anmerkte, dass sie sehr eng miteinander verwandt seien und dass er – PB – seine Eltern suche und es dringend sei, dass RJ sich melde. Dann betonten sie die Dringlichkeit noch einmal, indem sie andeuteten, dass es sich um einen medizinischen Notfall handele, weil sie hofften, so schneller eine Antwort zu bekommen.

»Gib RJ meine Handynummer«, sagte Wilde. »Schreib ihnen, dass sie so schnell wie möglich anrufen sollen, zu jeder Tages- und Nachtzeit.«

Matthew nickte und tippte. »Alles klar.«

Als beide der Meinung waren, dass alles Erforderliche in der Message stand, klickte Matthew auf *Senden*. Es war schon spät. Laila war immer noch nicht da. Wilde wollte nicht fragen, wo sie war. Das ging ihn nichts an. Er wollte in den Wald zurückgehen, aber Matthew fragte ihn, ob er sich mit ihm das Spiel der New York Knicks ansehen wollte. Das tat er, vor allem weil er etwas Zeit mit Matthew verbringen wollte.

Sie fläzten sich auf die Sitzgelegenheiten und verloren sich im Hin und Her des Spiels.

»Ich liebe Basketball«, sagte Matthew irgendwann.

»Ich auch.«
»Du warst ein toller Sportler, oder?«
Wilde zog eine Augenbraue hoch. »Warst?«
»Ich meine, als du noch jung warst.«
»Jung *warst*?«
Matthew lächelte. »Du hältst immer noch einen Haufen Rekorde auf meiner ehemaligen Highschool.«
»Dein Vater war auch ziemlich gut. Er hatte eine tolle linke Hand.«
Matthew schüttelte den Kopf. »Das machst du immer.«
»Was mache ich?«
»Meinen Vater ins Spiel bringen.«
»Er war der beste Mensch, den ich je gekannt habe.«
»Ich weiß, dass du das glaubst.«
»Das glaube ich nicht nur. Ich weiß es. Ich will, dass du es auch weißt.«
»Ja, das verstehe ich. Du trichterst es mir ja immer wieder ohne jeden Anflug von Subtilität ein.« Matthew richtete sich ein wenig auf. »Warum ist dir das so wichtig?«
»Über deinen Vater zu reden?«
»Ja.«
»Weil ich will, dass du ihn kennst. Ich will, dass du weißt, was für ein Mensch er war. Ich rede über deinen Vater, weil ich will, dass er für dich weiterlebt.«
»Darf ich etwas dazu sagen?«, fragte Matthew.
Wilde forderte ihn mit einer Geste auf fortzufahren.
»Ich will ja hier niemandem etwas unterstellen...«
»Oh, oh«, sagte Wilde.
»...aber ich glaube, du redest so viel über ihn, weil er dir fehlt.«
»Natürlich fehlt er mir.«
»Nein, ich meine, ich glaube, du redest so viel über ihn,

nicht damit er für mich noch weiterlebt – sondern damit er für dich weiterlebt.«

Wilde sagte nichts.

»Ich war elf, als er gestorben ist«, sagte Matthew. »Und versteh mich nicht falsch, Wilde. Du warst vorher schon ein guter Patenonkel. Ich weiß, dass du mich liebst. Aber ich glaube, nach Dads Tod hast du angefangen, mehr mit mir abzuhängen, und zwar nicht weil du dich schuldig oder dafür verantwortlich fühlst. Ich glaube, du hattest Angst loszulassen, und mit mir zusammen zu sein ist der bestmögliche Ersatz dafür, dass du nicht mit ihm zusammen sein kannst.«

Wilde überlegte. »Da könntest du recht haben.«

»Echt jetzt?«

»Ja, kurz nach dem Tod deines Vaters war das wohl so. Wir beide haben irgendetwas unternommen. Wir sind ins Kino gegangen, haben uns ein Spiel angeguckt, und nachdem ich dich zu Hause abgesetzt habe, bin ich zurück in den Wald gegangen, und es war ...« Wilde schluckte. »Ich habe oft gedacht: ›Ich kann es kaum erwarten, David davon zu erzählen.‹ Kannst du das nachvollziehen?«

Matthew nickte. »Ich denke schon.«

»Auf dem Weg zurück habe ich dann mit deinem Dad gesprochen. Ich habe ihm erzählt, was wir gemacht haben und wie viel Spaß wir hatten. Ich weiß, dass das seltsam klingt....«

»Tut es nicht.«

»Also ja – zu Anfang war das so.«

»Aber jetzt nicht mehr?«

»Jetzt nicht mehr, nein. Jetzt bin ich einfach gern mit dir zusammen. Vielleicht liegt es daran, dass du deinem Vater so ähnlich bist. Das könnte sein. Aber es ist nicht *wegen* deines Vaters. Ich spreche nicht mehr mit ihm, wenn ich etwas mit dir unternommen habe. Ich fühle mich ihm gegenüber nicht

verpflichtet. Ich will Zeit mit dir verbringen. Und es tut mir leid, wenn ich ständig über ihn rede. Aber wenn ich das nicht tue, kommt es mir vor, als wäre er noch weiter weg.«
»Er wird nie weg sein, Wilde. Aber er würde nicht wollen, dass wir die ganze Zeit in Erinnerungen schwelgen, oder?«
»Das würde er nicht«, stimmte Wilde zu.
Matthew grinste. »Wow.«
»Was ist?«
»So offen hast du darüber noch nie gesprochen.«
Wilde lehnte sich auf der Couch zurück. »Tja, nun, ich bin in letzter Zeit nicht ich selbst.«
Beide lehnten sich zurück, als die Knicks im vierten Viertel versuchten, das Spiel zu drehen. In einer Auszeit rollte Matthew sich auf den Bauch und sah Wilde an.
»Und was wirst du hinsichtlich meiner Mutter unternehmen?«, fragte Matthew.
»Du forderst dein Glück heraus, Junge.«
»Hey, ich bin in letzter Zeit auch nicht ich selbst. Was wirst du also tun?«
Wilde zuckte die Achseln. »Das liegt nicht bei mir.«
»Das taugt langsam nicht mehr als Ausrede.«
»Was?«
»Deine ganze Nummer, Wilde. Wir haben es begriffen – du kannst nicht sesshaft werden, du hast Probleme, anderen Menschen zu vertrauen, Beziehungen einzugehen oder dich anderweitig zu binden. Du musst allein im Wald leben. Aber eine Beziehung ist keine Einbahnstraße. Du kannst nicht immer weiter sagen, dass es an ihr liegt. Sie kann das nicht ganz allein stemmen.«
Wilde schüttelte den Kopf. »Mann, erst ein Jahr auf dem College, und schon kennst du alle Antworten.«
»Weißt du, wo Mom heute Abend ist?«

»Nein.«

»Im Moment ist sie mit Darryl unterwegs. Du tust so, als würde das keine Rolle spielen. Wenn das stimmt, musst du es ihr sagen. Und wenn nicht, musst du es ihr auch sagen. Deine ›Schweigsamer Mann aus dem Wald‹-Nummer ist nicht fair ihr gegenüber.«

»Meine Beziehung zu deiner Mutter«, sagte Wilde, »geht dich nichts an.«

»Von wegen. Sie ist meine Mom. Ihr Mann ist tot. Ich bin das Einzige, was sie hat. Also erzähl mir nicht, dass es mich nichts angeht. Und hör auf, dich hinter dem ›Es liegt bei ihr‹-Quatsch zu verstecken. Das ist nur eine willkommene Ausrede.«

Dann hörten sie auf zu reden. Die Knicks nahmen zwölf Sekunden vor der Schlusssirene mit zwei Punkten Rückstand eine Auszeit. Wildes Handy klingelte. Die Nummer kannte er nicht.

»Hallo?«

»Ja, äh, Entschuldigung. Sie haben mich gebeten, Sie anzurufen. Sie sagten, es sei dringend.«

Es war die barsche Stimme eines etwas älteren Mannes. Wilde setzte sich auf. »Sind Sie RJ?«

Die Stimme zögerte kurz. Dann: »Ja. Ich habe Ihre Nachricht erhalten.«

»Also«, sagte Wilde, »wir sind verwandt. Eng verwandt.«

»Sieht so aus«, sagte die Stimme. »Wie heißen Sie?«

Wilde erinnerte sich daran, dass sie RJ mit den Initialen PB angeschrieben hatten. »Paul«, sagte Wilde.

»Paul wie?«

»Baker. Paul Baker.«

Wilde wusste, dass Paul und Baker immer auf der Liste der häufigsten Vor- und Nachnamen in den Vereinigten Staaten standen. Das würde es schwieriger machen, ihn aufzuspüren.

»Wo wohnst du, Paul?«

»New York City. Und du?«

»Ich wohne auch in der Gegend«, sagte die männliche Stimme.

»Können wir uns treffen?«, fragte Wilde.

»Das würde ich gern, Paul. Du sagtest doch, dass es dringend ist, oder?«

Irgendetwas an seinem Ton und seiner Bereitwilligkeit... Wilde gefiel das nicht. »Das stimmt.«

»Kennst du den Washington Square Park?«

»Ja.«

»Wie wäre es morgen früh um neun unter dem Triumphbogen?«

»Klingt gut«, sagte Wilde. »Darf ich fragen, wie du heißt?«

»Ich heiße Robert. Robert Johnson.«

Noch ein Name aus den Top Ten. Wilde kam sich verarscht vor.

»Robert, hast du eine Ahnung, wie wir miteinander verwandt sind?«

»Ist das nicht offensichtlich?«, fragte er. »Ich bin dein Vater.«

Er legte auf, bevor Wilde noch etwas sagen konnte. Wilde drückte die Rückruftaste, der Anruf wurde aber nicht durchgestellt. Daraufhin rief er Chris an.

»Haben Sie immer noch eine Abhöreinrichtung an meinem Handy?«

»Ja.«

»Wer hat mich gerade angerufen?«

»Einen Moment. Hmm.«

»Was ist?«

»Die Nummer ist von einem Wegwerf-Handy. So wie Ihres. Schwierig, da einen Besitzer zu ermitteln. Warten Sie einen Moment.« Wilde hörte eine Tastatur klackern. »Ich weiß nicht, ob das hilft, aber der Anruf kam irgendwo aus Tennessee. Wahrscheinlich aus Memphis.«

Memphis. Da hatten die Bennetts gelebt, bevor sie plötzlich nach Pennsylvania gezogen waren. Er hörte ein Auto auf dem Kies der Einfahrt. Es war fast Mitternacht. Er trat ans Fenster.

Es war Laila.

Er wartete darauf, dass sie ausstieg. Das tat sie nicht. Nicht sofort. War jemand bei ihr? Er konnte es nicht sehen. Wilde beobachtete sie noch einige Sekunden lang. Dann hatte er das Gefühl, in ihre Privatsphäre einzudringen, und wandte sich ab.

»Ich gehe jetzt lieber«, sagte er zu Matthew.

»Tu das nicht«, sagte Matthew.

»Was?«

»Weglaufen.«

»Ich versuche, es ihr leichter zu machen.«

»Das tust du nicht. Du bist einfach nur ein Angsthase.«

Matthew stand auf. Er war inzwischen größer als Wilde. Er sah aus wie sein Vater. Außerdem sah er aus wie ein Mann. Wann war das passiert? Matthew legte Wilde eine Hand auf die Schulter. »Nichts für ungut.«

»Kein Problem.«

»Ich gehe nach oben«, sagte Matthew. »Du bleibst hier.«

Matthew schaltete den Fernseher aus, stapfte die Treppe hinauf und schloss seine Zimmertür hinter sich. Wilde blieb. Fünf Minuten später kam Laila durch die Haustür herein. Sie sah erschöpft aus. Ihre Augen waren gerötet, sodass man glauben könnte, sie hätte vor Kurzem geweint. Außerdem sah sie – wie immer – umwerfend aus. Das war das Problem bei Laila. Jedes Mal, wenn Wilde sie sah, war er aufs Neue verblüfft, wie schön sie war, als käme es überraschend, als ob er es nie ganz begreifen oder sich vor Augen führen könnte, und so hatte er jedes Mal, wenn er sie traf, einen kleinen Kloß im Hals.

»Hey«, sagte er.

»Hey.«

Er wusste nicht recht, was er tun sollte – sie umarmen, sie küssen –, und da er nicht das Falsche tun wollte, stand er einfach nur da. »Wenn du allein sein willst…«, begann er.

»Will ich nicht.«

»Okay.«

»Willst du hier sein?«

»Das will ich.«

»Gut«, sagte Laila. »Ich habe heute Abend nämlich mit Darryl Schluss gemacht.«

Wilde sagte nichts.

»Wie fühlst du dich dabei?«, fragte Laila.

»Die Wahrheit?«

»Belügst du mich normalerweise?«

»Nie.«

»Also?«

»Glücklich«, sagte Wilde. »Ich fühl mich egoistisch und doch wahnsinnig glücklich.«

Sie nickte.

»Deine Augen sind rot«, sagte er.

»Und?«

»Hast du geweint?«

»Ja.«

Wilde trat auf sie zu. »Ich will nicht, dass du weinst. Ich will, dass du nie wieder weinst.«

»Glaubst du, das steht in deiner Macht?«
»Nein. Das heißt aber nicht, dass ich es nicht versuchen kann.«
Laila kickte ihre High Heels von den Füßen. »Weißt du, was mir heute Abend klar geworden ist?«
»Verrat es mir.«
»Ich versuche ständig, den runden Pflock in das eckige Loch zu stecken. Ich dachte immer, dass ich einen Lebenspartner brauche, einen Mann an meiner Seite, jemanden, mit dem ich das Leben teilen kann, mit dem ich auf Reisen gehen und alt werden kann, all so etwas. Mit David hatte ich das, aber der ist tot. Also suche ich nach einem anderen, mit dem ich das kann, aber ...« Laila hielt inne und schüttelte den Kopf. »Es soll nicht sein.«
»Es tut mir leid.«
»Ist schon in Ordnung. Darauf will ich ja hinaus. Mir ist heute Abend klar geworden, dass ich damit zurechtkomme.«
Wilde trat auf sie zu. »Ich liebe dich.«
»Aber du hältst es nicht aus, die ganze Zeit hier zu sein.«
»Ich halte es aus«, sagte er. »Ich schaff das.«
»Nein, Wilde, das will ich nicht. Nicht so. Nicht mehr. Das wäre weiterhin der Versuch, den runden Pflock in ein eckiges Loch zu stecken.« Sie seufzte und setzte sich auf die Couch. »Also, ich schlage Folgendes vor. Hörst du mir zu?«
Wilde nickte.
»Wir beide werden weiterhin zusammen sein, wenn wir können. Du kommst vorbei, wann immer du willst, und bleibst in deiner Ecocapsule, wann immer du willst.«
»Wäre das nicht das, was wir jetzt haben?«
»Bist du glücklich mit dem, was wir jetzt haben?«, fragte sie.
Beinahe hätte er gesagt: *Wenn du es bist*, aber Matthews

Worte hallten noch in seinen Ohren wider. »Ich will mehr«, sagte er.

Laila lächelte, sie lächelte richtig – und als sie das tat, spürte er, wie sein Herz pochte und sich etwas in seiner Brust löste.

»Willst du den Rest meines Vorschlags auch noch hören?«

»Mehr als du dir vorstellen kannst.«

»Was ist in dich gefahren, Wilde?«

»Mach einfach deinen Vorschlag.«

»Wir werden ein Paar. Falls du das auch willst, werde ich keine großen Forderungen stellen, ein paar Bedingungen habe ich aber schon.«

»Sprich weiter.«

»Du darfst nicht einfach so verschwinden, wie du es bisher immer wieder getan hast.«

»Okay.«

»Ich habe es satt, so zu tun, als würde mir das nicht wehtun. Wenn es dir zu viel wird oder du flüchten musst – wenn du in den Wald verschwinden musst oder was auch immer –, sagst du mir vorher Bescheid.«

»Abgemacht. Tut mir leid, dass ich dir wehgetan habe. Ich dachte nicht...«

Laila hob die Hand. »Entschuldigung angenommen, aber ich bin noch nicht fertig.«

Wilde nickte, damit sie fortfuhr.

»Wir beide sind uns treu. Keine anderen. Wenn du weiter mit anderen Frauen herumvögeln willst...«

»Will ich nicht.«

»Ich weiß, dass du gern in diese Hotelbar...«

»Nein«, sagte Wilde. »Das will ich nicht.«

»Außerdem will ich jemanden, der sich um mich kümmert, wenn ich das brauche. Und ich will jemanden, um den ich mich kümmern kann.«

Wilde schluckte. »Das würde mir auch gefallen. Was noch?«

»Das war's für den Moment.« Sie sah auf ihre Uhr. »Es ist spät. Ich bin kaputt, du bist kaputt. Vielleicht ist es die Erschöpfung, die aus dir spricht. Mal sehen, wie das Ganze morgen früh aussieht.«

»Okay. Willst du, dass ich bleibe, oder…?«

»Willst du bleiben, Wilde?«

»Sehr gern.«

»Gute Antwort«, sagte Laila.

ACHTUNDDREISSIG

Um zwei Uhr morgens surrte Wildes Handy. Er hatte wach gelegen, die Decke von Lailas Schlafzimmer angestarrt, über sie und all das, was sie heute Abend gesagt hatten, nachgedacht und war zu dem Schluss gekommen, dass sie in den drei Minuten vorhin mehr über ihre Beziehung gesprochen hatten als in den zehn Jahren davor.

Dank seiner schnellen Reflexe gelang es ihm, den Anruf noch während des ersten Klingelns anzunehmen, außerdem brachte er die Füße auf den Boden und setzte sich in einen Schneidersitz. Rola war in der Leitung.

»Alles okay bei dir?«, flüsterte er.

»Mir geht's gut. Warum flüsterst du? Ach, warte, du bist nicht allein, stimmt's?«

Er stand auf und ging in Richtung Badezimmer. »Du bist wirklich eine Spitzendetektivin.«

»Ich bin in Las Vegas«, sagte sie. »Daniel Carter ist nicht zu Hause. Das Haus ist leer. Weder er noch seine Frau wurden in letzter Zeit gesehen. Aber ich habe eine Theorie.«

»Ich bin ganz Ohr.«

»Der FBI-Agent, der dir die Fragen über deinen Vater gestellt hat. Du sagtest doch, sein Name wäre George Kissell.«

»Richtig.«

»Hat er dir seine Dienstmarke gezeigt?«

»Nein.«

»Das liegt einfach daran, dass er kein FBI-Agent ist.«

»Die Agentin, Betz, hat mir ihren Ausweis gezeigt.«
»Okay. Aber ich habe mir diesen Kissell genauer angeguckt. Und jetzt kommt's. George Kissell ist kein FBI-Agent. Er ist US-Marshal.«
Wilde erstarrte.
»Ja, ich weiß. Ich verschwinde hier gleich morgen früh wieder. Aber deshalb hab ich dich nicht mitten in der Nacht angerufen. Da kommt es auf ein paar Stunden nicht an.«
»Worum geht's dann?«
»Die Wanze, die du platziert hast? Du hattest recht. Sie ist gerade in ein Hotel gegangen.«
»In welches?«
»Ins Mandarin Oriental im Time-Warner Building.«
Wilde sagte nichts.
»Warum sollte sie um zwei Uhr nachts in ein Hotel gehen?«, fragte Rola.
»Das weißt du ebenso gut wie ich«, sagte Wilde.
»Und was machst du jetzt?«
»Ich fahr hin.«

* * *

Das Mandarin Oriental Hotel war ein asiatisch angehauchtes Fünf-Sterne-Luxushotel am Columbus Circle. Das Hotel erstreckte sich vom 35. bis zum 54. Stock, sodass alle Zimmer einen beneidenswerten Blick auf Manhattan boten. Außerdem war es, wie Wilde feststellte, sehr teuer. Um die vielen Sicherheitsmaßnahmen zu umgehen, hatte er das billigste verfügbare Zimmer gebucht, das etwa tausend Dollar pro Nacht kostete, wenn man die absurden Steuern und Zuschläge einberechnete, die Hotels gerne auf die Rechnung aufschlugen.

Wilde checkte in der Lobby im 35. Stock ein. Er hatte ein Zimmer im 43. Stock verlangt, weil sie in diesem Stockwerk war und auf der Schlüsselkarte auch die Befugnis zur Fahrstuhlnutzung gespeichert war. Um vier Uhr morgens hatte er sein Zimmer und lehnte das Angebot der Rezeptionistin höflich ab, ihn persönlich zu seinem Zimmer zu begleiten. Er fuhr mit dem Fahrstuhl nach oben, ging zur richtigen Tür und klopfte.

Wilde legte den Finger auf den Türspion, damit niemand rausgucken konnte.

Eine Männerstimme sagte: »Wer ist da?«

»Zimmerservice.«

»Ich hab nichts bestellt.«

»Champagner aufs Haus. Mit freundlichen Grüßen vom Management.«

»Um diese Zeit?«

»Ich hab Mist gebaut«, sagte Wilde. »Ich hätte den schon vor Stunden bringen sollen. Aber bitte beschweren Sie sich nicht, sonst werde ich gefeuert.«

»Stellen Sie ihn einfach vor die Tür.«

Er überlegte, ob er so tun sollte, als täte er das, um dann zu warten, bis sie die Tür öffneten, wollte aber nicht riskieren, dass sie bis zum Morgen abwarteten. »Kann ich nicht machen.«

»Dann verschwinden Sie.«

»Das könnte ich«, sagte Wilde. »Ich könnte hier verschwinden, die Presse anrufen und sie informieren, dass sie diese Tür belagern sollen. Oder Sie versuchen Ihr Glück mit mir.«

Ein paar Sekunden später wurde die Tür von einem großen Mann in einem Frottee-Bademantel geöffnet. Seine Brust war enthaart.

Wilde sagte: »Hallo, Big Bobbo.«
»Wer zum Teufel sind Sie?«
»Mein Name ist Wilde. Darf ich reinkommen? Ich würde gerne mit Ihrer Begleitung sprechen.«
»Welche Begleitung? Ich bin allein.«
»Nein, sind Sie nicht.«
Big Bobbo kniff die Augen zusammen. »Nennen Sie Big Bobbo einen Lügner?«
»Haben Sie wirklich gerade von sich selbst in der dritten Person gesprochen?«
Big Bobbo sah ihn finster an. Dann streckte er die Hand aus, um Wilde in die Brust zu piksen. Wilde ergriff den Finger und trat ihm das Bein weg. Big Bobbo ging zu Boden. Wilde trat in den Raum und schloss die Tür. Hinten in der Ecke stand Jenn Cassidy, in einem zu Big Bobbos passenden Frottee-Bademantel des Mandarin Oriental Hotels.
»Machen Sie, dass Sie rauskommen!«, rief Jenn und zog den Bademantel fester zu. »Lassen Sie uns zufrieden.«
»Vergessen Sie's«, sagte Wilde.
Big Bobbo sprang auf beinah komische Art wieder vom Boden auf. »Was soll der Scheiß, Kumpel? Das war echt ein billiger Trick.«
»Was wollen Sie?«, fragte Jenn.
»Ja«, wiederholte Big Bobbo. »Was wollen Sie? Moment mal, wer ist der Typ?«
»Er ist ein Verwandter von Peter.«
Big Bobbo sah Wilde mitleidig an. »Oh, Kumpel, echt? Tut mir leid, ey. Ich mochte den Typen.«
»Es geht Sie nichts an, mit wem ich meine Zeit verbringe«, sagte Jenn.
»Das stimmt«, sagte Wilde.
»Ich darf mein Leben genießen.«

»Stimmt auch.«

»Dann verschwinden Sie«, sagte sie.

Big Bobbo straffte sich. »He, Kumpel, Sie haben gehört, was die Lady sagt.«

Wilde ignorierte Bobbo und sah Jenn weiter an. »Es ist mir egal, mit wem Sie sich treffen, und es ist mir auch egal, was Sie im Reality-TV machen und wie viele *Likes* oder *Follower* Sie haben oder nicht haben. Aber ich muss die Wahrheit wissen.«

»Welche Wahrheit?«, fragte Jenn. »Mit Peter und mir ist es aus. Ich bin jetzt mit Bob zusammen.«

»Ja«, sagte Bob. »Wir sind verliebt.«

»Moment mal«, sagte Jenn, »wie haben Sie mich gefunden?«

Wilde würde ihr nicht erzählen, dass er ihr einen von Rolas Peilsendern in die Handtasche gesteckt hatte, als sie am Vormittag bei ihr in der Wohnung waren. So einfach war das. Wilde hatte so etwas geahnt. Irgendetwas an Jenns Auftreten, an der ganzen Geschichte mit ihrer Schwester, dem Podcast und den Fotos war ihm seltsam vorgekommen.

»Hören Sie zu, Kumpel«, sagte Big Bobbo, »ich will keinen Ärger, okay? Jenn und ich sind verliebt. Wir lieben uns schon lange...«

»Bob.«

»Nein, Babe, lass mich das einfach sagen, okay?« Er wandte sich an Wilde. »Ihnen liegt also was an Petey Boy. Cool, ich versteh das. Aber er ist zu weit gegangen.«

»Inwiefern ist er zu weit gegangen?«

Jenn sagte: »Bob.«

»Den Podcast kennen Sie doch bestimmt«, fuhr Big Bobbo fort. »Und die Fotos auch.«

Wilde konnte es nicht fassen. Er schüttelte den Kopf und sah Jenn an. »Big Bobbo weiß es nicht?«

»Was weiß er nicht?«, fragte Bobbo. »Oh, dass Marnie gelogen hat? Ich hab das heute gehört, und es ist scheiße. Versteh ich absolut. Aber Petey hat trotzdem eine Menge Dreck am Stecken – die Bilder, auf denen er mit anderen Mädels rummacht und so.«

»Bob«, sagte Wilde, immer noch fassungslos darüber, dass er es nicht begriff, »sie hat sich das alles ausgedacht.«

»Ich weiß. Marnie...«

»Nicht Marnie«, sagte Wilde. Er drehte sich um und sah Jenn an.

Big Bobbo wirkte verwirrt. »Was?«

»Er lügt«, sagte Jenn.

Wilde sah keinen Grund, Jenn zu verhören, gezielte Fragen zu stellen oder sie in eine Falle zu locken. Er sah keinen Grund, sie weiterlügen zu lassen, ihr zuzusehen, wie sie Tränen vergoss, oder welche Taktik sie auch immer anwenden wollte. Wilde preschte vor. »Ihre Beliebtheit war im Sinkflug. Sowohl ihre als auch Peters. Sie hatten eine tolle Zeit. Sie waren ein liebenswertes Paar und haben sich ziemlich lange ganz weit oben gehalten, weil die Leute Sie mochten, aber Sie haben es dann auch wirklich bis zum Äußersten ausgeschlachtet. Bobbo, wie lange betrügt sie Peter schon mit Ihnen?«

Big Bobbo sah Jenn an.

»Von Anfang an?«, fragte Wilde. »Tun wir doch nicht so, als wäre das jetzt erst vor Kurzem losgegangen. Aber das spielt auch keine Rolle.« Er wandte sich wieder an Jenn. »Sie und Peter haben versucht, die Aufmerksamkeit des Zuschauers hoch zu halten. Ein Baby hätte vielleicht geholfen, aber da gab es die Probleme bei der Zeugung. Ihre Präsenz in den sozialen Medien nahm stark ab. Sie wurden vom großen Penthouse in das kleinere Appartement herabgestuft – und auch da wären Sie bald rausgeflogen. Irgendwann wurde

Ihnen also klar, dass Ihre Karriere am Ende ist, wenn Sie mit Peter zusammenbleiben.«

»Wenn das stimmen würde«, sagte Jenn und stemmte die Hände in die Hüften, »warum hätte ich dann nicht einfach mit ihm Schluss machen sollen?«

Wilde seufzte. »Müssen wir das wirklich auf die harte Tour spielen? Also gut. Wenn Sie mit Peter, dem vermeintlich nettesten Mann der Welt, Schluss gemacht hätten, wären Sie die Bitch gewesen. Das wollten Sie auf jeden Fall verhindern. Als Sie dann diejenige waren, der Unrecht getan wurde – also praktisch in dem Moment, als Ihre Schwester das in dem Podcast an die Öffentlichkeit gebracht hat –, haben die Fans in den sozialen Medien sich auf Ihre Seite geschlagen und angefangen, Peter zu beschimpfen. Plötzlich waren Sie wieder gefragt, die Präsenz stieg sprunghaft, und Sie waren ein größerer Star als je zuvor. Sie haben das alles eingefädelt, Jenn. Sie haben Henry McAndrews beauftragt. Natürlich haben Sie die kompromittierenden Fotos von Peter gemacht. Wer denn sonst? So schwer war das nicht. Sie haben einfach eine Kamera versteckt. Sich selbst haben Sie aus den Fotos herausgeschnitten. Sie waren sogar so klug, die Bilder nicht in Ihrem Schlafzimmer zu machen – da hätte vielleicht jemand den Hintergrund erkannt. Aber dann haben Sie doch noch einen Fehler gemacht. Die EXIF-Daten zeigten, dass zwei der Fotos in Scottsdale aufgenommen wurden. Es war nicht schwer, das zu überprüfen. Sie und Peter waren zu der Zeit in Scottsdale. Ich werde jemanden finden, der den Hintergrund mit Ihrem Hotelzimmer in jener Nacht abgleicht. Darüber hinaus werden auch noch weitere Beweise auftauchen. Sie haben Henry McAndrews über eine Anwaltskanzlei bezahlt, aber jetzt, da er ermordet wurde, wird die Polizei wissen wollen, wer seine Auftraggeber waren.«

Big Bobbo sah sie an. »Babe?«

»Halt die Klappe, Bob«, sagte Jenn. »Das ist alles Quatsch.« »Wir beide wissen, dass es das nicht ist. Wir wissen, dass Ihre ganze Story wie ein Kartenhaus in sich zusammenfallen wird. Etwas überrascht bin ich allerdings. Ich dachte, Sie...«, Wilde wandte sich an Big Bobbo, »...stecken da mit drin. Aber natürlich konnte sie Ihnen nicht trauen. Und auch sonst niemandem. Nicht einmal Marnie.« Er sah Jenn wieder an. »Sie wussten, dass Marnie alles dafür tun würde, berühmt zu werden – in dieser Hinsicht sind Sie beide sich sehr ähnlich. Also haben Sie Marnie mit diesem Produzenten in eine Falle gelockt. War die Frau, die Marnie erzählt hat, dass Peter sie mit K.-o.-Tropfen betäubt hat, auch eine Produzentin? Das spielt aber eigentlich keine Rolle. Trotzdem frage ich mich, warum Sie Marnie nicht einfach gebeten haben, sich an Ihrem Plan zu beteiligen. Der Punkt hat mich überrascht. Aber vielleicht wäre selbst Marnie nicht so weit gegangen. Vielleicht hatten Sie Angst, dass es Sie verwundbarer machen würde, wenn Marnie die Wahrheit wüsste. Ich weiß es nicht. Aber verraten Sie mir eins: Als Peter Ihnen hoch und heilig geschworen hat, dass er unschuldig ist, was haben Sie da wirklich gesagt?«

Jetzt lächelte Jenn. Einerseits wollte sie es noch immer nicht wahrhaben, andererseits meinte Wilde aber auch, so etwas wie Erleichterung zu spüren. »Ich habe gesagt, dass ich ihm nicht glaube. Ich habe gesagt, dass er verschwinden soll.«

Wilde nickte.

»Und Sie haben größtenteils recht«, fuhr Jenn fort. »Peter und ich wurden allmählich langweilig im Fernsehen. Ich habe überlegt, ob ich einfach mit ihm Schluss machen soll, aber wie Sie schon sagten – wie hätte ich dann dagestanden? Ich habe überlegt, ihn zu bitten, eine Situation zu konstruieren, die dazu führt, dass wir uns trennen können. Aber mir ist nichts eingefallen, und Peter hat immer mit offenen Karten gespielt.«

Big Bobbo sagte: »Babe?«

Sie seufzte. »Nein, ich hab es dir nicht gesagt, Bob. Ich hab es auch Marnie nicht gesagt. Weil ihr beide keine so guten Schauspieler seid, dass ihr das durchziehen könntet. Dies ist ein Spiel, Wilde. *Survivor*, *Der Bachelor*, *Big Brother*, *Love Is A Battlefield* – das sind Wettkampf und Entertainment. Weiter nichts. Früher hab ich mir *Survivor* angeguckt und mitgekriegt, wie irgendein erbärmlicher Kandidat ausgetrickst und abgewählt wurde und daraufhin einen Wutanfall bekommen hat, weil er hintergangen wurde. Aber darum geht's doch in dem Spiel, oder? Eine oder einer bekommt am Ende den großen Preis. Er oder sie wird reich und berühmt. Unser Leben – Peters, meins, ach verdammt, Bobs –, das ist alles nur ein Spiel.«

Sie trat näher zu Big Bobbo und legte ihre Hand in seine. »Ich hatte mich gleich am ersten Tag der Show für Bob entschieden. Wissen Sie, was die Produzenten mir gesagt haben?« Big Bobbo blähte die Brust auf. »Sie haben mir vorgeschlagen, erst bei beiden alles offenzuhalten, am Ende musste ich mich aber für Peter entscheiden.«

»Sie haben ihn also nie geliebt? Das war alles nur Schwindel?«

»Kein Schwindel«, sagte sie. »Unser ganzes Leben ist doch nur Schauspielerei. Es geht nicht darum, was Wahrheit und was Fake ist – diese Grenzen, diese Unterschiede gibt es nicht. Bevor ich bei *Battlefield* mitgemacht habe, war ich Sekretärin in einer kleinen Anwaltskanzlei. Sie glauben nicht, wie öde das war. Wir alle wollen doch berühmt werden. Alle streben danach, wenn wir ehrlich sind. Selbst der mieseste Social-Media-Account will mehr Likes und Follower. Sollte ich einfach kampflos in dieses langweilige Leben zurückkehren? Auf keinen Fall. *Survivor*, *Bachelor* und *Love Is A Battlefield* sind Wettkämpfe mit Gewinnern und Verlierern. In diesem Fall habe ich gewonnen. Peter hat verloren. So läuft das nun einmal. Er oder ich, darum ging's, und jetzt raten Sie mal? Am Ende war ich die Gewinnerin. Und was habe ich ihm denn schon getan? Er ist nicht ins Gefängnis gekommen. Gegen ihn wurde nicht ermittelt, und er wurde auch nicht festgenommen. Er hat nur ein paar Fans verloren – na und? Er wusste, dass die Anschuldigungen gegen ihn nicht der Wahrheit entsprachen. Müsste das nicht reichen? Irgendwelche anonymen Loser haben im Internet gemeine Dinge über ihn gesagt – na toll. Wenn er damit nicht umgehen kann, sollte er den sozialen Medien schnell den Rücken kehren, sich eine andere Frau suchen und ein einfacheres Leben führen. Das hätte Peter doch machen können, oder?«

Big Bobbo stand einfach nur da.

Wilde sagte: »Das ist eine atemberaubende Rechtfertigung.«

»Es ist die reine Wahrheit.«

»Peters Schwester glaubt, dass er Selbstmord begangen hat.«

»Und wenn das stimmt, ist es schrecklich. Aber daran können Sie mir nicht die Schuld geben. Woche für Woche wird in einer dieser Shows jemandem das Herz gebrochen. Und wenn einer oder eine sich das Leben nimmt, ist dann ein anderer Kandidat schuld? Hören Sie, ich habe nicht damit gerechnet, dass der Hass so außer Kontrolle gerät, aber ein gesunder Mensch begeht doch nicht Selbstmord wegen ein paar gemeiner Tweets.«

Wilde staunte fast ehrfürchtig über die Leidenschaft, mit

der sie sich rechtfertigte. »Bei Peter lag es wohl an mehr als an ein paar gemeinen Tweets.«

»Woran zum Beispiel?«

»Es könnte womöglich daran gelegen haben, dass Peter wirklich verliebt war. Oder vielleicht daran, dass die Frau, die er liebte, ihm nicht geglaubt hat, als er bestritt, ihrer Schwester K. o.-Tropfen verabreicht zu haben. Oder vielleicht hat er ein paar Monate später die Wahrheit erkannt – dass seine geliebte Frau ihn reingelegt hat. Haben Sie ihn je geliebt?«

»Das tut nichts zur Sache«, sagte sie. »Wenn man in einem Spielfilm zwei ineinander verliebte Personen sieht, spielt es dann eine Rolle, ob sie sich auch im wirklichen Leben lieben?«

»Ihr wart nicht in einem Spielfilm.«

»Doch, das waren wir. Jenn Cassidy aus Waynesville, Ohio, wohnt nicht in Manhattans teuerstem Appartement-Building. Sie wird nicht zur Met Gala eingeladen, ist nicht auf Du und Du mit den Reichen und Berühmten, wirbt nicht für Luxusmarken und isst nicht in den angesagtesten Restaurants. Den Leuten ist egal, wo sie gesehen wird oder was sie trägt. In Wirklichkeit haben wir uns entschieden, unser Leben zu einem Film zu machen. Wieso begreifen Sie das nicht?«

Wilde hatte keine Lust mehr, ihr zuzuhören. »Wo ist Peter?«, fragte er.

»Ich habe keinen blassen Schimmer.«

NEUNUNDDREISSIG

Von Jenn Cassidy war nichts weiter zu erfahren, also verließ Wilde das Hotelzimmer. Da er viel Geld für ein eigenes Zimmer ausgegeben hatte, beschloss er, es auch zu nutzen. Er legte sich auf das Hotelbett und starrte die Decke an. Shakespeare hatte geschrieben: »Die ganze Welt ist eine Bühne, und alle Männer und Frauen bloße Spieler.« Auch wenn es ein bisschen weit hergeholt war, aber vielleicht hatte Jenn recht. Peter hatte sich für dieses Leben entschieden. Ruhm ist eine Droge. Alle wollen berühmt werden – Reichtum, Macht und Luxus. Jenn war kurz davor gewesen, das zu verlieren. Genau wie Peter. Also hatte sie sich von ihm auf eine Art getrennt, die sie selbst rettete.

All das verriet ihm jedoch nicht, wo Peter Bennett war.

Wilde wusste jetzt, dass Peter weder Jenn betrogen noch Marnie mit K.-o.-Tropfen betäubt hatte – aber das hatte er schon gewusst, bevor er Jenn zur Rede gestellt hatte. Die Tatsache, dass sie die ganze Sache inszeniert hatte, änderte kaum etwas am Gesamtbild. Es half Wilde nicht bei der Suche nach Henry McAndrews', Katherine Froles und Martin Spirows Mörder. Es half ihm auch nicht bei der Suche nach seiner Mutter oder dem Grund, warum sie ihn im Wald ausgesetzt hatte.

Im Grunde hatte er nur erfahren, dass ein Reality-Star gelogen hatte. Das war alles andere als eine weltbewegende Erkenntnis.

Wilde konnte nicht einschlafen, also verließ er das Hotel und machte sich vom Columbus Circle auf den Weg nach Süden. Er überquerte den Times Square, einfach mal so, und ging weiter zum Washington Square Park. Insgesamt waren es knapp fünf Kilometer. Wilde ließ sich Zeit. Er machte eine Pause, um einen Kaffee zu trinken und ein Croissant zu essen. Er mochte die Stadt am Morgen. Warum, wusste er nicht. Aber irgendwie gefiel ihm der Gedanke, dass acht Millionen Menschen sich auf den Tag vorbereiteten. Vielleicht, weil sein normales Leben – ein Leben, das Jenn zweifellos erbärmlich fand – immer so ganz anders gewesen war.

Er musste die ganze Zeit an Laila denken. Er stellte sich vor, wie er diesen Spaziergang mit ihr an seiner Seite machte.

Wilde erreichte den Washington Square Park. Sein Lieblingsort in der Stadt war der Central Park, aber hier zeigte sich New York City in seiner ganzen überkandidelten Pracht. Der marmorne, im römischen Stil gehaltene Triumphbogen war von dem berühmten Architekten Stanford White entworfen worden, der 1906 im Madison Square Theater von dem eifersüchtigen und »psychisch labilen« (laut seiner Verteidigung) Millionär Harry Kendal Shaw wegen Shaws Frau Evelyn Nesbitt ermordet worden war. Die folgende Verhandlung war der erste »Jahrhundertprozess«. Der Bogen zeigte zwei Reliefs von George Washington – auf einer Säule war *Washington im Krieg* zu sehen, auf der anderen *Washington im Frieden*. Bei beiden Skulpturen wurde Washington von zwei Figuren flankiert. Bei *Washington im Krieg* stellten diese beiden Figuren Ruhm und Tapferkeit dar, wobei Ruhm für Wilde eine absurde Wahl war, besonders wenn er an Peter und Jenn dachte, während die beiden Figuren, die Washington im Frieden begleiteten, Weisheit und Gerechtigkeit darstellten.

Während Wilde die Skulptur *Washington im Frieden* anstarrte, spürte er, dass sich jemand neben ihn stellte. Eine Frauenstimme sagte: »Sehen Sie sich die Figur ganz rechts einmal genau an.«

Die Frau war Anfang sechzig. Sie war klein, stämmig, trug eine hellbraune Jacke, einen schwarzen Rollkragenpullover und Jeans.

Wilde sagte: »Okay.«

»Sehen Sie das Buch, das er über Washingtons Kopf hält?«

Wilde nickte und las die Inschrift darauf vor: »Exitus acta probat.«

»Latein«, sagte die Frau.

»Ja, danke.«

»Ironie. Ich liebe es. Wissen Sie, was das bedeutet?«

»›Der Zweck heiligt die Mittel‹«, sagte Wilde.

Die Frau nickte und schob ihre Schildpatt-Brille hoch. »Erstaunlich, wenn man sich das überlegt. Sie bauen dieses riesige Denkmal für den bedeutendsten Gründervater unseres Landes. Und welches Zitat verwenden sie, um ihn, sein Werk und sein Andenken zu ehren? ›Der Zweck heiligt die Mittel.‹ Und noch seltsamer ist es, wenn man bedenkt, wer George Washington diesen etwas amoralischen Ratschlag gibt.« Sie deutete auf die Figur hinter Washingtons Schulter. »Die Gerechtigkeit. Die Gerechtigkeit sagt uns nicht, dass wir fair oder ehrlich oder wahrheitsliebend oder gesetzestreu oder unparteiisch sein sollen. Die Gerechtigkeit sagt unserem ersten Präsidenten und den Millionen Besuchern dieses Parks, dass der Zweck die Mittel heiligt.«

Wilde wandte sich ihr zu. »Sind Sie RJ?«

»Nur wenn Sie PB sind.«

»Ich bin nicht PB«, sagte Wilde. »Aber das wissen Sie ja schon.«

Die Frau nickte. »Ja, das weiß ich.«

»Und Sie sind nicht RJ.«
»Das stimmt auch.«
»Wollen Sie mir sagen, wer Sie sind?«, fragte Wilde.
»Sie zuerst.«
»Ich vermute«, fuhr Wilde fort, »dass PB sich an Sie gewandt hat – oder an RJ? –, bevor er seinen Account gelöscht hat. Dann ist er für RJ ebenso verschwunden, wie für alle anderen auch. Als ich mich dann gestern Abend gemeldet habe, ist RJ neugierig geworden.«
»Alles richtig«, sagte die Frau.
»Und wer sind Sie?«
»Sagen wir einfach, dass ich eine Kollegin von RJ bin. Wissen Sie, wer PB wirklich ist?«
»Ja. Sie nicht?«
»Nein«, sagte sie. »Er hat auf Anonymität bestanden. Wir haben ihm die Wahrheit gesagt. Ich sollte nicht ›wir‹ sagen. Ich war eigentlich gar nicht richtig beteiligt. Es war mein Kollege.«
»RJ?«
»Ja.«
»Das ist Ihr Kollege aus Memphis.«
»Woher wissen Sie das?«
Wilde antwortete nicht.
»Was halten Sie davon, wenn wir gleich zur Sache kommen?«, fragte die Frau. »Mein Kollege hat PB erzählt, was er wissen wollte. Im Gegenzug hat Ihr Freund PB versprochen, mit uns zu kooperieren.«
»Das hat er aber nicht.«
»Richtig. Stattdessen hat er seinen Account gelöscht. Wir haben nie wieder von ihm gehört.«
»Was haben Sie ihm erzählt?«, fragte Wilde.
»Oh. Ich glaube nicht, dass wir dieses Spielchen noch ein-

mal mitmachen werden«, sagte die Frau. »Ein zweites Mal fallen wir nicht auf denselben Trick herein.« Sie hielt inne.
»Wie heißen Sie wirklich?«
»Ich bin Wilde.«
Die Frau grinste. »Ich bin Danielle.« Sie zog eine Polizeimarke aus der Tasche. »NYPD Detective Danielle Sheer, im Ruhestand. Wollen Sie mit uns kooperieren?«
»Ist das eine offizielle Ermittlung?«
Danielle Sheer schüttelte den Kopf. »Ich habe doch schon gesagt, dass ich im Ruhestand bin. Ich gehe einem Kollegen zur Hand.«
»Dem Kollegen aus Memphis.«
»Das ist richtig.«
»Und PB hatte auch versprochen, ihm zu helfen.«
»Ich sag Ihnen was, Wilde. Sie nennen mir PBs richtigen Namen, und ich plaudere alles aus. Glauben Sie mir, es wird Sie interessieren.«
»Und wenn ich den Namen nicht nenne?«
»Dann verabschieden wir uns direkt wieder.«
»Peter Bennett.«
»Moment.« Danielle tippte etwas in ihr Handy. »Ich schicke den Namen nur schnell an meinen Kollegen.«
»Erzählen Sie mir jetzt von RJ?«
Sie schickte die SMS ab und blickte lächelnd in die Morgensonne hinauf. »Wissen Sie, dass man in diesen Triumphbogen hineingehen kann? An der Ostseite der anderen Säule ist eine Tür. Für die Öffentlichkeit ist er nicht zugänglich, aber als ich noch bei der Polizei war, brachte das einige Vorteile mit sich. Man kann tatsächlich hinein- und dann eine Wendeltreppe hinaufgehen und sich oben auf den Triumphbogen stellen. Die Aussicht ist einmalig.«
»Detective Sheer?«

»Im Ruhestand. Nennen Sie mich Danielle.«
»Danielle, was ist hier los?«
»Welches Interesse haben Sie an der Sache, Wilde?«
»Das ist eine lange Geschichte. Die Kurzfassung: Ich suche Peter Bennett. Wir hatten auf einer Ahnenforschungs-Website genetische Übereinstimmungen, die zeigen, dass wir verwandt sind.«
»Interessant. Aber mit RJ hatten Sie keine Übereinstimmungen?«
»Nein.«
»Dann ist dies für Sie also gewissermaßen eine Sackgasse. Ich meine, was Ihre Suche nach Verwandten betrifft. Und ich bin ehrlich gesagt hier, weil mein Kollege PB nicht mehr braucht. Es ist vorbei.«

Wilde überlegte, was das bedeuten könnte. »RJ wollte aus irgendeinem Grund nicht, dass man seinen Namen erfährt – er wollte aber, dass mögliche Treffer sein Alter sehen.«

»Haben Sie eine Hypothese dazu, Wilde?«
»Sie sind Polizistin.«
»Im Ruhestand.«
»Aber Ihr Kollege ist nicht im Ruhestand. Ich denke, Ihr Kollege gibt sich als jemand anders aus und benutzt Ahnenforschungs-Websites, um Verwandte ausfindig zu machen. Wie damals beim *Golden State Killer*. Der Mörder hat seine DNA am Tatort hinterlassen. Die Polizei hat sie in DNA-Datenbanken eingespeist und vorgegeben, eine ganz normale Person zu sein, die ihre Familie sucht. Als die Polizisten Übereinstimmungen – biologische Verwandte – fanden, nutzten sie diese Informationen und konnten so schließlich Joseph DeAngelo aufspüren.«

Danielle nickte. »Sie sind ziemlich nah dran. Haben Sie mal von einem Mann namens Paul Sinclair gehört?«

»Nein.«
»Oder von Pastor Paul von der Church of True Christian Foundation?«
Wilde schüttelte den Kopf.
»Er hat fast vierzig Jahre lang eine religiöse Gemeinschaft in der Gegend von Memphis geleitet, bevor er letzten Monat friedlich entschlafen ist. Er hat zweiundneunzig Jahre lang gesund und wohlbehalten gelebt. Möglich, dass Karma tatsächlich existiert, aber hier auf der Erde ist das kein großes Ding.«
»Soll heißen?«
»Er hat viele seiner Gemeindemitglieder vergewaltigt und geschwängert. Junge Frauen, Mädchen. Er hat es natürlich abgestritten, irgendwann haben aber ein paar Leute im Internet festgestellt, dass sie denselben Vater haben. Also hat sich mein Kollege RJ von der Tennessee State Police etwas DNA von Pastor Paul besorgt und sie an Ahnenforschungs-Websites geschickt. Er wollte feststellen, wie viele Kinder der Pastor gezeugt hatte. Allein auf dieser Website hat er siebzehn gefunden. Zwölf von ihnen waren adoptiert worden. Den anderen fünf hatte man gesagt, dass jemand anders ihr Vater sei. Wie offenbar auch Ihrem Freund PB. Keiner der siebzehn kannte die Wahrheit.«
»PBs leiblicher Vater ist also ...«
»Pastor Paul. Hilft Ihnen das bei Ihrer Suche?«
Wilde überlegte. »Ich denke schon.«

* * *

Wilde ging zurück zu Hesters Wohnung. Als er ankam, sagte Hester: »Jenn Cassidy hat dich gesucht. Sie sagte, es wäre wichtig.«

»Hast du ihre Nummer?«

Die hatte Hester. Wilde rief sie zurück.

»Sie konnten ja einfach nicht die Finger davon lassen«, meldete Jenn sich.

»Was ist passiert?«

»Marnie ist verschwunden. Alle denken, sie ist nur wegen der schlechten Presse untergetaucht, aber wir haben eine Handy-App, in der wir gegenseitig unseren aktuellen Aufenthaltsort checken können. Für alle Fälle. Ihr Handy ist aus. Es ist nie aus.«

»Vielleicht ist sie wirklich …«

»Nein, Wilde, das ist sie nicht. Ihre Kreditkarten wurden nicht benutzt, und auch sonst nichts. Marnie würde nicht untertauchen. Sie wäre auch nicht klug genug, das durchzuziehen.«

Wilde schloss die Augen. »Wann wurde sie das letzte Mal gesehen?«

»Ich denke, als sie sich aus ihrer Wohnung geschlichen hat. Aber genau weiß das keiner.«

»Können Sie ihre Messages checken? Ihre SMS oder ihre E-Mails?«

»Glauben Sie etwa, dass ich das noch nicht versucht hätte? Da ist nichts.«

»Wo sind Sie?«

»In meinem Appartement im *Sky*.«

»Warten Sie einen Moment.«

Wilde forderte Hester mit einer Geste auf, ihm ihr Handy zu geben. Als er es hatte, wählte er Rolas Nummer. »Du musst deine beste Kraft zu Jenn Cassidys Appartement im *Sky* schicken. Ihre Schwester ist verschwunden.«

»Ich mache das.«

»Bist du nicht noch in Vegas?«

»Ich konnte in einer Privatmaschine nach Teterboro mitfliegen. Wir sind vor einer halben Stunde gelandet. Ich fahr sofort hin.«

Wilde nahm sein Handy und sagte zu Jenn: »Bleiben Sie, wo Sie sind. Meine Freundin Rola Naser ist auf dem Weg zu Ihnen. Sagen Sie an der Rezeption Bescheid, dass die sie zu Ihnen rauflassen, sobald sie da ist.«

Er legte auf und rief Vicky Chiba an.

»Hallo?«

»Ist Silas da?«

»Er ist gerade los. Holt eine Ladung in Elizabeth ab und fährt dann nach Georgia. Warum, was gibt's?«

»Ich wollte, dass ihr beide Bescheid wisst.«

»Worüber?«

»Jenn.«

»Was ist mit ihr?«

»Sie hat das Ganze eingefädelt.«

Stille. Dann: »Wovon sprichst du?«

»Jenn hat Peter reingelegt. Sie war McAndrews' Auftraggeberin.«

»Nein ...«

»Sie hat auch die obszönen Fotos gemacht und Marnie ausgetrickst, woraufhin sie die Lügen über ihn verbreitet hat.«

»Nein«, sagte Vicky noch einmal, jetzt aber leiser. Also sprach Wilde weiter. Er erzählte Vicky die ganze Geschichte. Er erzählte sie in ruhigem, distanziertem Tonfall.

Ihr Weinen wurde zu einem Wimmern.

Als sie schließlich auflegten, schloss Wilde die Augen und lehnte sich zurück. Er atmete tief durch.

Hester fragte: »Wilde?«

»Ich glaube, ich hab's.«

VIERZIG

Könnte ich es schaffen? Einen noch. Nur noch einen. Danach könnte ich das Ganze zu den Akten legen. Werden sie es irgendwann herausbekommen? Vielleicht. Wahrscheinlich sogar. Aber ich habe keine große Angst. Ich hätte ja erreicht, was ich mir vorgenommen habe. Einen noch. Und was dann? Ich habe die Liste der Internet-Trolle aus Katherine Froles Computer. Soll ich einfach weitermachen? Die haben ja schließlich alle den Tod verdient, oder? Ich glaube, ich habe zwei Möglichkeiten. Die erste ist, dass ich nach dem nächsten Mord verschwinde und untertauche. Vielleicht komme ich damit durch. Wer weiß? Die zweite ist, dass ich weiter töte.

Ein Mann namens Lester Mulner aus Framingham, Massachusetts, hat sich als Teenager ausgegeben, um die Rivalin seiner Tochter so zu schikanieren, dass das Mädchen Selbstmord begangen hat. Dann könnte ich noch Thomas Kramer umbringen, der gleich in der Nähe wohnt, und vielleicht Ellis Stewart in Manchester, Vermont, einen Besuch abstatten und dann einfach Froles Liste weiter abarbeiten, was die Medien eines Tages zweifellos als »Mordserie« bezeichnen würden. Ich könnte so lange weitermachen, bis man mich schnappt, tötet oder auf eine andere Weise stoppt, denn ehrlich gesagt werde ich nicht von alleine aufhören.

Mich muss schon jemand stoppen.

Der Plan gefällt mir. Bring es zu Ende. Übe Gerechtigkeit oder Rache oder wie auch immer man es bezeichnen will. Und dann, wenn ich damit fertig bin, töte ich, bis ich selbst getötet werde. Mir bleibt sowieso nichts mehr, wofür es sich zu leben lohnt.

Ich habe alles verloren.

Ich bin wieder im Mietlager. Man riecht noch nichts. Ich habe für sechs Monate im Voraus bezahlt. Ich ziehe Marnie Cassidy vom Rücksitz des Autos und wickele ihre Leiche in schwarze Plastikmüllsäcke. Ich habe eine Box mit fünfzig 320-Liter-Heavy-Duty-Säcken gekauft, und ich nutze alle fünfzig und eine ganze Rolle Klebeband, um Marnie so luftdicht wie möglich einzupacken. Die Klimaanlage läuft weiter auf Hochtouren.

Wann würden sie sie finden?

Ich weiß es nicht.

Würde es am Geruch liegen oder daran, dass ich die Rechnung nicht bezahlt hatte?

Auch das weiß ich nicht, und es ist mir auch ziemlich egal. Bis dahin ist sowieso alles längst vorbei.

Als ich Marnie fertig eingewickelt habe, schleife ich ihre Leiche in die Ecke des Mietlagers. Ich lege ein paar Decken über sie. Dann steige ich in den Wagen und fahre durch den Lincoln Tunnel zurück nach Manhattan. Diesmal mache ich mir nicht die Mühe, die Nummernschilder zu wechseln. Ich habe immer noch das veränderte Nummernschild von dem Tag dran, an dem ich Marnie getötet habe, aber die Polizei ist mir noch nicht auf den Fersen. Wie ich vermutet habe, glauben alle, dass Marnie abgehauen ist.

Alle außer Jenn. Die verzweifelte Jenn.

Ich habe ihr eine Nachricht geschickt, ganz ähnlich wie die, die ich Marnie geschickt hatte.

Ich habe ihr geschrieben, dass ich sie retten kann. Ich habe ihr geschrieben, dass ich auch Marnie retten kann. Ich habe ihr geschrieben, wo wir uns treffen können. Dahin fahre ich jetzt, um es zu Ende zu bringen.

* * *

George Kissell arbeitete im Büro des *United States Marshal Service* in der Walnut Street in Newark. Die *US Marshals* waren die älteste Bundespolizei der Vereinigten Staaten. Wilde hatte nur der Rezeptionistin seinen Namen genannt und sie gebeten, Deputy US Marshal George Kissell mitzuteilen, dass er ihn sprechen wolle. Er musste nicht lange warten. George Kissell kam in einem schmutzigbraunen Anzug heraus. Mit finsterem Blick brummte er: »Folgen Sie mir.«

Kissells Büro war, wie die meisten, im Bundesgerichtsgebäude. Sie gingen die breite Marmortreppe hinunter ins Erdgeschoss, wo jedes Geräusch vom Marmor widerhallte, bis sie wieder auf den Straßen Newarks waren. Als sie fast am Bordstein und weit von möglichen neugierigen Ohren entfernt waren, fragte Kissell: »Was wollen Sie?«

»Warum haben Sie so getan, als wären Sie vom FBI?«

»Ich habe nicht so getan. Sie sind davon ausgegangen. Warum sind Sie hier?«

»Das wissen Sie ebenso gut wie ich.«

Kissell griff in seine Manteltasche und zog eine Schachtel Zigaretten heraus. Er steckte sich eine in den Mund und zündete sie mit einem goldenen Feuerzeug an. Er nahm einen tiefen Zug und stieß den Rauch aus. »Der US Marshal Service ist, genau wie das FBI, eine Bundesbehörde«, sagte er, als lese er von einem Zettel ab. »Wir arbeiten bei wichtigen Fällen häufig zusammen.«

»Der US Marshal Service ist auch für das Zeugenschutzprogramm zuständig.«

Kissell hatte eine Glatze, sich jedoch die Haare an der Seite des Kopfs lang wachsen lassen und sie über die Glatze gekämmt, ein Kniff, den man selbst bei absoluter Dunkelheit durchschaut hätte. Er fuhr fort: »Die US Marshals sind die älteste Bundespolizei der Vereinigten Staaten. Wir sind für den Schutz von Richtern, die Sicherheit in Gerichtsgebäuden, die Festnahme landesweit gesuchter Krimineller, die Unterbringung und den Transport von Bundesgefangenen zuständig, und ja, wir leiten auch WITSEC, das Zeugenschutzprogramm.«

»Sie haben mir Fragen über Daniel Carter gestellt, meinen leiblichen Vater.«

Kissell sagte nichts.

»Ich habe versucht, ihn zu erreichen«, fuhr Wilde fort.

»Haben Sie das?«

»Er ist nirgends zu finden.«

»Wie meine Teenager-Tochter sagen würde: ›Ist das jetzt *mein* Problem?‹«

»Ich könnte weitersuchen«, sagte Wilde.

»Das könnten Sie wohl.«

»Ich könnte Alarm schlagen. Mich an die Öffentlichkeit wenden. Halten Sie das für eine gute Idee, Deputy Marshal Kissell?«

»Sie meinen, ob ich es für eine gute Idee halte, mehr zu tun, als Privatdetektive zu seinem Haus und seiner Firma zu schicken und gestern sogar noch Ihre alte Partnerin Rola Naser bei ihm an die Tür klopfen zu lassen?« Er zuckte die Achseln. »Ich wüsste nicht, was Sie noch mehr tun könnten.«

Ihre Blicke trafen sich. Wilde spürte das Kribbeln in seinen Adern.

»Was wollen Sie, Wilde?«

»Ich möchte meinen Vater näher kennenlernen.«

»Wollen wir das nicht alle?« Kissell nahm noch einen kräftigen Zug von seiner Zigarette, hielt einen Moment die Luft an und stieß den Rauch dann so genüsslich aus, dass es fast wie ein sexueller Akt wirkte. »Ich sag Ihnen was. Ich werde nicht so tun, als wüsste ich nicht, von wem Sie sprechen, weil das Zeitverschwendung wäre. Sie wissen schon zu viel. Daher wissen Sie auch, dass ich das weder bestätigen noch dementieren werde.«

»Ich wollte ihn und seine Familie nicht in Gefahr bringen«, sagte Wilde. »Sie sollen wissen – und er auch –, dass ich es jetzt verstanden habe. Es ist in Ordnung. Ich habe ihn wirklich über eine Ahnenforschungs-Website gefunden. Aber ich werde die Sache nicht weiter verfolgen.«

Kissell nahm die Zigarette aus dem Mund und starrte sie an, als enthielte sie einige Antworten. »Ich habe keine Ahnung, wovon Sie reden.«

»Hat Daniel Carter – oder wie auch immer er wirklich heißt – mich belogen?«

Nichts. Hatte Wilde etwas anderes erwartet?

»Weiß er wirklich nicht, wer meine Mutter ist, oder warum ich im Wald gelandet bin?«

Kissell blickte reichlich theatralisch auf seine Uhr. »Ich gehe jetzt lieber.«

»Ich habe noch eine Bitte.«

Wilde reichte ihm einen Umschlag.

Kissell fragte: »Was soll das?«

»Der ist für ihn. Ich werde gelegentlich mit verschlossenen Umschlägen wie diesem vorbeikommen. Wenn Sie wollen, können wir uns hier draußen treffen. Sie werden sagen: ›Ich habe keine Ahnung, wovon Sie reden‹, die Umschläge aber entgegennehmen. Sie werden sie weiterleiten. Vielleicht gibt er Ihnen ja auch gelegentlich einen verschlossenen Umschlag, den Sie mir dann bringen. Vielleicht aber auch nicht. Ganz egal, so machen wir das.«

Kissell schien durch ihn hindurchzusehen.

»Verstehen wir uns?«, fragte Wilde.

Kissell klopfte Wilde auf den Rücken. »Ich habe keine Ahnung, wovon Sie reden.«

EINUNDVIERZIG

Ich parke, genau wie beim letzten Mal. Ich muss nur noch Jenn töten. Wenn sie mich direkt danach schnappen, dann ist es eben so. Wenn sie dasselbe Auto auf dem Video haben, das in derselben abgelegenen Gegend parkt, dann ist es eben so. Bis sie das mitkriegen, ist es vorbei. Alle weiteren Morde sind dann nur noch die Kirschen auf der Torte.

Ich habe die Waffe in der Hand.

Ich halte sie tief unten, außer Sichtweite. Jenn wird in etwa zehn Minuten hier sein. Ich frage mich, wie ich es anstellen soll. Soll ich sie sofort töten? Drei Schüsse. Mein Modus Operandi. Ich wette, die für Serienmorde zuständigen kriminaltechnischen Profiler werden ein paar tolle Theorien aufstellen, warum ich immer dreimal abgedrückt habe. Die Wahrheit ist natürlich, dass es dafür weder einen Grund noch eine Erklärung gibt. Oder zumindest keinen sehr interessanten Grund. Als ich Henry McAndrews erschossen habe, mein erster Mord, habe ich dreimal abgedrückt. Und warum? Ich bin mir nicht sicher, aber ich glaube, danach habe ich irgendwann innegehalten und mich gefragt, ob das ausreicht. Es war jedenfalls Zufall. Ich hätte auch zwei- oder viermal schießen können. Aber es waren halt drei Schüsse. Also bleibe ich bei dieser Zahl.

Das bringt leider keine großartigen Erkenntnisse, Profiler. Tut mir leid.

Ich schließe ein paar Sekunden lang die Augen und denke an die Waffe in meiner Hand.

Ich will diesen Schmerz lindern.

So hat es doch angefangen, oder? Mit Schmerz. Schmerz ist einfach überwältigend. Er raubt einem den Verstand. Man will nur noch, dass er aufhört. Ich dachte, wenn ich diejenigen töte, die mir so viel Leid zugefügt haben, würde das den Schmerz lindern.

Und, Überraschung, das tat es auch. Ich korrigiere: Das tut es. Aber nur kurz.

Das ist das Problem. Mord ist für mich ein Balsam – aber dieser Balsam wirkt nur für kurze Zeit. Seine Heilkraft lässt schnell nach. Also schmiert man immer neuen Balsam auf die Wunde.

Genau in diesem Moment, als ich darüber nachdenke, wie ich die Wunde balsamieren kann, sehe ich Jenn um die Ecke kommen.

Ich blicke auf die Waffe hinab, dann wieder auf Jenn, auf diese berühmten goldblonden Locken, die das herzergreifend schöne Gesicht umrahmen.

Soll ich sie auf der Stelle erschießen? Soll ich sie ins Auto steigen lassen, damit sie sieht, dass ich es bin, und dann, peng, peng, peng, die Sache sofort beenden? Ich glaube, so wird es laufen. Ich will, dass sie leidet. Das ist neu. Bei den anderen wollte ich nur, dass sie sterben. Was sie getan haben, war schrecklich und verletzend. Aber was Jenn getan hat, die Planung, der Verrat...

Jenn ist nur noch ein paar Meter entfernt.

Ich wusste, dass sie kommen würde. Genau wie ihre Schwester kann auch sie nicht anders, als zu versuchen, nach dem Rettungsring zu greifen.

Sie blinzelt, versucht zu erkennen, wer hinterm Steuer sitzt. Aber sie erkennt mich noch nicht.

Als Jenn nur noch ein paar Meter entfernt ist, hebe ich die Pistole.

Ich sitze auf dem Fahrersitz und beobachte, wie sie die Hand nach der Beifahrertür ausstreckt. Ich drücke den Entriegelungsschalter, damit sie zu mir in den Wagen steigen kann. Aber so weit kommt es nicht.

In dem Moment, in dem ich den Schalter drücke – kaum habe ich das leise Klicken gehört, das anzeigt, dass die Autotüren entriegelt sind –, schwingt meine Tür auf. Ich drehe mich zu ihr und hebe die Pistole, aber eine Hand greift herein und entreißt sie mir.

Ich sehe in Wildes große blaue Augen.

»Es ist vorbei, Vicky.«

* * *

Wilde ging rüber und setzte sich auf den Beifahrersitz, Vicky blieb hinterm Lenkrad sitzen.

Sie starrte geradeaus aus dem Fenster. »Du hast mich reingelegt. Du hast mir das von Jenn erzählt, um zu sehen, ob ich etwas unternehme.«

Wilde sah keinen Grund, etwas zu erwidern.

»Woher wusstest du, dass ich das war?«

»Ich war mir nicht sicher.«

»Du hättest warten sollen, bis ich sie umgebracht habe, Wilde.«

Wilde antwortete nicht. Er blickte ebenfalls aus dem Fenster. Rola stand mit Jenn zusammen an der Baustellenabsperrung. Sie hatte noch zwei ihrer Leute in Position gebracht, aber Wilde hatte sie nicht gebraucht.

»Was hat mich verraten?«, fragte Vicky.

»Das, was die Menschen immer verrät. Die Lügen.«

»Welche genau?«

Wilde starrte immer noch aus dem Fenster. »Zum einen

hast du gelogen, was dein Verwandtschaftsverhältnis zu Peter betrifft. Du bist nicht seine Schwester. Du bist seine Mutter.«

Sie nickte langsam. »Wie bist du darauf gekommen?«

»Genau wie Peter. Durch die Ahnenforschungs-Website.«

»Es war nicht meine Schuld«, sagte sie leise.

»Das nicht. Nein, Vicky, das war nicht deine Schuld.«

»Er hat mich vergewaltigt.«

Wilde nickte. »Eure Familie wohnte am Stadtrand von Memphis.«

»Ja.«

»Du warst die Älteste«, sagte Wilde. »Das habe ich anfangs nicht bedacht. Du hast mir aber erzählt, dass deine jüngere Schwester Kelly sich über den Umzug geärgert hat, weil sie dadurch den elften Geburtstag einer Freundin bei Chuck-E-Cheese verpasste.«

»Das stimmte.«

»Das bezweifle ich nicht. Aber es hat mich zum Nachdenken gebracht. Kelly war elf. Du warst älter. Wie viel älter?«

Vicky schluckte. »Drei Jahre.«

Wilde nickte langsam. »Dann warst du erst vierzehn.«

»Ja.«

»Das tut mir wirklich leid für dich«, sagte Wilde.

»Das erste Mal hat er mich vergewaltigt, als ich zwölf war.«

»Pastor Paul?«

Sie nickte. »Ich habe es meinen Eltern nicht erzählt. Damals nicht, meine ich. Er war wie ein Gott für sie. Irgendwann habe ich es versucht, aber sie haben mir nicht zugehört. Als ich ihnen erzählt habe, dass ich schwanger bin, haben sie mich als Hure bezeichnet. Meine eigenen Eltern, meine Mutter und mein Vater. Sie wollten wissen, mit welchem Jungen ich es getrieben hatte. Ist das nicht unglaublich, Wilde? Ich habe ihnen die Wahrheit gesagt. Ich habe ihnen erzählt, was Pastor Paul getan hat. Meine Mutter hat mich geschlagen. Sie hat mich geohrfeigt. Sie hat mich eine Lügnerin genannt.«

Dann hielt sie inne, schloss die Augen.

»Und was ist dann passiert?«, fragte Wilde.

»Kannst du dir das nicht denken?«

»Ihr seid weggezogen.«

»So ähnlich. Meine Eltern kamen zu dem Schluss, dass wir den guten Ruf der Familie nur retten konnten, indem Mom und ich behaupten, auf eine religiöse Pilgerreise zu gehen, sobald erste Anzeichen meiner Schwangerschaft zu sehen sind. Mom hat allen erzählt, dass sie schwanger ist. Und als wir dann wieder nach Hause zurückgekehrt sind, hat sie das Baby einfach aufgezogen, als ob es ihres wäre.«

»Und du hast so getan, als wärst du seine große Schwester.«

»Ja.«

»Und wie seid ihr dann in Pennsylvania gelandet? Ich habe das überprüft. Dein Vater hat an der Penn State gearbeitet, und die Familie ist dorthin gezogen.«

»Sie haben es sich anders überlegt. Meine Eltern, meine ich.«

»Haben sie dir schließlich doch geglaubt?«

»Sie haben es zwar nie zugegeben«, sagte sie. »Aber ja.«

»Warum?«

Ihr traten Tränen in die Augen. »Kelly.«

»Deine Schwester?«

»Pastor Paul hat angefangen, sich für sie zu interessieren.« Sie schloss die Augen. Nach einer Weile fuhr sie fort. »Das hat meine Eltern wachgerüttelt. Sie waren keine schlechten Menschen. Sie waren beide in Religionsgemeinschaften aufgewachsen, die sie einer Gehirnwäsche unterzogen haben.

Sie wussten es nicht besser. Die Vorstellung, dass der Mann, den sie buchstäblich verehrten, ihre eigenen Töchter schänden würde...« Sie holte tief Luft. »Ich nehme an, dass du durch Peters DNA auf Pastor Paul gestoßen bist.«
»Richtig.«
»Wie bist du darauf gekommen, dass ich Peters Mutter bin?«
»Genauso wie Peter. Die Übereinstimmung mit Silas. Silas hat erzählt, dass ein Viertel seiner DNA mit Peters übereinstimmt, was bedeuten würde, dass sie Halbbrüder sind. Das war ein voreiliger Schluss. Aber irgendwann war klar, dass das nicht stimmen kann. Halbgeschwister können nur einen gemeinsamen Elternteil haben. Hätte Pastor Paul der Vater von beiden sein können, mit zwei verschiedenen, nicht miteinander verwandten Müttern? Das war höchst unwahrscheinlich, zumal Silas auch weitere Übereinstimmungen zur väterlichen Seite fand. Der Schlüssel ist, dass eine dreiundzwanzigprozentige Übereinstimmung der DNA nicht nur bedeuten kann, dass die beiden Personen Halbgeschwister sind. Das steht auch auf der DNAYourStory-Website. Es können auch Großeltern und Enkel sein. Oder, wie in diesem Fall, Onkel oder Tante und Nichte oder Neffe. Das war die einzige logische Erklärung. Du bist Peters Mutter, also ist Silas sein Onkel.«

Vicky nickte. »Soll ich dir etwas Seltsames erzählen?«
Wilde wartete.
»Peter zu bekommen war das Wunderbarste, was mir je passiert ist. Nach alldem Schrecken, dem Missbrauch und der Grausamkeit habe ich am Ende diesen perfekten kleinen Jungen bekommen – ein Schatz, viel zu gut für diese Welt. Nichts, was ich dir über ihn erzählt habe, war gelogen. Peter war etwas Besonderes.«

Wilde fragte weiter: »Hat Peter Boomerang kontaktiert, oder warst du das?«

»Wir beide. Zu dem Zeitpunkt dachte Peter noch, ich wäre seine Schwester. Und er war fix und fertig wegen dem, was mit Marnie, Jenn und der ganzen *Love Is A Battlefield*-Welt passiert war. Er wollte unbedingt seine Unschuld beweisen. Das hat ihn nicht mehr losgelassen. Als er dann diesen DogLufegnev-Account gesehen hat, der behauptete, noch mehr und noch schlimmere Fotos zu haben, hat er versucht, mehr zu erfahren. Ich habe ihn gedrängt, Boomerang um Hilfe zu bitten. Irgendwann, so ungefähr einen Monat später, hat mir jemand von Boomerang eine E-Mail geschickt, in der stand, dass unser Fall nicht akzeptiert würde. Ich habe in Peters Namen geantwortet, dass ich völlig am Boden zerstört wäre und dass wir immer noch ihre Hilfe bräuchten. Schließlich hat mir die Person von Boomerang verraten, dass sie Katherine Frole heißt. Sie hat geschrieben, dass sie eine große *Battlerin* sei, dass sie besonders Peters Staffel liebe und so weiter. Sie hat geschrieben, dass sie uns trotzdem helfen wolle.«

»Katherine Frole hat dir gesagt, dass Henry McAndrews hinter dem DogLufegnev-Account steckte?«

»Ja, ich habe es aus ihr rausbekommen. Aber es war zu spät.«

»Was meinst du mit ›zu spät‹?«

»Peter war schon weg.«

»Du bist dann aber trotzdem zu McAndrews' Haus gegangen.«

»Ja.«

»Und du hast ihn getötet.«

Sie nickte. »Ich dachte, damit wäre die Sache erledigt.«

»Als ich dann einen Monat später McAndrews' Leiche gefunden habe und seine Ermordung bekannt wurde, hat Katherine Frole sich da bei dir gemeldet?«

»Ja.«

»Sie hatte den Verdacht, dass du oder Peter etwas damit zu tun hatten.«

»Wir haben uns in ihrem Büro verabredet. Zu einer Zeit, zu der mit großer Sicherheit niemand dort war. Ich habe ihr erzählt, dass Peter und ich ihr alles erklären würden.«

»Hattest du Angst, dass sie dich verrät?«

»Das habe ich mir zumindest eingeredet«, sagte Vicky. »Ich glaube auch, dass sie das irgendwann getan hätte. Aber Katherine Frole hatte auch einiges zu verlieren. Sie war FBI-Agentin und hat für eine Gruppierung gearbeitet, die illegal Selbstjustiz übt. Ich werde hier nicht ins Detail gehen, weil das eigentlich keine große Rolle spielt. Aber nachdem ich McAndrews erschossen hatte, ist mir klar geworden – ich weiß, wie das klingen muss –, dass ich gerne töte.« Sie lächelte wieder, doch bei diesem Lächeln sträubten sich Wilde die Nackenhaare. »Man kann es vielleicht auf meine Kindheit zurückführen, auf das Trauma der Vergewaltigung, obwohl das schrecklich klischeehaft wäre, oder? Vielleicht ist es aber auch eine Krankheit, kommt von einem anderen Ereignis in meinem Leben, oder, und das ist am wahrscheinlichsten, es ist einfach ein chemisches Ungleichgewicht in meinem Gehirn. Soll ich dir meine ganz persönliche Theorie verraten, Wilde?«

Er sagte nichts.

»Viele Menschen sind potenzielle Serienmörder. Nicht nur einer von einer Million, wie man öfter mal liest. Ich würde sagen, eher einer von zwanzig, vielleicht auch einer von zehn. Aber wenn man es nie tut, wenn man nie zum ersten Mal tötet, kommt man auch nie in den Genuss dieses Rausches. Viele von uns könnten, sagen wir, heroinabhängig sein, aber wenn wir es nie ausprobieren, wenn wir nie auf den Geschmack kommen …«

»Und das erklärt Martin Spirow.«

Vicky nickte. »Es gibt so viele schreckliche Menschen, Wilde. Hast du gesehen, was Martin Spirow unter die Todesanzeige des armen Mädchens geschrieben hat? Ich habe bei Katherine Frole eine Boomerang-Liste mit Namen gefunden – eine Liste von Leuten, die so erbärmlich und entsetzlich sind, dass sie ihr Leben nur ertragen, indem sie anonym grausame, gemeine und verletzende Dinge zu Leuten sagen, die sie nicht kennen. Ich meine, überleg doch mal. Martin Spirow ist eines Tages aufgewacht und hat eine untröstliche Familie gesehen, die um ihre junge Tochter trauert, und was macht er? Er schreibt: ›Jammerschade, wenn scharfe Fotzen abnippeln.‹ Was für schreckliche Lebensentscheidungen muss ein Mensch getroffen haben, um so etwas zu tun?« Sie schüttelte angewidert den Kopf. »Ich habe der Welt einen Gefallen getan.«

»Und wo ist Peter?«, fragte Wilde.

»Das habe ich dir doch schon bei unserer ersten Begegnung gesagt.« Sie lächelte. »Du weißt es, Wilde. Du hast es immer gewusst. Mein Sohn, mein wunderbarer Sohn, hat seine Angelegenheiten geordnet. Er hat sich ein Ticket gekauft und ist auf diese Insel geflogen. Er ist durch die Passkontrolle gegangen, hat in dieses Hotel eingecheckt und am nächsten Morgen wieder ausgecheckt. Er hat ein Taxi zu dem Pfad genommen, den man hinaufgeht, wenn man ein letztes Mal zur Spitze der Klippe wandert. Er hat mir auf einer dieser Apps eine Message hinterlassen, die sich zwei Minuten nach dem Abhören automatisch löscht. Er hat sich verabschiedet. Ich habe die Brandung im Hintergrund gehört. Und dann ist mein Sohn in den Tod gesprungen.«

Wilde sagte nichts.

»Du weißt, wie er schikaniert und gemobbt wurde, wie man ihn bloßgestellt und ihm seine Ehre genommen hat, wie keiner ihm das verziehen hat, was er gar nicht getan hat. Du weißt, wie er erst seine Frau verloren hat, die angeblich die Liebe seines Lebens war, dann seine Karriere und, ja, auch seinen Ruhm. Und keiner hat ihm geglaubt. Versetz dich nur für einen Moment in seine Lage. Die ganze Welt glaubt, dass du deine eigene Schwägerin K.-o.-Tropfen betäubt hast, und nicht einmal deine eigene Frau verteidigt dich. Dir wurde alles genommen. Aber das ist noch nicht alles, Wilde. Dazu kommt, dass die Person, die Peter schon immer geliebt hat, die ihn großgezogen, sich um ihn gekümmert hat und ihn, wie Silas richtig sagte, immer bevorzugt hat, die Person, der er am meisten auf der ganzen Welt vertraut hat – dass diese Person ihn sein Leben lang belogen hat, dass sie in Wirklichkeit nicht seine Schwester, sondern seine Mutter ist und er das Produkt einer Vergewaltigung war. Stellst du dir das vor, Wilde? Bekommst du schon weiche Knie? Ja? Gut. Denn seit deinem Anruf vorhin kann ich einen weiteren Grund hinzufügen. Zum Ende hin war Peter so düster, immer wieder unvermittelt still und niedergeschlagen. Jetzt weiß ich, warum. Er hatte es rausbekommen. Er hatte herausgefunden, dass Jenn das alles eingefädelt hatte. Er hat diese Frau geliebt, Wilde. Stell dir diesen Schmerz vor. Diesen letzten Tiefschlag. Also sag du es mir. Wer ist deiner Ansicht nach schuld daran? War es Marnie? War es das Reality-Fernsehen? McAndrews? Die grausamen Fans? War es meine Schuld? Sag du es mir, Wilde. Wer hat meinen Jungen getötet?«

Wilde hatte keine Antwort darauf, also öffnete er das Autofenster und nickte Rola zu. Sie erwiderte das Nicken und zog ihr Handy aus der Tasche.

Fünf Minuten später kam die Polizei und nahm Vicky mit.

ZWEIUNDVIERZIG

Einen Monat, nachdem Chris aus seinem Leben verschwunden und Marnies Leiche im Mietlager gefunden worden war, erhielt Wilde einen Anruf von Deputy US Marshal George Kissell.

»Sie wollen mit Ihnen reden.«

Wildes Griff ums Handy wurde fester. »Wann?«

»Es geht nur jetzt. Wenn Sie jemandem davon erzählen, sind sie weg. Wenn Sie länger als eine Stunde brauchen, um dorthin zu kommen, auch. Ich schicke Ihnen gleich einen Link mit den Koordinaten.«

Wildes Herz schlug schneller. Er sah auf sein Display. Die Karte zeigte einen Ort westlich der East Shore Road in der Nähe von Greenwood Lake, New York. Wilde könnte hinlaufen, das würde aber wahrscheinlich drei bis vier Stunden dauern.

Warum dort?

»Alles okay?«, fragte Laila.

Sie saßen im Fernsehzimmer. Es war Sonntag, und sie schauten Profi-Football. Laila war ein großer Fan der New York Giants und verpasste kein Spiel. Fast hätte er gesagt: »Ich glaube, mein Vater will mich sehen«, aber ein Anflug von Vernunft hielt ihn davon ab.

»Was dagegen, wenn ich mir das Auto leihe?«

»Du weißt, dass du nicht zu fragen brauchst.«

Wilde erhob sich. »Danke.«

Laila musterte sein Gesicht. »Erzählst du mir später davon?«

Er beugte sich herunter und küsste sie. Dann antwortete er ehrlich: »Ja. Wenn ich kann.«

Er ließ den Wagen an und fuhr nach Westen. Vor ein paar Wochen, als alles vorbei war, hatte Silas ihn angerufen. »Wir beide...«, sagte er, »... sind immer noch verwandt. Entfernt, schon klar. Aber irgendwie haben wir sonst niemand.« Zwei Wochen später trafen sie sich. Silas bot an, die Familienalben durchzusehen, mehrere Generationen zurück, aber das wollte Wilde im Moment nicht. Vielleicht änderte sich das irgendwann, aber im Moment wollte er sich auf die Zukunft konzentrieren, nicht auf die Vergangenheit. Er bat Silas, es erst einmal auf sich beruhen zu lassen, und Silas respektierte seinen Wunsch.

Das hieß aber keineswegs, dass Wilde es vergessen hatte.

Die Fahrt dauerte eine halbe Stunde. Er parkte an der Ecke East Shore Drive und Bluff Avenue. In der Nähe standen mehrere schwarze Autos. Als Wilde den Motor abstellte, stieg Deputy Marshal George Kissell aus einem dieser Wagen.

»Was dagegen, wenn ich Sie durchsuche?«

Wilde hob die Hände. Die Durchsuchung war gründlich. Kissell nickte in Richtung eines Hauses an der Ecke. Es war ein typisches zweistöckiges Saltbox-Haus, wie man es aus New England kannte, mit dem Schornstein und der Eingangstür in der Mitte, symmetrisch angeordneten Fenstern und einer flachen Front. Ein Teil des kolonialen Charmes war durch die silbergraue Aluminiumverkleidung verloren gegangen.

Wilde zögerte. Plötzlich überkam ihn ein seltsames Gefühl.

»Die Tür ist nicht verschlossen«, sagte Kissell. »Unsere

Leute behalten Sie im Auge. Wenn Sie irgendetwas anfangen, eröffnen sie das Feuer.«

Wilde sah ihn nur an.

»Ich weiß, schon klar, aber nichts davon entspricht den Vorschriften. Alle sind nervös.«

»Danke«, sagte Wilde.

Für den Weg zur Tür ließ er sich Zeit. Warum, wusste er nicht. Er hatte sein Leben lang auf diesen Moment gewartet. Als er an der Tür war, blieb Wilde einen Augenblick stehen und überlegte, ob er sich umdrehen und einfach gehen sollte. Er brauchte die Antworten nicht. Nicht mehr. Was ihn und sein Leben betraf, hatte er sich nie besser gefühlt. Er war im Begriff, sich etwas mit Laila aufzubauen. Er hatte eine Serienmörderin gestoppt. Er wusste, dass es im Leben darum ging, eine gewisse Balance zu wahren, und im Moment hatte er den Eindruck, mit beiden Beinen fest auf dem Boden zu stehen.

Schließlich drehte er den Knauf und trat ein.

Er hatte erwartet, Daniel Carter zu sehen. Stattdessen stand Sofia Carter, Daniels Frau, im Vorflur neben der Treppe und sah ihn mit hoch erhobenem Kopf und festem Blick an.

Einen Moment lang standen sie beide einfach nur da. Wilde sah, dass ihre Unterlippe zitterte.

»Ist...« Wilde wusste nicht einmal, wie er ihn eigentlich nennen sollte. »Ist mit Ihrem Mann alles in Ordnung?«

»Es geht ihm gut.«

Erleichterung durchströmte ihn. Das hatte Wilde nicht erwartet.

»Allerdings stimmt nur sehr wenig von dem, was mein Danny dir erzählt hat«, sagte sie.

Wilde sagte nichts.

»Er ist dein leiblicher Vater. Das ist das Wichtigste, was du wissen musst. Und er ist ein guter Mann. Der beste, dem ich je begegnet bin. Er ist gütig und stark, ein wunderbarer Vater und Ehemann, und ich hoffe für dich, dass du nach ihm kommst.«

»Wo ist er?«

Sofia antwortete nicht. »Du hast herausgefunden, dass wir im Zeugenschutzprogramm sind.«

»Sind Sie in Sicherheit?«

»Wir haben neue Identitäten bekommen.«

»Was ist mit Ihren Töchtern?«

»Wir mussten ihnen endlich die Wahrheit sagen. Oder zumindest einen Teil der Wahrheit.«

»Sie haben es nicht gewusst?«

Sofia schüttelte den Kopf. »Wir waren schon vor ihrer Geburt zu Daniel und Sofia Carter geworden. Sie sind wirklich gute Mädchen, deine Schwestern. Wir sind so gesegnet. Sie wollten immer alles über unsere Familie erfahren, aber natürlich mussten Danny und ich sie belügen. So tun, als ob wir nicht viel über unsere Herkunft wüssten. Das gehört dazu, wenn man in diesem Programm ist. Weißt du, was diese wunderbaren Mädchen getan haben? Diese Mädchen, die ihren Vater so sehr lieben? Sie haben ihn überrascht, indem sie seine DNA an eine Ahnenforschungs-Website geschickt haben, damit er alles über seine Familie und seine Herkunft erfährt. Sie haben einen unserer COVID-Selbsttests benutzt, um an seine DNA heranzukommen, und die haben sie dann an diese Website geschickt. Clever, unsere Mädchen. Deine Schwestern. Als sie Danny das Geschenk überreicht haben, sind wir beide blass geworden. Es war eine gewaltige Scharte. Danny ist zum Computer gerannt und hat den Account gelöscht. Aber, tja, das war natürlich zu spät.«

»Es tut mir leid«, sagte Wilde. »Ich wollte Ihnen keinen Ärger machen. Wenn ich gewusst hätte, dass mein Vater im Zeugenschutzprogramm ist...«

»Danny ist nicht der Grund, warum wir im Zeugenschutzprogramm sind«, sagte Sofia. »Das bin ich.«

Wilde spürte, wie ihm etwas Eisiges über den Rücken lief.

»Bevor ich darauf eingehe«, sagte Sofia, »darf ich dich etwas fragen?«

Wilde nickte, damit sie fortfahren konnte.

Sofia Carter war eine kleine Frau, schön, mit hohen Wangenknochen und stählernem Blick. Sie hob ihr Kinn an. »Ich habe einen alten Artikel über dich gelesen. Darin stand, dass du manchmal alte Erinnerungen von vor...« Ihre Stimme versagte.

»Eigentlich nicht«, sagte Wilde. Sein Mund war trocken. »Ich habe manchmal Träume, oder es blitzen Bilder auf.«

»Vor deinen Augen erscheinen Schnappschüsse.«

»Ja.«

»Zum Beispiel ein rotes Geländer, stand in dem Artikel. Ein dunkler Raum. Das Porträt eines Mannes mit Schnurrbart.«

Wilde konnte sich nicht rühren, spürte aber etwas.

Sofia hob ihre Hand und legte sie auf das weiße Geländer der Treppe, die nach oben führte. »Das war einmal dunkelrot«, sagte sie. »Oder eher blutrot. Und die Wände? Früher war das hier alles dunkles Holz. Die neuen Besitzer haben es weiß gestrichen.« Sie zeigte nach links, wo jetzt ein blaugelber Wandteppich hing. »Da war früher das Porträt eines Mannes mit Schnurrbart.«

Wilde wurde schwindlig. Er schloss für einen Moment die Augen und versuchte, sich zu sammeln. Die Frauenschreie gellten durch seinen Kopf, und dann folgten die vertrauten Bilder – Geländer, dunkle Wände, Porträt – in schneller Folge, immer wieder, wie Stroboskoplicht. Er öffnete die Augen.

Es war hier passiert. Genau in diesem Flur. Er war zurück.

»Die Schreie«, brachte Wilde heraus. »Ich habe Schreie gehört.«

Ihre Blicke trafen sich.

»Das waren meine«, sagte sie.

»Dann bist du also…«

Sie machte sich nicht die Mühe zu nicken. »Ich bin deine Mutter, Wilde.«

Jetzt war es heraus. Nach all den Jahren stand seine Mutter direkt vor ihm. Er sah sie an und spürte, wie sein Herz in seiner Brust zu platzen drohte.

»Hier, wo ich jetzt stehe«, sagte Sofia tonlos, »genau hier habe ich auch gestanden, als ich dich das letzte Mal sah. Ich habe diese kleine Tür geöffnet…«, sie deutete auf ein Türchen zu einer Kammer unter der Treppe, »…und habe mir von meinem kleinen Jungen versprechen lassen, dass er keinen Mucks macht, bis ich zurückkomme. Dann habe ich die Tür geschlossen und dich nie wieder gesehen.«

Wilde fühlte sich matt und benommen.

»Ich darf keine Namen nennen. Ich darf nicht über Orte oder Einzelheiten sprechen. Wie auch schon deinen Schwestern gegenüber nicht. Das ist Teil der Vereinbarungen, die wir getroffen haben, um dieses Treffen zu ermöglichen. Und wir haben auch nicht viel Zeit. Ich habe Angst, du könntest mich hassen, wenn du die Geschichte gehört hast. Ich würde es verstehen. Aber es ist Zeit, dass du die Wahrheit erfährst.«

Er wartete, hatte Angst, sich zu bewegen, Angst, die Atmosphäre zu zerstören. Das Ganze kam ihm vor wie einer dieser Träume – der guten Träume –, bei denen man mittendrin erkennt, dass es ein Traum ist, und dann alles daransetzt, nicht aufzuwachen.

»Als Teenager habe ich die Aufmerksamkeit eines schrecklichen, abscheulichen Mannes auf mich gezogen. Er war ein gestörter und kranker Psychopath aus einer gestörten und kranken Gangsterfamilie. Dieser abscheuliche Mann war besessen von mir, und wenn so ein Mann beschließt, dass du ihm gehörst, kannst du dich fügen, oder du musst sterben. Eine andere Möglichkeit gibt es nicht.«

Ihr Blick schweifte zur Treppe. Wilde hatte sich noch immer nicht gerührt.

»Du fragst dich vielleicht, warum meine Eltern mir nicht geholfen haben. Aber mein Vater war tot, und meine Mutter, tja, sie hat es befürwortet. Ich werde nicht auf meine Familie oder meine Kindheit eingehen. Es genügt, wenn ich sage, dass ich niemanden kannte, der mir hätte helfen können. Ich war eine Gefangene, und ich habe die Hölle durchlebt mit diesem abscheulichen Mann. Ein, zwei Mal habe ich zu fliehen versucht. Das hat es nur noch schlimmer gemacht. Ich war auf diesem großen Anwesen mit drei Generationen der Familie des abscheulichen Mannes gefangen – seinen Großeltern, seinem Vater und seinen beiden Brüdern. Die Gangsterbosse der Gangsterbosse.«

Sofia blickte immer noch nach oben. »Hinten auf seinem Anwesen war ein Brennofen. Als ich achtzehn wurde, ist der abscheuliche Mann mit mir dorthin gegangen und hat auf die Asche gezeigt, die sich darin befand. Er sagte, sein Großvater hätte dort immer die Leichen entsorgt. Später hätte sein Großvater dann aufgehört, sie dort zu verbrennen, weil sich seine Großmutter über den Gestank beschwert hatte. Aber der Ofen würde noch funktionieren. Und wenn ich je versuchen würde, ihn zu verlassen, würde er mich an diesen Ofen

fesseln, ihn auf niedrige Hitze stellen und zwei Wochen später wiederkommen, dann wäre ich auch nur noch Asche.«
Sofia sah Wilde direkt an. Wilde öffnete den Mund, um etwas zu sagen – er wusste jedoch nicht, was. Aber sie unterbrach ihn mit einem Kopfschütteln.
»Lass mich die Geschichte hinter mich bringen, okay?«
Wilde muss wohl genickt haben.
»Eines Tages habe ich deinen Vater kennengelernt. Wie oder warum, tut nichts zur Sache. Ich habe mich in ihn verliebt. Ich hatte eine Wahnsinnsangst. Um mich. Um ihn. Aber..., jetzt lächelte sie, »... ich war zu egoistisch, um ihn aufzugeben. Ich habe angefangen, ein Doppelleben zu führen. Gott, wir waren beide so unglaublich jung. Ich habe deinem Vater nicht die Wahrheit gesagt. Natürlich hätte ich das tun müssen, aber er wollte sowieso für den Militärdienst ins Ausland. Unsere Beziehung konnte nicht von Dauer sein, und das war mir nur recht. So hätten wir zwei Monate zusammen, und das war mehr, als ich mir je hätte erhoffen können. Danach wäre ich in der Lage, bei diesem abscheulichen Mann zu bleiben und von den Erinnerungen zu zehren.« Sie lächelte und schüttelte den Kopf. »Solchen Unsinn redet man sich ein, wenn man jung ist. Kannst du dir vorstellen, was dann passiert ist?«
Wilde sagte: »Du bist schwanger geworden.«
»So ist es. Und ich habe deinem Vater nichts davon gesagt. Das wirst du verstehen. Dein Vater hatte ja keine Ahnung von alldem. Ich hatte Angst, dass er das Richtige tun und mich heiraten wollen würde, und so hätten der abscheuliche Mann und seine abscheuliche Familie die Wahrheit erfahren. Dein Vater war – ist – stark, aber dieser Familie wäre er nicht gewachsen gewesen. Das kann ein einzelner Mann gar nicht sein.«

»Du hast also so getan, als ob der abscheuliche Mann der Vater wäre?«

Sofia Carter nickte. »Ich habe mir eingeredet, dass es das Beste ist. Ich würde mit deinem Vater Schluss machen, um ihn zu schützen. Ich würde sein Baby bekommen und behaupten, es wäre von dem abscheulichen Mann. Auf diese Weise hätte ich immer ein Stück von deinem Vater in meiner Nähe.« Traurig lächelnd schüttelte Sofia den Kopf. »Das war eine naive Mädchenfantasie. Völlig verrückt, wenn ich jetzt daran zurückdenke.«

»Und was ist passiert?«, fragte Wilde.

»Ich habe versucht, mich an meinen Plan zu halten, aber zwei Jahre später, als dein Vater seinen Militärdienst beendet hatte, kam er zu mir zurück. Ich habe versucht, ihn auf Abstand zu halten, aber gegen sein Herz kommt man nicht an. Also habe ich ihm schließlich die Wahrheit gesagt. Diesmal die ganze Wahrheit. Ich dachte, das würde ihn abschrecken – wenn er wüsste, wer ich wirklich bin, was ich wirklich getan habe. Aber das tat es nicht. Er wollte mit mir zusammen fliehen. Er wollte den abscheulichen Mann zur Rede stellen. Aber wir hätten keine Chance gehabt. Das verstehst du, oder?«

Wilde nickte.

»Das FBI hatte schon lange versucht, jemanden in diese Familie einzuschleusen. Darauf hat sich aber nie jemand eingelassen, weil alle wussten, dass die Familie es herausbekommen würde. Und dann würde man eines langen, qualvollen Todes sterben. Aber dein Vater und ich waren wahnsinnig verliebt. Ich beschloss, es zu riskieren. Hatte ich denn eine andere Wahl? Also bin ich zum FBI gegangen. Die haben deinem Vater und mir versprochen, uns ins Zeugenschutzprogramm aufzunehmen, wenn ich ihnen mehr Informationen verschaffe. Sie haben mich verkabelt und zu dem abscheulichen Mann zurückgeschickt. Ich habe Dokumente gestohlen, ihnen Informationen besorgt. Aber dann ist etwas schiefgegangen. Schrecklich schief.«

»Sie haben herausbekommen, dass du die Seiten gewechselt hattest?«

»Schlimmer«, sagte Sofia. »Der abscheuliche Mann hat herausbekommen, dass er nicht dein Vater ist.«

Es schien still zu werden im Flur. In der Ferne hörte Wilde einen Rasenmäher surren.

»Wie?«

»Jemand vom FBI hat es ihm gesteckt.«

»Was hast du getan?«

»Ich bekam eine Warnung, also bin ich einfach mit dir ins Auto gesprungen und losgefahren. Ich habe deinen Vater angerufen. Ein Freund von ihm hatte ein Haus am See, zu dem wir flüchten konnten. Dort würde uns niemand finden. Das dachte ich zumindest. Also sind wir hierher geflohen. Ich hatte Angst, das FBI anzurufen. Schließlich war dort irgendwo die undichte Stelle gewesen. Aber wir kannten George Kissell damals schon. Als wir hier am Haus waren, habe ich ihn angerufen. Er sagte, ich solle mich einschließen und auf sie warten. Das habe ich auch getan. Aber der abscheuliche Mann war vor ihnen da. Er kam mit drei anderen Männern. Ich habe gesehen, wie sie genau da gehalten haben, wo Georges Wagen jetzt steht. Der abscheuliche Mann kam an die Tür und fing an, dagegen zu hämmern. Er hatte ein Messer in der Hand. Er fing an zu schreien, dass er...«

Sie stoppte. Ihre Brust bebte.

»... dass er dich vor meinen Augen aufschlitzen würde. Ich war so verängstigt und verzweifelt, das kannst du dir nicht vorstellen. Ich habe genau hier gestanden, genau da, wo ich jetzt stehe...«

Sie blickte erneut ins Leere, als wäre sie wieder in der Vergangenheit und sähe den schreienden Mann vor sich. »Der abscheuliche Mann will hereinkommen und versucht, die Tür aufzubrechen. Was soll ich tun? Also verstecke ich dich unter der Treppe. Ich sage dir, dass du still sein sollst. Aber das reicht nicht. Die Tür gibt nach, und der abscheuliche Mann stürmt herein. Mein einziger Gedanke ist, dass ich ihn von dir weglocken muss. Ich schreie so laut ich kann und renne die Treppe hinauf. Der abscheuliche Mann folgt mir. Das ist gut, denke ich. Dann ist er nicht unten. Er ist weiter weg von meinem Sohn. Ich erreiche das Schlafzimmerfenster. Er ist direkt hinter mir, also springe ich hinaus, hinunter in die Hecke. Ich will sie alle von dir weglocken. In der Kammer bist du sicher. Also renne ich über die Straße in den Wald, und der abscheuliche Mann und seine Leute folgen mir. Auch das ist gut. Hier werden sie dich nicht finden. Vielleicht denken sie, dass du bei mir bist. Ich renne. Es ist dunkel. Zeitweise glaube ich, dass ich ihnen tatsächlich entkommen kann. Aber was dann? Ich darf sie ja nicht abschütteln, denn dann geben sie vielleicht auf, gehen zurück zum Haus und finden dich. Also renne ich weiter und gebe gelegentlich sogar Geräusche von mir, damit sie in meiner Nähe bleiben. Ob sie mich erwischen, ist mir dabei fast egal. Denn wenn sie mich schnappen, wenn sie mich töten, bist du noch am Leben. Ich weiß nicht, wie lange das so geht. Stunden. Und dann – dann erwischen sie mich.«

Wilde merkte, dass er den Atem angehalten hatte.

»Der abscheuliche Mann prügelt auf mich ein. Er hat mir den Kiefer gebrochen. Manchmal habe ich das Knacken noch im Ohr. Er schlägt weiter auf mich ein und will wissen, wo du bist. Ich sage, dass ich dich im Wald verloren habe. Ich sage, er soll weiter nach dir suchen, weil du vor mir gelaufen bist.

Ich habe alles – *alles* – getan, um sie davon abzuhalten, zu diesem Haus zurückzukehren. Ich weiß nicht, wie lange ich in ihrer Gewalt war. Ich bin ohnmächtig geworden. Irgendwann sind dein Vater und die Marshals aufgetaucht. Der abscheuliche Mann und seine Handlanger flohen. Ich weiß noch, dass dein Vater mich umarmt hat. Die Marshals wollten mich ins Krankenhaus bringen, aber ich habe nein gesagt, weil ich zum Haus zurückmüsse, zurück zu dir...«

Sofia Carter schüttelte den Kopf. Tränen liefen ihr über die Wangen.

»Wir haben dich gesucht. Aber du warst verschwunden. Der abscheuliche Mann hat angefangen, die ganze Welt niederzubrennen, um uns zu finden. Die Marshals sagten, dass wir sofort verschwinden müssten.« Als sie Wilde ansah, brach ihm das Herz. »Die Marshals haben uns von hier fortgebracht. Irgendwann habe ich sie gewähren lassen. Wir bekamen neue Identitäten und wurden umgesiedelt. Das weißt du. Wir hatten unsere Töchter. Das ist das Seltsame am menschlichen Dasein. Wir sind gezwungen weiterzumachen. Was sollen wir sonst tun?«

Die Tränen flossen jetzt noch heftiger.

»Aber ich habe meinen Sohn im Stich gelassen. Ich hätte hierbleiben müssen. Ich hätte weiter den Wald durchkämmen und dich suchen müssen. Wochen-, monate- oder jahrelang hätte ich das tun müssen. Mein Kind hatte sich allein im Wald verlaufen, und ich habe aufgehört zu suchen. Ich hätte dich finden müssen. Ich hätte dich retten müssen...«

Da trat Wilde auf sie zu, schüttelte den Kopf, und sie sank in seine Arme.

»Es ist in Ordnung«, flüsterte er.

Durch ihr Schluchzen hindurch wiederholte sie immer wieder: »Ich hätte dich retten müssen.«

»Es ist in Ordnung«, sagte Wilde und drückte sie fester an sich. Dann: »Es ist in Ordnung, Mom.«

Und als Sofia das Wort »Mom« hörte, schluchzte sie noch lauter.

DREIUNDVIERZIG

Oren stand am Grill, einfach weil das seine Art war. Laila war in der Küche. Wilde und Hester saßen weiter hinten in Adirondack-Gartensesseln. Sie blickten vom Garten des Hauses aus, das Hester und Ira vor über vierzig Jahren gebaut hatten, in den Wald.

Hester trank einen Chablis, Wilde ein Ale der Asbury Park Brewery.

»Jetzt weißt du also Bescheid«, sagte sie.
»Zum Großteil.«
»Wieso?«
»Weil das, was sie erzählt hat, doch einige Lücken hatte.«
»Zum Beispiel?«

Er hatte sich weiter mit seiner Mutter unterhalten, aber plötzlich war George Kissell in der Tür erschienen und hatte erklärt, dass die Zeit um wäre. Die Gefahr, sagte er, wäre noch immer gegeben. Wilde wusste nicht recht, ob er ihm das wirklich abkaufen sollte – und selbst wenn er ihm das abkaufte, ob er ihm glauben sollte, dass seine Eltern nichts davon gehört hatten oder es nicht zuordnen konnten, dass damals irgendwann ein kleiner Junge im Wald gefunden worden war.

»Das spielt keine Rolle«, sagte Wilde. »Die entscheidenden Punkte kennen wir jetzt.«

»Deine Mutter hat dich verlassen, um dich zu retten«, sagte Hester.

»Ja.«
»Das ist das Einzige, was wirklich zählt.«
Wilde nickte und reichte ihr ein altes Polaroid-Foto. Hester setzte ihre Lesebrille auf und betrachtete es. Die Farben auf dem Bild waren vom Alter verblasst.
»Sieht aus wie die Tanzfläche bei einer Hochzeit früher.«
Wilde nickte. »Silas hat tonnenweise alte Fotos gefunden, die seine Mutter im Keller aufbewahrt hatte. Viele hatten Wasserflecken, aber ich hab sie alle durchgesehen. Das ist aus den frühen Siebzigern.«
»Okay.«
»Siehst du das Mädchen dahinten beim Schlagzeug?«
Hester sah genauer hin. »Hinten beim Schlagzeug stehen drei Mädchen.«
»Die im grünen Kleid mit dem Pferdeschwanz.«
Hester sah sie. »Ja.« Und dann: »Warte, das ist...?«
»Mom, ja.«
»Kannte Silas sie?«
Wilde schüttelte den Kopf. »Er erinnert sich nicht an sie. Diese Hochzeit muss auch schon vor seiner Geburt stattgefunden haben.«
Hester gab ihm das Foto zurück. Sie schloss die Augen und drehte ihr Gesicht in die Sonne.
»Du bist jetzt häufiger hier, stimmt's?«, fragte Hester.
Laila kam mit einer großen leeren Servierplatte aus dem Haus. Oren fing an, riesige Essensmengen vom Grill auf die Platte zu stapeln.
Oren rief: »Ich hoffe, ihr habt alle ordentlich Hunger.«
Hester sah zu den beiden hinüber und winkte. »Das haben wir beide gut gemacht.«
»Herausragend. Wir haben uns selbst übertroffen«, pflichtete Wilde ihr bei. »Ich liebe sie.«

»Ich weiß.« Sie legte ihm eine Hand auf den Arm. »Ist schon okay. Er würde sich freuen.«

Sie lehnten sich zurück. Wilde schloss die Augen und nahm allen Mut zusammen.

»Ich muss dich noch etwas fragen«, sagte Wilde. Doch bevor er fortfahren konnte, hörte er Matthew hinter sich. »Yo, Wilde, heilige Scheiße, guck dir das an.«

Matthew und Sutton kamen auf ihn zugerannt. Sutton hielt ihr Handy in die Höhe.

»Was gibt's?«, fragte Hester.

»Das ist die *Love Is A Battlefield*-Fanseite«, sagte Matthew. »In letzter Zeit war da der Teufel los. Marnie ist jetzt so etwas wie eine große Heldin und Märtyrerin. Die haben das Mietlager, in dem ihre Leiche gefunden wurde, in so eine Art riesigen Schrein verwandelt. Und Jenn feilt immer noch an ihren Ausreden, eine Menge Leute verteidigen sie aber auch. Einige sagen, dass sie die Einzige war, die das Spiel ernst genommen hat. Andere meinen, sie müsse missbraucht worden sein oder so, also ist es nicht ihre Schuld.«

»Aber die ganz große Neuigkeit ist noch was anderes«, sagte Sutton. Sie reichte Wilde ihr Handy. »Hier, Moment, ich klick eben auf den Link.«

Sutton tippte auf den Bildschirm, und eine Instagram-Seite öffnete sich.

Peter Bennetts Instagram-Seite.

Als Wilde sie das letzte Mal angeguckt hatte, war der neueste Post der von dem Selbstmordsprung an den Adiona-Klippen gewesen.

Jetzt war dort das Startbild eines Videos zu sehen. Es war vor zweiundzwanzig Minuten gepostet worden. In der oberen rechten Ecke war der Aufnahmeort aufgeführt: FRAN-ZÖSISCH-POLYNESIEN.

Sutton tippte auf den Pfeil, und Peter Bennett erschien. Er hatte einen langen, zerzausten Bart und lächelte in die Kamera.

»Ich lebe, Battlers«, verkündete er weiter lächelnd, »und jetzt, wo ihr die Wahrheit kennt, komme ich zurück nach Hause.«

Suttons Handy klingelte. Das Video verschwand. Sie hielt das Handy ans Ohr und ging ein paar Schritte zur Seite. »Ich hab's gerade gesehen«, sagte sie aufgeregt zu ihrem Gesprächspartner am anderen Ende der Leitung. »Ich weiß, unglaublich, oder? Er lebt!«

Matthew sah Wilde an. »Was meinst du?«

»Wozu?«

»Hatten die Fan-Foren recht? Steckte Peter hinter der ganzen Sache?«

Wilde antwortete wahrheitsgemäß. »Ich weiß es nicht. Möglich.«

Matthew sah Hester an. Die zuckte die Achseln.

»Aber da ihr schon mal hier seid«, sagte Wilde, der wieder nervös wurde, »möchte ich euch beide etwas fragen.«

Matthew trat näher. Hester setzte sich auf.

»Was gibt's denn?«, fragte sie.

»Erlaubt ihr mir, Laila zu fragen, ob sie mich heiraten will?«

Hester und Matthew lächelten. Hester fragte: »Brauchst du dafür unsere Erlaubnis?«

»Und euren Segen, ja. In der Hinsicht bin ich altmodisch.«

Danksagung

Lassen Sie es uns kurz machen, denn Sie wollen keine lange Danksagung lesen, und ich will keine schreiben. Ich fange mit Ben Sevier an, der seit über einem Dutzend Büchern mein Lektor/Verleger ist. Der Rest des Teams besteht aus Michael Pietsch, Wes Miller, Beth deGuzman, Karen Kosztolnyik, Autumn Oliver, Jonathan Valuckas, Matthew Ballast, Brian McLendon, Staci Burt, Andrew Duncan, Alexis Gilbert, Joseph Benincase, Albert Tang, Liz Connor, Flamur Tonuzi, Kristen Lemire, Mari Okuda, Rick Ball, Selina Walker (die Leiterin des britischen Teams), Charlotte Bush, Lisa Erbach Vance (Agentin der Spitzenklasse), Diane Discepolo, Charlotte Coben und Anne Armstrong-Coben.

Ein ganz besonderer Dank geht an die Person, die ich zu erwähnen vergessen habe, die aber auch sehr nachsichtig ist. Sie wissen, wer Sie sind. Sie sind toll. Danke, dass Sie einfach Sie selbst sind.

Ich möchte auch Timothy Best, Jeff Eydenberg, David Greiner, George Kissell, Nancy Urban und Marti Vandevoort ein kurzes Lob aussprechen. Diese Menschen (oder ihre Angehörigen) haben großzügige Spenden an Wohltätigkeitsorganisationen meiner Wahl geleistet, damit ihr Name in diesem Roman erscheinen kann. Wenn Sie sich in Zukunft beteiligen möchten, senden Sie eine E-Mail an giving@harlancoben.com, um Einzelheiten zu erfahren.

Das Autorenfoto wurde im Rahmen von JR's Inside Out Project aufgenommen. Um mehr zu erfahren und teilzunehmen, besuchen Sie bitte insideoutproject.net.

Der Autor

Harlan Coben wurde 1962 in New Jersey geboren. Seine Thriller wurden bisher in 45 Sprachen übersetzt und erobern regelmäßig die internationalen Bestsellerlisten. Harlan Coben, der als erster Autor mit den drei bedeutendsten amerikanischen Krimipreisen ausgezeichnet wurde – dem Edgar Award, dem Shamus Award und dem Anthony Award –, gilt als einer der wichtigsten und erfolgreichsten Thrillerautoren seiner Generation. Er lebt mit seiner Familie in New Jersey. Mehr zum Autor und seinen Büchern unter www.harlancoben.com.

Harlan Coben im Goldmann-Verlag:

Honeymoon. Thriller • Totgesagt. Thriller • Kein Sterbenswort. Thriller • Kein Lebenszeichen. Thriller • Keine zweite Chance. Thriller • Kein böser Traum. Thriller • Kein Friede den Toten. Thriller • Das Grab im Wald. Thriller • Sie sehen dich. Thriller • In seinen Händen. Thriller • Wer einmal lügt. Thriller • Ich vermisse dich. Thriller • Ich finde dich. Thriller • Ich schweige für dich. Thriller • In ewiger Schuld. Thriller • In deinem Namen. Thriller • Suche mich nicht. Thriller • Der Junge aus dem Wald. Thriller • Nichts bleibt begraben. Thriller • Was im Dunkeln liegt. Thriller

Die Thriller mit Myron Bolitar:

Das Spiel seines Lebens • Schlag auf Schlag • Der Insider • Preisgeld • Abgeblockt • Böses Spiel • Seine dunkelste Stunde • Ein verhängnisvolles Versprechen • Von meinem Blut • Sein letzter Wille • Der Preis der Lüge